XINGFULI——

幸福里

何冠雄◎著

中国文史出版社

图书在版编目（CIP）数据

幸福里／何冠雄著. —北京：中国文史出版社，
2023.5

ISBN 978-7-5205-4098-8

Ⅰ. ①幸… Ⅱ. ①何… Ⅲ. ①长篇小说-中国-当代
Ⅳ. ①I247.5

中国国家版本馆 CIP 数据核字（2023）第 086484 号

责任编辑： 方云虎
封面设计： 程　跃

出版发行：**中国文史出版社**

社　　址：北京市海淀区西八里庄路 69 号　　　邮编：100142

电　　话：010-81136630

印　　装：廊坊市海涛印刷有限公司

经　　销：全国新华书店

开　　本：710 毫米×1000 毫米　　　1/16

印　　张：21.75

字　　数：240 千字

版　　次：2023 年 10 月北京第 1 版

印　　次：2023 年 10 月第 1 次印刷

定　　价：79.00 元

目　录

幸福里

引　子

　　"谁能想到咱能住上这么好的房子！"这是李尚林发自肺腑的感慨。

　　2016年11月17日，对于大多数人来说，是再普通不过的一天，但对于李尚林来说，却有着非凡的意义。这一天，他告别了祖祖辈辈的农耕生活，住进了小区，成了名副其实的新市民。当然，有人说他是"拆一代"，不管你说他是什么都无所谓，事实上李尚林已不再为钱财发愁了，不再为房子发愁了，这种从天而降的财富是他一辈子都挣不来的，他有一种内心深处的满足感。他甚至都有一种不自量力的念头，如果将他现在的光景跟他爷李西周比一比，他爷也不得不甘拜下风。李尚林知道，这不是自己个人能力有多强，而是自己生的地方好，人们几辈子都遇不到的好机会让自己赶上了，他是沾了大政策环境的光。

　　往事犹如梦乡，人人都不一样。李西周老汉到底没等到住上回迁房的这一天，也没有见上他的三世孙，他去世9天以后，那个娃娃才降生人间。在李尚林的梦中，他听闻土地爷对他说："我不再养你，你自己讨生活吧，最好把你的小摊贩生意重新捡起，这样你也算是自食其力。"难道又要重操旧业？为了给儿子李秦川一个体面的生活，他已经费尽了心力，好在儿子是大学生，他也会自己"刨食"吃了。

雪花从灰暗的天际慢慢飘落，乡村的影子渐渐模糊了，雾色中透射着清冷和留恋，再也听不到男子喊"豆腐脑——"那样粗野、豪放的叫卖声，看不到车辚辚马萧萧的繁忙景象，既不闻卖菜女人"黄瓜洋柿子绿辣子——"那样韵味悠长的吆喝声，也没有货郎担子来时，一街两巷都能听得见的"嘣嗒——嘣嗒——嘣嘣嘣——嗒"的拨浪鼓声，更听不到孩子们搭伙成群围着货郎转街的呼喊声，以及村子周围鸡鸣犬吠的生命之音。那些曾经在村中各家各户树上栖息的鸟儿不再欢唱田园牧歌，几只眷恋故土的鸟儿，扑击着暗沉沉的玻璃窗，哦，亲爱的，等着吧，园中的树木正在长大，要不了多久，我们还是邻居。

太阳照耀着大地，春风拂过田野、轻叩着门窗，并且说快点儿起来吧，亲爱的，已是爱的时刻。在儿子李秦川的梦中，他庆幸自己遇到了命中的女人魏冰倩，她是他梦寐以求的女神。他说芊芊芳草啊，如果我没有在青春懵懂时遭遇爱情，该有多好！那我就不会这么长久地忍受，这幸福而辛酸的折磨。

湖水深邃，平静如镜。在这个世界上，没有人能够吹嘘说，我不需要任何人的帮助和接济。热爱生活的人们啊，其实幸福总是和他人联系在一起。对于魏冰倩来说，独生女的际遇，让她成了父母的掌上明珠，母亲吴淑芬对女儿的爱超过了自己，她说有女儿就有家，女儿就是我的命，我所做的一切都是为了她。

没有月亮的夜晚，天空或许会有星星出现。李秦川不愿当一个无所事事的"拆二代"，他想成为一个企业家，间或写写诗歌，圆一圆自己青春年少的梦想。神差鬼使，李秦川至今都不敢相信，一个叫陈尹西的知性女人，如何闯入了他的生活。她对他说如果我恨你，我会斩钉截铁地告诉你，可如今我爱你，却又不忍伤害你，从此只能在牵心挂肠中奢望，假如有一天你回来了……

伴随着贝多芬的交响乐，李秦川和魏冰倩分明已经听见了命运之神在敲门，他们在心中问自己：亲人啊，你准备好了吗？你知道自己的需要吗？你将如何赢得即将到来的幸福时光？他们设想着：或许她穿过钢筋水泥的城市，走向宽阔明净的原野，或许她在某个夜间，风度雍容的，与原野一起手挽手，肩并肩走进了你的房间，她那绿色的臂膀，翩翩的叶子，鸟儿啼啭的歌喉，连同身后荡漾的河流，一同向着你的房间而来。哦，你看呀，不仅如此，还有原野的上空，以及远方撒满星辰的大海，也聚拢在了你的身边。似乎你的白天与黑夜，闪闪烁烁，在走动与停留之间摇晃，一切都可见而又难以捉摸，一切都近在咫尺而又不可触及。

一个家！便是一个可以安全停靠的港湾，他们筑起围墙使它更加安全可靠，仿佛幸福的花儿，在星星沉落的天际绽放，黎明的歌声从大地的内心发出。

一个家！无论是城市，还是农村，时刻都有撞击与拥抱，跳动于太阳深处的时间旋律，同样不变的鲜红音符，让光芒把冷漠的墙壁洞穿，驶入和谐宽阔的大道。

一个家！游子啊，你的眼睛是火，向着前方，向着前方，无论目的与过程，梦想与欲望，百川殊途，你将从这里走向自己的幸福……

第 一 章

一

"我死都不离开咱这个村子!"

记得整村拆迁那一年,老寿星李西周劈头盖脸地说了这么一句狠话。

这句话立时在村子里传开了,老寿星都不同意,我看谁能咋样。村民都在观望,村干部心急如焚,却老虎吃天——无处下爪。

"秋高孤月静,天末巧云长。"秋天是让人留恋的季节,秋夜是恬静的,秋水是明丽的,秋云有万千变化。那年的秋季在秦庄人的心中留下了永恒的记忆,人们感觉那个秋天似乎特别漫长,特别难熬,其实早在夏末这里就已经酝酿着拆迁的骚动，而具体实施拆迁时已经到了秋季。

　　一个月光明亮的夜晚。喧腾的村庄渐渐归于平静，听不到鸟雀在天空欢快地歌唱，孩子在村口纵情地喊叫，也见不到村民成群结队来来往往的身影，似乎只有宛如岩石的月亮，不声不响地斜挂在天空。这时寂静的村庄被一种迷人的梦幻刺破，被针尖挑破的欲望在人群中弥漫。醒来吧！沉睡的人们，迷人的夜晚，丰腴而闪光的大地，不甘寂寞的人们，在蓬勃的天空下低语沉吟。

　　开发区大力推动的拆迁工作已经全面铺开，周围村子都在雷厉风行的进行之中，唯独秦庄还没有一丝一毫的动静。县、乡两级政府和临空新城的领导及工作人员都坐不住了，有人建议就从秦庄开始试点，这个村子有 430 户人家，1600 多人，关键是这个村子是规划中的新城交通枢纽和商贸物流中心。

　　夏夜，李西周老汉坐在村口大皂荚树裸露的根须上纳凉，眼睛扫视着来往的行人，他的四面坐着 7 个老汉，大多是 80 以上的老者，周围有几十个年轻群众。

　　拆迁的风声紧了，各种信息汇聚到了这儿，皂荚树下的人们议论纷纷。

　　"北城开发区有个村，刚拆迁不久就有人把钱输光了，听说那人气不过最后跳楼了。"

　　"啧啧，你看惨不惨。"

　　"汽车卖疯咧，很多年轻人都买了新车。"

　　"叫花子攒不住隔夜食，一群败家子。"

　　"政策是一个地方一个样子。"

　　"还不知道咱这里，到底是爷呀还是婆呀。"

　　"反正嘛给不到心上我就不搬。"

　　"你是个牛牛娃，你就硬撑着。"

"你当我不敢。"

"骑驴看唱本——咱走着瞧。"

月亮很高了，大皂荚树周围静悄悄的，没有一点儿声响，树下的人都走光了。

李西周老人坐在自家的土炕上，他聚精会神地看着月亮，自言自语：月光如水，今夜的月色多好啊！大自然是如此的宁静平和，它充满了无限温情和爱怜，它在用静谧的目光，注视着肖河古道上的村庄、道路和田野。一切辛劳、忧愁、误解和痛苦都被这无边的月色掩盖了，让你觉得在这片土地上已经没有了欺骗、剥夺和邪恶，一切都十分美好。

已经半夜了。村干部在村委会办公室里研究对策，县区、乡镇、开发区的干部和员工也在其中。

"我看李西周这种人最难说话，他是百岁老人，你不敢对他咋样。"

"他大孙子李尚林听他爷的话，他爷不同意他不敢表态。"

"这老汉咋想的，都这么大年纪了，犯不上这么跟人斗气。"

"还是从他重孙李秦川那里入手比较顺当，这娃在外边闯荡，有头脑。"

"请李书记把他哥的工作做好。"

"这下就看老书记的了。"

二

那是盛夏一个十分炎热的日子，约莫 10 点钟，退休的村支书李东周——李西周的门中兄弟，亲自上门拜访李西周。室外温度接近人的体温，没走几步路汗水已经浸透了脊背，汗珠子不时从脸上滑落。

"七哥，我是东周，你先把门开开。"

"东周，你要是代表公家，就先回去，你要是代表自己就进门来。"

"哥吔，咱是没有出五服的兄弟，我来就是和你坐一坐。"

"那——你进来说话。"

"十八爷来了，快坐下，娃给你倒茶。"李尚林赶紧给李东周递了一杯茶，一杯热气腾腾的茶水，拉近了亲人间的距离。

"你坐下。"李西周对他兄弟说，"东周，我问你，在村上干了几年了？"

"我的哥，34年了。"

"你这么多年给村里都干了些啥？"

"我……"

李东周不再言语，他猜不透李西周是啥意思。

一张大理石茶几，两张带靠背的竹凉椅，他们兄弟俩正在有一句没一句地说着话。李西周眯缝着眼睛似乎心不在焉，李东周在回想自己的过去，他忽而想起了自己的母亲，他隐约记得自己生在秋季，新玉米刚下来的时候，娘把他生在了咸阳原，这里最大的问题是缺水。这时他仿佛记起了洗碾子、洗狮子娃求雨的原上民谣：

天惶惶地惶惶日子过得真恓惶。求龙王拜玉皇，糊里糊涂下一场。碾子推得咣咣咣，白雨下得歘歘歘。碾子碾子碾哥哥，毛头女子没人养活。

天惶惶地惶惶日子过得真恓惶。求龙王拜玉皇，赶紧给咱下一场。洗着狮娃的头，白雨下得满街流。洗着狮娃的脸，白雨下得婵。洗着狮娃的嘴，白雨下得美。洗着狮娃的肚子，白雨冲跑了兔子。洗着狮娃的脚，来年雨水多。

那天兄弟俩没有再说什么，李东周坐了半晌，看李西周闭着眼不想说话，他便勾上鞋子出了门。

李东周刚一离开，李西周老汉就叫他孙子李尚林到跟前说话。他问李秦川媳妇坐几月的月子？住进医院了没有？李秦川最近都在干什么？李尚林汗流浃背地说他不知道。一问孙媳妇张凤梅她说秦川媳妇可能坐到八月底了，农历也就到了八月，秦川最近在工地上忙。李西周老人说："有时间把秦川喊回来，就说我有话跟他说"。

李秦川在偏远农村盖了一处房，他办了一件让全家人都惊讶的事情。他父亲李尚林一听就骂他胡整，问他钱从哪里来的？他母亲担心他的负担太重，怕把儿子累坏了，只有他老爷轻捻胡须微笑着说："你小子一下就看了几步棋，真的不简单呀"。他媳妇魏冰倩百思不得其解："老公，你到底咋想的，非要在那么远的地方盖房，自找苦吃，也不嫌麻烦"。李秦川说："到时候你就明白了"。魏冰倩说："我能明白吗？你跟谁都不商量，自作主张，反正我不管了，谁弄下的窟窿谁补"。李秦川苦笑着说："好好好，我自己处理，自作自受，不让你操心受累。"

啥是眼光，眼光就是在别人没有看到机会时，你看到了机会，你神不知鬼不觉地走到了别人的前面。当一个个红色圆圈"拆"字，爬上秦庄家家的房屋墙壁时，当广播里一遍遍宣讲拆迁政策，一户户人家的门口贴上了"告秦庄群众书"的时候，几乎大多数村民都懵懵懂懂的，他们不知道怎么办。李秦川这时已经比较坦然地做好了拆迁前的准备，去年春季他在30里外的郊县，一个叫夏村的地方买了一院旧庄基，占地面积370多平方米，那院落的旧房屋已全部坍塌，他花了几十万元，建起了一座朴素而雅致的二层小楼，建筑面积430多平方米，还带地下车库，院子围墙采用铁栅栏透视墙。最近他把一切都配备齐全了，只等有一天全家搬迁过去居住。

李秦川为什么要这样呢？他有自己的考量，他的老爷、父母都年龄大了，村子如果拆迁，就需要租别人的房子过渡几年，别人家的房子条件也许有限，老老少少拖家带口，住到城里也不现实，为了让他们有个安稳的生活环境，最终李秦川还是决定给他们盖一院房屋，暂时过渡一下，等将来小区建成了，再让他们搬进小区。

当然，李秦川还有更深一层的考虑，他的老爷、父母对自己爱惜的旧物有深深的怀念之情，让他们全部扔掉，他们会心里很难过，还不如弄个房子，给他们留下一点乡愁，留下一点记忆。再说，老爷如果病重时，也不能在别人家吧，这是很现实的问题，其实那次陈尹西大姐检查老人的身体时就已明明白白告诉他，老人家已是风烛残年，混天天混时时，说不定啥时候就走了，他必须未雨绸缪，早做打算，不然到时候就被动了。

三

向晚红霞漫天，火烧云绚烂绮丽。没有人知道李西周这个倔强的老人，为什么这样反感拆迁这件事。

一天夜晚，在自家简朴的客厅里，卧在方桌上的那架跟了他多年的钟表敲响了 11 点的钟声，这些天那挂钟表有点慢时，比实际时间慢了 5 分钟，这是多年来少有的现象。半夜，当李秦川跨进大门的时候老人正在洗脚，那天晚上老人让李尚林父子都到他的房间来，他对他俩交代了几件事情。

李西周先让李秦川打开了钟表后盖，老人从里边取出了两张泛黄的纸，一张上书：一个人是不是能做大事，心量很重要，能力反倒不是最重要的。心量大，会吸引有能力的人来帮助你、成就你。心量打开才能成就一番事业，成为真正有影响的人。一张不知是什么人画的一幅草图：上面画了一棵树，其形状大致像村口的大皂荚树，一个箭头指向树的东北方向，又写了一句话"350米处，洞口"。李西周说："这是咱们这个屋的最后家当了，第一张纸算是我的一个梦想，我决定把它交给秦川娃，让他替我来完成，我一辈子的心思都在里面。第二张纸是我埋藏瓷器的地窖口位置图，地窖里面还有李姓家族的族谱，也交给秦川。哦，还有这钟表，它是我爷爷的宝贝，我都留给秦川，从今天起我就把这个家交给你了，你大，他扛不起这副担子。尚林，你不要有啥想法，不当家不知柴米油盐酱醋茶，不当家不知人情世故往来进退之种种艰难。秦川这些天在外累死累活，一边是工地，一边是他媳妇生孩子，一边还要为一家人操心受累，他心思缜密，有心计，像个当家人的样子"。"老爷、大，你们都是我的长辈，咱这家里老的老小的小，就我年富力强，这个担子我不担谁担？""秦川，你这鬼机灵，把外边那个房子一盖，就把老爷的愁帽揭了，云开雾散啊，云开雾散啊。不是我多事，拆迁是大事，一个村子没有了，一个家要平地消失了，搁哪个人都心中不舒服，我都这把年纪了，按说早该不闻不问这些事，但我第一个担心是那些拆迁政策有没有个准信儿，有没有个保证，谁会保证它不会变，不会走样，这是我的一个担心。第二个担心就是这中间如何过渡，老老少少的人住到哪里，吃到哪里，娃娃上学咋办，咱村这些人的日子咋过？第三个担心就是，我们一拍屁股走了，先人们无人管，祖坟还没有迁走，这总算是一个窝心事吧。第四个担心，我希望给秦川的娃娃，在老屋过个满月，呵呵，这个算一点私心，其实早都四世同堂了，可我还是不死心呀，总希望能够五世同堂。我的第五个担心就是趁早点我要把这个家全部交给秦川娃，哪怕我死了也能闭上眼。"李尚林把头一扭说："你这老人家精神得跟啥一样，快别胡思乱想了，什么死呀活呀的我不爱听"。

四

  在一个没有月光的夜晚，人睡定前后，大皂荚附近传来了一阵阵挖掘机的声音，没有人在意村里夜晚的事情。因为马上要拆迁，路灯也没有人管了，街道上黑灯瞎火，一片冷清凄凉。李秦川等人这几天一直在收树，他将村里有模有样的大树全买下，然后卖给开发区的绿化公司，这是一笔可观的生意。实在一时半会儿出不了手的树，李秦川在邻县租了一片空地先把树木育起来。有几个睡醒了的，或者失眠的，他们心想大概是李秦川让人连夜挖树呢。村子要搬了，不得全活了，这段时间的寂静只是表面现象，其实各家各户都在做最坏的打算，这个情况就如同水坝拦水，随着水量大增，一旦过了警戒线，随时都有可能溃坝。

  李秦川带人把家传的瓷器、书画、家谱等物件都取走了，甚至连破碎的残片都清理干净了。大皂荚树，见证了这一过程。李秦川带着几个壮实的年轻人正在从挖开的洞里往外转运瓷器，忽然"哗啦"一声，一件瓷器应声摔碎了，一个小伙子与瓷器一起跌倒在路边，他的脸顿时一下子红了，他赶紧起来说："李总，对不起。"李秦川问："人好着没有？没有受伤吧？你休息会儿，不要急，天黑，大家都注意点。"过了十几分钟，又是这位小伙跌倒了，这回他用身体保住了瓷器，他的腿受了伤，李秦川让他撤出现场，并从车上找来了云南白药和纱布。李秦川问他怎么了？他说："我害怕，我听说盗窃文物犯法。"李秦川笑着说："这是我家的东西，不会有什么问题，你们就放一百二十个心。"

这天夜里，李西周老人拉肚子，都起来四五次了，李尚林在跟前伺候着他："爷，不行咱上医院，我看把你难过的。"这天晚上李西周老汉反常得很，他一会儿热，一会儿冷，肚子又刮着疼痛。"尚林，你给爷把蜡烛点上，爷给老先人们上炷香，这或许是秦川他们那边行动了。"就这样折腾了一阵子，李西周才仿佛有了睡意，李尚林不敢离开，他在老人身边和衣而卧。李西周睡得很香，居然打起了鼾声。李西周似乎在梦游，他仿佛在那个神秘而黑漆漆的洞里跟李秦川说话："小子，你不懂这些东西的价值。""老爷，我看这不就是些瓷器嘛。""瓷器，你懂什么是瓷器吗？""我不懂，我看这好像是青花瓷。""哈哈哈，小子，算你识相，告诉你，青花瓷是一种釉下彩绘，这些瓷器，每一件都很珍贵，都是无价之宝。你仔细瞧，这里面有明嘉靖、万历年间的酒具、茶具、碗具、香炉、笔架、花瓶，还有清康熙、乾隆年间的东西，上面山水花鸟人物各种图案都有，各种形状都有，各个时期的瓷器特色非常鲜明。"李秦川问："老爷你是收藏爱好者？""不是，这些东西都是祖先传下来的。"

"老爷，这个洞窟也太大了。""呵呵，这是咱家的地窖子，也叫地道，过去防土匪兵痞骚扰用的，想过几天太平日子，你必须有个地道，这个地道从咱家大院直接通到村口，最远处可以到达泾河滩。""老爷，你看这不是咱家的家谱？过去都说咱家有家谱，你就是不吭声，为啥呢？""不为啥，时候没有到，时候到了自然就出世了，你说是不是？"李西周说这里边家谱是个宝贝，是李家 200 年历史的浓缩。李家绵延不绝有 200 年的人脉传承，也算是个奇迹。这不是字画嘛，都是些什么来头？字画多为时人赠送，明清有一些，以民国居多。他顺手拿出了一幅字，内容是明代状元康海的《秋望农家》：

　　闲散步，过村庄，见一妇人碾黄粱，玉笋杆头稳，金莲足下忙。汗流粉面花含露，尘挨娥眉柳戴霜。轻着扫，慢簸扬，站在一旁整容装。

李西周正在跟小辈说说笑笑，他仿佛从那个洞口又回到了家里。李西周说："咱家的地道分上下几层，出去走下道，回来从鸡上架处分叉，左边分路口就是回来的路。咱们的祖屋为前厅后楼的庭院，为典型的三进院。像这种房子有几十栋，在周围县区的城镇上，而李家的店铺达数十处之多。咱们家过去很富有，到了我爷爷时，开始衰败，到了我父亲时就更加破败不堪。后来就剩下了这一处祖居，祖居的厅房之间为对檐厢房。"李西周与李秦川说话的当儿他感觉自己仿佛回到了童年，他变成了一个拖着鼻涕的小孩子，他蹦蹦跳跳地背着书包正要跨进自家的大门。"少爷回来了？"有人高声问道。李西周并没有答应什么人一声，就悄无声息地进了前厅。他的眼睛仿佛两只探头，全视角地扫视着厅内神龛及板隔墙上雕刻的"八仙图""二十四孝图""梅兰竹菊"等图案。他又转向弓着身子察看院内角柱、墙壁上雕的周穆王"八骏马"、宋太祖赵匡胤与陈抟老祖"看棋图"以及姜子牙"钓鱼图"等。他问这是什么人的杰作？丫鬟说大匠。大匠的雕刻做工精细，造型逼真，而他的一个夫人好像就是大匠的女儿。李西周低头看到了一个花丝巾，丫鬟的脸红到了脖子根，他想起来了，大门、厅堂和居室的众多匾额、楹联，都是出自一位名家之手，而研墨的人就是那位丫鬟，据说丫鬟也写得一手飘逸的大字。李西周仰望天空，屋顶脊卧兽飞，檐牙高啄，钩心斗角，他想这是天人之作，有一种豪迈的气度。再看墙壁为水磨石、砖，嵌以木、砖、石雕，精美细致，巧夺天工。至于门槛窗棂，更是刻镂细致，玲珑剔透。虽然他是在这个大屋出生的但从来没有这么清晰地回忆过，这是多年后，大屋四分五裂之后的一次再还原，从意识世界的再次回归，李西周醒来时，太阳已经很高了。

　　第二天早晨，人们发现大皂荚树东北一侧的树叶有些枯萎，前些日子还好好的，这是怎么回事呢？这棵大树已成国宝级树木，在文物单位备过案，前几年村上修路挖退水沟，可能伤了南边的根系，这一面的树枝后来便死了，让偌大的树冠少了一角风景。树有多大，根有多深，也许李秦川挖别的树时碰到这棵树的老根。李秦川的母亲张凤梅闻言心中不安起来，晚上偷偷给大皂荚树挂了一块红布，烧了一炷高香，磕了3个头。李秦川征得有关方面同意，给老树挂上吊瓶，进行抢救性保护，还修了一段围墙加以保护。

有一天，李西周老人让李秦川带着他四处转一转，原来他想去祖坟看看，李秦川开着车拉着老人去了李家祖坟。然后沿着村道围绕村庄、田野转了一个大圈，他凝望着自家的坟头、自家的土地，露出了无限留恋的神情，谁能想到啊，会这样……

在路上老人问李秦川，东西都弄好了吗？李秦川说好了，老爷，你放心。

五

充实的生活就是每天把自己的行程填满，就是不顾晨昏，不顾巍巍山峦，幽幽山谷，在泾渭之滨，在田野、道路、庄稼地，在7月的风中穿行。李秦川这几天四处折腾，感觉人困马乏，但即便如此，他还是无法止步，无法停下来歇息会儿，他又去省城看了一下提前一个月就待产入院的妻子魏冰倩，妻子面色红润，心如止水，她举止优雅，有小鸟依人般的味道，她与丈夫两个人一比较，一黑一白，黑白分明。李秦川是个见缝插针的人，他一边想在妻子生产前把老人们的事安排妥当，一边还要抽空做点收树卖树之类的小生意。在医院里他专程拜访了陈尹西大姐，她也是个工作狂，一天到晚沉浸在自己的事业中。他对陈尹西说："我在郊区的房建好了，下周日请你过去看看。"陈尹西说："还需要我帮什么忙。""嘿嘿，你来就行了。"

这是一个秋天的上午，太阳毒辣辣的，让人无法忍受，蚊子隔着衣服叮人。门中自家人、亲朋好友、夏村人，从四面八方来到了李秦川的新家。"你这地方真难找，导航都找不准。哈哈哈，信号干扰，时断时续。"

这个庄子坐北朝南，门口栽着两棵核桃树，迎面一个大铁栅栏门，院子里宽敞明亮，东墙边种有三棵石榴树，西墙边有一个葡萄架，架下有盆栽花卉。从二门进了一楼客厅，只见客厅摆放了一套红木家具，四周有绿植。东墙之上悬挂李氏家族"肖河堂"祖荣，配有对联："忠孝传家五世其昌，慎终追远光宗耀祖"，旁边有李氏家训："家国一体，国泰民安。仁义礼智，百行孝先。诚信为本，与人为善。勤俭如金，优言福添。积善成德，懿行播远。稚蒙即教，引长励短。循循善诱，晓理笃践。行必庄恭，慎言寡淡。见贤思齐，居上要宽。富而不骄，贫而不谄。耿洁无疵，尘暮不染。敬老竭力，常思安然。生养恩重，反哺涌泉。家业无争，开创纪元。存己化物，顺其自然。虚怀若谷，内方外圆。未雨绸缪，行近谋远。文治武功，特立卓然。唯品是竞，当知高寒。福至心灵，世代圣贤。"西墙有巨幅山水画，一个大彩电在山水画正下方位置，旁边有张载四句："为天地立心，为生民立命，为往圣继绝学，为万世开太平。"客厅东南为一个带套间卧室，房门朝北，一室一厅一卫。此屋正对是厨房，贮藏室在地下室，厨房东北角是公用厕所及洗澡间，过了楼梯向西，与厨房对应的是餐厅，餐厅共有两间房，平时用一间，中间用屏风隔开。西南有一带套间卧室，同样一室一厅一卫。西北角是个小书房。二楼与楼梯正面相对的是收藏室，有李氏家谱、书画作品、瓷器、古玩等。上下相对应，东南、西南为两个卧室，东北、西北也设为卧室，只不过小些。走廊里摆设绿植，墙上有时人字画装饰。李秦川为老爷、父母、岳父母和自己都设计有住所，还有客房，这在农村是很不错的建筑了。这算是哄房，当天招待了100多人，这是李秦川尽量压缩的人数。村民来贺喜的，李秦川晚上在院子里又摆上了酒席，他们一直喝到东方发白。

李秦川的不动声色与突然间的新屋落成，这么大的阵势让人大开眼界。李西周把心彻底放下了，眼见为实，耳听为虚，李秦川把什么都谋划好了。接下来就是迁坟，这个事情也看秦川他们咋弄了。李尚林还是那样，一着急就不由自主地扭扭头，斜着身子，干着急，就是说不出什么话来。有一位亲戚开玩笑说："尚林，你都算能人呢，你把人家娃看看，不行了吧，落伍了吧。"其实就拆迁、迁坟、过渡、回迁等事项，李秦川与政府、开发区和村干部都接触过，他知道政策情况，他对领导表态说，我绝对不会拖大家的后腿。一向态度坚决的李西周老人的态度变了，有人看见夜色中他们在搬家。难道人家悄悄签字了。咱们也不要傻等了，走！找他们主动签字去。反正早签早搬，将来选房就占先，迟了就吃亏。早搬离早选房，这个政策大家都知道了，拆迁工作有了新的转机。

与此同时，街道办事处和村上干部组织村民统一定日子迁坟，火化，安葬，解决了群众的担忧。迁坟之日，他们租用两台挖掘机挖墓，派两个民工做墓室移动尸体、捡拾骨头工作，为了不让先人的尸骨曝晒于太阳底下，村民在墓地上搭起了彩棚，并用红色绸缎被面包裹尸骨，运去嵯峨山麓口镇火葬场火化，骨灰盒统一运往龙华寺公墓安葬。迁坟补偿政策是：每迁一座坟政府补助 500 元，不迁者，一座坟政府补助 900 元。秦庄一村，前后迁坟 200 多座。村中文人为此撰写了公祭文书：

维 2013 年 7 月 13 日，岁次癸巳六月初六，秦庄村两委会率村民于公墓谨以雅乐时花，供鲜果品，礼炮长鸣，作揖叩首，跪拜我秦庄之先祖之亡故之灵曰：青山如帐，曲水流觞，渭河东去，泾水逐浪，黄土高坡，毕原之上，人道是周秦汉唐，明月夜，陵冢相望，烟雨蒙蒙，好一个风华地，谁诉衷肠？新区开发，浩浩荡荡，吾辈家园，紧邻机场。商务中心，西咸商谷，高速穿境，发展为上。良田千顷，屋舍万间，舍弃小我，服从国家。整村搬迁，将往社区，吾村即没，人心惶惶。痛告先祖列宗，息无宁莹之处。此次搬迁，声势空前，刨根务尽，曝天日之下，进火炉之化，在此入土。鸣呼，先祖之亡灵将移至龙华之故园，秦庄即无寸土之地，捶胸顿足，哀恸于先祖列宗，谅不孝无奈之后。

……

凌空启航，丝路之港。物换星移，人世茫茫。大河东去，回流无望。祖先遗训，永禀心上。佑我秦庄，地久天长。瓜瓞绵绵，长发其祥，祭奠敬香，伏惟尚飨。

六

2013年7月16日，秦庄开始拆迁，这是一个普通的日子。李秦川不会忘记拆迁对乡村的冲击力，他记得那种纠结，那种无奈，那种冲动，那种痛苦。当挖掘机"哗啦啦"拆倒一排排房子的瞬间，几个妇女号啕大哭，上年纪的庄户人没有不泪流满面的，这是他们的家园呀！李秦川知道他母亲在搬家的时候，也曾在客厅里泣不成声，我舍不得啊，这是我们一辈子的家当。不光母亲心里难过，父亲也曾在搬家的那天半夜里，骑着三轮车偷偷一个人跑回了千疮百孔的庄园，他想再陪自己的家园最后一个晚上。父亲在三轮车上躺着，他特意穿了一件军大衣，明月恋恋不舍地照着村庄，陪伴着这位走不出村庄的汉子。那天晚上，父亲毫无睡意，他想起了自己这个家，爷爷手里是大户人家，后来被收归村里所有，生产队解散后，又被他们家买了回来，眼下又将化为乌有。

李秦川似乎没有父母亲那样沉重的感受，他的感受比较现实，拆就拆吧，反正旧的不去新的不来。李秦川看到的是群众在僵持了一段时间后，从自身利益出发，逐步接受了开发区的意见。趋利避害，人之常情。关键是无论干什么事情，你都要记住为群众办事，考虑大多数人的利益。

总的来看，群众是支持这项工作的，最后交钥匙搬家那会儿，群众一窝蜂搬家，争先恐后，连搬家车都抢不到跟前，为了方便群众搬迁，开发区专门给群众派来了搬家车辆，李秦川也开着他的工程卡车给乡亲帮忙。

那一刻太激动人心了。那种场景就像黄河决堤一样，一下子拢不住了！

记得当时村里高娃家媳妇问："今天能给我搬家吗？"

负责搬家的工作人员说："对不起，今天没有车辆给你了。"

一听这话高娃家媳妇就躺倒在地上滚着哭开了，一个成年人的这种样子，让人感觉既可笑又可怜。

看到这种情况，李秦川笑着说："嫂子，你别哭了，我给你拉东西。"

"多谢我家大兄弟！"她立马爬起身来，破涕为笑。

因为那时的政策是"早交钥匙，早选房"，把钥匙一交，东西一搬走，人家给你登记上，才算有效。那个妇女她把钥匙交了，但搬不走东西，腾不了房子，她就要落到别人后边，所以她急了。

值得庆幸的是整村拆迁，村里没有发生一起打架斗殴、群众集体上访事件。这一年，《人民日报》刊登了一篇题为《和谐征迁 如何实现》的文章，介绍了秦庄的做法，引起了社会的广泛关注。

七

　　一动不如一静，安土重迁，这也许是一种老观念，但对于饱受颠沛流离之苦的拆迁户来说，这种体验他们宁愿一生中不曾有过，这是他们真实的感受。在影视剧里你也许见过逃难者的形象，见过携手相牵的落难人，见过一片汪洋的黄泛区，但是你见过拆迁中失去家园的人吗？秦庄整村拆迁了，人们四散居住开了，有投亲靠友的，有租房子住的，李秦川想象着离开家园人的辛酸，他们有眼泪吗？有失望吗？有疑惑吗？他们在宽阔的大路行走，还是在泥泞的小道行走？他们的房间窄卡还是宽展？他们是好多人挤在一间屋子，还是有充足的活动空间？他们的屋顶可曾漏水？他们有生活费来源吗？他们的过渡费拿到手了吗？他们的孩子晚上还能做出五彩缤纷的梦吗？他们漂亮的女儿还可以穿上崭新的校服吗？当然，像李秦川家这种情况的是少数，他们住着自己的新房。但人往往念旧，李西周一天到晚总念叨着想回村里看看大树，看看老家的地方，李秦川有一天恰好回来了。李尚林说："你老爷这些天，一直说想去秦庄看看，你今儿个就快点把他拉到那儿散散心，老汉总是不把这里当自己的家。现在他的脑子有点混沌了，他老把我叫成你爷的名字，动不动就叫错了，耳朵也是聋子不听音，前言不搭后语的。"

　　秦庄的路牌还在，村委会的办公房还在，不过这里似乎成了工地的办公场所。李西周拄着拐棍一步步走到了村口那棵大皂荚树跟前，他在那条自己常坐的树根上坐了下来，他似乎有了一种少有的亲切感和神圣感，他的眼睛好像有些润湿了。他说人活树，树也活人，没有人了树也就活得没有了精神。你看，这一片废墟，到处是砖石瓦块，到处是灰尘泥土，四下里光秃秃的，就唯独剩下了这一点荫凉，这树在这里要受罪了，弄不好就早死了。李秦川说："也许这阵子过了，人家把杂物现场清了，树会得到更好的保护。""你看这树今年不旺了，我真替它担心。"路过萧何、曹参墓园，李秦川把车停了下来，李西周在园内观赏了一番。这里松青柏翠，绿树成荫，地面上刻写着"萧规曹随"的字样。李秦川说萧何为汉代开国宰相，有"萧何月下追韩信"的美谈，也有"成也萧何败也萧何"的非议，他这个人对汉代初期的法令制度建立做出了很大贡献。李西周说，萧何这人胸怀大，有气度，他虽然与同为开国元勋的曹参有隔阂，但在临终的病榻上，高祖刘邦问，丞相之后何人能接替他的职位呢？萧何毫不犹豫推荐了曹参。曹参不负众望，继续萧何的方略，休养生息，对汉朝政权稳定功劳巨大。李西周又要去一趟陵园，他想去看看祖先的新坟茔，陵园在龙华寺附近，该寺还有和尚住持。

　　李秦川正陪着李西周察看自家坟地，这时电话铃声响了，他今天是专程陪老人家的，所以一般电话他便不接，后来电话又响了，一看是媳妇的，他当即接通了。"你的电话咋这么难打，我都打几次了。""亲，啥事儿？""你赶快给工地上回个电话，有急事找你。"李秦川没敢延误，立刻去电话询问情况，原来他外甥赵三虎把工程车开翻了，人好着呢，在医院做了检查。李秦川说让他回家养几天病，就这么定了。一个电话搅了当天的游兴，李西周老人说："你要有事咱就回家，不转了，我也累了。"送回了老爷，他直奔工地，他一看现场傻眼了，赵三虎也不知晚上干什么了，白天撞倒了电杆，之后车翻进了路边的水沟，唉，看样子还要给电力部门赔损。

　　李秦川最近一直很忙，放松了对赵三虎的监管，他有些故态复萌，晚上通宵打麻将、喝酒，在外边瞎混。这次一出事儿，他屁股一拍走人，一走了之，什么也不管不顾了，而后边受难的是他的舅舅李秦川。赵三虎这才消停了几天就沸反盈天了，他媳妇闫晓聪管不住他，他经常在外乱逛，还夜不归宿。有一天他与人打赌，他硬说中国有 5 大直辖市，结果数来算去就只有 4 个，愿赌服输，他输了 500 元钱。赢家大度，请在场众人吃羊肉泡馍，外加白酒、饮料、小菜，后来店家一算账 498 元，不多不少找您 2 元。这一天借着酒力他告诉了大家伙一个秘密："我手里有一本家谱，年代早得很。""吹牛皮！""谁哄人是孙子。""这回赌多少？""5000 元。""好！还是这些人做证，输了赢了，黑了明了，一言既出，驷马难追。给我 3 天时间。""不说咧，5 天之内你拿来算你赢，拿不来，你就输了。"那个与他对赌的汉子大声喊道，众人一起哄笑，"哈哈哈！"

八

自从那天回了趟村子，李西周老人就一直不舒服，他总是嗜睡，饭也吃得比以前少了。有一天大清早，门口来了卖甑糕的，李尚林给他爷买了 2 元的量，李西周站在大门口，他大声说再买些，我饿得很，几天都没吃了。李尚林说那就再加一块钱的，不敢多，老人克不过。李西周接过甑糕狼吞虎咽，竟然全部吃光了。张凤梅嗔怪李尚林："你呀也不拦着，吃下麻烦了，还不是让你受累。""喔，老汉我能挡住？"果不其然，中午、下午李西周都不想吃饭，就一直昏昏沉沉睡着不灵醒，一连几天都是这样。"快，把秦川叫回来，去医院，看把老汉睡日塌了。"亲戚闻风纷纷探望。赵三虎陪着他父母也来了，李秦赢给他老爷洗脚洗脸，擦身子，赵长春跟丈人忙着整理院子，以备不时之需。李尚林他六姑来了，她摸了摸老父亲的脉象说："我看保不住这回真走了，走了好，儿女都陪不住你了，我几个姐和哥都走了。"

　　家里已乱成了一锅粥，李秦川在工地上也忙，李尚林没有了头绪，他怪道秦川不回来，钱把你驴日挣疯了，多少是个够，你看这屋里的事，我……我知道咋办呢？张凤梅，把你儿往回叫，把我给死里整，你一个个跑了个远。张凤梅一听老伴儿胡发火呢，也不理会他。迎面碰见外孙赵三虎，"外婆，我外爷让我找长绳伐树。""听风就是雨，人家说你先人不行了，你就把门口的树都要伐了。"张凤梅抱怨着，"我不知道绳子在哪里。""我外爷说在楼上。""给钥匙，你自己找去。"赵三虎接过钥匙欣喜若狂，他迅速把家谱拿到手，又找了根绳子，跑了下来。一会儿李尚林又说不伐树了，有人说老人有病，不要胡动土。吃午饭时左右不见赵三虎，张凤梅慌慌张张上楼，发现钥匙还在门上挂着，"这个晃晃鸡，你急着弄啥呢。"她没有多想什么，锁上门拿了钥匙就下了楼。令人意想不到的是，李西周经过他小女儿和重孙女等人的翻腾，以及轮番拍打、按摩，放了一个响屁，终于睁开了眼睛。一家人欢天喜地，庆贺老人家还阳。

　　却说赵三虎奔命似的跑到了约会地点，族谱在手，他也赢了一个回合，他要请大家吃甲鱼老鸹撒，在一家新开的店里摆宴席。赵三虎非常得意，只顾喝酒打关，大家都喝得醉意七八分的时候，隔壁包厢里来了个大人物，别人都叫他王老板。王老板对赵三虎说："赵兄弟，听说你有一个家谱，我出两万想买下它，你意下如何？"有人在煽风点火："卖了吧，老板是收藏家，过了这村就没有这店了。""加点，多少都行。""不，就一口价。不卖走了。""慢，成交。"赵三虎乐嗞嗞的一下子弄到手了两万元。

　　李西周醒来后，亲人们问他去哪里了，他说去了那边人家不收，就又让他回来了。他说："这些天我一直跟你大妈、五妈在一起，她们领着我报名，人家管事的一看名册说，'谁叫你来了，你的阳寿未尽'。""呵呵呵！"大家一阵喧闹，说阴话，说梦话哩。"我还见到龙华寺的住持和尚了觉大师，他说秦川娃有一劫难逃。"张凤梅说：

"爷呀，你没看娃有啥灾难，他可是你亲重孙。""这是大师所言，我哪里知晓。""大师还说了什么？""大师说年年防火，夜夜防贼。""爷，你胡说八道呢。""哈哈哈，我睡得和死人一样，我知道个屁！""大，你个偏心眼，光知道你家孙子、重孙，心中就没有我家。""咋没有你，你不来这儿，你大还有个命，我女儿孝顺！"

九

人的运气说不上来，时好时坏的，让人捉摸不透。李秦川这些日子诸事不顺，先是外甥闯祸，给电力部门赔钱，修车让他破费不少，还耽搁了工期，八头受损，四处受气。他去山里求神，本是图个清静，回来运道还是没有转过来。昨天下午，他接到了通知，有人告他偷盗文物，这都是哪里的事呢？他的一个员工，就是那天打碎花瓶的小伙子，他是个有心人，从现场带走了一块瓷片。后来渭水市博物馆的馆藏瓷器被盗，上边追得紧，要求限期破案。那个小伙胆小，无意间吐露了李秦川夜挖瓷器的详细情况。不管怎么样，这个人有重大嫌疑。

一波未平，一波又起。环山路第二期工程正在投标，与他争项目的另一个工程队不是别人，正是那位王老板，王老板打听清楚了，他拿到的族谱是李秦川家的，李秦川把这东西看得比命还值钱，王老板暗自高兴，真是天助我也！王老板这次是势在必得，他想一举拿下两个标段，他了解李秦川的实力，他想全部拿了标书，然后再转包给李秦川一个标段，而李秦川不想受制于人，不久前他还从陈尹西那里借了一笔钱，他铁了心要拿下这个项目。王老板派人给李秦川送去了李氏家谱复印片段，李秦川知道对方想拿此物做交易，他左右为难。他料定自己后院起火了，心如刀绞，决定回家看个究竟，一进门他母亲张凤梅就哭着说出了实情，不就是一个家谱吗？难道这比命还要紧？李尚林痛骂那个不争气的外孙，但他们不想让李西周老人知道，怕他担惊受怕。李秦川只能咳一声，他看过老爷，老人拉住他的手说家贼难防，李秦川感慨万千，家丑呀，老爷其实早就知道了。在家里不能多停留了后边还有一河滩的事情等着他，正要上车时，组长来了。组长大声说："回来也不歇歇脚，转过身就走。"李秦川又下了车，给组长发烟，跟组长寒暄几句。组长说村里修路，李秦川说："没问题我全力支持，过几天我把挖机开回来，再捐3万元。"组长临走说："前几天有人到乡上告你，说你的庄基多占了集体地方，胡说啥呢，我把狗日的训了一顿。"李秦川说谢谢老兄照顾，又朝他口袋里塞了一盒烟，组长稍作推诿便欣然接受。"你忙，我还有事。"看着兴高采烈离去的组长，张凤梅噘着嘴说："我家又没开银行。"李尚林拦住她说："少说话，就你话多。"

　　李秦川驱车离去了，他在路上不由自主抚摸了自己的皮带，以及皮带上挂着的那块玉，皮带是妻子给他买的，玉石是陈尹西大姐的馈赠，他欣赏似的给自己了一个微笑。在内心对自己说，我在这个世界上只要见到了柔美的东西，就会爱不释手，并为之倾注全部温情和热爱。他摇下玻璃，扫视了一下窗外，大地多情的容颜呀，你的鲜花盛开，你的绿意融融，化解了我多日的阴霾，看玉米吐蕊，红果满枝，葡萄成串，瓜果飘香，万物的葱翠浓郁，与天空的洁白云彩，遥相呼应。李秦川禁不住说了一句：看庭前花开花落，望天上云卷云舒。这时他的内心洋溢着无比的欢乐：从今天开始，我不再忧虑，我的生命充满了新鲜感，自不待言，我一旦见到了含笑的妻子，见到了她的眼泪，我就想亲吻她，就想抱着她那臃肿的身子。

　　李秦川刚走，姐姐李秦赢和姐夫赵长春就到了，她说儿子赵三虎又被派出所拘留了。李尚林耷拉着脑袋不吭声，张凤梅气得骂道，前世的冤家，你们呀。骂归骂，说归说，你还得为他们想办法。李尚林说，给秦川打电话。谁打？你妈打。我不打，这事你一个个灵的。没办法，李秦赢自己给兄弟打电话。秦川说他有事情，脱不开身，让他们先回，他可以问问情况。原来赵长春的村子也拆迁，赵三虎等几个人跟工作人员起了摩擦，后来把人家的车掀翻了，这下子事大了，被派出所拘留。

早已不问世事的李西周颤巍巍出来了，他慢腾腾地说："前有车后有辙，不走正路，你想干啥呢？回去自己想去，指望你能把天翻了。人家政府弄的事情都是对的，你就跟着走，不要起花花肠子。"这回李尚林倒是冷静，他没有热血上头，静静地坐着听老人家训话，他也学灵了，这个外孙是个喂不熟的狗，你看看整天不学好，还打人哩。李秦赢说："大，那我家拆迁了住哪里？"李尚林说："你们租房去，政府不是有补贴吗？""差得远。""你自己想办法去，你娃把你兄弟害得还不惨吗？喔案子还在喔哒悬着，你们住到这里还不把你老爷折腾死，把我家闹得一屋子不安生，实在不行我可以给你补贴些钱。"张凤梅在一边没有作声，她也被外孙的事情闹伤了，她不敢让瘟神进门。李秦赢哭着说："回，自己的罪自己受，别指望任何人。"李西周的收音机又响了，还是那段秦腔《斩秦英》：

> 哎、哎、哎！
> 我龙母上殿去拿本参谏，我父王龙位里全不改言。
> 银屏女上殿来把父参见，叫父王龙位里细听心间。
> 曾不记光武那一年，姚马两家各争先。
> 姚刚大街去夸官，打死太师丧黄泉。
> 姚期绑子上金殿，汉王爷不斩亲封官。
> 叫父王你把先朝看，你念起秦门里一个儿男。

十

你当李秦川去了哪里，他正在姐姐村子谈生意，他想承包这个村子的拆迁工程，最近他的工程队有点时间。因为经常与拆迁办的人打交道，他对开发区的拆迁政策有所了解。拆迁工作是一个系统工程，涉及拆迁补偿、安置、就业、公共服务等方面。按照"拆迁与安置并重"的工作思路，临空新城在周边的机场"黄金地段"规划了花园里社区、幸福里社区、阳光里社区集中安置小区。基础项目已开工建设，将来不仅可以满足7万余人的安置需求，还可解决部分从区外来务工人员的安居需求。

当时的政策规定，凡是符合条件的农业人口，人均有效面积60平方米，超过部分要么舍掉，要么据实丈量，比如一家5人应该300平方米，你如果只有280平方米，不足300平方米，欠缺的20平方米给你每平方米补300元。超过300平方米有效范围内的，如果舍掉超出部分，每人奖励4万元；超过部分据实丈量的，另外计算，如果是砖混结构的，按照每平方米430元、390元、350元不等的价格分类计算。回迁村民将享受开发区"五金"待遇：一是征地拆迁有补偿金；二是多余房屋挣租金；三是年底分红挣股金；四是就地打工挣薪金；五是60岁失地农民有保证金。

李秦川是个闲不住的人，一听说有工程可干，有生意可做，他就异常亢奋，精神倍增，他吃喝鲸吞牛饮，睡觉呼呼大睡，做起事来却非常较真。他谈完了生意，顺道去看看姐姐，恰好姐姐刚回来，一见弟弟不请自来，不由喜极而泣。你这是从哪里冒出来的？我就在你这个村里转悠，看谁敢欺负我姐，怎么你跑回家去了。事情我都知道，没有啥嘛，过几天娃就回来了，我已经有活干了，让娃回来继续给我开车，拆迁就拆迁，不会亏大家的，姐，你放心。李秦赢没有想到自己牵肠挂肚，纠结不已的事情，在弟弟嘴里就是这么简单，这么轻松。秦川，你把姐的心病解了，姐这下放心了。"哦，姐，你不要错主意去租别人家的房子，你就住咱家，我盖了那么多房子，还能让你们住到外边风餐露宿去？""不，咱大咱妈不乐意，他们有难处，都怪那个挨刀子的不争气。""不要说气话，我跟咱大咱妈说这事，你就安心吧，赶紧收拾自己的东西，尽快签字，到时候我给你们搬家。"李秦赢还想说什么，李秦川不让她多说，其实她心里七上八下，似海水翻腾，她纠结她们李家的家谱至今没要回来，她害怕儿子住到了娘家又惹是生非。"姐，娃上人的当了，事情会好的，我相信他吃一堑，长一智。""但愿吧"，李秦赢说这话的时候，手臂有些颤抖，她都对自己的儿子不敢打包票，但她知道兄弟的心，他在给自己宽心呢。

幸福里

第 二 章

十一

　　8月的日子，对李秦川来说，是个门槛，在环山路二期投标中，他的工队没有中标。那件足可以毁掉一个人声誉的文物盗窃案，又悬而未决。他要自证清白，必须有足够的证据，除非抓住了真正的盗贼，而问题是告他的人也没有足够的证据，所以此案将会一直悬在那儿。他本可以去外地承包工程，无奈家里还有三件事要处理，一是老爷李西周生命垂危，说不上什么时间就走了，他不能远离。二是他妻子也即将生产，他要迎接这个新生命的降临。三是拆迁后的回迁，老老小小的一家人，他要让他们安稳回归。当然，设想计划难敌万端变化，变化让事物具有丰富多彩的面目和样态。

这几日李秦川的心情颇不平静，身体似乎也透支了，小便黄赤，心力交瘁，说话都感觉没劲儿，还经常失眠。抚今追昔，他想找寻一点自己的故事，总是茫无头绪，他都感到惊讶，甚至很难找到自己，自己是谁，自己究竟是一副什么德行？静心默想，似乎不可想象，似乎有一种孤独，四处奔波，心中指向的也许就是一个家园，一份深沉的爱恋，最美好的回忆，也许就是幸福的河流时时泛起的波涛。昨晚，几个伙计相约在省城易俗大剧院看了一场秦腔《铡美案》，第二天还感觉浑身爽快，仿佛出了一口闷气。而其中的一段戏，让他泪流满面，那真是撞人的心窝子啊！

包：龙国太为救驸马命，叫我卖法送人情。明知香莲有血性，岂能见银冤不鸣。叫王朝看过俸银三百两，（白）唤香莲。开言来再叫秦氏香莲听，我有心准了你的状，国太公主闹哄哄。赐你纹银三百两，拿回家去养儿郎。送儿南学把书念，只读诗书莫做官。你丈夫不把高官坐，焉能骨肉自相残。忙吩咐香莲下堂口，我也要辞朝不做官。

香：听罢言来心冷淡，怀抱顽冰满腹寒。人说包公是铁面，谁知尽是哄人言。三百两银子摔当面，放声大哭叫苍天。

（滚白）我叫叫一声天啊，天啊！你看我民妇人冤枉甚大，州县衙门管它不下！闻听包相爷执法如山、不避权贵、与民申冤、为国除害！是我不顾生死前来托天、哀哀上告，谁知他也是官官相卫了！我叫叫一声包相爷，包相爷！事到如今，我也不要你的银两！我也不要你与我申冤！但求相爷将我，一刀两断，也免得叫相爷为难了！

早上起来，坐在床边发呆，一想晚上做梦了吗？是的，梦见了自己在辅导一群学生学英语，笑话，自己才四级水平，如何给研究生上课，还全英语教学，讲什么呢，讲现代文学的探索发现，讲作家的灵感思维，讲卡夫卡无法接近的《城堡》，讲普鲁斯特的《追忆似水年华》，讲见识冰块的那个下午的《百年孤独》，讲《交叉小径花园》里的中国元素，讲《茶馆》里听来的《呼兰河传》。你说陈尹西上课还差不多，她毕竟在英国生活过，还经常出席国际学术会议。李秦川一大早就想去吃一碗羊肉泡馍，他想约几个朋友一同前往，正要打电话，忽然一个陌生的电话来了。"久违了，李老板，今天有空吗？我请您在同盛祥钟楼店坐坐。"听出来是王老板，他能有什么事，走，带上司机小张，管他虎口龙潭也要闯一闯。

这是一次私密的聚餐，偌大的包厢里就两个人，司机在外间吃饭。王老板说："李兄弟，对不住了，给，这是你的家谱，我完璧归赵。在生意场上，咱俩是对手，可在私下咱还是朋友，你说是不是？"李秦川说："感谢王兄将我的家谱送回，说吧你开个价，你也是花了钱的。"王老板说："这个钱嘛免谈。不过我有一事相求，还请兄弟帮忙。""那还看我能否帮得上忙。""你能行，我母亲患病住院危在旦夕，听说你跟陈医生熟悉，所以请你帮这个大忙，事成后我重重谢你和陈医生。"李秦川虽然心中反感，这人居然用这种方式跟自己打交道，但一听说老人病重，他还是愿意出面。他似乎想起了那句老话，救人一命胜造七级浮屠。

事情进行得比较顺利，李秦川请陈尹西给王老板母亲看病，老太太心脏搭桥成功。王老板盛情邀请李秦川与他合作，他无条件让出一个标段的工程，全权由李秦川负责施工，他们的合作意向得到了甲方的认可。无论如何，李秦川没有想到二期标段工程，自己就这么失而复得了，看来还是要多行善事，就会有善果来报。

十二

　　天气晴朗，云白天蓝。工地上的人吃饭都快，三下五除二就结束了。李秦川这天吃饭很斯文，半晌都没见他出工棚，厨师一看，嘿嘿睡上觉了，饭还原封不动地在碗里。厨师摇了摇头走出了工棚，这时赵三虎匆忙间几乎与厨师撞了个正着，"哎呀呀，妈呀，是你。"这一叫声把李秦川吵醒了，"啥事？你不是在清运垃圾吗？"赵三虎说："舅，我的车坏了，正修车呢，我回工地来看看你，我外爷说让你把这里安排一下，寿星爷这几天又不行了。"

　　李秦川没敢怠慢，他立即去了省城，找陈尹西商量，让她给老人家做一个全面检查。陈尹西还有手术，她说要调整一下安排，然后再跟他走。李秦川又去了病房，看他的爱人。魏冰倩在医院待久了见面就给他脸色，哈种，二旦货，你把媳妇都忘到九霄云外去了吧。温柔是女人的天性，嘴巴上恨你，心里有你，也不管这个泥猴子从土里刚钻出来，拉着就亲就咬。生活啊，就是这样的，从黑到明，魏冰倩心中的爷们总是闪着光亮，她是他的女人，她为他打扮成了花朵，她期待他的到来，如同泥土之上的万物渴望阳光雨露，爱人呀，给我一个拥抱吧。

　　魏冰倩说我要回家，见寿星爷一面，哪怕就瞄一眼。陈尹西完成了工作，来到了病房。她说我们出发吧，于是三人一同回乡。夏村的街道有路灯，但很暗淡，如同当年的油灯，李家大院，灯火通明。人很多，相好对近的人都来了。李尚林做主请来了十几个和尚、道士、居士，他们在念经，在送李西周归去，道场已经做了半天，没见老人转向，老人反而面色红润，眼睛明亮。法器、乐器声，熙熙攘攘的人声，此起彼伏，人们虔敬地祈求上苍收去一个老人的性命，呵呵，这个人家正在欢送一个性命。说词的唱曲的，吹笛吹笙拉弦的，敲锣打鼓的，扛旗摇幡烧纸的，跳神呐喊附和的，人人都配合默契，他们唱什么不重要，说什么不重要，演奏水平的高低也不重要，但似乎他们的目的是明确的，就是要让这位老人平安离开这个世界，老人家已经两周水米未进了，他拒绝进食，只能用棉纤蘸些水润湿他的嘴唇，或用吸管导引流食喂他。李秦川心里很难受，这是干吗呢，别人都是求生，咱却要求死，这是多大的罪过呀！他禁不住泪水夺眶而出。一位居士大惊，莫哭呀，泪花溅到老人身上他就不走了，李秦川想发作，不走就不走，我的老爷是不死的人。

中午歌手、鼓手、琴手都累了，诵经的领经人汗湿衣裳，他们吃了饭还要吹呀拉呀唱呀的，可能一直要折腾到深夜。趁着吃饭的间隙，李秦川带着陈尹西给老人检查身体，老人坦然自若，始终微笑着，他看着陈尹西的目光里有无尽的柔情，嘴里说出了"五"字，李秦川顿时明白了，老人想到了五老婆婆，他的五太太。这时李秦川的手机响了，他的音乐铃声是歌曲《天边》，当熟悉的旋律响起，他不由得落下涓滴泪水，是母亲张凤梅在喊他吃饭。陈尹西出来了，她深情地瞅着李秦川，也低头擦了把眼泪。魏冰倩刚好从门口进来，她也是来叫他们吃饭的，李秦川说你们去吧，我不想吃。李秦川的手机又响了，他关了机，但心中回想的还是《天边》那深情而悠长的旋律：

天边有一对双星，那是我梦中的眼睛，山中有一片晨雾，那是你昨夜的柔情。我要登上，登上山顶，去寻觅雾中的身影。我要跨上，跨上骏马，去追逐遥远的星星，星星。天边有一棵大树，那是我心中的绿萌，远方有一座高山，那是你博大的胸襟。我要树下，树下采撷，去编织美丽的憧憬。我要山下，山下放牧，去追寻你的足印，足印。我愿与你，策马同行，奔驰在草原的深处。我愿与你展翅飞翔，遨游在蓝天的穹谷！

他知道老爷一辈子没有给五太太一个好的归宿，而她等了他一辈子。而他与陈尹西又何尝不是这个结局呢？老爷的手已经很瘦弱了，但抚摸时温暖还在，老爷说，他走后要在大皂荚树下举办仪式，他还要把那件明代青花瓷香炉赠给陈尹西的母亲，他说物得其所，他希望把那几十件瓷器，除几件给后辈留个念想儿外，其余全都捐献给政府。老爷柜台上的那挂钟永远停在了 13 点半，他的身边只有李秦川一个人。老爷呀，李秦川撕心裂肺，号啕大哭。

"快，老人走了！"

"啊，这个时辰，就秦川一个人在场。"

"快，烧倒头纸！"

"给老人穿寿衣。"

"谁给老人整理遗容？"

"我！"

"陈医生？"

"我懂临终关怀。"

2013 年 8 月 13 日，七夕节这天中午李西周老人去世。老人躺在门板上，陈医生在给老人整容按摩，张凤梅等人在给老人擦洗身子，魏冰倩头晕目眩，她几乎撑不住了，被人扶着走出了屋子。张凤梅给死者口里放了一枚铜钱，然后给他面部蒙上红布，几个男人把木门板抬到了中堂，脚底下点起了一盏高脚铜油灯。几个管事的人商量准备棺木、入殓、请先生、叫龟兹、唱戏等事宜。这时关于老人土葬还是火葬问题没有最后定案，管事人问李尚林咋办，李尚林说看我家秦川咋考虑。李秦川过来了，他说我跟队上再说说。

"不用说了！"夏村支书带着几个干部一起来了，他边走边大声说，"我们两委会同意老人家土葬在咱村。"

"非常感恩咱村上人，书记我给你们跪下了。"李秦川扑通跪地。

"哦哦，这是做啥呢，你老爷是个大寿星，能走到咱这个村，就是咱村里的光荣，再说你为咱村庄做的贡献谁都能看见，你们是咱夏村的人。"

"对对，咱是一村人。"

"就在这里，热热闹闹给老人把事办好。"

老人的柏木棺材早已准备好了，阴阳先生看了墓穴，选了安葬日期，停丧七日。这是规模较大的一次葬礼，两个村庄的人都参与了，李秦川请了省上的剧团演了两天三晚大戏，8个乐人吹吹打打了几天。要说特别嘛，那要算李西周老人的追悼会，这是一位106岁老人的告别仪式，在秦庄的大皂荚树下，生离死别，举村动容，蟒山低头，渭水汤汤。生者追忆逝者的功德，缅怀跨越百年的沧桑见证人：老人在世，克勤克俭，德孝传家，诚信做人，唯耕唯读，仁义于世，自食其力，淡泊名利，胸怀坦荡，利国利民。望五陵原上古柏蓊郁，闻秦川大地丝路起航。慈爱的老人，你的美德与日月辉映，尊敬的长者，你的良操善行千古流芳，安息吧！李西周老人生在秦庄，葬于夏村，而他的墓冢里摆放着那架跟随了他多年的钟表，还有就是在埋葬老人的那天早上，他的重孙女李秦赢着戏装，为她老爷倾情演唱了老人家最爱的《斩秦英》，她还特别演唱了《河湾洗衣》以表达无限哀思。

十三

幸福总是带着遗憾来的，它往往姗姗来迟，甚至带着几分苦涩的甘甜。李西周老汉去世后第9天早晨6点，魏冰倩生下一子，名叫李朝阳，母子平安。当天中午，李秦川跪在他老爷的坟头把这个消息告诉了泉下有知的老爷。李秦川的女儿李朝曦与陈尹西在一起生活，她在省城上小学，以前她叫陈尹西姑姑，现在叫她干妈。这天她也给老老爷上坟烧纸了，她说老老爷，你不要怪罪小弟弟来得迟了，是你走得太早了。李秦川带着女儿，在乡野中走着，心中却时时泛起一种无法言状的痛苦。就因为安葬老爷，魏冰倩心中有了挥之不去的阴影，她问李秦川道，老公，陈尹西算你什么人，她……她凭什么戴孝，她是亲戚吗？你知道我这心里多难受，你知道别人咋说的，人家说你们……不光魏冰倩多想，更要命的是，她的母亲吴淑芬火上浇油："我早说了这小伙不靠谱，你看不是按我的话来了嘛，你怀孕、坐月子给了人家机会，这么长时间了，他们就是在一个被窝里睡着，我的傻丫头，你放聪明点，干脆跟他离婚，你守着儿子，耗也把他们这对狗贼耗死，你呀，就是人家的一个奶妈子，养娃的，人家在外头要人呢。"魏冰倩一想也是呀，我这辛辛苦苦的为了谁？我拥有的不过是他肉身，而他的心魂早已出离，不行，要么我把他拽回来完全占有，要么大路朝天，各走一边。

守孝讲究七七四十九天，三七、七七、百日、周年，李秦川都从未缺席，而那些大祭的日子，晚上他都为老爷守灵，别人为老人"打怕"不过三天，他不知用了多长时间，大概有几个月吧，只要有时间他就回村，把车开到坟地，然后睡在车里。夜晚漫游的清风，爱抚着他的脸颊，他一心一意倾听着地底的声音，可是老爷从此不再发声。清晨，坟地上不知名儿的野花沾满了露水，朝霞一照耀明光闪闪的，李秦川不知道他在守候什么，等待什么，似乎一种散漫的快乐围绕着自己，自己仿佛沐浴其中。哦，他想起了老爷的遗嘱，他还没有执行，他必须完成老人家的心愿。

一天上午，在温暖的阳光下，他去渭水城接媳妇回家，丈母娘吴淑芬不让回来，李秦川笑着说，妈吧，出月了就讲究个挪窝，你不让走能行吗？魏冰倩犹犹豫豫，但架不住李秦川的软磨硬缠，人都是为了幸福而来的，你就是老公最大的幸福，没有你……你让我如何度过漆漆黑夜。儿子见了爸爸咯咯笑着，她没有说话，不声不响跟丈夫回家，她想是谁让这个小生命来到世间，是她和这个男人，是谁给了她女人的荣耀，也是这个男人，这个男人给她焦渴的嘴唇、欲望的身躯、迷惑的心灵以慰藉。吴淑芬气得大骂女儿没有出息，说好了要教训教训李秦川，结果三句好话就投降了，简直就是一个叛徒。老伴魏安定用眼神和表情劝她，嘴里发出嗯嗯啊啊的声音，魏安定患脑梗言语不便，但他心里亮堂。吴淑芬指着女儿的背影说，接走了好，清静，我不伺候了，谁稀罕，没良心！

　　从城市到乡村，被骂作没良心的一家三口离开了渭水城，一路向着东北方向进发，在咸阳原上游荡，他们走走停停，潇潇洒洒地观赏着沿途的绮丽风光。放眼望去，红的、黄的、蓝的、紫的花朵，在大自然百花园中，争奇斗艳；再看农业设施，瓜棚里的西瓜圆溜溜，菜棚里的西红柿红艳艳，黄瓜脆生生，豆角绿莹莹，反季节蔬菜让人们有了品尝四季鲜菜的好口福。而此刻的魏冰倩却没有那种馋涎欲滴的心思，她只想抓住丈夫的翅膀，是你吗，我的魔鬼，我的快乐，你不要去飞翔，你停下来歇息一下吧。孩子睡了，在车里熟睡着。她把丈夫从车里拽下来，他们在绿荫覆盖的草地上躺下，底下是一张军毯，军毯上罩着一个绿色帐篷，树叶遮蔽了天空，只有远处的鸟儿咕咕叫着，树枝在风中摇摆，草尖被压弯了腰身，魏冰倩焦渴地呼唤，不要不要……淤塞的河流瞬间疏通，堵塞的道路穿行无阻，闭塞的乡野有了宽阔的广场，现在，现在一切都好了，阳光向我微笑，树木为我放哨，青草铺就睡床，今日此刻一切仿佛都充满了爱。李秦川说，亲，你知道这是什么地方？魏冰倩说，我咋知道。告诉你，这就是咸阳八景之一的杜邮春草。杜邮，实际指秦时的杜邮亭。秦时都城在窑店镇一带，话说秦昭王时，秦王又一次发动了对赵国的战争，大将白起认为此时进攻已经错失战机，不宜冒进。秦王不听，欲派白起领兵，白起称病不出，只好派其他人征战，后来战争形势果然如白起所料，魏国信陵君、楚国春申君率数十万军队救赵，秦军陷入被动，白起报怨秦王不听自己的劝告。秦王大怒，强令他带兵出征，白起以重病在身为由推脱，丞相范雎亲自请他出战，他依然不肯领命征伐。秦昭王斥责他说，大胆白起，不听号令，竟敢妄议本王，今我军危急，不图解围救难，在此幸灾乐祸，实在可恶，撤销白起一切职位，逐出咸阳！白起出咸阳西门，走到杜邮亭这个地方，秦王的使者追来了，赐剑逼其自杀，白起于是引剑自刭。秦人怜其为秦屡建奇功而死于非命，后来在这个地方修了白起祠。咸阳八景之杜邮春草，指的是白起墓地的芊芊碧草。该地面对渭水，背依咸阳原。每当初春之际，这里的草木早于别处变绿。人们认为白起之罪罪不当死，这里之所以草木青青，那是由于鲜血浇灌之缘故。古时候就有"杜邮土，乌江水"的典故和"多情最是咸阳草"的诗句。所谓"杜邮土"是指杜邮这个地方生长着多情的春草。"乌江水"是指西楚霸王项羽，兵败乌江，自刎身亡。一代英雄谢幕，至今让人扼腕叹息。

听到这里魏冰倩开怀大笑着说："多情最是咸阳草，怪道你把我带到原上来了。"

"自古功成祸已侵，立得奇功身亦终。"李秦川冷静地说。

"有些凄凉呀。"魏冰倩说，"我们走吧，我感觉这里有些冷瑟。"

"我跟你说白起的后人不光国内有，韩国、新加坡、马来西亚也有，他们还组织过宗亲祭祖活动。"

孩子在车上哭了，魏冰倩慌忙起身，李秦川赶紧抓住她的手拉她起来。

"你的戒指呢？"

"放家里了，坐月子后就没有戴过。"

"哦。"

魏冰倩说着就飞跑到车前，拉开门把孩子抱了出来。孩子见到了母亲便立刻止住了哭泣，转而发出了咯咯的笑声，李秦川也上前逗他的儿子。

"你放心肯定在家里。"魏冰倩自信地说，同时问道，"你以前说过的渭水三桥具体在哪个村子呢？"

"这个这个……"李秦川故意抓耳挠腮，显出焦虑的样子。

"不知道吧。"

"这个都不懂还算渭水城边的人嘛，"李秦川笑着说，"西渭桥在市区西南两寺渡，东渭桥在高陵区耿镇，中渭桥在正阳乡卓所村。"

"还知道得不少呢。"

"我跟你说这个卓所渡口可不一般，汉唐时叫中渭渡，1966年更名为卓所渡，它是向北通往汉高祖长陵、汉惠帝安陵、唐太宗昭陵、武则天和高宗乾陵的大道，也是商旅北往宁晋的要津，向南可通达汉唐长安，甚至于终南山、商洛。也是附近泾阳商人和平民去省城的必经之地，咸阳——铜川铁路、西安——三原一级公路修通后，这个繁忙的渡口才完成了它的历史使命。1948年隆冬时节，这个渡口摆渡过从西安到泾阳与马鸿逵作战的解放军，陈毅将军就是从这里过的河，他骑着大白马，威风凛凛，气势逼人。1951年渡口有大船5只，小船15只，船工55人。1985年渡口里还有大、小船各一只，因为这个村庄在河南有百余亩土地，村民还要务庄稼。如今在中渭桥遗址上西咸新区修建了兰池大道，这里变成了开发区的一部分。"

十四

昨夜星辰昨夜雨，雨后空明万象新。父母妻儿都起床了，小院里到处是大人、孩子的喧声笑语。李秦川是最后一个起床的人，起来了吗？魏冰倩刚从一楼上来就喊叫丈夫，李秦川还坐在床上发神经。你这人睡得早还起得迟，我一晚上被你儿子折腾得睡不踏实，我才睡几个小时。他下床去卫生间，回来躺在沙发上，回味自己起床前的一个小时，哦，是又做梦了。好像还是上学时的事情，灰暗的天空，破旧的公共汽车上，他和几个同学，男女都有，他们一起乘车回家。汽车停在了半道上，好像是一个街镇，以前熟悉的地方。大家分头行走，穿过一片小树林，路过一个同学家，他的家是泥土房，周围全是荒野，这是远离村子的几家房舍。同学饿死鬼一样去灶房吃饭了，同学的妹妹在门口站着，她长得很水灵，短发齐耳，嘴巴利索，她好像在跟人做生意，顾客就在她家门口附近的车上。秦川哥，回来了，帮我个忙，把这两块门板搬到车上。李秦川没有说话，他扛着门板就走，门板有些沉，似乎越走越沉，平常需两人抬。旁边有看热闹的，小伙子有力气，厉害呀！李秦川热汗直淌，干完了活，嘿嘿一笑，便步行回家，反正有时间，还可以省2元车费。走到途中他发现一位老妇身背一大捆棉花，行走极为艰难，就说我替你背会儿，我就在前村，老人笑了笑说，给，谢谢你。李秦川什么也没有说就一直朝前走。棉花相比于门板那就轻松多了，不过老人走得慢，他必须缓步走，他怕走快了老人跟不上来。

"秦川，咋还不出窝子，你看客人都来了。"李尚林在院子里大喊道。

"来咧。"

"今儿是个啥日子？"魏冰倩疑惑地问。

"好日子，我请姑婆、大姐来给你接风。"李秦川神秘兮兮地说。

"瞎胡闹，我有那么重要。"

"当然重要，走，打扮得漂亮些。"

"我不去，我瞌睡。"

"回来我陪你睡个够。"

"僻远，哈怂。"

"冰倩，你把娃衣服带下来。"婆婆张凤梅大声说，"娃把裤子尿湿了。"

　　李秦川夫妻俩赶紧下楼，招呼客人。几位年长的姑婆都已过世，来的是她们的子女，似乎只有六姑婆在世，她是二爷张渭滨的亲姐，你道这二爷何许人也，他是李西周与五太太的儿子，他的母亲改嫁张姓人家。姐姐李秦嬴早早就来了，还带着她们一大家人。吃完饭大家聚集在一起，李秦川宣布了老爷李西周的遗言，老人要将自己收藏的瓷器、字画大部分捐献给政府，让更多人了解青花瓷；分一部分留给子女作为纪念；一部分赠予友人。这些器物藏品，按照老人的意愿早就划分好了。

　　这老汉怎么一出又一出的，没完没了，生前他好像把啥事都算计好了。对于后来人来说，生活可能会更加美好，超过了人们的想象，一位106岁老人的心智，超过了一般人的理性，他用一种爱的方式把亲情的力量传送。众人携手，他们将赠送国家的瓷器藏品打包装箱，把分配给各家的器物也分包装好，以便于运输。

　　李秦川的卡车早已准备停当，他们准备把这些东西完好地送达每一个目的地。李秦川家、二爷张渭滨家是一样的，都是两件瓷器，两幅书画作品，其他各家均是一件瓷器、一幅书画，给市博物馆捐献的瓷器、书画共计43件（幅）。市博物馆方面表示，他们将以"一个农民的情怀"为主题，设立专柜展出，并为李西周先生塑像，介绍其生平事迹。李秦川家的瓷器为明嘉靖青花龙凤纹活动双耳瓶一对，一幅清代山水画，一幅今人书写的抗战时期校歌；张渭滨家的瓷器为清康熙青花山水人物纹方瓶一对，一幅明代山水画，一幅今人书写的心经；而赠给陈尹西母亲的是一个明万历青花海水龙纹香炉，一幅今人书写的道德经长卷。李西周在世时，李秦川本来选择了那幅金刚经的书法长卷，李西周说那个给你六姑婆留着，他还特别提醒李秦川关注另一幅作品，他说那是我的一位学友所赠，那是一首抗战时期的校歌：

左山鹿走，右观白云，浩浩前河绕精英，是宣汉膏腴，是南坝人文，看莘莘学子，通中外，汇古今，扇起五育洪炉，铸为六族长城，此时何时倭寇氛氲，青年不能抗战沙场，亦当砥柱农村，我们同进同进人类光明，同歌同歌民族复兴。

李西周说这首歌曲的词曲作者、书写者都是爱国人士，他们是同一个家族的人，他们为抗美援朝战争捐献了大量银两，其价值大致与一架飞机的价值相当。李秦川知道了这幅字的历史后，他郑重地把这幅字挂在了自己的客厅。

十五

女儿一家离开后，从早到晚吴淑芬像体操运动员一样，完成着自己的规定动作和自选动作。一日三餐，除了接送老伴，就是自己的时光，可以去跳舞，去溜达，去超市，去健身，甚至去珠宝店观赏首饰，去狗市鸟市转转。没有女儿魏冰倩那一家人打扰她了，她心里清静了许多，不由自主地进了那家全市最红火的大德珠宝店，好像今天又有什么活动，聚集了那么多的人。吴淑芬为了凑热闹，她快步挤进了人群中。今天干什么呢？回馈新老顾客，全场八折优惠。怎么这店不开了？搞笑，人家搞活动。吴淑芬是被商家骗怕了，办卡优惠，她都办了几十张卡，没见到什么优惠，见到的只是一次次上当受骗，那些个游击队，卡一办多，人就不见了，店铺也改头换面，真是把人能气死。吴淑芬为什么关心这家店铺呢？难道她在这里也办卡消费了？

不，比办卡消费还邪乎，她把女儿的戒指当在这里作为展品收取费用呢。这家店铺的店长是她的一个亲戚家的晚辈，孩子挺机灵，吴淑芬很放心，关键是她每年可得2万元收益。店家不是傻子，人家正仿造这件宝物，将来会赚钱很多。吴淑芬跟姑娘们打完招呼，看了看那件东西还在，就喜洋洋地出了店门，她盘算着年底就可以拿到2万元现金了。

一日清晨，平时不看电视的吴淑芬打开了电视机，本市新闻正在播报的一则新闻让她心惊肉跳。昨夜我市最大的一家珠宝店发生火灾，新闻的内容还未看完吴淑芬就哭开了，妈呀，这下子全完了，完了。事后店长上门道歉，她说宝物已毁，实在可惜，天灾人祸难以想象，我店损失不可计数，咱们是亲戚我跟老板一再求情，优先考虑赔偿您的损失。店长说老人家您也不要漫天要价了，就按当年的专家评估计算，你看行？反正现在保险还未理赔，公司财务很紧，能拿出这些钱已经不容易。吴淑芬问多少？店长说8万。太少了，我怎么跟女儿交代呢？店长说老人家，看你可怜，我把自己的工资拿出两万，你看这样可以吧？要不然你就打官司告我们去，可是这是你找的我们，也没有什么手续合同，我看在亲戚份儿上，还承认这事，要是说得不好，我完全可以不认账。在店长的软硬兼施下，吴淑芬糊里糊涂拿了钱，她哭喊着说我这是造孽啊！丈夫魏安定晚上回家，吴淑芬把事情的前因后果一说，魏安定当即昏厥，人事不省，被送往医院抢救，李秦川和魏冰倩连夜赶到医院。第二天，魏安定脱离了危险，但从此不会说话了，连先前的嗯嗯啊啊也没有了，他的眼神似乎更加迷糊，更加闪烁不定了，吴淑芬以泪洗面，她始终没有说出老伴发病的真实原因。魏安定这次住院，前后花费8万余元，李尚林从自己拆迁补偿款里抽出了5万元交给了吴淑芬，李秦川找专家、雇护工、车辆往返及请客吃饭，这部分的花费粗粗估计也将近3万余元。

陈尹西对李秦川夫妇说："再不能让他受刺激了，如果有下一次就很难说了。"

魏冰倩问她的母亲："到底发生了什么，你说话呀。"

"……"她闭口不语，只是哭泣不已。

有一天，魏冰倩问母亲，"妈，我的戒指哪里去了？"吴淑芬异常紧张，她战战兢兢地说："你问我，我哪里知道。"

"到底哪里去了？"

"我……我不知道。"

"是不是你藏起来了？"

"我就烦你用这种眼光看我，好像我不偷也是贼！"吴淑芬发火了，她哭着跑出了屋子。

"没有人说你偷。"魏冰倩有些纳闷，母亲今天怎么了。

"妈妈，我知道是外婆拿的，她给我说这是个好东西。"女儿曦曦说。

"你见了？"

"不信你去看嘛。"

魏冰倩不相信，她打死也不相信她的母亲会这么做，但当她打开母亲柜子的时候，她明白了。母亲的柜子，在衣服夹层里有 10 万元现金，这钱是从哪里来的？她的那件宝物可能已经不翼而飞，她痛苦万分，妈呀，你这是何苦呢。

十六

晨光开启的时候，晨鸟在歌唱，它们天生欢快的灵魂，用歌声表达着幸福。陈尹西这几天也在煎熬之中，在她救助的生命里，有一位鳏居将军向她表达了明确的爱意，将军有诗人气质，他给她写了一首诗歌：

> 温柔而奇妙的景观，迎候我睡醒的双眼，我看见你的时候，我就发现爱神悄悄来到了身边。我爱你无云的碧空，我爱你轻灵的身影，我依恋你的蓝天，倾听你的每一句语言，我用我的全部生命呼唤，我愿等候，等候你的幸福花环……

小护士们看见了这首诗，她们嘻嘻哈哈要笑说，陈大夫你看老将军看上你的鼻孔了，你的影子了，还要等待你的幸福花环。一群疯丫头，拿我这半老徐娘开心。你可不老呀，一穿一戴都是风尚，一颦一蹙皆成经典，你是我们医院的大姐大。哈哈哈！一个人能够享受多少快乐，是由自己的人生决定的，而压力与克服压力，苦难与战胜苦难，痛苦与走出痛苦，这其中人的感官、心灵的承受力都是长期磨砺的结果。

傍晚时分，还是在那家咖啡馆，乐师弹奏着钢琴曲《卡萨布莱卡》《偏偏喜欢你》《青城山下》等曲子，陈尹西与李秦川喝着浓浓的咖啡，今天陈尹西没有放糖。"陪我跳个舞吧，我亲爱的弟弟。"在音乐的和缓节奏里，她说："有个将军向我求爱了，还有我的第一任丈夫的家里，准确说就是前婆婆送了我一枚戒指，据说他们花费了几十万元，是从一个不起眼的珠宝店淘的，我的前公爹是个行家。"陈尹西得意地向李秦川展示她的戒指，在彩灯的辉映下，蓝色的宝石放射着夺目的光芒，李秦川心旌摇曳，啊，这是一种无法抗拒的力量，他从来都没有像今天这样不可控制，身不由己。姐姐啊，快收起你的魔幻宝石，我怕，我怕我辜负了我们的约定。李秦川情不自禁地与陈尹西接吻，陈尹西几乎窒息。她静静地躺在沙发上说，亲爱的，有你我就活得开心。我可能要去国外一段时间，曦曦就麻烦你找人带着吧，她12岁了，上初中后就可以去住校。

十七

那天，李秦川心不在焉地走在工地上，外甥赵三虎跟着走过来了。他问赵三虎，我的快递你取了吗？赵三虎说早取了，他从车里拿出了一个小包裹。李秦川心中狐疑自己这几天没有买过什么东西，是什么呢？打开吧。原来是一个漂亮的领带，李秦川呵呵笑了，是大姐陈医生的。去，干活去。李秦川从包裹里发现了一封信：

亲爱的弟弟：你好！

原谅我的不辞而别。我要说的是你千万，千万不要找我，我是下了最后的决心才决定离开你的，离开我热爱的这片土地的。我把我应尽的义务和责任都做了适当安排，要说我最放不下心的还是你，自从我们相识的时候起，我就认定了我们的缘分，我就认定了你，你是那样的完美，那样地让我的人生观改变，人们都说没有不偷腥的猫，可你一直都能够约束自己的欲望，我是说一直，而不是偶尔。我是个平凡的女人，我需要人宠着我，护着我，爱着我，我从小到大都被一双双贪婪的眼睛盯着，我很小就受人惦记，我错就错在自己的出色上。

记得上中学时就受一色狼惊扰，从此对男人充满了敌意和防范，甚至产生了习拳弄棒的念头，好在母亲做主，我学了医，但一直心如止水，冷眼看世界、观人生。我亲爱的人，请允许我这么称呼你，这样我才可以放开心扉对你倾

45

诉。大学时代，尽管我一心求学，不施粉黛，但掩饰不住的气质，让我忧伤，我被高官的儿子相中，这是别人三生有幸的追求，我却以为是一种悲哀。我的第一段不幸的婚姻就从这里开始，与一个自己不爱的人生活在一起，唉，没有好结果，况且他又是一个病人，或许是家族里的遗传病，但良心让我对他负责，我跟他生活了，我担负了一定责任。不嫌你冷眼看我，我们已经离异，本来没有什么牵挂，而他的家人还是希望这种情况延续下来，让我做那个人名义上的妻子，而他的精神世界是迷幻的不真实的。这里要说一下我的哥哥了，他是一个只会依附别人的人，活得没有一个人样，却靠我的婚姻有了身份地位，他至今还是那样的。当然，他对你的陷害是令人窒息的，我对他很失望，我在心里没有原谅他。我在国外也遇到了一个汉子，就是那个死去的生命，在我即将成为他的新娘的时刻。他是一个什么样的人，一个很富有的商人，他身边美女如云，黑种人、白种人、黄种人，什么样的美女都有，他花天酒地，挥霍无度。他为什么选我，我不知道，对他我开诚布公，我坦白了自己，我是一个结过婚的女人。他不管不顾，对我穷追不舍，他说我有旺夫命，呵呵，鬼才信呢。我知道，我是个薄命的人，跟我在一起不见得就好过。事实已经证明，我的两次婚姻是可悲的，我从此不再接受男人的爱了，我宁愿独自一人面对这个世界，也不会过让自己再次受伤的日子。

老实说直到你的出现。亲爱的弟弟，其实我们就抱过几次，吻过几次，那能算什么，但每次都把我折磨得死去活来，我有时数月半年都在回味，你的声音，你的气味。你没有高贵的身份，也没有金钱作后盾，你只有诚信和憨憨地笑，其实这已经很够了。我们在一起没有一点隔膜，我说什么你一点就通，你的一个眼神我都清楚意思，我们是这样的相亲相爱，却不能在一起。你还记得吗？在山上的那夜，我洗澡了，也给你留了门，你在门口蹲了一夜。我那时有个想法，我就想要你一回，这是我的私心，可你哭着说秦川不做对不起人的事！我的好弟弟，难为你了。

我已安排了自己的后事，我的不算太多的财产，分作几份，一份留给了我的兄长，他要为母亲送终，还有一份捐赠给了慈善协会，也给曦曦留下了一份，以备她上学之用。至于你，我不知留下什么，就把这封信留下，同时送你一条领带，让你记住有这么一个死死缠着你的姐姐。

亲爱的弟弟，我爱你已经超越了男女之间的那种情感，我们是纯洁的，你可以给妻子一个交代了，如果是上天让我来考察你的忠贞，你过关了。亲爱的弟弟，我得了宫颈癌，已到晚期，我想把最后的时光留给自己，我不再多说了，如果有来生我们还做姐弟，挺好的。永别了弟弟，亲爱的弟弟，让我再一次拥抱你！再一次亲吻你！

永生爱你的姐姐：陈尹西

"天啦！全乱套了，怎么会这样？"李秦川进门来第一句话就说。

"咋啦，出啥事了？"魏冰倩着急地问。

当李秦川把陈尹西的那封信交到魏冰倩手里的时候，她大为震惊，啊，大姐的身体原来是这样，难怪她老是出国，或许是为了给自己治病，在医院她总是想着病人，为病人看病，咱们没有少麻烦人家。魏冰倩也知道了那枚戒指的下落，不过她也坦然了，好在那件宝物给了陈大姐，她是个好人。但隐隐令她不快的是，那宝物会牵连着她丈夫的心，也许不光她的丈夫。魏冰倩问李秦川说，大姐没说她戴过没有。李秦川说我在她手上看见的，在夜晚也启明放光，她说开始戴时还犹豫不决，担心戴不进去，她显然是被人家的亲情打动了，还流了滴滴泪珠，你知道的，泪珠儿一溅，立马就戴上了，而且非常合适，不松不紧，恰到好处。我的气场强，好像能克制住。魏冰倩凄然说，我的娘给咱作下的，我不知道咋办。李秦川说事在人为，人还能叫物役使，要是那样了还有世界吗？请相信我们自己的力量。魏冰倩说，老公，我啥都不要，我就要你这个人。

李秦川来了精神，他给妻子诵读了自己的一首小诗："盘古天地，风生水起。自从有了一个你。有了一个我。两度世界——生死相依并肩过，分什么主仆，论什么对错？这世界就只有——你和我！"

李秦川说，咱老爷李西周的心愿已经了却了一大半，就剩下大姐陈尹西母亲的那份儿了，这个我们一定要亲自登门奉送，这是起码的礼节。咱老爷"一个农民的情怀——李西周捐赠瓷器展览活动"开幕式，我让咱大咱妈去了，给他们二老一个上电视露脸的机会。你没看咱亲戚们有意见没有？魏冰倩说人家都说你老爷给你留的你家八辈子都吃不完，你娃娃不是本事大，有能耐，你就是遇合太好了，家底一把都挖不透。嘴是个扁的，舌头是个圆的，让他们说去吧。

魏冰倩说："明天早上我跟你去陕南，把那件香炉给陈老太太送过去。"

李秦川说："我们一道去。"

这天夜里，李秦川梦见了老爷李西周，他还是那样的慈祥，那样的笑吟吟，他想抓住老人的手却总是抓不住，老人似一阵风，翩然而去，把痛苦的第二世孙子留下，此刻李秦川心中涌动着无限的哀愁，他在老爷的坟前匍匐着几乎全身贴地，口里念叨："没有你的世界，我心多么孤单。一捧热泪，跪在坟前。把手指掘进泥土，希望播种心愿……"

这几日，李秦川一直在夏村住着，睡到半夜里他忽然有了一种奇异的想法，他想再看看那两件宝贝瓷器，他仿佛感觉有什么东西在吸引着自己，他反过来看了看瓶底，发现"大明嘉靖年制"几个字，用手使劲摇了摇瓶身，他感觉里面好像有什么物品在响动，他把瓷瓶平躺着放下，用手臂怎么也够不上，便用一根棍子把那东西拨了出来。哦？原来是一本陈年的毛笔手抄本，前后均有破落散遗，连书名也没有了。李秦川仔细翻阅好像是关于李氏家族历史的一些记载：李家明代有人在朝为官，耕读传家，奠定了一定经济基础，到了清代后辈经商起家，店铺遍及省内 80 多处，在四川等地也有数十家店铺。涉及门类较多，有瓷器、茶叶、油坊、棉业、烟酒、金银首饰等。李家大量置田买地，其地产从渭河岸到泾河边都有。李家在渭水城有10 多处房产，其建筑错落有致，绿树成荫，花草芬芳。其建筑用料考究，木料来自东北兴安岭，石料来自陕南深山。工匠来自西蜀，日夜轮番营造。其风格古朴典雅，雕梁画栋，精雕细刻，精巧华丽。李秦川看过这些文字后，便没有了丝毫睡意，他在想一个家族的衰亡，一个帝国坍塌的根由，李家的后世子孙中一定有人挥金如土了，或者是茶叶贸易不敌鸦片贸易，或者是刀矛弓箭不敌洋枪洋炮，或者是骏马四蹄生风也跑不过汽车、火车的速度。他想不出所以然，却似乎看见了躺在优雅的卧榻吸食鸦片，住进了深宅大院，穿着长袍短褂遛鸟、抱狗的男人和女人，他们的步幅是那么缓缓慢慢，他们的腹腔是那么的充实宽大，他们的脑袋却显得那么卑微渺小，以致埋藏于一堆肥美的肉色之中而找他不见。他仿佛看见自己家里的一切物象都变得模糊不清，变得不那么透明，而忆梦的来临似乎给了他一种刺激。在那个场景中，他似乎看见了老爷李西周的第五房太太，那位最麻利最有个性的女人，斜躺着身子，在床上呼噜噜吸着水烟，一位晚辈新媳妇正向她请安，她身子一动不动，随手从自己头上拔了一只金簪子，赏给了晚辈。

第 三 章

十八

多年来，一想起与妻子一起探望孙女的那个夜晚，他的心口就感觉疼得厉害。那个雪水浸泡脚板，就连脚趾头也冻得发酸的夜晚，他的后背心是冰冰凉的，身上的防寒服也似乎不起什么作用，妻子张凤梅用头巾严严实实地包裹着自己，似乎只露出了两只黑乎乎的眼睛。他甚至都惊奇他那双肥大的脚掌，是如何踏过了渭水市的街区，跨过了湿滑的道路，一口气走出了十几里路，上了咸阳原的二道原。走过火葬场的时候，李尚林身不由己停了下来。

他对妻子说："我我……我都想进去……把自己烧了。"

50

妻子说："你这是咋了嘛，说的是啥瓜话，咱没见过个啥，不就是让人家说了几句么，它能粘到你身上吗。"

"唉，你看看，咱咱……秦川他丈母娘那个脸，好像谁把她的馍掰了。"

"退一万步，为了咱娃在城里能有个家，他大，你就把这口气咽了吧。"

"咽？我我……我咽他娘的脚，我把儿丢了！"

二道原上的火葬场，这是城里人的大坟场，不论贫家富户，不论凡夫高人，谁都要走这条路，谁都要灰飞烟灭。李尚林夫妇在火葬场门外的水泥地上坐下了，他们的屁股底下各自垫着一块砖，张凤梅看见丈夫的屁股似乎只坐了一半，而他的手却在不停地搓磨着，搓磨着。他们在那生死交界的场所门外，在杳无人烟的旷地里背靠背坐着说话。借着雪光的反射，丈夫的那种奇奇怪怪的神色，发散着幽幽的蓝光。那一夜，这个平时说话有一句没一句，着急了还可能结巴几下的人，在张凤梅面前居然说了那么多的话，他讲了自己的身世，更多的还是他爷爷之于他的再造之恩，说到他的儿女时他那半阴半晴的目光中闪烁着一种迷离不定的神情，似乎他那顶显得早已过时的火车头棉帽也挡不住他那深切的眷顾。

李尚林说"一辈聪明，一辈差，辈辈聪明出傻瓜"。我不知道这话有道理没有，反正我爷老挂在嘴上。我详思细想我老爷、我爷算聪明人吧，到了我父亲这辈就不行了，而我小时候也不见早慧，多大的人了还不会说话，小名就叫哑巴。我三岁生日那天，我爷把书本和笔墨纸砚摆齐了，希望我抓住它们中的一件，我连看都不看一眼，只是一个劲儿地哭，我婆说娃饿了，就拿了一个馍，我一把抓住就往嘴里塞，我爷摇头不语，就默默离开了。

"咱爷老早就把你小伙看透了。"

"老婆，不瞒你说，咱爷在我心里就是个神！"

李尚林说，我记得小时候不知弄啥哈哈事了，哦，对，下泾河滩

51

耍水去了，跟一群光屁股娃下河，回来咱大把我逮住就打，这时，咱爷背着手走过来了，弄啥哩，失人命呀，住手！你打娃弄啥？走！跟爷走。咱爷对我说你大为啥打你，他怕你出事情，你不会游泳去了就有危险，大人就担心受怕，你懂不懂。后来咱爷亲自教我在水库游泳，还带我去泾河游泳，让我识水性，懂得水涨船高，不在大自然面前逞能。

"咱爷喔人，咱屋里谁都害怕，咱妈一提起咱爷腿都打战。"

李尚林说我开始挣钱后，咱妈心里起了窍，三番五次问我要钱花，我说我都给我爷了，你问我爷要去，我不管。我爷说做人要讲信用，你贷款都没有还你就不要胡张。咱妈做了一件糊涂事，她趁咱爷不在家把箱子的锁撬开来，她还没有拿钱，咱爷回来了。看这架势他明白了，就说你要全部拿走，你娃欠的七八万元账你就兜着走，你们慢慢还吧！你个头发长见识短的东西，你长本事了，这号事情你都做得出来！正在这时咱大回来了，唉，他这个没有眼色的人，不问青红皂白，就一个劲儿地护着咱妈，这下子可把咱爷惹火了，老汉气不打一处来，他厉声呵斥道，你这个不忠不孝的逆子，是非不分的糊涂蛋！咱爷人高马大，气势汹汹，他上前正要收拾儿子，咱婆挡住了驾，慌乱中咱婆一脚踩空，跌了一跤，把脚扭伤了，几个月都没有下床。这事因咱妈而起，后来她一听见咱爷的声音就打尿战呢。就在那天夜里，咱妈一个劲儿说梦话，她浑身发烧，做噩梦，甚至哭哭啼啼，不眠不休。后来咱妈说那一夜她差点儿都活不过来了，一闭上眼睛就似乎看见咱爷那威风凛凛的样子，一睡下就是做梦，而且昏沉沉长睡不醒，噩梦连连。在梦里他梦见咱爷发威打人，咱大被吊在了咱家马坊的园子中间，那里有棵歪脖子槐树，是专门收拾不规矩人的，咱爷让人用牛皮鞭子抽打咱大，打他打他！不知是谁在起哄，后来有人说话了，打死了也是你的儿子。你说咱爷这人，你把威风也要了，可咋还是不安生，后场的事情是他要把咱大咱妈分出去，他要和儿子分家，为这咱大咱妈跪了一个晚上他才松口了，不提了，不提了，事情翻过了一页。

"老汉，你也说累了，我给你唱一段戏吧。"

"行嘛。"

张凤梅即兴为丈夫清唱了一段秦腔《火焰驹》的唱段：

　　　　小鸟哀鸣声不断

　　　　它好像与人诉屈冤

　　　　是何人将你们活活拆散

　　　　看起来我与你同病相怜……

时间刚刚跨入 21 世纪，有一年农历正月初六，咸阳原降了一场雪。干冬湿年呀，雪下得并不是很大，田野里只落了薄薄的一层，但那场雪确实太要紧了，万物生灵都眼巴巴地等着她的降临，焦渴的泥土正渴望着她的慰藉，枯黄的麦苗正渴望着她的滋润，混浊的空气也似乎渴望着她的净化。夜晚悄悄降临了，纷纷扬扬的雪花似乎更大了，风声也似乎更紧了，雪光映照的天色依然明亮，但时间分明已经晚了，到了晚上八九点，这时道路上车辆、行人都很稀少，从渭水通往陕北的省道上，李尚林和他的老伴张凤梅正在雪地里吃力地行进着，顽强地跋涉着。

"掌柜的，你倒是走慢些，当心路滑。"

"没事！"李尚林气昂昂地说，"这几十里路算个啥。"

"我……我实在走不动了。"

"那咋办，前不着村后不着店的。"

"我不知咋的了，我的肚子总咕咕地叫着。"

"饿了吧。"

"唉，你说咱这亲家遇的，啥糗命嘛！"

"要不我背着你走？"

"算了，没有那么金贵。"

53

李尚林夫妇俩不再言语加快了步伐，脚底下不时发出橐橐的走路声。张凤梅走着走着不知想起了什么，突然间"扑哧"一声笑了。

"咋咧？"

"你猜我想起啥了？"

"我又不是你肚子里的蛔虫，我咋知道。"

"呵呵，你还记得第一次到我家的事不？"

"喔，你就记了一辈子，要我说就怪你。"

"咋能怪上我，你个猪眼睛连人都认不清。"

"不就是把丈人叫了一声哥嘛。"

"不嫌丢人，要不是你爷厉害……"

"我还娶不上你了。"

两口子说到这儿了，李尚林咧开大嘴嘿嘿笑了，张凤梅也露出了笑脸。李尚林回想起自己当年相亲的事情，媒人在门外遇见了熟人，寒暄了几句，转头对他说人家她哥、她大、她妈都在家，进门记住问候人。李尚林迎门遇到了一位显得年轻干练的脸庞，他就大大方方地叫了一声"大哥！"他一声刚喊出口，媒人随后大声提醒说："瓜娃，这是你大叔！"他这一声叫得差点坏了菜，张凤梅一家开始死活不答应，他们以为李尚林脑子有嘛达，不然进门咋胡叫冒答应，这事后来搁置了一段时间。

十九

李尚林的爷爷李西周是原上远近闻名的能人。1948 年那是个兵荒马乱的年月，李西周逃离了兰州城，他是穿西装戴礼帽的人，在兰州一家毛织厂里他是大股东,这是战时兰州最大的毛织工厂之一,资本60万元,开办时有各类织机80台,职工250人,主要生产地毯、毛毯及各色粗毛呢。战争的隆隆炮声让他魂飞魄散,时局的动荡结束了一个实业家的梦想。有人说是他父亲的威严让他战栗,鸣金收兵的锣声,催促回家的电报雪片般飞来:我要人,不要钱,儿呀,速回!速回!这就如同当年某个王朝的十二道金牌,让你不得不回,不敢不回。也有人说他家里有枚能够千里之外吸人魂魄的宝石戒指,他的大太太每天都在村口的皂荚树下等他归来,而她手指上就戴着那戒指,那戒指如跳跃翻腾的黄河浪花,像茫茫大海中的一叶兰舟,载着远方的亲人回来了。家乡的皂荚树也是个神奇之物,树龄大约500年,树身如苍龙盘踞,笑傲蓝天,树冠依然枝繁叶茂,生机一片。那时候能有五房家室的家庭能不是大户人家吗?李西周是长房长子,可谓妻妾成群,尽管那时他已届不惑之年,还娶了年龄只有17岁的五太太。解放了,他的家人四散奔逃,除了大老婆,其他四个老婆一人给他生了一个千金,后来她们都有了自己的归宿,据说五太太怀着他的骨肉嫁的人。作为长房一支的他守着老宅,他的结发妻为他养了两儿六女八个娃,可惜二儿早夭。他是位乐善好施的人,对下苦人好,对村子的乡修极好。"社教"及历次"运动"村人也没有过分难为他家,但不管怎么样,破落地主、资本家的帽子还是压得他一家喘不过气来。那年月李西周夹着尾巴做人,逢人便打哈哈,谁家过事他都帮忙,甚至不敢高声大气说一句话。他的长子李渭水是个老实人,教了一辈子书,60岁就走了,儿媳也走得早,儿子过世两年后她也去世了。女儿们还算幸运,沾了出身好人家的光,上了学,参加了工作,当然她们不得不跟李西周这个剥削者划清了界限。

李尚林定媳妇那会儿才十六七岁,他大他妈都还活着,他大李渭水是地主家的儿子,自然什么事情他都不敢出头露面,李尚林说不上媳妇了,他这个当爸的居然不敢去跟人家当面说事。于是李西周老汉出头了,对方立即缓和了下来,李西周说人不可貌相啊,我这孙子内秀，我讲了他的故事后，你们大家再评说也不迟，咱两家的婚事成不成都不要紧，你们放心，我这人绝不强人所难。张凤梅的父亲是个教师，办事情非常谨细，他对李尚林的智力似乎还是有点疑惑，就问李西周我听说你孙子当碎娃时七八岁了都不会说话，这到底是咋回事情。哈哈哈！李西周开怀大笑，我给你把娃的事情相学了，你就明白了。

李西周说那年秋季，李尚林不上中学执意要去打工，他大管他不下，他爷我说话也不顶事，他还一杆子跑到了 10 里外的他大姑家躲着不回来。李西周说这娃心野了，收栾不住了，就自己跑到大女家把娃领回来。走，跟爷回，爷不打你爷不骂你，你想干啥跟爷说。李尚林说我想回家劳动，我念不进去书，你让我上学也是白花钱。对，爷知道你不是上学的料，你想好了，你就准备下苦，出力流汗。李西周把一辆架子车交给李尚林，对他说今天跟爷给撒茬地里拉粪，你捉着车子爷给你装车，车厢装了半车，李西周让孙子拉车，他自己在后边用铁锨顶着给他助力。李尚林身子高挑，偏瘦，有一米七八的个头，但身子骨到底还不浑实，他才 14 岁，他摇摇晃晃地拉着车，在平路上车子还算利索，一个劲儿朝前跑，可到了暄土地里，车子就不听话了，他费尽了气力车子还是不向前动一下，转脸一看他爷爷不给他助力了，李尚林生气地把车子一甩，不干了，干个锤子！孙子嘴里不干不净开骂了，李西周哈哈大笑。李尚林又一次跑了，父母很担心，李渭水说大，娃又不见了。不见了好，说明狗日的长心眼了，这下子就有了门，你们别管他，有我哩。李尚林在他的几位姑姑家轮流串门，后来到了他四姑家，李西周给女儿捎话带信说你给我把他看住了，过几天我就来了。当李西周坐到女儿家炕头的时候，李尚林红着脸对他爷说我知道你弄啥来了，爷你别生我的气，我我……想开拖拉机。拖拉机不是随便开的，你得先学会开，是这，爷给你四姑父说好了，他是拖拉机司机，你跟他先把车学会，咋样？李尚林喜出望外，他早就看人家开拖拉机的神气。李尚林跟四姑父学开拖拉机，还在县拖拉机站培训了一期，大约半年时间他就会开了，后来进了公社拖拉机站，成了吃公家饭的人。

没过几年，公社拖拉机站解散了，李尚林下放到了农村。改革开放后，市场放开了，政府允许私人买拖拉机，李尚林心热了，他需要一辆拖拉机，钱从哪里来呢？李尚林跟他爷商量，李西周见过大世面，他首先想到了贷款，就跑到县信用社跟五女婿说了一声，五女婿是那里的信贷员，然后他让李尚林去办贷款，买车需要三四万元，连同农机具总共7万元。李尚林有车了，他身上还有几万元贷款，他得还账，早出晚归的他心里拿劲儿了。每天天不亮李西周老汉就起床，他要亲自检查车辆，看车轱辘有气没有，看车况如何，油加满了没有，孙子出车了，他坐立不下等娃回来，晚上车子回来了他又要详详细细检查一遍。每次孙子出门走远路回来，他都要给拖拉机的各个轮胎上用口喷洒酒，他说这是讲究卫生，有人说他在讲迷信。他和孙子平时在一个屋里睡着，自从老伴过世后李西周把全部心思都放到孙子身上了，他们还有个约定：孙子每天挣的钱除了加油和饭钱，其余全部交他经管，每次他都把娃的钱锁到一个大箱里。几年时间，李尚林拉过石头、沙子，也给城里人拉过垃圾，还贩运过粮食、蔬菜，农忙季节他给人家碾场种地，忙得经常顾不上吃喝睡觉。李尚林忙天只顾干活儿，他爷给他搂后腰，他爷说在农村一定要处理好与乡亲们的关系。譬如忙天碾场，人人都想早早把自家的麦子碾了，李西周老汉就让大家排队，村子里谁家想碾场你先排队，然后依次给你碾，省得你的鼻子他的眼，大家闹不愉快。给人干活下苦收钱也是一门学问，李西周给孙子说收村里人的钱要留些余地，遇到家里困难的就少收些，甚至不要收，遇到有钱还耍怪的，不要害怕，你不能惯下他的哈哈毛病，这回你不好好给钱，对不起没有下回了。就在去年李尚林还清了所有贷款，新买了大型汽车，接下来还准备翻修房子。我给你说句实话，这些年娃把苦下扎咧，他没有用过父母一分钱，我也没有给过他一分钱，他是凭自己的力气吃饭的。我只是引导他自食其力，让他顺应着国家的政策勤劳致富，让他有养家糊口的本事，将来成家立业了不看人眼高眉低。

李西周接着说，大行不顾细谨，大礼不辞小让。你家张凤梅这个丫头咱也算是知根知底，这个女子聪明伶俐，高中毕业，人长得俊样，还会唱戏，我家有心攀这门亲事。你问问娃的意思如何，新社会了讲婚姻自主，大人不能包办。张凤梅父母被李西周老人一番入情入理的话语打动，他们答应了婚事。媒人提出了"一竿子走"，即彩礼300元，棉花三捆，三身衣服，张凤梅的父亲说咱就一竿子走，也不要太越外，张凤梅的母亲提出要一辆自行车。李西周说没嘛达，就一竿子走，给娃买最好的凤凰牌车，不做亲是两家，做了亲就是一家人。其实李尚林、张凤梅早就认识，他们上学时就有了来往，在李西周的撮合下，这一对有情人终成眷属。

李尚林说着他爷爷与他的故事，不禁眉飞色舞。

张凤梅呵呵笑着说："不详了，不详了。"

"咋咧，我讲日塌了。"

"你胡燃啥哩，驴唇不对马嘴。"

张凤梅心平气和地说："咱爷那时来我家说你小伙是个司机，四姑父把你带进了公社拖拉机站，成了吃公家饭的人。你能当司机说明你这人还不笨，是个机灵娃。至于你后边说的买车还货款那一串串……都是啥时候的事，那时咱秦赢都13岁了，秦川8岁了。你揣着明白装糊涂，把后来的事情说到结婚之前，你胡说八道啥呢。"

"谁胡说八道，没有咱爷那回去你家，咱们能去到一块儿吗？"

"这个倒是不假，咱爷嘴能说，人活泛。另外，还有咱爷耍威风那场事，也是你在拖拉机站时的事。"

"我咋记不清咧。"

"你别胡扯，这事我知道。咱妈想买啥没钱，咱大月月都要把工资交到咱爷手里，你上班那会儿也一样，咱妈干急没办法才去咱爷房子撬锁。"

二十

李尚林夫妇这一天顶风冒雪进城是去看他们的宝贝孙女的，去年底儿媳妇魏冰倩给家里添了一个千金，名字叫李朝曦。因为娃娃太小，没有让她们回农村老家过年，这不，她爷爷奶奶看孙女来了。早上老两口让女婿送他们到公路边等班车，他们把食品、蔬菜等整理了一下，装了一个编织袋，还有几十斤面粉、10 斤纯菜油、10 斤香醋，这些大多都是他们自家的出产。班车司机开玩笑说，老汉，你这是进城看娃去，可怜天下父母心呀！你没有到我这个年龄，到时候你就知道了，没法子呀，人都是为了娃。

李尚林的儿子李秦川大学毕业后，在城里有了工作，还娶了漂亮的城里姑娘魏冰倩。李尚林说他苦了半辈子，他一定要让自己的儿子过上幸福的生活。儿子在一家私企里当文员，他是办公室的一把好手，老板很信任他。儿媳妇在一家培训机构工作，工作舒心，收入也不错。亲戚朋友都羡慕李尚林，说他有能耐把娃安排得好，可谁知道李尚林的难处。李秦川当初结婚时，丈母娘说要有房子才肯嫁女，没法子他租了一处 80 多平方米的房子才勉强过关。后来在父亲李尚林的资助下，他东凑西借才买了 108 平方米的小三室，这时丈母娘便欣然搬了进来，与李秦川一家共同生活。魏冰倩是父母的独生女，她母亲更是一刻也离不开她。她母亲这人啥事都想管，啥事都要插上一杠子，她父亲魏安定是一位老工人，人很本分、老实。魏冰倩娘家本来有房子住，是单位的筒子楼，有一大一小两个房子，她母亲嫌房子破旧，没有独立卫生间和厨房，就挤到女儿家里来了，还把自己厂里的房子出租了。

儿子李秦川结婚生孩子后，作为爷爷奶奶李尚林和老伴张凤梅时不时登门去看孙女，并带上自家出产的农产品，没想到他们的亲家母吴淑芬多嫌农村人，经常鸡蛋里挑骨头，说这不新鲜，那不生态的，于是两家人七扭八咧的让李尚林夫妇难以接受。李西周第一面见到吴淑芬的时候就感觉她是一个不好相处的人，这人疑神疑鬼，心思太重，跟人难以沟通，但她是个聪明人，干活也利索，就是性格有些古怪。李西周担心李尚林两口子，他们如何应付这一切呢。阅人无数的李西周老汉的感觉是准确的，他从别人那里打听了不少关于他孙子亲家的事情。吴淑芬曾与有身份人家的孩子谈过恋爱而最终没有成功，人家嫌弃她的教养，后来才与工人魏安定成了亲，这也许就是吴淑芬一直郁郁寡欢的原因吧。吴淑芬曾经炒过股票，那是下岗之后，那会儿魏安定身体还硬朗，他俩摆过地摊，卖过早点，开过面馆，有了积蓄她便开始炒股，最后她的全部心血化为乌有，接着丈夫又生了病，在巨大的生活压力下吴淑芬几乎挺不下去了，偏偏她这个人爱面子，不肯求人帮助，所以一直生活得很拮据。她本来指望着女儿能嫁到一个经济条件好的家庭，但她同时也很怕自己的曾经经历会在女儿身上重演，但她绝对没有想到女儿给她找了一个家在农村的小伙子，这是她没有办法接受的事实。

李尚林忘不了中午的那一幕，当他和老伴大包小包地爬上五楼的时候，汗水早已浸透了他们的衣衫，60多岁的老汉了还和年轻人一样爬楼梯，张凤梅小老伴3岁，亲家两口子比较年轻，人家才50岁出头，亲家母吴淑芬比张凤梅小了整整10岁。

门铃响了。谁呀？吴淑芬从猫眼一看，才缓缓打开了家门。亲家来了，快快进来，这么大的风雪你们咋来的，看把你们冻坏了。李大哥、大嫂，我都跟你们说过几回了，以后来千万不要再拿这些东西了，重腾腾的上车下车多不方便！正说话着李尚林打了一个喷嚏，他忍不住随口吐了一口痰，还用脚踩着，张凤梅不好意思忙着找拖把。

"你放着吧，我刚拖了地，一会儿我再收拾一下。"吴淑芬望着客厅里的一串串脚印，神情有些不自然，她嘴里轻声嘟囔着说，"也不知道换鞋子。"

"那娘俩呢?"张凤梅问吴淑芬，她想看看娃。

"还睡着呢，晚上闹人不睡觉，白天又睡不醒，这一家人把人能累死。"吴淑芬蹙眉说道，"嫂子，你来了好哇，你也把妹子替换一下。"

"阿嚏，阿嚏!"李尚林一个劲儿打喷嚏，他问，"你家老魏呢?"

"他呀，你就指望不上他，他们几个伙计聚会，喝酒去了，不知死活的东西，把医生的话当耳旁风。"吴淑芬说，"我这一天到晚被家里这些乱七八糟的事情绑得死死的，这不，今年也没有给娃娃添新衣买玩具。"

"走走，朝外走，给娃买玩具去!"李尚林大声说。

"你们是娃她亲爷亲婆，你们不买谁来买?"吴淑芬半开玩笑似的说，"你儿秦川一天到晚不回家，给家里啥都不买，啥心都不操，你孙女光奶粉钱就花了我3000多。"

"冰倩她妈，你说这话我就不爱听了。"张凤梅也笑着说，"我秦川娃挣多挣少的钱不都给你们贴补了，我家说过一个不字了吗?"

"不爱听了你还想咋?你娃给没给钱谁知道!"

"说话要凭良心。"

"我一句虚话也没有说。"

"说啥哩，不说了，走走，能说得清嘛!"

李尚林将妻子拉着就朝外走。

正在这时孩子哭了，衣衫不整的魏冰倩抱着孩子跑出来了，显然她听到了屋外的动静。

"大、妈，你们咋不停就要走，吃过饭再走!"魏冰倩出来解围。

张凤梅回身抱起了孙女，她差点哭出了声，哦哦，我家丫头乖蛋蛋，孙女不哭了，她给爷爷奶奶了一张温暖的笑脸。

"乖孩子，爷爷奶奶给我娃买个布娃娃。"

吴淑芬脸色铁青，她坐在沙发上没有动弹，魏冰倩看着眼前的情形不知所措，她对公婆说："大、妈，你们不要走，我跟秦川通个电话，叫他回来，大过年的值什么班。"

"不用叫他了，吃人家饭受人家管。"

"你管娃，我和你妈去给娃买个啥。"

"买啥呢？一口水都没有喝就走了。"魏冰倩着急得带着哭音大声喊道，"妈——"

李尚林和老伴一步步走下了楼梯，身后传来孩子的哭声，他们不敢回头，他们怕看见孩子的眼睛。

春节时，城里的人都下乡了，街道并不拥挤，人民路显得有些萧条，很多店铺都关着门，除了几家小饭馆。听人说嘉惠广场东西便宜，老两口打算去那里转悠一下，看给娃能不能买件衣服，买几个玩具。走了半天找不着路了，跑到抗战路来了，把他家的这座不大的城咋还迷了路，李尚林有些自责，他当年在城里打理垃圾走街串巷的，哪里不知道，他今天到底哪根筋搭错了。原路返回，李尚林带着张凤梅从人民路一直走到了505广场，一问才知道已经距离嘉惠广场不远了。好不容易才找到了地方，一看那情形与大街上差不多，店铺开着的也不多，毕竟年的气息还在，过了正月十五人们才能正正经经地做生意。转了一大圈李尚林两口子无功而返，他们这时才回过味来，这城里人吴淑芬给咱上遭哩，明明知道咱人生地不熟的要跑这么多冤枉路，她偏要这么作践咱，这是个啥人？成心跟咱过不去！

李尚林说："回家，我看这城里人咱交不过，没准把咱秦川也教日塌了。"

"咱的娃咱知道，我相信秦川娃不会变的。"

"难保。"

夫妻俩路过一家面馆，李尚林肚子饿了，他想吃一碗面，张凤梅说："我家要一大一小两碗饭，先上两碗面汤。"

"好嘞！"

这家饭馆不分大小碗，一律5元一碗，张凤梅给李尚林碗里挑了些面，她吃了半碗面。饭馆的老板是个戏迷，他的音响里正播放着张兰秦的《铡美案》唱腔。

张凤梅跟着哼唱了几句，老板一看她有门儿，就说："老嫂子，大过年的，咱热闹一下，我放一段你唱一唱行吗？"

"来一段包相爷与我讲一遍。"张凤梅说，"赶紧的，我唱完还赶路呢。"

> 包相爷与我讲一遍，秦香莲抬头仔细观，大堂口落下金车辇，见一位女子坐内边，梳妆打扮多妖艳，前呼后拥甚威严，昂然稳坐不照面。
>
> 她把我民妇下眼观，国王家女儿娇养惯，她怎知百姓受可怜，怪不得强盗把心变，有绫罗忘了布衣衫。想当初秦陈两家结亲眷，清贫相守无怨言，自从他应考上京去，他忘了二老在堂前，儿女们常把爹爹盼，望穿秋水我盼夫还。实想说千里寻夫，全家团圆遂人愿，为上京娘儿们受尽难。
>
> 想起了强盗忘本招亲，杀妻害子灭绝人性我气难咽，见仇人只觉恨更添。我有心不把她去见，包相爷从中来周全，我有心上前把她见，谁在后来谁在先，她富贵，我贫贱，贫而有志秦香莲，大模大样一旁站，她问我一声我应一言。

老板夸赞说张凤梅有余巧云的味道，这个小饭馆吸引来了十几位戏迷，张凤梅说自己就是闹着玩的没有准星。饭也吃了，戏也唱了，等他俩到火车站广场时，末班车早就已经开走了，他们只好迈开两腿走了。

二十一

　　时间对李尚林两口子已经不重要了，反正是走着回家，他们平生第一次这么亲热地边走边聊。李尚林是今天晚上的主角，这广阔的空间是他的舞台，而他的观众却只有一人，他为她演说为她表演为她卖派自己的博闻多见，好像当年追求她的时候也没有如此费心劳神过。李尚林是自豪的，他说什么她都报以微笑，当然她也会提问，她会问得他哑口无言，不过今夜的她是天底下最美的女人。妻子问，咱这地方为啥叫关中？李尚林说过去关中有四个关：东函谷关、南武关、西散关、北萧关，四关之内就是关中。那四个关口还在吗？这个我也说不清楚。咱这地方就是关中。那现在的关中有过去大吗？李尚林支支吾吾了半天，也没有说出名堂，妻子笑话他不懂装懂，他一机灵，猛然间记起了他爷说过的话，我知道，我知道了，从宝鸡大散关到渭南潼关黄河西岸，秦岭以北，北山以南，中间是泾河、渭河两条河流，这不就是咱关中的地界嘛。

　　李尚林的汗珠子都出来了，被人追问的滋味如同学生考试答卷，答不上来就是一种尴尬。行走于古朴的关中平原，李尚林两口子心生敬畏，这里曾是五谷杂粮的产地，稻、黍、稷、麦、豆都种植过，也是茂林修竹的世界，是有着天府之誉的沃土。咸阳原是宽广的，宽广得让人羡慕。它位于咸阳市北部，南北数十里，东西二三百里，李尚林听他爷爷说咸阳原从武功的漆水河东岸绵延至高陵的陈家滩，基本上夹在泾河与渭河之间。自古为兵家必争之地，它是护卫京师的天然屏障，也是周秦汉唐以来帝王将相后妃皇亲的陵寝扎堆之地，当然这些历史的根根节节只有那些专门研究的人才搞得清楚。

翻过一道梁，下了南岭坡，沿着肖河古道行进，不到二三里地就到李尚林的村子秦庄了。秦庄在南岭下的肖河古道北侧，距离泾河不到五里路。距离家门口近了，李尚林的心情也开朗了许多，他熟悉这里的一切。他问张凤梅道，老婆你知道咱村南边的南岭吗？这里边还有一段美丽的传说故事呢。张凤梅抿嘴一笑，这你可就小瞧人咧，我比你还清楚。哦，红萝卜调辣子还看不出来，那你说说。

张凤梅说，春秋时候，一个隆冬时节的晚上，逃亡到秦国雍城的晋国公子重耳，辗转反侧，难以入眠，他有上观天象，下察地理的习惯。深夜，他披上外衣，登上阙楼观望四周，忽然他发现咸阳原北部的泾河岸边天象异常，霎时间乱云飞渡，天昏地暗，狂风四起，飞沙走石，他料定那里不久必有灾祸降临。于是他火急火燎急忙觐见秦国国君秦穆公，把自己的担忧告诉了秦穆公。秦穆公深感不安，立即派人星夜前往察看。

一行官吏快马加鞭，以最快的速度赶到了咸阳原，到了北杜镇以北，看到村民携家带口，哭天喊地，惊慌失措，四处奔逃。几乎条条道路都人流如潮，人们蜂拥而至，官吏拉住一老翁急问发生了什么事！老翁惊恐万分，一边朝身后指，一边高声喊叫："大蟒来了，大蟒吃人了！"官吏胆战心惊地来到老翁所指之处，大地轰隆隆一声炸响，只见一通身血红的巨蟒正张牙舞爪地从土地裂缝之处向天空窜起十余丈之高，顷刻石破天惊，那巨蟒状如蛟龙腾空，口如池沼流泻，身形如泾河之出山，九转回环。巨蟒出土之处，地裂百余丈，形成了一道深深的沟壑，人们叫它百顷沟。

那巨蟒出世后，横行无忌，如排山倒海一般向前移动，所经之处，庄稼尽毁，房倒屋塌，家毁人亡，那时人们到处奔命，哭声遍野，一片恐怖。官吏飞报秦穆公，巨蟒为害地方，百姓人人自危。秦穆公听后大惊失色，这如何是好，他急忙召集群臣商议制服巨蟒之策。诸位大臣皆目瞪口呆，面面相觑，无计可施。

这时，一位大臣说，公子重耳一向精通法术，有经天纬地之能，何不请他出面制服巨蟒，为民除害。秦穆公眼前一亮，这时他也想到了公子重耳，对呀，就是他报的信，想必他有破解之法。秦穆公心神略定，急忙命人去请重耳。

重耳进宫听完讲述，说道："大王对我恩重如山，今天秦国有危难，正是我报效的良机，为报答大王的大恩大德，我虽死而无憾！"

秦穆公大喜，他对重耳说："爱卿此番出征如果得胜归来，你要什么封赏？"

"微臣只有一个请求，请大王将您的女儿嫁给我，并送我回晋国。"重耳说。

秦穆公爽快地答应了重耳。于是秦穆公选派精兵强将五百人一起随同重耳前去治蟒。重耳到达咸阳原时，巨蟒正于底张镇一带摇头摆尾，四处作恶。重耳登高远望，观察形势，他发现四野空旷，芦苇丛生，又非常干燥，利于火攻，便决定在巨蟒即将经过的地方设伏。于是他派人招集逃散平民，迅速收割芦苇，搜集干柴，堆积于巨蟒将要到达的韩家湾东北方向，并派将士准备腊油等易燃物品，泼洒于巨蟒前方的路径，并与芦苇干柴相连。这时巨蟒已移至堆积如山的芦苇秆柴堆，重耳命人火速点燃，顿时火焰冲天而起，巨蟒头部受烈火炙烤，痛彻心扉，于是兽性大发，腾空跃起，直冲云霄。但由于这怪物体量太大，升空后又骤然直坠而下，只听"轰隆"一声震天巨响，地面立时被它砸出了一道深沟，这就是今天的韩家湾芋子沟。却说巨蟒的头部撞击地面，它的脑浆迸射，其状十分恐怖吓人。芦苇之火又引燃腊油，巨蟒的身体瞬间燃烧起来，大火燃烧了七天七夜才熄灭。巨蟒躯体残骸在底张南面堆积如山，形成一道高岭，当地人叫它南岭，也叫北蟒山。

后来，秦穆公为答谢重耳，派秦国军队护送他回晋国继承王位。重耳智除巨蟒，加之他善良仁慈，深受人们的爱戴，咸阳原上的人把他当神敬，修建晋公庙，供奉金身，烧香祭拜。多年后，政府在这里建了晋公庙小学、晋公庙中学。

李尚林嘻嘻一笑说:"比我厉害,你咋知道得这么详细?"

"我一个表叔家在韩家湾。"

"怪道说,哎,那你知道肖河古道不?"

"小样儿,老在门缝里看人,我怎么不知道。"

张凤梅说在泾河与渭河之间,有过一条河流叫肖河,从咸阳原上穿过,它发源于乾县北部山谷,自西向东,流经兴平、礼泉、秦都、渭城,由泾阳县高庄镇汇入泾河。千百年来,河水虽已干涸,但肖河古道至今依然存在。站在高高的南岭上,一望无际的肖河古道像一条巨大的黄龙,横卧在覆满绿色的原野上。

相传唐初肖河常常泛滥成灾,肆虐的洪水给沿岸百姓造成极大的伤害,人们怨声载道。高宗时皇后武则天参政,她顺应民意,开始着手治理肖河水患。首先在肖河南岸兴建寺院和尼姑庵,以祈求神灵降伏水魔,留下了"三庵五寺震肖河"的说法。五个寺院沿肖河两岸由东往西,次第排列,它们分别是泾阳西寨村的宝泉寺、渭城龙岩村的龙华寺、秦都天阁村的最师崆寺、秦都龙泉坊的凌云寺、兴平店张的鲜花寺,三个尼姑庵没有名字,但它们分别靠近龙华寺、最师崆寺和鲜花寺。武则天虽然靠神灵未能治住奔腾不息的洪水,她的初衷却为百姓所称赞,人们亲切地称她为武家婆。

在唐太宗死后,武则天每年都要去礼泉九嵕山昭陵拜谒。从都城长安到昭陵,穿越肖河为最便捷之路。有一年清明节,武则天带领众臣又去昭陵祭拜,过河时肖河魔王作怪,泛滥的河水弄湿了她的皇裙,一气之下,她在原上撩了一撩土,撒入奔腾咆哮的肖河之中,并用手在水里搅动了一下。这可不得了呀,经过武则天的一撒一搅,把这里的一切都打翻了,那些飞花碎玉般的泥土,一下子把肖河河道填满了,河水四溢而去。仅仅就是她那么一搅和,顷刻间四柱坼裂,轰然一声,魔宫也倾倒了,水魔慌忙逃之夭夭,从此肖河就干涸消失了,只留下一条黄沙漫漫的肖河道。民谚说"要得肖河开,武家婆转世来"。

　　肖河古道还做过战场，远的不说就说刚解放那阵子吧。1949 年 5 月 18 日渭水县解放。6 月底，胡宗南纠集甘肃、青海马鸿逵、马步芳匪帮对渭水进行反扑。时值农历六月，马匪骄横蛮勇，直扑肖河道而来。解放军英勇无敌，越战越强，炮兵、机枪火力都很猛，加上有群众支援，更是如虎添翼。再看马匪帮士气低落，人生地不熟，老百姓痛恨这帮杀人不眨眼的魔鬼，在解放军的打击下，马匪像无头的苍蝇，到处碰壁，节节败退。为了配合解放军作战，岩村、陶家、闫家寨一带的农民，在肖河滩上挖了数以万计的绊马坑、土陷阱，马匪的马匹一旦踏进坑阵、陷阱，立即人仰马翻，这时村民们便从苇子壕中、大树后、柴草堆中冲了出来，他们手持铁叉、铡刀、木棍、红缨枪将敌人歼灭。这种办法影响到全肖河道的村子，老百姓纷纷参战，军民齐心抗击马匪，迫使马匪仓皇溃逃，胜利保卫了渭水城。

　　20 世纪 50 年代以来，政府兴修水利，把宝鸡峡、石头河水引上了咸阳原，条条渠道从原上穿过，哗哗流水滋润原上人家。20 世纪 90 年代西安咸阳国际机场一期建成，二期工程飞机跑道就建在肖河古道，后面还有三期工程，现在围绕机场周边，政府建设国家级临空新城。

　　"看来咱这村子也保不住了。"

　　"可不是嘛，拆迁是迟早的事。"

　　"将来咱这里的人，都要进小区，也要成居民，到时候也是高楼大厦。"

　　"我听说机场还要修通省城的地铁。"

　　"不对，是机场专线、城际铁路，咱到省城也就十几分钟。"

　　"我听说大规划都出来了，叫什么扁担水桶。"

　　"你听岔了，人家是以机场为中心，机场以东发展商贸餐饮、文化体育，机场以西发展航空科技、物流自贸，举个例子说就好像一根扁担，两个水桶。"

"哈哈哈，我看啥时候把咱的水桶装满。"

"你就等着吧。"

从渭水城到秦庄不过30里地，他俩走走停停竟然花费了四个多小时，一路上他们说说唱唱几乎忘记了时间。在这段时间，李尚林夫妇过足了说话瘾，张凤梅也像放飞的鸽子在天地间尽情地吼着她热爱的秦腔，讲着自己熟悉的故事。走到半道上，李尚林问妻子说你看我爷这个人咋样？张凤梅说反正我摸不透，他或许就是你说的那个神人吧。

长长的路被李尚林夫妇甩在了身后，咸阳原就在他们的脚下，故乡张开了热情的臂膀，迎接这一对夜游的人，村口那棵大皂荚树，在瑟瑟寒风中朝他们挥手致意。李尚林仿佛看到了树下有一个熟悉的身影，那分明是爷爷，他好像在那棵树下等候着他们。李尚林到了跟前，他发现那棵树还是那棵树，他用手抚摸着那疙疙瘩瘩的树身，深有感触，我的爷呀，你咋无处不在。张凤梅虽说没有看到那仿佛李西周老人样子的树形树影，但她一听丈夫叫爷爷，心里也不由"咯噔"了一下，啊！该死的，她把最要紧的事情都忘记得一干二净了，爷爷让她把银牌、银锁、银手镯送给小孙女，一生气她把这些都抛到了九霄云外，礼物还在自己贴身的口袋里静静地躺着，不过那礼物已经有了她的体温，看来给娃的时候还没有到呀。

"哎哎，掌柜的，我问你咱今天弄啥去了？"

"我把咱爷的礼没有送出去。"

"平时都说我的忘性大，你比我的还大。"

"咱本来想给小丫头过一个农历生日，你看看事情弄得一塌糊涂。"

"我说叫你别自作多情，人家早就给娃过了公历生日，你偏要来。"

"你抱怨我有用吗？"

"咱爷要问你怎么说。"

"哎呀，有了，咱就说今天，亲家待成的好，有鸡鸭鱼肉，有肚丝汤、鱿鱼汤，有生氽丸子、黄焖鸡、红烧猪蹄、酱牛肉。"

"看把你美的，不就吃了一碗西红柿鸡蛋拌面嘛。"

"那为啥回来得这么晚?"

"就说你喝醉了，或亲家喝多了，干脆就说错过车了。"

"寻着挨骂哩。"

"……"

夫妻俩正说着话，不觉得已经到了自家门口，大门虚掩着，爷爷还在门道里等着他们。

"爷，大冷天，看把你冻的。"

"爷，娃们让你操心了!"

"不省心的东西，光知道玩，你们不回来我能睡得着吗?"

"娃乖得很，"李尚林说，"啥都好着，爷你放心。"

"爷，一切都顺顺当当!"

"顺当?"

爷爷的耳朵有点背，但他的神志清醒，他一眼就看出了究竟，黑天半夜才回来还能顺当到哪里去。

第 四 章

二 十 二

冬去春来，日复一日，晨昏朝夕，岁月流逝。去年的今日，也是细雨朦胧的天气，李秦川对妻子魏冰倩说等小孩大些，我们就去旅游，去外边看看风景。计划中的春游没有能够实现，梦中的江南却仿佛在一个多情的午后，在他们心心相印的卧榻，他们几乎同时有了一个梦境，在那片未知的土地上，南国的乡野似乎已经有了诗的味道。你说，我们将拥有一个春天，在我们热爱的泥土里，在我们熟悉的松树下，在长满苔藓而独立自在的净土。我说，在一片天鹅绒般的草甸，在我们精选的某个时辰，在天气温暖和煦的时候，最好还有一丝丝凉风，我们将庄重收获大自然给予的幸福时光。每个人都有自己的时间观念，都有自己的时间单位，都有自己的行事节奏，快行慢走，轻重缓急，自有分寸。然而，时间又是最大的问题制造者，它掩饰了很多事实与真相，放逐了人们的机智和勇敢，难道你会相信白发就是财富，沧桑就是智慧吗？难道你会相信数字游戏，人心不逾吗？而对于人们之间相互猜忌与伤害，挤压与折磨，随着时间的推移有些或许会淡漠，有些或许会愈发变得麻烦。

春节后，李秦川心绪不宁，他仅仅在外漂了一周，一个春节没有在家里过，就感觉不论是父亲的家，还是丈人的家都似乎发生了一些微妙的变化，当然这也许是他心里的感觉，但他真实地感觉到了，父亲言谈中总是说你丈人家如何如何的，母亲则相对含蓄些，她总是用温言软语告诫儿子，要把握好分寸。分寸，是他这个晚辈后生所能把握住的吗？他的丈母娘吴淑芬与他仿佛有一层隔膜，客客气气的背后往往是冷冰冰的分别对待，她似乎把你的我的分得很清楚，说话中总带着你爸你妈怎么怎么样，你老李家孙女怎么怎么样的口气，在她心中女婿是外人，女儿才是自家的，他的丈人魏安定没有说他什么，好像他俩都是第三世界的，似乎有点儿惺惺相惜的意思。最不可思议的是一天晚上，吴淑芬要和李秦川算账，她说你就是雇个保姆一年也要花费几万，我们两口子，一个看娃做饭，一个看门打扫卫生，你看一年给多少钱？妈爸，你看我的工资卡都在冰倩那儿，我手里没有一分钱，这次外出是人家老板全包，我回来买东西还借人钱了。你都没有攒下什么私房钱？你老爷过去都是大资本家，瘦死的骆驼比马大，你们老李家好歹也算一个有钱人家，我就不信咧。魏冰倩看母亲有些过分就插嘴说，妈，我们的钱都在这里，你要我都给你，你就别难为秦川了。瓜货，我在给你帮忙，你倒好，倒打一耙，好像我成了猪八戒照镜子里外不是人了。李秦川一看今晚这个事儿没法子落台，就来了个以退为进，他说，妈，你看这样行不，我给你写一个欠条，算我欠你3万元，吴淑芬是明白人她本意想煞一下李秦川的威风，给他一个教训，所以也就来了个顺水推舟。她说，男子汉大丈夫说到做到，李秦川说，一言既出，驷马难追，就这样李秦川写下了他平生第一张欠条，并签字画押，冰雪聪明的魏冰倩也签字画押，她说，我是他的媳妇，夫债妻还我当然要签字。魏安定与吴淑芬面面相觑，李秦川与魏冰倩会心一笑，魏冰倩说，要不我家李朝曦也画个押，嘻嘻嘻。这时外孙女李朝曦喊着，姥姥我要上厕所，快，你给我拿卫生纸去。吴淑芬眉头一皱，苦笑着说，一屋子冤家，大家都笑了。李秦川回到自己房间以后，他忽而想起了这么一句话：每一个家庭都有门里门外之分，里面的故事与外面的故事截然不同，有些事情谁也说不清楚，真所谓清官难断家务事。

二十三

夏日，魏安定没精打采的，好像被人抽了筋，有时清晨天不亮他就起身，头脑还迷迷糊糊。一场又一场的饭局让他感觉厌倦，不管怎么总得有个事情做一做，他想自己这种无所事事，百无聊赖的日子该有个头了吧，至少秋季学生开学，甚至在暑假期间，就会等来好消息。果然前几天有人邀请他去一所技校教焊接技术，他很想去那里发挥余热，也排遣排遣自己的烦恼。通常情况在市区内的每月3000元左右，外地的吃喝路费在外，可以拿到5000元，不过就是路途遥远，要来回折腾人，他可能吃不消。妻子吴淑芬不同意他去外地，要干就在跟前干几天，她也是从丈夫的身体出发，她不想让丈夫太累了。魏安定是八级焊工，要不是身体耍嘛达，以他的过硬技术，到处都有人抢着要他，他可是一块人见人爱的香饽饽。当年在省拖拉机修配厂，他工作干得多出色呀，简直可以说是风生水起，惹人注目，他记不起自己当了多少年的劳模先进，反正光奖励证书、奖状、奖杯、照片就装了一大纸箱。妻子吴淑芬经常拿这堆物什说事儿，它虽说是老公魏安定的一生心血，但在吴淑芬的眼睛里却显得几乎一文不值，她说这些东西不实惠，关键时刻不顶用，人家绝不会因为这些东西而不让你下岗，不让你失去发展机会。魏安定说人的命天注定，胡思乱想没有用，小老百姓安安稳稳过日子就行了，再说了，对于一个搞技术的来说，他最烦曲里拐弯的事情，最烦吃饱了撑的搞窝里斗。天可怜见，上天偏偏给他遇了个挽死缠，他的妻子处处与人比高低争输赢，还没来由地怀疑这怀疑那，啥事都想露一手。俗话说风吹草帽走扇门，麻迷婆娘气死人。魏安定的家里，他媳妇财权、事权一人说了算，朋友开玩笑说老魏同志你要是兜里的钱超过了 300 元我就请客。那一年，他得了胃病，把胃切了一大块，好不容易才死里逃生。从此老魏想开了，他整天拿着鱼竿在渭河边钓鱼。钓了一年半载，老魏的病居然还好了不少，这期间吴淑芬看丈夫病恹恹软塌塌的，也就放松了管制，他们一家人仿佛进入了列国状态。这时的吴淑芬迷上了跳交谊舞，她早早晚晚的在各种场面亮相，还浓妆艳抹参加市区中老年交谊舞大赛。魏安定不管吹风下雨，酷暑严寒，他都在河边钓鱼，每次他不贪心，只钓几条鱼，然后就学当年的姜子牙垂钓渭水，清风明月缓缓过，流水有声慰平生。钓鱼这行当神奇，钓着钓着，鱼儿上钩了，欣喜若狂，钓着钓着，心性平和了，不急不忙，恰到好处，钓着钓着，不管不顾，仿佛钓的不是鱼而是其他，这其他就有些五花八门，魏安定有半年都想不起与妻子同房，他爱鱼爱水也爱那钓鱼的无我境界。吴淑芬跳舞热情似火，又拿了个大奖，成了社区的名人，她的搭档更是引人注目，成了人人追捧的男明星，他办了一期又一期的培训班，还赚了一大笔钱，她呢驴跟马跑——惹了一身骚气。那位男明星邀请她上电视大舞台，明星的妻子怀疑丈夫与吴淑芬说不清，两个女人为这事把脸皮都撕破了。回到家的吴淑芬怒气难消，找老公算

74

账，你个窝囊废，人家欺负我你连个屁都不敢放！丈夫无心与她斗嘴，无声的抗议也是一种斗争艺术。吴淑芬趴在床上呜呜呜哭了，半夜发现丈夫不在身边，他在客厅和衣而睡，看着蜷缩在沙发上的丈夫她有些心疼。回想起自己这些日子的作为也真的不像话，她没有给丈夫做过饭，任由他自生自灭，自己在外有吃有喝有人捧，多么逍遥自在。吴淑芬陷入了深深的自责，作为妻子自己尽了一个妻子的义务了吗？况且他是一个病人，吴淑芬费了很大的劲儿才把丈夫弄进了房间，丈夫睡得有些迷糊，走走回房休息，看把你恓惶的，成没人管的野人了。那一夜魏安定不管妻子吴淑芬用尽各种手段，他到底没有当成男子汉，吴淑芬哭着说老魏我不要什么鱼呀，钱呀，奖呀的，我就要你！

二十四

　　到了秋季，山沟里的枫叶早已染红了树梢，染红了山野，公园里的枯叶纷纷随风飘落，秋雨连绵，数日不绝，池塘边的几个钓鱼郎还在那里悠闲的耗着。坐在厂部办公室的李秦川却在不住地发呆，这时他无意间想起了一句话，人比人活不成，马比骡子驮不成。跟陈老板进了一次山，参加了一场人家的老人过寿活动，他就有些明显的失衡了，他与人家的差距就像非洲的发展与欧洲的发展一样，不可同日而语呀。魏冰倩又去培训机构上课了，老师就是吃开口饭，一天到晚备课辅导阅作业看作文，她最近让电喇叭把耳朵震得有些耳鸣，丈人魏安定也闲不住，去了一家技校当实训老师，丈母娘吴淑芬打理家务，经管孩子。想起这一切李秦川有时感觉苦恼，有时也能理解，过日子嘛，平平淡淡才是真，他们家的这种平衡也算是不错的，至少每个人都有自己的位置和作用，都在一门心思地朝好处努力。中午饭后，在机关的沙发上，他迷瞪了会儿，又一次想起了老板家的事情，他居然大白天做梦了。他梦到了自己家正在盖房子，父亲急着运材料，母亲和姐姐李秦赢，还有几个乡亲在做饭，他老爷李西周老汉拄着拐杖不停地在门口转悠，听说还差几块楼板，姐夫赵长春与外甥赵三虎到北杜镇预制场买去了，他们一会儿就回来。场景似乎又变了，是去年春节最忙碌的那段日子，探亲访友、家人团聚的人群随着滚滚车流从此地到彼地，又从彼地到此地，人流在运动、物流在运动，一切都在加速运转。于是你会看到机场、高铁站、地铁口、汽车站人山人海，拥挤不堪。街道上、高速路上经常堵车，自驾的、跑运输的，老司机、新手司机，大大小小的车辆，花花绿绿的车色，来来往往，穿梭不绝。人们天南地北，进城市走乡村，逛景点游山川，当然不排除有那种特别会享受生活的人，他们似乎喜欢闹中取静，选择不急不躁的在自家屋里过年，而不去满世界疯，满世界跑。就这么几天假，李秦川还要值班，他倒不是冲着那翻倍的加班费去的，他的老板是秦岭山里人，他要回老家一趟，路途必须翻越大山，本来已有一个专门司机，为了稳妥起见老板让李秦川作为备用司机一同前往。李秦川的老板姓陈名西光，他在渭水开办了西光汽修厂，其实这次陈老板主要是回家给母亲过寿的，他母亲90多岁了，李秦川见识了他想都未敢想的大场面，人家招待的客人都是有头脸的，那才是谈笑有鸿儒，往来无白丁。

　　李秦川是第一次去秦岭以南，一路上他几乎没有动过方向盘，陈老板的司机轻车熟路。李秦川一直窝在那辆商务车的后排睡觉，两个多小时以后，他们的车到了秀川县城。这里群山环绕，空气怡人，沿着一段小河堤岸右行五六百米就进城了，这条河当地人叫县河，官方叫秀川河。一到这里，李秦川就被留在了秀川大饭店搞接待，第三天是陈老板母亲的好日子，而举办祝寿仪式宴请亲朋的场所就设在这里。李秦川的主要任务是接送比较重要的宾客，第一天，他开着一辆丰田小轿车接送了几批人，到了第二天，他又成了陈老板最小的妹妹陈尹西的专门司机，此后他还去了陈老太太的家里。那位陈家小姐是个大美人，她保养得非常好，打眼猛一看年龄不过三十岁，仔细观察她的眼角眉梢，你会感觉到这位女士的真实年龄或许要大得多，当然如此放肆地猜测人家的年龄是不够礼貌的，不过这女人确实令李秦川怦然心动，怎么会有这样举止优雅，而又温婉可人的女人，他的心里禁不住的痒痒，禁不住的难受。她刚从国外回来，是个留英博士，省城几家医院都争着要她。在一所荆楚风格的宽敞院落里，李秦川见到了陈老太太，老人家很和善，她拉着女儿的手不放，娘儿俩一直说个不停。这所院落为仿古建筑，依山傍水，坐北朝南，小巧别致，为三开间四合院，前面是门屋，天井两侧为耳房，后边是客厅。在客厅李秦川看到了布置在那里的几副字画，有当地名家书写的楷书横幅一条，上书诸葛亮《前出师表》"臣本布衣，躬耕于南阳……尔来二十有一年矣"，竖书两条，一条上书明人沈周的诗句"酒醉频移花下席，书多别起竹间楼"，一条书写"山中自得长春乐，借种庭前结寿缘"这样的诗句，不知何人之语。国画有《古松苍拔图》《仕女条屏图》《阴阳六合图》三幅，大小位置恰到好处，与三条书法作品以及屋内仿古风格的家具陈设浑然一体。在陈老太太的卧室，除了木床等日用品外，最引人注目的要算一张木质小茶几上摆放的一个十分考究的铜香炉，那香炉不大，但很别致，高约30厘米，宽约75厘米，通体方形，中部抽腰有两耳，正面铸"福寿"二字。这是一家什么样的人，母亲寿诞的大日子，儿子在大酒楼招待宾客，母亲却没有露面，她依然在自家的宅子里吃斋念佛，享受平静的日子。李秦川没有在大酒楼吃饭，他不知道那里的情况，他是随同陈尹西女士与老太太一起吃的饭，老太太举办的是家宴，家宴以素食为主，山野菜、土鸡蛋、木耳、粉条、水豆腐什么的都有，可能因为有客人，特意增加了腊肉、炖土鸡等肉食，老太太吃的是长寿面，穿的是对襟红花袄，戴

的是钿头银篦。老太太好记性呀，直到现在她还记得当年的
两首儿歌。

月亮走

月亮走，我也走，我给月亮提花篓。
一肩提到阳门口，阳门口，栽石榴。
石榴树下一碗油，姊妹三个在梳头。
大姐梳的龙盘顶，二姐梳的凤抬头。
剩下三姐没啥梳，梳个狮子滚绣球。
大姐戴的金簪簪，二姐戴的银簪簪。
剩下三姐没啥戴，戴个篾扦扦。
大姐抱个金娃娃，二姐抱个银娃娃。
剩下三姐没啥抱，抱个癞蛤蟆。

拍手歌

你一，我一，虫虫火鸡。
你两，我两，双手打掌。
你三，我三，三把银簪。
你四，我四，双手写字。
你五，我五，进庙擂鼓。
你六，我六，六把扇子遮日头。
你七，我七，背枪打野鸡。
你八，我八，八瓣莲花。
你九，我九，红鞋绿口。
你十，我十，十个娃娃坐一席。

老太太还在说着自己的话，这倒令李秦川想起了自己的曾祖母，那位老人也是很有气质的，她80多岁离世时装束也非同一般，绫罗绸缎，镶金缀银，应有尽有，据说她结婚时曾祖父家用八抬大轿抬着她进的门，还给她戴过凤冠霞帔。在这里陈家老太太并没有什么繁文缛节，也没有司仪之类的介入，女儿等亲近的人陪她吃了一顿饭，之后就一切如平常一样，各干各的事情。李秦川跟着陈尹西登了塔云山，游了云盖寺和云镇古街，瞻仰了子房洞、白侍郎洞。李秦川知道自己是谁，他不言不语，不冷不热，一心一意开着车，人家是留过洋的女博士，他自然必须悉心伺候。陈尹西本来就高傲无比，她发现这个司机小李有点特别，居然比他还倔，她开始注意他了，她给他矿泉水喝，让他吃各种小食品，还给他抽进口牌子的女士香烟，就是那种细细长长的烟卷，他开始不习惯，嫌弃那玩意儿没有劲儿，不过瘾，后来就大大方方接受了，当然他也给她抽自己的好猫烟。

　　秀川地形复杂，山大岭多，层峦叠嶂，河沟密布，水资源丰富，高山河谷地带气候垂直分布明显，这里森草茂盛，耕地多分布于河谷川道的狭小空间，有"九山半水半分田"之说。李秦川记得他与陈尹西一行登临塔云山的情景。塔云山在县西南50公里，东瓜乡境内，海拔1665.8米，主峰高耸入云，山形似塔，故名。山上有打儿窝、舍身岩、爱情树、朽木桥、娘娘殿、灵官殿、观音堂、一天门、二天门、三天门等景观。《重修秀川县志》载："山巅庙数十间，明万历丁酉年创修，殿堂楼阁至今犹昔，视为仙境"，后多损毁。沿着北麓经过一个喇叭口形状的山谷，走进了山脚，道路十分逼仄难行，又过了一段陡坡，从一个只可以容一人爬行的山洞进入半山腰，这时一高一矮两山之间悬崖耸峙，要穿越一道几丈远的峡谷，峡谷之下是湍急的流水，在行进的路途上人们架设了简易的树木桥，一棵大树横下了身子供人踏过，山的那边也有一棵大树与那棵大树心手相牵在一起，有人说这是爱情树，踩踏过它的人定然会收获爱情，从高空看来，它们如同紧紧拥抱的情人，多少年了一直没有分开，而人们也正是靠着它们才跨越了这道天险。陈尹西从这里走过时，脚下水声轰然如雷，风声訇哮如泣，她下意识抓住了李秦川的手，陈尹西说我好害怕，李秦川说不怕不怕，很快就过去了。过了峡谷，遇到一乾隆五年（1740）立石碑，大部分字迹已经模糊不清，从中约略知道这里曾修建寺庙房八处，二十八间，现已不见踪影。越过溪涧，走过碑亭，登上十八盘，但见山花夹道，争奇斗艳，野鸟交飞，啾啾鸣和，恍若进入仙境。此间一路循栈道而行，栈道宽不过三尺，盘旋曲折，随山赋形。铺道有石板，不滑不腻，灰青坚实。人走在上面，稳稳当当的，游者慨叹刀工斧凿滴滴血汗，修建时所需材料如何上得山来。太阳从一大块云朵后边方才露出，万道金光透过云层，啊，云开啦，雾散啦，只见一峰壁立，欲与天公试比高，哦，这就是主峰了，主峰形如刀尖，如竹笋，直插云霄，顶端有一小庙称"金顶"，三面凌空，里面只容四五人。遥望山势宛如挺拔的灯塔，其陡峭奇险，无与伦比。素有"金顶刺青天，松海云雾间"之说。转过一个弯，折身再看松树、云杉的缝隙筛着细碎的阳光，可没有过多久，云雾又缠绕住了山头，似乎太阳又隐身了，那些缭绕在山谷的云雾似乎不断变换着身姿，让人感觉如同进了迷魂阵。塔云山的主峰在召唤着攀登者，走到山腰里陈尹西感觉疲惫不堪，她几乎坚持不下去了，忽然间她看到了一个佛塔，哎呀，这里还有佛塔！那佛塔并不高大但精细奇绝，仅仅一丈余高，只有七层，会不会有舍利？陈尹西肃然起敬，她双手合十下跪，我替母亲大人拜佛了，她向功德箱里投了二百元。李秦川也跪在了佛祖面前，他从口袋里取出了一张五十元的纸币，塞进了功德箱。当当的法器之声响了，也许山顶道观就在眼前，陈尹西来了精神，她一定要登上塔云山极顶，李秦川等人紧随其后，攀爬这段比较陡峭的台阶时，大家都提心吊胆，由这里朝下观望顿觉天旋地转。陈尹西等人在这里稍事休息，他们依石阶而坐，天空仿佛离得很近了，云雾飘荡于左右，山林举起了手臂，冷风扑面而来，松涛山呼海啸，这时李秦川忽然记起了苏轼《前赤壁赋》里的句子"浩浩乎如冯虚御风，而不知其所止；飘飘乎如遗世独立，羽化而登仙"，这也许就是他在山顶的感觉吧。

终于登到了山顶。山顶空间极为逼仄，仅有佛庙一间，四方宽窄不足一丈，石墙四壁与峭崖相齐，这就是人们所谓的塔云山金顶。在金顶之前有一门阙，一道士在此恭候，他会算卦卜吉凶，算与不算自己做主，当然有费用。山顶道观里一清瘦的中年道士端坐在这里，陈尹西朝功德箱里投了二百元，法器当地响了一下，李秦川朝功德箱里投了五十元，法器也当地响了一下，那位道士面无表情的目送着来来往往的人。回来的路上，陈尹西问李秦川你烧香拜佛祈求什么，李秦川说盼着早生贵子。陈尹西神秘地笑了，李秦川也问她同样的问题，她说我祈愿我的老娘健康长寿。你没有家庭孩子吗？陈尹西稍微一迟疑，然后说我就一个自己，一个老娘，这样不挺好吗？李秦川轻轻摇了摇头，不再言语。

去云盖寺的路上，李秦川想起了"荡胸生层云，决眦入归鸟"的句子，想必这寺庙处于白云深处吧。这里地势高，从两千米向一千四五百米过渡，还有一挂瀑布，唐太宗李世民在《咏云盖寺瀑布》诗中吟咏道："东望香炉山，西观瀑布水。飞流三千丈，崩摧数十里。"诗人白居易、贾岛都有诗句传世。贾岛述说群山环绕的地形，"一山未尽一山迎，百里都无半里平。宜是老禅遥指处，只堪图画不堪行。"白、贾二人诗语问答，唱和不断，"长老何方去，下山化瓦粮。既言云盖寺，何须用瓦粮。云遮菩萨顶，瓦盖众僧堂。"到过云川镇，李秦川仿佛才知道生活格调是什么，一里长的古街上，三间一律的店铺，沿着云川溪展开，溪水转弯处，街道也似乎断了头，近前一看那街路如盘曲的龙尾，又绕了过去，似乎一街连一街，直到镇的尽头，而进入石头砌墙，青砖墁地的屋舍，体验青白相间以白为主的色泽，顿时感觉清净雅素。是呀，屋中的老者呼噜噜呼噜噜地吸着水烟，香喷喷的米饭、农家小炒的肉味扑鼻而来，一城的人似乎都很淡定。李秦川发现这里的灰尘很少，河谷人家的玻璃异常明净，家具地面几乎一尘不染。姑娘媳妇喜欢穿宽袍大袖的服装，有的还穿着耀眼的蓝色、粉色、红色旗袍，她们迈着节奏缓缓的步履，穿行在一条烟火味浓浓的街市。在即将出镇的时候，李秦川发现有一户人家门前书写"东壁图书府，西园翰墨林"的对联，另一户则写着"格在梅以上，品在竹之间"的句子。这里曾经是商旅云集的交通要道，药材、生漆、桐油、板栗、蜂蜜、桃仁、木耳生意远近闻名，商家大户多为河南帮、长安客，然而随着交通改道，商业中心东移，古镇市面的繁华景象已成历史，但冷清中古风苍苍，只是缺少了时代的气息，缺少了浮华与喧嚣。

赴子房洞的路上，陈尹西的问题不少，而李秦川也似乎话语多了。他知道黄石公赠《素书》给张良的故事，也知道布衣皇帝刘邦打江山的秘密，而刘邦的陵寝就在咸阳原上，刘邦说运筹帷幄之中，决胜于千里之外，我不如张良；抚慰百姓供应粮草，我又不如萧何；领兵百万，决战沙场，百战百胜，我不如韩信。可是，我能做到知人善用，发挥他们的才干，这才是我们取胜的真正原因。伴君如伴虎，至于张良归山隐居那当然是一种智慧的选择了。子房洞在北阳山南麓，相传汉张良隐居于此。当地人敬仰他不羡富贵荣禄，激流勇退的人格，把此山毗邻的地方用"子房"命名，以示纪念。如子房河、子房沟、子房洞等，山顶建有张良庙，山中有逍遥寺的遗迹。李秦川神动色飞地讲述着，陈尹西什么时候却已经睡着了，他呵呵一笑说，敢情这半天我白费口舌了。

穿越森林，穿越山崖，穿越林场，体会不一样的温差区域，最温暖的地段飘逸着阳光和大地的气息，人性和温情的火热，最冷的地段散发着腐叶和地府的气味，散发着愚蠢和野蛮的凛冽。张子房先生为什么要到这里来呢？荒山野岭，人迹罕至，他如何生存？子房洞就在眼前，洞口宽15米，高3米，深约500米。李秦川怀疑这里是否住过很多的人，像警卫部队一样，对一个要人进行守护，他不得而知。入洞6米便有岔洞，顶部和斜上方另有两处自然通道可出洞外，洞里洞外两重天，里面如同安装了空调冷飕飕的，洞外却热气腾腾。洞下南二里是鸿门寺，正殿为铁瓦殿，这是历史上的情形，今天已没有了影子。仅存石碑一块，长1.5米，宽0.64米，字迹不清。昨夜陈尹西品尝了酒店的浓酒，直到中午还陶醉其中，她几乎睡了一个中午。李秦川体验过喝醉的感觉，在你强大的思想重压下，头重脚轻，胸口发闷，肚子里有一把火，整个大地、房屋、树木、街区、桌子上的杯盘碗筷什么的仿佛摇晃起来，想呕吐又吐不出来。李秦川陪着她在凉爽的洞里停了下来，她就坐在他的旁边。他感觉她的心跳在加速，她的呼吸在加快，她身躯的温热炙烤得他浑身不自在，她的火辣辣的额头滚动着汗珠。他把她背出了山洞，快！她在发烧说胡话！李秦川体验了一种此生罕见的醉意，但他相信自己比实际更善良，更节制，更有德行……

回来的路上，陈尹西缓解了好多，她车上有包，包里有药，她是医生，懂得医理。

李秦川放松了下来，他想到了自家村口的那棵皂荚树，它独立在寒冷的秋雨中，枯黄的叶子纷纷飘落，他想一年四季雨水丰歉不一，雨季来临，雨水长时间的浸泡，它深扎在底下的根须一定会喝足了雨水，而到了干旱少雨的时候，它就会动用储蓄，缓解饥渴的吧。他想到了山外的父亲在平原上秋收耕种的场景，薄暮中拖拉机翻起的垄沟扬起了昏黄色的烟尘，仿佛翩翩起舞的黑天鹅，遇到了死板坚硬的泥土，发动机发出了声嘶力竭的吼叫，似乎越走越慢，但短暂的停顿，换挡加油后，它就又毅然前进。坐在田间地头，每天黄昏都让李秦川陶醉，他喜欢闻家乡泥土的味道，似乎永远也闻不够，他喜欢听耕田人的歌声，那是磅礴大气的秦声秦韵，有时观赏天边的夕阳他也会说，田野、阳光、大地、万物和人类，我们一起安眠吧。

二十五

　　吴淑芬去医科大学一附院给丈夫买药，意外碰到了女婿李秦川，你不上班在这儿干什么？我找一个熟人。吴淑芬将信将疑，后来有人说李秦川在四医大门口经常和一个漂亮女医生散步，一次下班魏安定也影影绰绰地见过，他女婿从一辆奔驰车上下来，开车的是个女性，人影透过车窗一晃而过。吴淑芬挑言儿跟女儿说你家秦川心野了，你要防着他，到时可别说我没提醒过你，娃呀，前悔容易后悔难！妈，你别再捕风捉影了，没什么事。瓜娃呀，你爸我都防了一辈子，男人有钱就变了，你信不信。妈妈呀，好啦，我累了，睡会儿觉。看着进门把包一扔，躺倒在沙发上睡了的女儿，她有些心疼，你看把娃累的，王朝马汉的。吴淑芬想起了丈夫，即使这个老实巴交的人，不就是当了几天钓鱼郎嘛，人家还有人惦记，他不回家吃饭，他能去哪里，幸亏自己多了个心眼。跟踪追击，暗中观察，她发现魏安定几乎每天都把鱼给一家烧烤店，那女老板给他送过饭，他们肯定有钱上来往，还好回头是岸，我把他拽回家了。李秦川这小子年轻，长得排场又乖巧，可不能让他把女儿哄了，我要把他驯服。这些天李秦川回家越来越晚了，还经常不在家吃晚饭，吴淑芬心急如焚，女儿却不理不睬，好像没事人一样。有一天，她又发现了女婿的行踪，她打电话叫丈夫过来，准备来个瓮中捉鳖。魏安定说咱们还是别着急，万一弄错了岂不难堪。我就不信踏不住你娃尾巴了。你看就在里边那个包间。你看准了吗？没错，没错。推开门一看，我的天，一屋子年轻人，音乐正播放生日歌，今天是陈尹西的生日。女儿魏冰倩发现了父母，赶紧起身，她小声说你们咋来了。我我……找人，母亲笑着答不上话。陈尹西说伯父伯母好，欢迎您！女婿李秦川忙过来解围，你看我这记性，我家二老中午想看外孙女，这事儿我给忘了。不说了，请老人上座入席，吴淑芬满脸通红，她忙说，啊啊，生日快乐，吉祥如意！你们乐呵吧，不打扰你们啦。他们转身就朝外走，李秦川、魏冰倩随身相送，爸妈我开车送您，算了，你们都忙去吧。

回到家里，吴淑芬雷霆大发，我就纳了闷了，我亲眼看见了他在酒店门口给那女的献花，那女的把花放在鼻子跟前嗅了嗅，微微一笑，转身给他来了一个大拥抱，哎呀呀，你没有见那个场面，羞死人啦，他们还贴面，左一下，右一下的，好像她给了他一个吻，反正这个我不能确定，我气急败坏就要上前，他却上车走了，而那女的进了酒店，我判断他肯定还要来，我强忍住怒火，跟踪那女的进了酒店，摸索到了他们的包厢。老魏，你说我这是见了鬼了。但不管怎么说这女的就是个狐狸精，她说不到好处去，我一定要把她的底细查明白，省得她祸害我们的女儿。魏安定一边喝茶，一边慢吞吞地说你就消停会儿，人家干什么了你的证据在哪里？你可以调监控看他们大庭广众之下是不是那样。这个能说明什么，你看看电视，有些国家外长出国访问，与人拥抱、贴脸，他老婆要是你还不闹破了天。呵呵，说得轻巧，你不说人家外交部部长了，你就是当个组长厂长什么的我也给你放行，你爱咋承办就咋承办。你说的，当真？你敢！吴淑芬有午休的习惯，几乎每天都要在这个时候睡二十来分钟，她静静地躺下了，似乎也将怨愤带进了梦乡。这个狼心狗肺的女婿，我过生日也没有见他如此上心，也没有给我献花。吴淑芬分明看见了摆满餐桌的水果，阳光普照的窗前，一串串葡萄在白亮亮的玻璃盘中，每一粒都硕大饱满，富含蔗糖和营养，她感觉自己在咀嚼着它，如同与阳光和糖分默默对话。一个个粉红的苹果，个头匀称，仿佛勾引你的馋虫，你不由得要咬它一口，呵呵，它还生长在树上的时候，也许不会想到，香甜的果肉就要变成人们的食粮。

二十六

　　说好了与魏冰倩一起回家，临时又有了事情，李秦川把妻子送到小区，自己驾车消失在夜幕中。他去机场接人了，飞机晚点，等了半宵，凌晨三点才回的家，尽管他蹑手蹑脚的，还是吵醒了吴淑芬两口子。沉闷的寂静，寂静，日子长了，这也不是个长法，失眠的老两口在被窝里睁着眼睛盼天亮。魏安定醒来了，他喜欢大敞开窗户睡觉，有一种露宿野外的感觉，他遍身是汗，心跳加速，冲完澡感觉每一个毛孔都打开了，似乎每一个事物都可以轻松地进入他的身体，他似乎看到了红日初升，万物苏醒的景象，晨鸟醒来了，大地醒来了，操场一片金黄，他和孩子们一起出操。吴淑芬醒来了，头脑有些发胀，秋天的蚊虫似乎专门跟她过不去，一咬一个大包，一咬一个大包，还留下了疤痕，烦人。她没有像丈夫一样打开龙头冲一身水，她用温水洗了洗额头，把头发梳了梳，用毛巾擦洗了自己的身子，然后给眼睛蒙上一层面膜就又躺回来睡觉。她睡过硬板床，也睡过席梦思软床，她现在的这张床就非常舒坦，仿佛7月酷暑的夜晚，女儿女婿都不在家，她与丈夫赤身裸体睡在月光下……

　　夜晚等待黎明，黎明又在呼唤白日。起床了懒虫！一家人的清晨交响曲开始了，吴淑芬做好了早点，魏安定第一个享用，他总是很准时到学校。接着女儿魏冰倩慌忙刷牙、洗脸、上厕所，她今天要参加一个会议，必须提前15分钟到。女婿李秦川是第四个起床的，最后一个是外孙女李朝曦小朋友。李秦川今天在厕所里耽误了很久，他有些便秘，出来时丈人、媳妇都走了，他成了扫后营的。

"磨磨蹭蹭的，我还等着收拾锅碗呢。"

"你放着吧，我自己弄。"

"说你几句还不高兴咧，老虎屁股摸不得，也不照照镜子看自己几斤几两。"

"妈，有啥话你就明说，别总是遮遮掩掩的，你难受不？"

"你弄啥事了，你娃自己清楚，你个吃白食的白眼狼。"

"谁吃白食，谁白眼狼，你莫名其妙！"

"你跟我高声，你娃还不够资格，你一天到晚祸害人，黑天半夜不回家，谁知道你小伙子安的什么心。"

"我懒得跟你说。"

"你嫌弃我，我还不伺候了，你给女子找保姆去。"

"你不管了就给我，我明天就把娃娃带回老家。"

"你今儿个就把你女子弄走。"

"唉，我我……跟你说不清。"

"你快给我滚得远远的，我半个眼都见不得你，你想得美！喔，我外孙女也不是你一个人的，她是我女子的娃。"

"不可理喻。"李秦川气冲冲带上门出去了。

"有种，你就别再进这个家门，你还来劲儿了，没有你娃的好果子吃。"

二十七

夜晚，北方的城市，路灯有些昏暗，没有路灯的街道更显得偏僻、冷清，李秦川驾驶着出租车穿行在机场、火车站、工厂、街区，

87

他白天在汽修厂上班，晚上还要跑几个小时出租，为了补贴家用，他不得不打两份工。妻子魏冰倩让他每周只跑一两个班次，别把自己身体熬垮了，他没有听劝，依旧坚持每个晚上都出车。陈尹西是他的固定客户，她几乎预定了他的夜车，她用车时总是先给他打电话预约，而他总是及时出车很少误事。陈尹西在医科大学一附院当医生，同时在省人民医院、渭水市中心医院看专家门诊，还是四医大、医科大学特聘教授，有时候她也去外地讲学、会诊、作报告。

那一晚，李秦川从机场往省城送了一位客人，返程时在路边救起了一个醉汉，他约莫六十岁，总是说不清自己的具体住址，害得李秦川一晚上不安生，还让他住了院，打了点滴。李秦川知道当晚陈尹西恰好值班，就去了医科大学一附院。陈尹西说李秦川，你这个样子不行呀，你晚上不回家，又让家人担心了。我打她电话了，关机，没有事儿，天亮我再打打。一想起昨夜的事情，李秦川哭笑不得，那醉汉一醒来就问，我咋在这里？护士如此这般一说，那人千恩万谢，兄弟，你救了我的命，我跟你说，我不差钱，我早年经营过药材，当过药店经理，我有好几百万元私底，我悄悄告诉你，你别跟别人说。护士说那你把医院的费用付了。那人没有理睬，没想到过了一会儿，那人又说起了同样的话，不过这回加上了一个全新的内容。他说我儿子是省上某个大人物的秘书，我这里有个电话。护士赶紧去拨，结果一试是个空号。报案吧，这是个疯子，脑子有毛病。正在这时，陈尹西接到了魏冰倩的电话，大姐，他一夜未归，我担心死了。他在医院学雷锋哩。怎么了？他有事吗？没有，你就把心放在肚子里。陈尹西通完电话，她无所顾忌的朗声大笑起来了。这时有医生建议给电视台打电话，看那儿有寻人启事没有。第三天那位病人的家属才联系上，李秦川如释重负。当同事们兴高采烈，纷纷表示说要好好报道一下这件事的时候，陈尹西和李秦川静悄悄地离开了，他们不让人张扬出去。陈尹西请李秦川喝了咖啡，李秦川在咖啡店里睡了一觉。在电话里陈尹西对陈西光说，哥，我让李秦川出了趟差，他今天不去上班了。你不要搅和我们的事情了，不就是一个毛头小伙子嘛，你就这么稀罕他！不说了，我有分寸的，随后给你解释。

吴淑芬神通不小，她从各种渠道打探陈尹西的底子，原来陈尹西是省城某个大人物的儿媳妇，可惜儿子有精神病，守不住媳妇，陈尹西与丈夫多年以前就离异了，他们没有子女，她去国外学医，在异国他乡独自生活了十几年，据说她与婆家的关系一直保持着，她哥陈西光也是靠人家起家的。她这次回国定居，婆家又似乎看到了希望，她的公婆希望她与前夫能够复婚，陈西光也想促成这件事，但她似乎没有这种打算，顺其自然吧。

咖啡馆，是一个不错的地方，里面挂满了西洋画和亮闪闪的玻璃装饰，一种与这座城市异样的氛围在这里形成，出入这里的全是衣着考究的雅客，大厅里一架钢琴在鸣奏着，听起来像是月光奏鸣曲，小提琴女郎在门厅里演奏着迎宾曲。当李秦川和陈尹西进入门厅时，他感觉自己皱巴巴的衣衫显得与这里的环境格格不入，陈尹西用深情的目光注视他。在巴赫音乐的宁静氛围中，在舒伯特小夜曲的抚慰中，在《友谊地久天长》的倾诉中，在恩雅空灵缥缈的吟唱中，他酣然入睡了，她也有了几分困倦。李秦川仿佛在北阳山中，在那白梅山庄宾馆，他的窗边俯临山谷，谷底有波光粼粼的深潭，雄鹰在上空盘旋，翠竹、奇松旁逸斜出，小鸟在树枝啾啾鸣叫，牡丹梅花惊艳人间，月光下魏冰倩身着肥大的素洁睡袍，身后跟着他们的小公主李朝曦，她也是一身洁白如雪的睡衣，她们来到玻璃门前，笑盈盈地把睡袍抖落，屋内绿荫覆盖，水汽氤氲，十分清爽。山中温泉水涓涓细流，在屋后的小池子里集聚，魏冰倩和女儿跳进了池子洗浴，池子里不时传来孩子的嬉闹声，李秦川已经摆好了点心、西瓜和红酒。这时传入李秦川耳畔的是淙淙的流水，映入眼帘的是深夜的迷茫，是松涛轰鸣的起伏，是波影交相呼应的潮声。在心里多少回啊，他期待着黎明，他仿佛看到了曙光，鬓角汗津津的，虚弱不堪，听天由命还是自己拯救？他的眼睛看得发涩发酸。这时，李秦川恍恍惚惚听到了一曲秦腔，"我爹爹贪财把我卖，我不愿为奴逃出来。"他知道这是母亲唱过的戏，最近他媳妇带着女儿刚回过一次老家，难道是小公主李朝曦奶声奶气的声音吗？李秦川笑得嘴角都流出了涎水……

第 五 章

二 十 八

　　傍晚，阳光炽热的白昼即将结束，天色还没有完全黑下来，在通向机场的路上，一辆绿色出租车正在疾驰，李秦川驾驶着出租车，车上坐着他的妻子魏冰倩。魏冰倩和她的同事要去长江三角洲城市学习考察，飞机晚上8点45分起飞，他们必须提前两个小时赶到机场候机楼集中。李秦川生活在一座灯火辉煌的城市，白天他要在西光汽修厂上班，他是办公室干事，主要与电脑和文字打交道，还得应酬老板吩咐的其他各种杂事。至于晚上，8小时之外，李秦川还有他的第二职业需要打理，他与一位朋友合伙开出租车，他朋友开白班，他是晚班司机，从下午6点以后接班，到第二天早晨交班。每天夜晚他都与这个城市神秘接触，几乎每天他都要接触形形色色的人群，在歌厅网吧，宾馆酒楼，车站机场，林荫大道，小区街巷，无论什么地方，无论什么人，只要人家有需要，他都要为他们服务。出租！只要听到这样的呼唤，他就停下来；或者发现平台上的呼叫，他就快速接单，然后去预定地点接人。而一天到晚他说得最多的话就是：您好，去哪里？好吧，您慢走。请带好随身物品，注意车门，当心车后边。李秦川曾经开玩笑说出租汽车四个轮，一个车轮就是一个家庭的过活，其实他驾驶的这辆出租是私人的，人家是车主，车主挂靠某出租公司，假如一年收入分四份的话你至少得给人家两份，包括车主和出租公司，另外司机两人一人一份，李秦川只能晚上开，有时双休日他也开白班。他的第二职业收入很不错，比他和媳妇两个人白天上班加在一起的收入还要多，魏冰倩的培训机构生意时好时坏，一直不稳定，培训机构老板在省城有大生意，把渭水这里的生意不当回事，他都想好了将来如果收入多了，一定换一个大一点的房间，至少有两个卫生间，省得一家人为上卫生间而熬煎。

这几天天气突然热起来了，这是与前几日下过雨的天气相比较而言的，人们有些受不了，眼看伏天就剩下了个尾巴却热得出奇，气温一下子飙升到了38℃。昨天晚上，李秦川破例没有出车，天气炎热，他在家里吃过饭后，又吃了几块西瓜，客厅里的空调在呜呜的吼叫着，整个楼层各家各户的楼上几乎都开着空调和风扇，没有法子，人比钱重要，现在的人实在是怕热。女儿李朝曦嚷嚷着要冰激凌，他下楼给她买了几个，又买了蚊香、灭蚊灵喷剂，还有些小零食。丈人这些天休假在家，外面热烘烘的他不想动弹，小外孙女陪着外爷也不想出门，他们一直守着电视看，丈母娘吃过饭就去跳舞了，她闲不住。明天妻子要出发她还需要带些什么东西？李秦川与她漫步在林荫道，接着信步来到了翠微湖畔，这里和别处一样人很多，男女老少都有，魏冰倩说回家吧我有点累了。李秦川有些不甘心，他本来想和她在草地上，或者树荫底下坐会儿，以消解白天的疲倦，看来不行了，回吧。不远处是湖畔歌手的豪放嗓音，是他们熟悉的秦腔唱段，是不知疲倦的广场舞者的踢踢踏踏，是树荫下青年男女的耳鬓厮磨，是草地上恋人们忘乎所以的卿卿我我，看来爱情是不怕炎热的。

回家的路上魏冰倩的脸色是平静的，坦然的，但她的心思让人琢磨不透，李秦川不知道她看到了刚才的场景没有，想必她肯定是看到了。触景生情，他们想起了自己的大学时代，他们是一个年级的同学，李秦川是中文系，魏冰倩是外语系，在北方人文大学的后操场，他们经常见面，李秦川是校篮球队队员，他们在场地上训练投篮、运球、防守、进攻，有时也打比赛。魏冰倩是校羽毛球队队员，一位省队退役队员担任她的教练，她刻苦训练，进步很快，还参加了省大学生运动会，拿过一枚铜牌。李秦川的篮球队运气不好，刚一上场就遇到了强队，第一轮就被淘汰了，只好打道回府。只有李秦川没有走，他一直看着魏冰倩得了奖，还给她献了花。他们的感情就是从那时开始升温的，她皮肤黝黑，肌体壮实，成熟干练，性格活泼，是个爱说爱笑的阳光女孩。他性格开朗，积极向上，是篮球队投篮手，他的3分球特棒，在学校里他显得很抢人眼球，对女孩子有一定吸引力。李秦川为了讨好魏冰倩，他自己也学着打羽毛球，主动拜她为师，经常师父长师父短地叫着，还时不时给她买饮料、瓜子、方便面等小食品，就这样他们的爱情之火点燃了，他们几乎形影不离，吃饭一块排队，打水也一道前行，饭后他们一起散步，晚自习他们相约在一个自习室学习，节假日他们更是全天候泡在一起，打球、爬山、游泳、跑步、看电影、上公园他们总是同出同入，很少分开。欲望啊，美好的欲望总折磨着多情的少男少女，拥抱呀接吻呀，总想走进彼此的内心；情欲啊，快活的情欲总让情窦初开的青年人乐此不疲，肉体呀诱惑呀，总想拨云见月，但过后的一切将意味着什么呢？月亮从月牙变成了满月，从满月变成了月牙，从法桐的枝叶间透露出了细碎的消息，他们的脚步踩出了谈情说爱的小径，他们的话语感动了雨水注满的池塘，他们的爱情之花毅然开放，渭水为媒，城墙为证，等大四的时候，他们已经有了爱的种子，李秦川用鲜花做了一个花冠向她求婚，在操场草丛中，他单膝跪地，含情脉脉地说，亲爱的，嫁给我吧，一生一世我会对你好，我对天起誓！魏冰倩激动得泪水涟涟，泣不成声，她闻到了鲜花的清香，她嗅到了绿草的温情，她解开自己的长发，迎风舞动着洁白的连衣裙，向着自己心爱的人扑了过去……

在机场，李秦川不知接送过多少人，不知见识过多少这样的别离场面，可到了自己跟前他却显得有些笨拙，他没有说太多的话，只是深情地与妻子拥抱，保重！你也是，别太累了，晚上早点休息。魏冰倩走了，随着那架飞机走了，李秦川怅然若失，很久他都没有从深邃的夜空收回自己的目光，他那种失落的情绪无以言表。

"嘀嘀，呜——"李秦川的车开动了，受人之托忠人之事，出租车是大家的合伙生意，自己不能偷懒，他要在有效时间多拉些客人，多挣些钱。当东方出现鱼肚白的时候，李秦川又去机场送人，他打算跑这一趟就准备收车。这时陈尹西来电话了，她要用一天车，她准备去一趟三门峡市中心医院，在那里有一个学术报告会正等着她参加。李秦川没有丝毫迟疑，他说我马上过来接你。陈尹西说，我跟我哥说了，你是送我出门，他不会在意的，你放心。李秦川把陈尹西送到目的地后就返回了，他还有其他安排。回来后，他就直接去了单位，这已经是下午了，老板陈西光对他说，李秦川呀你脚踩两只船这可不好，你如果嫌我这个庙小你就说，我绝不拦着你，你别拿我妹妹做挡箭牌，我能够容忍一时，但我不可能任你这么下去，你好好考虑考虑。李秦川自知理亏不敢多说什么，只是不住地点头道歉，对不起老板，我一定好好工作，用良好业绩回报您。好了，你的能力还是不错的，这样吧，你去准备资料吧，晚上加个班，我们有个项目很重要。陈西光准备转型生产新能源汽车，一家南方汽车企业与他合作，他最近正全力争取这个项目。李秦川连续几个晚上都在单位加班，他不得不找人替他开出租，一周后，单位的事情有了眉目，老板开恩给他放了三天假，李秦川兴高采烈地又去开他的出租车了。单位年轻美丽的办公室主任柳若兰陪同陈西光与合作方签署了合作协议，并互换了文本，媒体高调宣传报道了这个新闻。

这几天，李秦川早出归晚，生意顺利，心情很不错。一天清晨，6点10分他刚交了班，正向小区走，这时候天空阴云密布，雷声隆隆，几乎一瞬间天就下起了瓢泼大雨，他紧跑慢跑衣服还是湿透了。到了家门口一摸口袋，钥匙没有了，见鬼了，我的钥匙总是随身带着，怎么会不翼而飞呢？他敲门了，家里没有人开门，他们也许还没有起床，就在这里等吧。李秦川给他的朋友打电话看钥匙是否落在车上了，朋友说到处找遍也未见，他又寻思了半天怎么都想不出自己究竟在哪里出错了。对了，就在昨天晚上，他去接过老板，他喝醉了自己扶着他去的宾馆，当时老板吐得一塌糊涂，把李秦川的上衣、裤子都弄脏了，是柳若兰说让他把衣服换下来，她让宾馆服务员给洗洗，他后来是否检查过自己的钥匙，他不知道，会不会落在宾馆？他当即给那家宾馆打电话，人家说没有见到一串钥匙。

丈母娘吴淑芬刚出门就看见了狼狈不堪的李秦川，她一脸不高兴，"咋不进去，知道的是你自己不进去，不知道的还以为我们虐待你了。"

"妈，我把钥匙丢了。"

"咋没把你人丢了，丢三落四的。"吴淑芬鄙夷地对着他说，"进来说。"

"娃哩？"

"你爸领着走亲戚，人家娶媳妇开席早，今儿一早上5点钟就坐车走了。"

"你咋能把钥匙不见了？"

"一会儿，我再到处找找去。"

"你呀，害死人了，你要是找不到，咱还得换锁。"

"换就换嘛。"

"哦，说得轻巧。"

"不就是一串钥匙嘛。"

"咋的啦，你还有理了，我看你就没安好心。"

"唉，你这是从哪里说道的，哪里的气吗？"

"李秦川，我打开窗子说亮话，我打一开始就没有瞧上你。"

"我的妈呀，你这人咋这么记死渠渠。"

"我不是你妈，你妈在你家秦庄。"

"妈，这么多年，我风里来雨里去，没有怕过出力流汗。"

"那是你娃没有本事。"

"我一心一意对冰倩好，你也看到了。"

"那是你花言巧语把我娃欺骗了。"

"天地良心。"

"狗屁，你欺负我娃老实，让她怀孕了，你让我这张老脸往哪里放。"

"我一眼就看穿你油腔滑调不是什么好东西。"

"妈，你冤枉我了。"

"你欺人太甚，生米做成熟饭，让我进也不是退也不是，我要不是看在你家还有些家底，你那里要拆迁，我打死也不会把娃嫁给你。"

"妈，你看我们都有孩子了，也过了这么多年，你咋还过不了这个坎。"

"娃呀，我跟你说，你打破了我的梦。"

"我跟你说实话吧，当初我冰倩她姨父打算把她介绍给一个干部子弟，叫什么来着，人家连面都见过了，彼此印象不错，结果你小子插了一杠子。"

"妈，你说这些我都能理解，可怜天下父母心，你替冰倩考虑是应当的，可我们已经是夫妻了，你也要面对事实呀。"

"那我问你，李秦川呀李秦川，你们幸福吗？你们开心吗？你当我不知道，你们这些年吵过多少次架，打过闹过多少回？"

"妈呀，你是过来人，碟子碗都有个碰碰撞撞，人哪能没有磕磕绊绊。"

"李秦川呀，你知道我娃的苦嘛，她好面子，不认输，为你跟我吵闹，打肚皮官司，你没有给她想要的。"

"妈，我已经很卖力了。"

"娃呀，我想了很久，这话我本来不想跟你说的，既然话撵到这儿了。"

"妈，咱是一家人你有啥话你就说出来。"

"李秦川呀，我给你说实话，我家冰倩心中一直放不下她的那个梦中人。"

"啊？"

"她这次去上海就是见他，他从国外回国了，他是大老板。"

"啊！这这……是真的吗？"

"娃呀，我都这把年纪了，我会哄你？"

"我不信。"

"他想让冰倩出国进修。"

"不不……这这太突然了。"李秦川当即就拨打魏冰倩的电话，关机，他再打，还是关机，他狠气地摔了手机。

"李秦川呀，你看这是什么？"吴淑芬左手里攥着一叠书信，朝李秦川晃了晃说，"这是他们的书信，人家一直有联系。"

李秦川惊愕不已，他本来想看个究竟，吴淑芬快速地收回了左手。

"你再看这里。"吴淑芬右手里拿着一枚蓝色的宝石戒指。

李秦川看到了那枚蓝色的宝石戒指，那是他给她的定情之物，她连这个也不要了，难道她真的变心了，难怪她走时那么愁眉不展，原来她隐藏了一个天大的秘密，冰倩呀，你不该这样对待我李秦川呀，李秦川泪水模糊了双眼，他一阵晕眩几乎站不住了，踉踉跄跄跑出了房子。

"李秦川——"吴淑芬感觉有些后怕,"他……他会不会出事?"

吴淑芬在家里坐卧不宁,直到魏安定带着外孙女从亲戚家回来。第三天早晨还不见李秦川回家。

"秦川,咋还不见人影?"魏安定担心地问。

"腿在人家身上长着,我哪里知道?"

"外婆,我爸爸呢?"

"你爸爸开出租去了。"

"他什么时候回家?"

"我也不知道呀。"

"我好想他。"

二十九

魏安定坐不住了,他去李秦川的工厂找人,门卫王老汉与他熟悉就悄声告诉他,李秦川走了,不干了。魏安定给王老汉发了根烟,想要了解仔细情况,他问咋回事情?门卫说老板生意场失利了,怪罪下苦人,李秦川成了背锅的。我们厂不是转产新能源嘛,双方协定我们出场地和工人,对方出资金和技术,利润分成是我厂占51%,对方占49%,市场渠道咱们占优,但技术是人家的,李秦川在双方谈判成功后,起草了文件,正式文件签字时,按理说李秦川又不在场,正式文件也不是他弄的,怎么就怪罪到他了,听说他的房间有人进去过,电脑被人动过手脚,反正老板喝得一塌糊涂就签字画押,成了既成事实。魏安定心里憋屈,事情没有弄个水落石出,咱可不能背这个黑锅呀！厂里的好多人都替他打抱不平，但是胳膊拧不过大腿，人家老板有意降罪，谁又能咋样？老魏呀，劝一劝娃，另谋生路，不用在一棵树上吊死。

陈西光吃了哑巴亏，他到妹妹跟前诉苦，陈尹西苦笑着说，你呀干企业这么久了怎么这点事都摆不平？你想想这不明明白白的，谁改了你们的原始文件？动用公安机关技侦手段，一查指纹便知，再就是看看宾馆监控，谁在场不都一清二楚。陈西光不愿意动用公安也许另有原因。陈尹西说你别自己违法了让别人抓了个正着。没有的事儿，你看看能否让你前夫的爸爸给市上说个话。怎么说呢？你这个事我建议你起诉他们合同欺诈，找最好的律师事务所。这咋行呢，我们的损失太大了，市上催促这个项目落地，盼星星盼月亮。那也不能纵容他们违法乱纪，哥，哪怕这个项目咱不要。就这么办吧，我回头找找人。有了妹妹的支持，陈西光心里有了底，他先以合作环境不具备为由，申请暂停项目运营，接着在法院起诉对方欺诈，之后进行内部人事改革，招聘技术人才。在陈尹西的斡旋下，陈西光的生意峰回路转，对方愿意庭前和解，还增加了投资规模，并重新签订了合同。陈尹西想让李秦川回工厂上班，李秦川说好马不吃回头草，我心死了我不回去，我还是跑出租吧，这个活更自由自在。陈尹西说我哥想给你一笔赔偿金，毕竟这个事情不怪你，委屈兄弟了。李秦川说大姐的心意我知道，但我不会要他一分钱。

吴淑芬到底把家里的大门锁换了，她带着外孙女去超市，丈夫去上班了。李秦川在家门口转悠了一会儿，反正这个家他暂时回不去，他又无可奈何地离开了。他前脚刚走，那婆孙俩就回来了，门口是一大堆好吃的，有水果、点心、饮料，还有冰激凌，可惜冰激凌都化了。是爸爸回来了！哎呀，糟糕，爸爸没有钥匙，他进不了门。李朝曦既兴奋又失望，一着急就哭出了声音，吴淑芬五味杂陈，心想你小子还知道回来一趟，唉，你看这事情弄得她都不知道该如何收场。

三十

陈尹西又要去外地了，她还是乘坐飞机，李秦川驾车送的她。走之前她请他在省城喝咖啡听音乐，还送了他一件T恤衫。李秦川抢着付钱，陈尹西说我是年卡消费，这个你不用管。李秦川心里有几分得意，对于陈尹西他是当姐姐那样爱戴着，他喜欢她的爽快、豁达、聪敏和善解人意，但也常常疑惑她对于前夫的那份牵挂，那个男人在精神病院，她有时候偷偷去看他，从医生那里了解他的病情进展，关心他的饮食起居。在后来的一段时间里，她每次去看那个男人总是让李秦川送她，她说小李呀，有你陪同我的心里就踏实，他是可怜人，就是在社会上也需要人关心。

陈尹西对李秦川说，噢，如果时光能够倒流，过去能够重新开始，我真想带你去领略我那心旌摇曳的爱情时光，我的青春年华，我的奋斗足迹，我的生命之水像地底的流泉一样，我的心头之火，像清晨的阳光一样艳丽多姿。可我又是一个薄命之人，我的第一个男人是个精神不正常的人，结婚的头天晚上他就发病了，他的父母是有身份的人，我们的婚姻维持了一两年时间，最后我选择了离开，我用读书、学医给自己疗伤。我的第二个男人是一个有雄心大志的人，他想在非洲大陆发展，他是一家路桥公司的总经理，我在非洲旅行时认识的。

夕阳下的群山变成了玫瑰色，仿佛山谷正在燃烧。我曾见过天边怒吼的狂风，飞沙走石，道路迢遥，一路上，没有见到几辆行驶的汽车，绿洲在狂风的包围中瑟瑟发抖，气喘吁吁，汽车小心翼翼地停在了绿洲，如同进了一个相对安全的避风港。陈尹西总是提心吊胆的，她很怕漫天的狂风会把整个绿洲连根拔起，抹平，在绿洲一侧是一个当地人的村庄，还有工程队的营地，黄昏除了虫鸣的尖叫，再也听不到任何有趣的声音。这是真正的不毛之地，乱石杂陈的沙漠，在烈日的暴晒下，一切景物，一切地方，屋子里的床底都发出噼噼啪啪的声音。我是在村里救助那些瘦骨嶙峋病得要死的男人，或者是那些穿着不很整洁的裙服，披着纱巾的女人时染上疾病的，我开始打摆子，走不了路，我知道自己八成是得上霍乱了，必须立即送城里医院治疗，这里缺医少药，上天呀，我的命，我曾见过旅途中骆驼的累累白骨，也见到过一片随风起伏的草地，黏土地表的荒漠，只要有水的滋养就可以万物葱绿，就会有花开万朵，自然清爽。陈尹西说天无绝人之路，老天会睁眼的，这时他出现了，大雨滂沱的黑夜，激流冲刷着大地，大地滚动着泥浆，他不顾危险驾着一辆越野车把我送到了附近医院，说附近也并不近呀，要奔跑好几百公里。昏迷中我想到了阴雨天的沙漠犹如天鹅绒一般柔软，晴天里的沙漠是燃烧的火焰，是毁灭一切的巨兽，它的武器不是别的就是风和热，就是漫漫黄沙的不断移动，就是沙丘在不断吞噬土地、村庄和绿洲。我在心里反复对自己说我的灵魂呀，你在这里看到了什么，荒漠呀，其实我早该疯狂的爱你，要不然我的生命就会枯竭。

他救了我，给了我第二次生命，我无以为报，就奉送了他一朵爱情花，这是我心甘情愿的，我们让爱的春风在彼此之间吹送，我们经常往返于沙漠与我所在的城市。天各一方，相互系念，就是那种现状，那年月我在欧洲读书，想当一个好医生，他还是在非洲搞工程，他说自己将来要在那里建一所现代化高水平的医院，而我将为那所医院效力，这些似乎都是后话。他要等我博士毕业后，风风光光的为我举办一场婚礼，至于我们是在游艇上，还是在旅游胜地，或者在非洲大陆的什么地点，都没有最后确定，但我们始终坚信无论在哪里，也无论简朴还是豪华，办还是不办，我们都是最幸福的一对儿。等待，等待让人焦灼，等待，等待让人胡思乱想，等待，等待让人疯狂。
一只狼对着月亮凄然地嚎叫，像婴儿一样啼号，陈尹西被噩梦惊醒，
她接那个电话的一瞬，凄然倒地，人事不省。他走了，他走了，被一
种无名的病毒要了命，她感觉世界漆黑一片。她醒来时，感觉夜夜听
见的喊叫和呜咽的声音，都已经远去了，远去了，唉，哭声泪水无法
拯救她的忧伤，生命是那样的脆弱，那样的无助，那样的弱不禁风。
她一想起自己的别墅，那遮风挡雨的房屋就感觉窒息，她的床笫上有
他的气息，有他的声音，有他的欢笑。哦，天啦！即使人们都在睡眠
和欢愉中沉醉，她也不会再回头了，在极度紧张和悲伤之后，她的精
神和肉体都已经到了极限，她只想睡觉，她需要好好地睡上一觉。那
时她卧病在床，虚弱不堪，人如同脱了一层皮，苍白，羸弱，仿佛从
坟墓中爬出来一样。时间过去了多久，她没有印象，事情如何处理，
她一片模糊，她似乎从记忆里抹去了那不堪回首的一幕。从国外回来
后，陈尹西明显地感觉自己衰老了许多，她在心里给自己提醒，衰老
是一种自然规律，我的皮肤正在衰老，嘴唇也感觉乏味，当灵魂渴望
青春和激情时，哪一种酒能够让我陶醉呢？但愿今后新的欲念和梦想
不要突然萌生，给我打个措手不及，不然又唤起了我去追求生活。

三十一

　　陈西光总想给妹妹一个像样的家，可他又无法超越自身的利益，
他甚至违心地一次次劝妹妹与前夫和解，即使不可能也要回到那个
家，这是多么不可思议呀。一直以来，他对妹妹与李秦川的交往耿耿
于怀，这小子不知给陈尹西灌什么迷魂汤了，她对他一片痴心，好像

他的一切她都放不下，她究竟是他什么人，这个傻丫头聪明一世糊涂一时，她分明是在浪费感情啊。陈西光是对前亲家拍过胸脯的，他要让妹妹回心转意，他们没有孩子，这不要紧抱养一个也行，他要给足人家面子，不然自己的企业以后靠谁去。他研究过李秦川，这个人很讲义气，但也有点儿幼稚，这些人都好哄骗，他打算把李秦川赶出渭水市，他不是农村来的嘛，就让他滚回去吧。干这种事情陈西光不会亲自出马，他让第三方出面解决。有一天晚上李秦川拉了一个看起来满脸横肉的青年回郊区，到地方了那人耍赖说没有钱，他说没有钱你就坐车，那人说我下车给你借钱去，不远就在前面小卖部，一下车眨眼就溜走了，他气得嘴唇直哆嗦，好在回程捎上了两个人。他一问那两人去哪里？一个说西郊发电厂，另一个没有言语，想必他们是一起的，到了西郊发电厂，一个付了钱下去了，另一个没有挪窝。你们不是一起的，那你去哪里？随便！你就去翠微湖吧，反正不差钱。这又是一个长途，他这是要去渭河边。到了没有，你得有个地方。就在前面，你再向前走，就是唔哒，前面就没有路了。这时那人要求下车，李秦川刚一停车，旁边突然闪出了几个身影，他们七手八脚把李秦川拉下车，不由分说一顿暴打，李秦川被打蒙了，他双手护头，蜷缩成了一个刺猬一样的圆球状，那伙人打完后说，小子，识相点赶紧滚回乡下去，开什么出租。可恨！这伙人挥动着手里的棍棒，铁锹，他们肆无忌惮地把那辆车砸得稀巴烂，地面上玻璃碎片到处都是，汽车外皮坑坑洼洼，这就好像被人撕了脸皮一样，惨不忍睹。

夜深人静，翠微湖边，云彩遮住了月亮，湖水死一般的沉静。呜咽，无声的呜咽，紧闭的双唇，哆哆嗦嗦，豆大的泪珠儿滚落在脸颊，他知道有人在算计自己，他挡了什么人的道了。回来的路上，那辆出租车仿佛失控了一般不听指挥，李秦川内心里非常恐惧，在一个路口他的车被一辆货车撞飞，李秦川遭遇了一场赌命的灾难。那伙亡命徒正得意忘形，他们要去陈西光那里领赏，陈西光异常紧张，坏了，你们闯祸了，千万不要出人命，谁让你们撞的车，我只是让你们吓唬一下他，你们自作主张，看你们把事情整大咧！陈总，天地良心，这事不是我们干的，也许就是一个意外，我们完完全全按照您的吩咐，教训了一下那小子。陈西光终归良心发现了，他让人出面不惜一切代价救护李秦川，这小伙子福大命大，只是腿部受了点皮肉伤，生命没有什么大碍。车辆虽然有保险公司赔偿，李秦川也跟肇事者打起了官司，但陈西光自己觉得心虚，毕竟事情因他而起，他破财消灾似乎理所当然，咳，他这是偷鸡不成蚀把米，感觉自己亏大了。

三十二

　　病中的李秦川忽然想起了远在东南的妻子，自己的手机被人砸碎了，也许永远消失在草丛或者湖水里了，他现在成了一个与世隔绝的人了，有家难回，无人可以倾诉，无人可以分担。魏冰倩呀，你知道吗？我是差点儿就走了，没有命了，多少年来，我一直爱着你，宠着你，似乎只有借着回想的余光才可以照见你这个人。我仿佛看见你在遥远的南国公寓里的情景，你在那种环境，我是说那种无忧无虑的环境，一个有人宠着你的环境，你坐在窗前会心安理得吗？或许你会手足无措，你那越过层层雾霭的双眸会落在南山，我是说我们家乡的秦岭上吗？是的，但愿，我心里总以为你不会那么浅薄，我的心上人啊，你知道吗？当初对于你，我感到了一种莫名其妙的爱，却又很不习惯，别别扭扭地拉着你的手，却迟迟不敢拥你入怀，我把你看得那么重，生怕惊扰了我们的约定。我父亲的爷爷，我叫老爷，他是一个有见地的人，他给我讲述了唐僧的故事，他说那孩子是个江流儿，他母亲把他放在一个木盆里任其顺流而下，结果就到了一个寺院，他当了和尚，他的舅舅在朝廷当官，举荐他当了朝廷的使者。后来我翻阅资料知道唐僧是自己出行了，朝廷还不住地阻拦于他，经九九八十一难才取得真经。这时，李秦川又想到了一个沉重的话题，如果死亡的阴影来了，自己怎么办？自己临死最大的心愿是什么？他想到了母亲，他想让母亲唱一曲秦腔，母亲的《河湾洗衣》很有韵味，似乎她正用如泣如诉的声音唱道：

田赛花我出得柴门倒扣环。
见青山绿水长不断，
耳听得林中鸟儿叽叽喳喳咕咕哝哝叫连天。
行来在河湾我用目看——又只见渔翁一老汉。
戴草笠，执钓竿，身披蓑衣他提鱼篮，他面带笑，
他性儿欢，打下鱼儿鲜，揽在了筐内边。
执竿提篮转也转回还。
哎，哎，去奔了他家园，转回还。
一样都是娘生养，却怎么富的富来贫的贫。
说什么富贵贫穷，贫穷富贵都一样，贫穷富贵不一般。

母亲的声音还在耳畔回响着，李秦川脑海中一遍遍回放着这几句戏词："一样都是娘生养，却怎么富的富来贫的贫。说什么富贵贫穷，贫穷富贵都一样，贫穷富贵不一般。"难道富人就可以为非作歹，就可以草菅人命。我穷但穷的有志气，我不相信天上的云彩就只给富人的地里降雨，就把我李秦川家的地绕过去。这时李秦川想起了自己的那场官司，李秦川赢了官司，却没有拿到钱。车祸，车祸让他把卡车司机告上了法庭，那个司机也是一个可怜人，他没有多少家底，银行卡里没有钱，屋里就几间厦子房，婆娘还有病，娃娃上学都借钱。他承认自己驾驶失误，他从对面直接撞上李秦川的车，他负完全责任，他把那辆破旧的车卖了也不够给李秦川的赔偿，李秦川只好

自认倒霉。李秦川对那位司机说，祸是你闯下的，你就应当承担责任，钱不管多少你总得赔些，不然你不长记性。

病房是个小社会，李秦川在这里与病友们谈天说地。考古发现总是要颠覆人们约定俗成的一些想法，病友们言说西渭桥的所在，渭河中流的桥桩分明又给人以无限的遐思。有人说渭河里发现了古黄河的流沙，难道黄河曾在秦岭脚下流淌，李秦川的眼里仿佛奔涌着几千年的洪水，从巴颜喀拉山的谷地，到秦岭北麓，一直到达中原，达于海滨。又有人说后来六盘山崛起了，地质年代的地壳运动往往让流水改道，黄河便从此向北流动直达河套一带，那时候没有太行山的阻隔，河水便从这里一直流到海滨。第三个人说太行山隆起后，黄河不得不折身南下，到了三门峡再向东流去。这时李秦川的心里忽而想起了刘欢的《好汉歌》：

> 大河向东流，
> 天上的星星参北斗。
> 说走咱就走，
> 你有我有全都有。

李秦川继续思索着，他想即使不是死亡，而是让自己就这样与身边所有的人齐茬儿断绝来往，自己会怎样面对？自己有飞天的本事吗？会不会有一方阿拉伯魔毯相助，让自己站在上面回归家乡，会不会有一只白色的信鸽去南方传信呢？他还是想到了老爷所说的木盆，那古老的木盆将顺着黄河故道，顺着流水的方向，一直漂流到海滨，哦，对了，还要向着长江口的方向，再朝南边滑行漂泊一段，才能到魏冰倩的脚边，而他自己也仿佛成了那盆中的江流儿。

在生死线上挣扎了一回的李秦川似乎突然间顿悟了，城市啊我虽然留恋你，热爱你，我总想成为你的一分子，尽管我曾经很努力，很努力，并且有了我们的下一代，我希望我们不再是外来户，可人世间肆虐的狂风却让我没有了立锥之地。外面的世界很无奈，家中的事情也苦恼，一面是我最爱的人，一面是她的母亲，我不能给她们同时的满意，那就给她们自由吧，况且我的工作也丢了，还把朋友的出租好事儿也搅黄了，给人家车老板、出租公司都没有办法交差了。再就是大姐，她一心想扶持我，可是天不助我，我好像是一个扶不起的阿斗，糊不上墙的泥巴，我不能太自私自利了，人都是为了幸福来到世间，就让大家都解脱吧。当然，我也是很舍不得这座城市，它的翠微湖是那样的风姿绰约，它的大桥是那样地让我迷恋，它清亮的早晨，绯红的黄昏，喧闹的夜晚，都跟我的心跳一样，每时每刻不曾分离。可是哟，我无法不做出这样的选择，我父母的土地弥漫着快乐的阳光，也许我需要一个时段的疗伤。我知道四时交替，阴阳转换，湖水起起落落，水汽蒸发了又要补充；我知道春风化雨，回归大地，季风起了，征候变了，万物便有了新的生机与活力。在李秦川潜滋暗长的情愫里，他又一次惦念起了故乡。

　　好多天，魏冰倩都联系不上李秦川，她心中着急了。打电话给母亲，她母亲加油添醋说了一通。人家翅膀硬了，早就动了哈哈心思，也就你个瓜娃实诚，他早就跟那个什么西好上了。妈呀，你不要满世界喧哗了，秦川没有那花花绿绿的事，他人正着哩。正个屁，伪装者，有你娃哭的一天。魏冰倩又给父亲打电话，父亲说你妈唯恐天下不乱，她把钥匙换了不让李秦川回家，还逼秦川跟你离婚，把人都能气死。我听说秦川把工作都辞了，专门跑出租去了，这几天我没见到他，兴许跑车忙。你娃娃平时还可以，我有时间就跟她在一起，不知咋的了有几天晚上总哭着闹着不安生，这几天平静了，你放心娃娃有爸护着，秦川，你也放心，不就是跟你妈生气了，过几天就没事了。爸，你悄悄跑去看看你女婿，看把瓜娃可怜的，他一天都在哪里吃住？人瘦了吗？我去找他回家，你放心，他还是听我的话。魏冰倩还不死心，她又给公婆打电话了，公爹李尚林对儿子有些盲目乐观，他说不咋，他一个大老爷们能丢到哪里去，没准过几天就回家了。婆婆张凤梅到底心细，她知道儿子的夹板气不好受，她很担心娃一时想不开。她说冰倩，好好劝劝你妈，别太较劲儿了，你把秦川的牛劲惹犯了，你可别怪他胡来。冰倩说，妈，你也知道我妈这人，就是闲得慌，没事找事，实在过不到一块，我和秦川就租房出去住，省得一天到晚的一家人不自在。

三十三

没事找事闲得慌，女儿魏冰倩对她的母亲简直是太了解了。这不，女儿一走，她就折腾出了一堆子破事。有一天，她听人说电视台有个鉴宝栏目火爆，她也想露个脸，这就自然想起了女儿的那枚蓝色宝石戒指，那是李秦川给魏冰倩的定情之物，不知道那东西是不是个真货，管他呢我拿去试试，一经鉴定，便知分晓。吴淑芬做梦也没有想到，四位专家分别给了6万、8万、15万、20万的报价，这是一件宝贝。这下子吴淑芬出名了，你家竟然还有这宝物，你是哪里来的？祖上传来的还是其他渠道的？吴淑芬引起了一些文物贩子的关注，他们出高价想收购这枚戒指。有的文物贩子收购不成就说她的这枚戒指来路不明是坟墓里的东西，如果是国家文物，不但要收归国有，她还要坐牢。你看看，显摆吧，惹出事来了吧？魏安定气得说不出话，吴淑芬也悄悄地夹起了尾巴，她问老伴咋办，魏安定说凉拌，你不理就行了，你还嫌全世界都不知道，娃回来问你咋交代，你呀就知道惹事闯祸！

李尚林也知道了这件事情，他看事情有了麻烦就问爷爷李西周要主意，他爷爷笑着说我给你娃李秦川的那枚戒指来路没有啥问题，只是你那不知高低贵贱的亲家母把事情弄得满城风雨，叫人人都不得安生。李西周的头脑还清楚得很，说起那枚戒指的来历，他对李尚林讲了一段尘封的往事：那是很早以前的事情。一天夜里，清风徐来，明月当空，一位少女梦中遇到了一位须髯飘飞的上仙，那位慈祥的上仙给了她一枚蓝色的宝石戒指，并且对她说，孩子你戴上它就会有好运气，你心仪的王子就会闻声而至。第二天早晨，少女在自己的梳妆台前发现了梦中的戒指，她为这神奇的戒指而感动，她在自己的左手无名指一试，不大不小，刚好合适，就像什么人为她量身打造一般，可她再试着想卸下来时却发现已经不那么容易了，那枚戒指就像有了魔性，或者是某种黏合力怎么也卸不下来了。傍晚，少女去泾河边散步，一位翩翩少年骑着骏马也到了河滨。只见他身材魁梧，面色玉润，腰挎宝剑，身背弯弓，脚蹬高靴，一身戎装，他的装束一看便知是匈奴人，少女明白他也许就是上仙提到的那位匈奴王子吧。王子本来在长安居住，这天他在泾河滩远远就看见了少女，出于好奇他向美人走来了。她有匈奴血统，父亲是匈奴人，母亲是汉人。王子与少女很说得来，他们从傍晚一直说话到深夜，王子送少女回家，少女说明天你来我家求婚。王子说可我没有准备好订婚戒指如何是好？少女咬破了自己的右手中指把鲜血滴在那戒指上，戒指立时松开了。王子拿走了少女的那枚宝石戒指，他连夜回城准备明天的求婚大事，他特意为这个宝贝戒指买了一个与之匹配的珍贵盒子。翌日清晨，太阳刚露头王子一行就到了少女家门口，少女的父母迎接王子。王子献上了那枚戒指，少女的父母答应了王子的求婚。就在少女即将结婚的前夜，上仙飘然而至，他对少女说孩子呀，你结婚后这枚戒指就如同你的命一样，千万不可以离开你的身体，你要一直戴着它，不受任何干扰，如果你不慎将它丢失或者将其卸下都会引发不祥之兆，甚或招致杀身之祸。少女千恩万谢，对上仙的话牢记在心。婚后，少女与王子生活很幸福，他们举案齐眉，相敬如宾。王子其实是一个落魄的王子，他已经失去了地盘，在朝廷也没有什么威望，只是有些积攒下来的钱财而已。有一天，王子与人喝酒，喝得酩酊大醉时，他无意间说出了妻子的秘密，一位大臣闻言，心里就起了蹊跷。大臣对王子说："下官听说贵夫人有宝贝戒指，可否借来让老夫一睹为快。"王子心地善良，他未加思索便一口答应了下来，回到家里他跟妻子一说，妻子左右为难，王子说已经答应的事情如何反悔？也许那时王子的酒还未醒，他不顾妻子的一再反对，强行把她的戒指摘下了，妻子的手指血肉模糊，鲜血淋漓，失声痛哭，他不顾一切地拿着戒指就直奔大臣家。大臣早已等候着，他的家臣数人站在左右，只等鱼儿上钩，王子兴冲冲献上了蓝宝石戒指，大臣左看右看，爱不释手，就对王子说你看值多少银子？王子疑惑地说你不是说就看一看吗？对，这是你的东西吗？王子呀，你要知道这是当年皇帝御赐给我家的传家宝，它怎么会在你的手里？如实招来！王子还想争辩，那大臣怒目叱骂道，光天化日之下竟敢入室偷盗，窃贼哪里去，看剑，一把寒光闪闪的宝剑刺穿了王子的胸膛，王子倒在血泊之中了。那大臣得了宝贝还不肯罢手，听说王子夫人貌若天仙，他想霸占为己有就带人闯入王子家。王子夫人知道事情坏了，王子可能遭遇不测，来者不善啊，她早已做好了准备。大臣对王子夫人说，你家丈夫图谋不轨，已经被就地正法，我这是替皇上办事，你也不要怪我，我看你可怜，有心帮助你，你若跟了我，有你享不尽的富贵荣华，你何必在乎那样一个落魄王子呢？王子夫人说，既然大人有心搭救于我，我只求一件事，我要那枚戒指才能嫁给你，大臣哈哈大笑，他命人取来了戒指，王子夫人仔仔细细查验过，然后吞食了那枚宝石戒指。大臣大惊失色，他为那女子的刚烈所慑服，派人偷偷安葬了王子夫妇，从此没有人知道这枚戒指的下落。

"原来咱家的那枚戒指是……"李尚林疑惑万分。

"不是的，你别瞎猜。这种款式的戒指一共有两枚，当年大单于将一枚交给了阏氏，流传给他的后裔，另一枚交给了他的王妹。"

李西周老人说他是从民间得到单于王妹的宝石戒指的，单于王妹嫁给了一位王爷，王爷将这枚宝物辈辈相传，王爷的后辈在新中国成立前夕因生计所迫把它卖给了李西周，李西周花了一百块银圆。也不知什么时候，李西周得了高人的指点，得到此物后，他将其暴晒三个月，然后为其配上楠木匣子收藏。后来他将此物交给自己的结发妻，他对妻子说此物性灵金贵，千万不要让外人碰它，也不要把它弄丢了，那样就会很要命的，弄不好就会招来杀身之祸。妻子去世后，李西周把它收起来了，他没有把此宝交给孙媳妇张凤梅，隔辈到了重孙结婚时，他才将其交给重孙媳妇魏冰倩，他似乎更看好下一辈人。

"我的爷，你看秦川这娃可把娄子捅下啦。"

"你放心，天塌不下来，啥事情总会有个了了的。"

"这娃，外边玩不转了你就回来嘛，屎巴牛支桌子——硬撑。"

"他会回来的，这是他的老家。"

爷孙俩你一言我一语地说着话，他们不由自主地把目光投向了远方，搅得他们一家寝食不安的事情，当然不会是微不足道的，这是他们家的头等大事，但他们似乎干着急而没有办法，因为他们自始至终没有见到当事者李秦川的面，魏冰倩也没有从外地回来，解铃还须系铃人。现在对于家里其他人来说，他们最好的办法就是尽可能什么也不管，因为你无从下手。

第 六 章

三十四

　　飞机过了秦岭，魏冰倩心情豁然开朗，终于到家了，透过舷窗，他看到了云层底下"造化钟神秀，阴阳割昏晓"的万千气象，我国地理的南北分界线就位于秦岭淮河一线，此线以南气候湿润，以北为大陆性季风气候，就干燥些，缺少了朗润的气氛。仔细朝下观望，古都的头顶已经聚集了厚厚的尘埃，目下是关中平原，是千年黄土地的风云激荡，是秦声秦韵的铿锵激越，是秦汉锣鼓的震天动地，是黄土秧歌的威风八面，是金唢呐悠长悠长的倾诉，是原梁沟卯回荡的信天游，是大秦女子对故乡的无限眷恋和款款深情。飞机将要着陆的瞬间，魏冰倩感到了心头的温暖和紧缩的心跳，妈妈呀，我回家了！

一个月后，魏冰倩从南方学习归来，与此同时陈尹西也从国外飞了回来。两个女人意外地在机场相逢，见面的那一刻，她们百感交集，其实她们几乎同时想到了一个人，他就是李秦川。魏冰倩先说了话，大姐好，你这次又出国了。陈尹西说，一个又一个的学术会议，东奔西跑，也不知忙的啥。可不，我这回在南方也是听报告，参观人家的办学，也没个头绪。大姐，你要不忙咱一块儿去渭水，小妹我请你。妹妹，谢谢你的好意，你还是回家吧，这些天没见孩子了，一定想她了吧。说好了，有机会一定来渭水。不客气，到了省城你不来看我咱就不是姊妹。这两个女人，虽然嘴上没有提起李秦川一个字，可句句话里似乎都有话。她们是因李秦川而认识的，一个是他的妻子，一个是他的朋友，这里面有说不清道不明的关系。都是聪明人，她们不愿把话说透了，给彼此都留下一点余地。

回到家时，已是上午 10 点钟，魏冰倩一推她家大门，门虚掩着，她缓步走进了自家的客厅。她先呼唤了一声爸，无人应答，父亲没有在家，她又叫了声妈，母亲在厨房，炒锅上正滋啦滋啦的爆炒着，她没有听见。曦曦在吗？房门紧闭，或许她一个人静悄悄地在屋里画画，家里显得很冷清，寂静。魏冰倩提高了声音，大声说，妈，我回来了！我爸呢？上班去了。我女子呢，魏冰倩故意大声说，李朝曦听到妈妈的声音了，她快速地飞出了屋子，扑到妈妈怀里撒娇。妈妈，是我早早就给你开了门，我怕你没有钥匙。妈妈，你想我了吗？我每天晚上都想你。哦，曦曦，妈妈的乖娃娃，妈妈亲一个。妈妈，告诉你一个不好的消息。什么消息？爸爸失踪了，跟外婆吵架后，爸爸很久很久都不见影子，外爷找了，没找见，我也想爸爸。吃过饭后，魏冰倩搂着女儿睡了一觉，然后让女儿在卧室继续玩她的彩笔画。

重新回到客厅的魏冰倩想和母亲心平气和地说会儿话，母亲有些心不在焉，她问起了自己戒指的事情，母亲脸上略微有些愧色，但仍然显出一副若无其事的样子。妈妈呀，那是我的东西，你没有权利把它带着上电视台。还有你跟秦川闹腾满世界都知道了，你换钥匙为什么不给他一把，把他赶在外边，像个当老人的吗？被女儿劈头盖脸数落了一通，吴淑芬气得火冒三丈，刚进门就给我上课，我的孝顺女，我这都是为了谁？你个瓜种，人家把你卖了你还帮人数钱。你喔女婿哈透了，跟那个女的眉来眼去多久了，你真格心里吃了石头，这么不开窍。依我看，你干脆跟他离婚，你跟这么个哈怂过啥呢？妈，话不能这么说，秦川是我选下的，他是哈是好，我都认了，况且我不信他能丢下我娘俩，他跟那女的没有什么，你就别疑神疑鬼了。踢不灵醒的傻子，有你娃吃亏的时候，不听父母言，吃亏在眼前。妈，你把我爸和你自个儿经管好就谢天谢地了，我们的事，我们会自己处理，你看现在秦川跌倒了，他有难处，咱说啥都不能落井下石。娃呀，你也不要听风就是雨，敢情你家秦川不回来都是我的错，妈这一辈子都操心你的日子咋办，我听说你的初恋回国了，还是大老板。妈呀，你好糊涂，我已结婚嫁人，娃娃都快上学了，人家也许有了自己的家室和孩子，咱就不要打扰人家了。我都打听过了，他为你至今未婚，说这辈子非你莫娶，这可是个好机会呀。妈，人都有自知之明，我配不上人家，也不攀什么高枝，我就跟李秦川过平常日子，我有自己的想法。没出息的东西，你这种打算，我和你爸靠谁养老送终，我还有啥盼头。我的亲亲，亲亲的妈吧，我来给你们养老送终。吴淑芬哭着说，养儿防老，养女一场空，我这半辈子心血算是白费了，你这贼女子一心向着你女婿，向着你们家，你……你心里半点还有你父母吗？狼心狗肺没良心的东西。说着说着魏冰倩也哭诉开了，她也有一肚子恓惶，她痛苦地说，世上哪有这种人，见不得自己女儿跟女婿好。人常说宁拆十座庙，不毁一桩婚，你倒好总希望你女子的家散了，你还是我妈吗？你到底心里咋想的？母女俩吵吵嚷嚷，都哭成了泪人，惹得小姑娘李朝曦也跟着哭了一鼻子，她抽抽搭搭的一会儿看看妈妈，一会儿看看外婆，小人儿好不为难呀，她不明白大人们为什么非得闹个天翻地覆呢？

吴淑芬母女吵架了，魏冰倩当晚就抱着孩子离开了家，她和女儿住到了单位的办公室。她想先暂时住几天，等租好了房再搬过去住。魏冰倩临走时什么东西也没有带，她从母亲手里要回了自己的宝石戒指，郑重地把它戴在了自己手上，她因公外出没有舍得戴，是怕外边不安全，毕竟这是李家的家传宝贝，她得用心呵护它。吴淑芬异常愤怒，她说一个破戒指也值得你这么大呼小叫，我是你妈，说破大天我还是你妈。你走，你们都走，我眼不见心不烦，就当我没有生你，咱们从此谁也不认识谁，滚！

三十五

　　天空灰沉沉雾蒙蒙的，在母亲的极度愤怒中，在母女观点无法调和的情况下，魏冰倩带着女儿离开了家，她要去自己单位住。单位没有单身宿舍，她只能住自己的办公室了。办公室简陋的环境似乎只适宜于办公，一张桌子，几把椅子，剩下的空间差不多全被铁皮文件柜占据。女儿就睡在那张长 1.2 米、宽 0.5 米的桌子上，魏冰倩用三张椅子并在一起给自己搭建了一张特制的床，她紧挨着女儿睡，怕她不小心从上边掉下来。今天晚上先凑合一下，明天干脆买一张凉席铺在地板上，不就有床了吗？明天跟头请示一下，要不然就犯忌讳了，当晚她给头儿发了信息，就说自己需要消化培训内容，晚上需要加班，暂且在办公室休息。
　　夜晚的培训大楼像熟睡的孩子，静悄悄的，没有丝毫的声音，门房依旧亮着灯光，门卫室开着长明灯，大楼两侧的道路旁边有几盏路灯，发着不很明亮的白光。魏冰倩哄着孩子睡觉，自己却没有一点睡意，身子底下是硬邦邦的椅子，一个翻身就可能掉到地板上，脚无论如何也没有地方安放。坐起来，在昏暗的房间里，看着四壁发神经，想什么呢？什么也没有想，也没有任何思路。记得在学校器材室的那个夜晚，李秦川说他有钥匙，他们在那里度过了一个夜晚。月光透过窗户的玻璃，照着厚厚的海绵垫子。魏冰倩仿佛回到了当初的房间，她对着虚无缥缈的天空诉说，我们并排躺着，他说我的皮肤像熟透的苹果，随时可以解渴。我说酸溜溜的一身臭汗，你不嫌酸腐气息。他说喜欢，我就信他，他想吃我一口，我笑着推辞。解渴以后，我们精神振奋。想你呀，多少夜晚让我辗转反侧，夜不能寐，喜欢一个人，就如同在追逐一场梦，那梦如若是暮霭，是青杏树下的牧笛，是幽静小径的日影，是我永远悬着的那颗心，那么我愿意前往，因为你对于我是那么地富有吸引力，那么的让我无法捉摸。夜风摇曳着窗户上的光影，光影渐渐透出了明亮，天空敞开了自己博大的心胸，屋顶上已经布满了金色的彩线，月亮的银辉让位于灿烂的阳光。空寂的大街小巷开始有了人声，有了喧嚣，有了一个城市的苏醒。在黎明的当儿，当第一趟班车发动，第一辆出租车从门前驶过，火车鸣叫着带着清晨的气息匆忙疾驰而去的时候，魏冰倩突然间想起了一件事情，她的丈夫至今还没有音讯，作为妻子她要找到他，这是她的责任，哪怕把这个城市的角角落落都找遍。

渭水城的人们发现一夜之间，一条寻人启事，从不同的媒体向外界传送，而且大街小巷都贴满了这种传单。李秦川失踪了？他妻子已经报案，还有奖励。他是跑出租车的，这些年出租司机失踪案渭水发生了几起，这个行当也不安全。这些天漂泊在外的李秦川，生活并不如意，他租了一间地下室，一直是靠几个朋友帮忙才坚持到了现在，他不愿意恓恓惶惶地回家，而让他最感觉难堪的是自己有家又回不去，跟丈母娘频频生气不值当，与其在家里不开心地生活着，还不如就这么在社会上漂泊。

这一天凌晨4点半，李秦川被自己的梦惊醒了。早晨吃早点时，李秦川对自己的一个朋友说，这几天我的心不静，老是做着怪模怪样的梦。昨天晚上又做了一个梦，梦中的我正在参加一场闭卷考试。朋友说，你的心思咋还在学校里？谁知道嘛，好像考的是语文科目，我正在答卷，监考老师在试场，来来回回巡视着。我的试卷答了一半，我看试卷的第一题是三个小题，而我的答题纸上只印了两个。我向监考老师举手报告，老师有些纳闷，恐怕得启用副卷，监考人之一是个新手，他手足无措，只是收了我的首页答题卡，并未给我新的答题卡。我似乎在焦急等待着他如何处理，而他却不知干什么去了。我没有想到另一个监考老师让我站在门外等候，等待是尴尬的，别人都在纸上"沙沙沙"地写着画着，而我却悠闲地在门外做看客，我干脆溜达出校门转一圈，这时严肃的考试被我置之脑后了，我来到了附近一个购物场所，不对，好像是一个百货小仓库，那里五花八门，几乎什么东西都有，三三两两的人都在挑选自己所需的产品。我感觉身边的他或者她都是非常熟悉的面目，有我所熟知的同事，也有我曾经的朋友，所有的影像都比较模糊，仿佛清晰度不高的黑白照片，虽然我在那个物品充裕的空间，但我的心似乎还在考场之内，我似乎有了分身术，同时了解两个空间发生的事情。我看到一位男性熟人，我的一个小兄弟，拿了数十件衣服，花花绿绿的，什么人随手抛给我了一把东西，不像皮带，也不像袜子，反正是黑乎乎的一堆，我双手都抓住了东西，只是除了右手之外，左手所拿之物似乎小而重，如同一堆铁货。一边考试，一边购物，心有两用吗？显见这只是一般性的检测考试而已，而待我从购物场所转回考场时，参加考试的学生已经齐刷刷地起立，交卷了！监考老师，一个人站在前面，目光严厉地瞅着试场的每个人，一个人从后边收卷，嘴里还嘟囔着，停止答卷，考生开始退场，我仿佛感觉到内心的遗憾，同时又品尝了自我牺牲精神的崇高。损失了谁的时间？那是我的。那位监考老师到底没有给我换成试卷，我就答了一半，你看看这个试考得如同儿戏。把他家的，我咋做了这么个不着调不搭界的梦。

傍晚时分，魏冰倩带着女儿，还有她的公婆李尚林夫妇，她的父亲魏安定，他们来到了李秦川的住处。一个只有七八平方米的地下室，一侧是上下水管道，墙壁上还有斑驳的渗漏残迹，屋子里面光线暗淡，空气污浊，烟味、酒味、汗味、霉味什么味道都有，一个只有正常窗户五分之一大小的窗口与外界通着气息。屋门是铁皮的，很薄，开关起来吱吱地叫唤，地面是水泥罩面，屋里只有一张单人竹床，床上没有被褥铺盖，床边是一把木椅子，袜子、裤头、衬衣、被单等物品杂乱地堆放其上，正对着床头的是一台电风扇，使用时它摇头晃脑地转动，同时发出吱扭吱扭的声响。一张七成新的办公桌摆放在窗子底下，上面有台灯、几本散乱摆放的书籍、喝水杯子、洗漱用品、碗筷等物件，地上躺着一个报废的铁质烧水壶，还有酒瓶、饮料瓶、方便面袋子等杂物。原来是小区一个中学生打的电话，他发现了李秦川的行踪。上苍有眼，人间有爱，一家人终于团聚，李秦川度过了自己人生的艰难时刻。现在他的伤也养好了，主要是心理上的伤疤也得到了一定调理，他露出了开心的笑容，李朝曦一把抱住了爸爸，爸爸我不要你离开我们，魏冰倩喜极而泣，她不住地捶打着丈夫的肩头，与他激情拥抱，你个傻子，你傻呀，你傻呀。在场的老人们也禁不住老泪纵横，你个挨刀子的，也不说个去向，你让人担心死了，你老爷骂你是不肖子孙，让你不要回家，他说你小子如果再回村就在大皂荚树下罚跪三天三夜！我错了，老人家，大，妈，爸，你们打我吧，骂我吧，我是实在没有脸了。李秦川又想起了不堪回首的一幕，自己被人砸了车，接着又撞了车，命悬一线，自己糊里糊涂地住了院，又糊里糊涂地出了院，伤口没有完全好利索，无处落脚又怕父母亲人担忧。李秦川仔细算过，赔一辆新车至少十几万，医药费几万，对方责任追究、赔偿执行情况，起初他根本就不抱任何希望，但令他奇怪的是他的车辆有人赔了，医药费也有人给清了，自己如同被一场十级台风裹挟着，既身不由己，又毫不知情，其实他就是为这个而苦恼，他到死都不明白谁在害自己，你说这要命不要命，冤屈不冤屈。

李尚林气咻咻地教训儿子，冤屈个屁，你在城里混不下去了就回来，咱喔地方还养活不了你，你个不争气的东西。母亲张凤梅说，儿呀，你回来咱村嘈和着拆迁呢，我娃的好事情干都干不完。魏安定说，秦川，你还是回城里的家吧，那才是你和冰倩的家，冰倩她妈糊涂了，她说的话你甭放在心上。李秦川对老人们说，我的父母亲大人，我的岳父大人，我的妻子女儿，现在你们已经见到我了，我还得缓几天，你们都回去吧，最少三五天，最多一个礼拜我就回来了，你们放心我李秦川不是一个没有良心的人。他对妻子说，冰倩，你跟娃搬回去住，不要和老人置气了，娃后边上幼儿园也要考虑，我随后就回来。不，我跟你住地下室。你咋这么倔。我还没有你倔，不过你答应我咱不逞能了，咱认庂还不行吗？不行，那还是我李秦川的性格吗？

　　一天清晨，上班时间，李秦川大步流星进了西光汽修厂的大门。都是熟人了，工人们与他打招呼，他和蔼地对大家点头称谢。这几天，他在朋友的帮助下，找到了砸他车的几个混混，还有那场车祸的背景，所有事情都是陈西光一人所为，他才是幕后黑手。这天陈西光上班来得早，最近生意不错，他心情很好，一边喝着早茶，一边哼着小曲。这时李秦川走进了办公室。柳主任，我要的那个材料准备得咋样？陈西光以为是柳若兰来了，就头也不抬地问道。陈老板，你还记得我吗？哦，你……李秦川，你咋进来的？你干的好事情！小李呀，咱往日无冤近日无仇，你可不要乱来。李秦川一个箭步上前，左手抓住他的衣领，挥起右手左右开弓连抽了他三个耳光。你知道什么叫有仇不报非君子，你知道什么叫要想人不知除非己莫为，我不是随便打人的人，我打你也要打到明处。第一个耳光我打你是非不辨，忠奸不分，害我失去工作；第二个耳光我打你用心歹毒，雇人砸我出租车，害我再次失去工作，连累朋友；第三个耳光我打你怂恿歹徒谋我性命，伤我肌体，害得我有家回不去。本来我可以告你，但我顾念你妹妹的面子，我强忍下这口子气，不然够你小子喝一壶的，至于你对你

119

的亲妹妹都做了哪些好事，我就不一一细说，你自己想去。陈西光连声求饶，误会误会呀，兄弟，我没有害你之心呀，我……我给你补偿。李秦川看着陈西光像一堆烂泥一样软瘫在地上，便不再理会他，临走抓起一把椅子狠狠地朝地上摔去，然后挺胸抬头，扬长而去。办公室秘书急匆匆赶到了，他问陈西光报警吗？惊魂未定的陈西光说报个屁，各干各的活儿，我们弟兄闹了点误会，不碍事，都忙去吧。

三十六

　　俗话说人挪活，树挪死。李秦川最终还是决定回乡发展，他要给自己一个全新的定位，全新的设计，他想搭乘西咸新区临空新城这班列车。这一年伏天的酷热超出了人们的想象，动辄就是 40℃ 以上，遇到停电停水无论城里城外的人谁都受不了。盼望着立秋时节，天气会渐渐转凉，没想到立秋的时辰偏偏又错在了下午，这上午与下午差别大了去了，若立秋在上午天气便自然转凉了，若在下午后就难说了，很可能还要再热上一阵子，恐怕这种燥热异常的天气将延续一个月或半个月。李秦川在渭水做的最后一件事情，就是教训了害得自己无法容身的那个老板陈西光。不久，他用了两个多月时间，考了 A2 驾驶照，他必须踏踏实实地为自己家庭的未来生活做准备，在此之前他拿的是 B2 驾驶照。他不想再与丈母娘这么别别扭扭地一起生活了，一句话心累，真他娘的倒霉，自己遇上这么一位难缠的丈母娘。人这一辈子，什么都能选择就是自己的父母你无法选择，他妻子魏冰倩无法选择自己的母亲，这样他也就跟着受罪。为了缓解他与丈母娘的紧张关系，他与妻子商量他们夫妻还是暂时分开一段时间，他家乡也不完全是农村，那里正在开发建设，机会有的是。魏冰倩通情达理，她理解李秦川的良苦用心，同时她也同意丈夫把他们一家三口的户口迁回农村去，这样等村子征地拆迁时，他们就可以名正言顺地分钱分房，享受那里的一切利好。吴淑芬这人是个见利欢喜见害愁的人，她听说了这事，一时间眼红心热，情不自禁，不断撺掇丈夫魏安定，让他去跟女婿说，不管用啥法子也要把他们老两口的户口迁过去。吴淑芬动了一点脑筋，她说咱娃是独生女，独生女理应享受国家特殊照顾政策，女儿去哪里咱去哪里，这是天经地义的事情。魏安定说，没有这个道理，人家娃又没有给咱上门，凭什么把咱也捎带上。吴淑芬说，我说你个笨葫芦，还就是脑子不好使，现在都啥年代了你还这么封建落后，女婿咋了，女婿就是儿。魏安定疑惑不解，翻了个白眼，定定地瞅着她说，你今天吃错药了吧，说得这么好听。吴淑芬喜笑颜开，她用手指了一下丈夫，慢悠悠地说，怎么，难道不是这么回事？对是对的，是这么个道理，但依我说咱不能搭这个车，咱这么做会让亲家看不起的，咱这不给人出难题吗？你不说我说。你就不要丢人咧，你再这样胡闹咱俩就分开过，你过你的我过我的，你咋这么见利忘义，没有一点见识！吴淑芬又哭哭啼啼要泼卖傻了，她一把鼻涕一把泪地说，现在你嫌弃我了，当初是谁求着我嫁给他的，是谁一天到晚往我家跑的，是谁给你生了这么知书达理的女子，我辛辛苦苦操持这个家，你们一个个谁体谅过我。

季候的变换，并不随着人们的意志为转移，李秦川事实上还停留在别的季节，要不是大路两侧一人高的玉米叶子的挤眉弄眼，要不是满眼庄稼的热情指点，他还不知道自己将要去的方向。他这次破例没有坐车，他是离不开车的人，他这次选择了步行，他要走回家去，从渭水城一直走到秦庄——机场附近的那个小村庄。这是一次象征意义的出行，也是给自己一个锻炼的机会，这倒令他想起自己大学毕业的时候，他来到了人生的十字路口。父亲李尚林摆出了几条道路让他选，第一条是报考公务员，成为国家干部；第二条是当教师，教书育人；第三条是进国有企业，有一份不错的收入；第四条就是自谋出路。当然前边的三条路都是既要考试还要花钱找关系，难度可想而知，后边的一条也是机会加运气才能走得通，李秦川知道自己是谁，自己比上不足比下有余，就是一个中不溜的人。本来大学毕业后，就业是当务之急，可他一点也不着急，他不想干事儿，心里没有着落，整个儿人都松松垮垮的，提不起精神，加上他媳妇未婚先孕，他愁得要死要活，他甚至想到了去南方打工。父亲有些想不通，早知你选择打工我就不供你上学了，李秦川说那不是一回事，父亲说初中生也打工，人家不比你少挣钱，养家糊口的本领也比你强，你看看没有立业先成家，什么事情还要我给你撑着摊子。李秦川仔细想来自己也是一个坑爹的人，他把老爹折腾得够呛，反正结婚以前什么事情几乎都是老头张罗的，李秦川啥心不操，啥事也不管。李秦川想起了那年春天，他领着已经身子不方便的媳妇回家，他们体验了春天的大地松软酥脆的气息，迎春花在沟畔盛开，田野里春苗泛着绿色的浪涛，泾河湾晨雾缭绕，修石渡大桥暮霭重重，他们穿过了一片片田埂，走过了一道道坡梁，在哪儿也不停留。那时魏冰倩跟着他转悠着，奔走着。李秦川你个坏蛋，你是想累死我吗？不，医生说你要多溜溜，到处走走便于生产，不然你要受苦的。

李秦川边走边胡思乱想，他没有感觉到一点疲累。刚上二道原，李秦川就听有人在后边高声呼喊，李老弟！李老弟！你这是要到哪里去！回头一看，一辆出租到了跟前。哦，原来是一位熟人。你要上哪里去？我给前面村子送个人，你快上来，热死黄天的你还走路呢。那位熟人送了乘客非要继续送李秦川，你今天说你到哪里去，我就送你到哪里。李秦川苦笑了一声，没法子，恭敬不如从命，就让他送吧，都是在一个城区大原转来转去的出租伙计。那位熟人一路上滔滔不绝，说东聊西，水都泼不进去，李秦川基本上插不上话。那位熟人说，咱在外打拼就图个家里平顺，你说我的这个命，老天爷给我遇了个病婆娘，我家喔人婚后不孕不育，还性冷淡，把人整咋咧，后来好不容易怀上了，一生就是俩，一儿一女，给咱把气争了。娃上小学的时候，她又得上抑郁症，我到处为她求医问药，我女儿现在东莞打工，我儿子现在上高中，最近我有点儿倒霉，她的精神好像有点不正常了，一天到晚的火气大，你说咱一个爷儿们，从早到晚跑车不歇气，回来就累了，倒头就睡，她不行非要那个一下，把我能整死，唉，不行咧。你知道我这车是自己的，比较自由，我这几天没有好好跑车，她把我跟得紧紧的。前些年扩城拆迁把我村子平了，分了房有了点钱，这些够干啥，吃喝拉撒日用哪样不是钱，我还有父母，年龄大了，跟我媳妇住不到一块，我媳妇也有她父母，也需要人照看。我去年想让我家老人住到郊县去，买了一个小院花 20 万元盖了，现在嫽得很，我爸我妈住着宽敞舒心，在村里雇人照看也不贵，咱负担得起，我就是隔三岔五回去看看老人，这样大家都有了脸面，谁也不着气，你说美不美。

到了村子附近，李秦川好说歹说才把那位熟人打发走了，他不想让人家把他送到家门口，他需要走着回家，他还有自己的事情。抬眼处，他看见了村口那棵苍劲而洒脱的皂荚树，它高昂的树身，虬曲的树枝，遮天蔽日的树冠，郁郁葱葱的树叶，仿佛成了天地万物生命不息的见证，凝望它的伟岸身影，李秦川心里顿时有了一种踏实而自在的感觉，他是皂荚树的后裔，他是有根的。

李秦川回到村里，在村口他向着那棵大皂荚树，磕了三个响头，然后去自家老坟上，焚香烧纸，他买了 1000 元的烧纸，这位读过大学，见过世面，受过可怜，在城里混了七八年的青年汉子，爬在先人的坟头失声痛哭。坟地四周没有一点动静，风不吹，尘不动，鸟雀无声，树木也默然无语。下午四五点正是农村人吃第二顿饭的时间，通常他们早上九十点吃头顿饭。村子里有大事、喜事、顺心事的人家通常要给先人上坟烧纸，以求祖先的护佑。如某人家添了个孙子，某人家后辈考了大学，某人家后辈出了个七品官，可这李秦川你烧的什么纸，你是把事弄成了，还是在外发了财，挣了个七顷八涝池？李秦川在心里对自己说，先人们，不肖子孙李秦川给你们丢脸了，你们天上有灵，地下有知，你们看着吧，不干出个明堂晚辈我誓不罢休！李秦川在坟地连磕三个响头，然后缓缓离开了。

走在熟悉的村道上，李秦川本想避开人群，却不想神差鬼使的，这时街道里三五成群地聚集了不少人。

"秦川娃，你回来了！"

"二婶，您好！还这么枝干，现在还给你孙子做饭不？"

"做不动了，老咧。"

"秦川，这回咋不开你的车了。"

"六叔，我走回来的，来来来抽支烟。"

"你家城里人，走路健身呢，放着车也不开。"

"秦川，爷听说你在外边势大得很，那年你在省城还把爷送到汽车站去，你还记得吗？"

"八爷，您抽烟。"

"爷现在不抽烟，咳嗽呢。"

"你八爷还想坐你的豪车显摆呢。"

"都走不动了，还想走州逛县进省城。"

"老汉人老心不老，树老根不老。"

李秦川回村了，人们纷纷议论。听说了嘛，跟丈母娘弄不到一块，媳妇也闹离婚回家了。这么严重，现在城市里把离婚当喝凉水，有个女的离了18次婚，敢情离上瘾了，离出利来了，你听说没有咱邻村就有个女的长得漂亮得很，天天晚上开宝马拉人，到底是出租拉人，还是偷人养汉，你甭想去，哈哈哈！一群村人在大皂荚村下嚼舌根，拉闲话。我咋听说李秦川当了小白脸，被一个外国富婆包养了。胡说八道，喔娃正儿八经的。谁骗你乌龟王八蛋。打死我都不信，李秦川媳妇我见过，人长得白白净净的，在咱这村子谁人能比，还是个教师，嘴巴子利索得很。咱村人也不差，秦川娃也滑得像油一样。没有那两把刷子能拿下那么漂亮的媳妇，你做梦去吧。那几回半晚上我看秦川开了辆大奔驰，这小子让人摸不透。都不要乱说乱讲了，当心秦川他老爷听到了。怕啥呢老汉聋了，听不见了。

三十七

　　李秦川的老爷李西周是个让人捉摸不透的人，老人家期颐之年，还是头脑一点也不乱，他是李家一个家族的寿星佬，也是整个村子的寿星，像他这样大年纪的人整个渭水市也是凤毛麟角。重孙李秦川回家在村子里有了些流言蜚语，他能料想到，他没有丝毫的不高兴，男人嘛，就是要有些响动，不声不响的，三脚都踢不出个屁来，那就是没出息的瓷怂。李尚林没有他爷的豁达，他的眉头整天蹙得如同一个千丝万缕缠绕的绳结，李西周如雪的须发在朗笑中不时颤动，李尚林被爷爷的举动闹得丈二和尚摸不着头脑。李尚林晚上在屋里悄悄对妻子说咱爷老糊涂了，秦川回来了，他不哼不哈不说还哈哈大笑，张凤梅说不见得，喔老汉精灵古怪的，你家谁都逃不出他的法眼，你知道老人家接下来做啥事情。反正脾气山大，动不动拿我出气，给他当孙子真不容易呀。喔老汉睡下都比一般人清醒，你说他一天到晚都思谋些啥。能有啥，还不都是些琐琐碎碎的事情，够他操心的。

　　李秦川回村后，他做的第一件事就是买了别人的一院庄子，他想给丈人魏安定老两口在农村搭个安乐窝。李尚林心里有些不痛快，感觉儿子没有事先跟自己商量就来了个先斩后奏，事后才跟他说自己买了一院庄子。天道轮回呀，你道是后辈人买了谁家的房子，它原来就是李家花园旧地，李西周的五太太后来嫁给了一位张姓的长工，人们都叫他张长工。那时她怀着李西周的骨肉，几个月后，她生了一个男孩叫张渭滨，从此再未生育。张长工，细高个，有些驼背，但身体结实，他勤苦耐劳，田里地里的活几乎全是他，他还要帮着五太太料理家务，他对五太太母子照顾得很周到，他虽然娶了五太太却没有什么非分之想，这个正人君子呀，直到他咽下最后一口气，他从来没有动过五太太一个手指头，也没有上过她的炕，他一直称呼她五太太。五太太不光人长得标致，头发梳得顺溜，而且性格棱角分明，是个厉害角色，据说她的茶饭也很不一般。张渭滨一直在外工作，现在落脚于新疆石河子市，他当过市运输公司的总经理，他的父母离世后，他十几年都没有回来，一听说他要卖自己家里的房子，李秦川当即决定买下它。按照往常重孙做出这么出格的事情李西周肯定要发火，甚至会没完没了地说道，这次他却静悄悄的不言语了。李西周老汉自始至终对五太太有感情，这是村里上年纪的人都知道的公开秘密。"文革"后，他还经常到五太太家里去过夜，张长工睁一只眼闭一只眼，就当自己没有看见。李家花园是独立于李家老宅的别院，五太太是南方人，李西周为她修建了南北合璧的观景楼和山水环抱的庭院，五太太的女儿留在了李家，过去人们都知道大太太是两儿六女八个娃，其实六女是五太太生的，其余三房太太都把娃带走了，因为她们的家在甘肃省。

　　一天夜里，李西周感觉身体不适，他把李尚林、李秦川父子叫到跟前，对他们说秦川这院庄子买的，就像一块石头搁到我的心上了，我心口堵得很，今天晚上有些话我要对你们说。李西周说，张渭滨他……不是别人呀，你们想一想李渭水是谁，张渭滨是谁，他们是同父异母的亲兄弟，排行老十三，咱这个事情也不能怪道秦川，娃咋知道这些，尚林你也不知道。我的意思是尚林，你们父子抽时间看看张渭滨去，他是你们的长辈，跟你大一样亲。秦川头脑清，他说老爷你的意思我懂，你是让我们看看他，同时把院子交还他，他毕竟是咱李家的根，即使以后拆迁了他也能回到老家。对对！娃说得对，这就把根连上了嘛，就是的，就是这么个话。李西周连连称好，他最后高兴地说今晚我能睡个安稳觉了。

李秦川陪同父亲去了一趟新疆石河子市，他们见到了张渭滨，他长得与李西周老汉非常相像，与李渭水也有几分相似。张渭滨早已退休在家，他的年龄才长李尚林四岁，儿子张尚才是市能源公司总经理，李秦川叫他二叔。张渭滨对李尚林说，我大身体咋样？脾气还那么大嘛，我妈当年去世时就给我有过交代，我知道自己的身世，你回去时把这个龙头拐杖带着，这是我的一点心意，还有些土特产、小礼物也带回去。二爷，我老爷说了，他啥都不要，他就是想见见你，老家的房是你的，老宅的房也有你的，就是将来拆迁了，分下的房子也有你住的。好孙子，二爷我知道你老爷认我这个娃，我感激不尽，我有时间就回去看他老人家，你老爷说得对，咱喔老房打死我也不卖了，我孙子要住你就住去，你给二爷把房经管好，二爷想错了，你老爷肯定又要骂人了。说着说着张渭滨双膝跪地向着东方重重地磕了三个响头，大呀，你儿给你叩头，妈呀，你娃认祖归宗了，我大还要他娃呢！

张尚才在天山大酒店摆酒席，欢宴招待远方的亲人。张渭滨有糖尿病，本应少餐为妙，他破例多吃多喝了一些，他的老伴瞪圆了眼珠子，多次干涉他。你以为叫李渭滨就可以多喝酒吃饭了，你想得美，我是医生，你的胃口我说了算。张尚才说我妈妈是蒙古族人，她对爸爸要求很严格。妈妈，今天你就放他一马吧。李尚林不胜酒力，他满脸通红，趴在桌子上睡大觉。李秦川与他的二叔张尚才棋逢对手，狂饮不停，直到大家都散席他们才最后离开。

翌日清晨，天下起了毛毛细雨，河道里涨水了，雨水从四面向城市中心汇聚，市区内的一条河滚滚奔流着，看起来不很大的一条河却水流湍急，这条河几乎每年都淹死过人。原定的启程日期又要推迟，一座桥梁被洪水冲毁，抢修工作仍然在继续。那天吃中午饭时，张尚才劝李秦川留下来在能源公司干，也可以把家属带来，李秦川没有答应。张尚才接着问李秦川今后有何打算时，李秦川说他想开大车。是开公家的车还是开私人的车，开自己的车，还是给别人开车，这些都要想清楚。我想从你们这里给内地运输油气。这个事情目前还可以，不过路途遥远，关卡、超检站多，交警交通罚款、油耗子、碰瓷等麻烦也不少，还有晚上偷轮胎的，你自己要当心哟。张尚才说我尽量给你帮忙，我爸爸过去在交通上，他也会给你帮忙的，不过甘肃、宁夏就不一定了，再就是你们的地盘，呵呵，跑车就是跑的关系，你自己跑车，那是个很辛苦的活，没有准时的一日三餐，也没有一定的休息时间，只有黑白不分的车轮滚滚，而且时间长了就会有腰肌劳损、颈椎病、肠胃炎这样的问题。

李秦川留在了新疆，李尚林独自回到了家乡。张尚才为李秦川在一个建筑工地找到了白天开工程车的活儿，不久李秦川就在油田上有了事情做。多年后，李秦川都无法忘记自己的那段边塞曲。在广漠的大地上，有几台钻机轰鸣着，打破夜空的寂静，这就是梦幻中的天边了，只是在李秦川举目之际，他没有又看到远方归去来兮的鸿雁。在那一片鹅黄色的草地上，已建成的油井汩汩向外喷涌着灰褐色的原油，李秦川每天驱车数百里，在几十个油井中穿梭着，奔忙着，每天伴随着太阳的起起落落，他抄抄写写各种数据，不断记录油井运行情况，检查机器状况，防备油耗子作乱。这里是荒野，是荒原，是没有人烟的地方，这对于长期生活在城市的李秦川来说是一种挑战，要吃上一顿像样的饭，洗一次澡，理一次发，你就得去上百公里以外的镇子，说是镇子也人烟稀少。偌大的村镇显得空旷，街道宽广，你在街头看对面的人，几乎看不清眉目，有一片绿洲包围着镇子，白桦树、胡杨树，还有矮小的针状沙漠植物点染着那里的风景。汽车走在质地坚硬的粗砺沙石上，摇摇晃晃的，如同一个醉汉，有时人们为了找一些树根之类的柴火，要去很远的地方。这里煤矿有的是，埋藏也不深，按理说谁也不缺能源，不过当地人喜欢在沙漠里闯荡，不知他们是寻找宝藏，打猎，还是为了猎奇。这里最大的问题是荒凉，是缺少

幸福里

人间喧嚣和热闹，李秦川因见不到人烟而发急发慌，他对二叔说让我回城吧，这是什么地方呀，我一天也待不下去了。

李秦川终于回到了烟火阜盛的人间，他见所有的人都感觉亲切无比。他说在这里干什么都行，钱多钱少没关系，他的心里是踏实的，不像那个鸟不拉屎的地方。他终于开上了油罐车，开始往返于多地，那是一个车队，他不管其他，只要跟着走就行了。车队里有小分队队长，有负责押车的，也有副手，到了卡口，小队长会打理的，往往是随机处理，每辆车三百、五百、八百，价位不一，罚款的时间不在少数，理由也多得很，超载了就得出水，不超载往往取不上利。没有超载便没有站点，没有站点便没有了那些说不清的事情，如同一条食物链，谁也离不开谁。刺儿头就是刺儿头，李秦川生来就不是吃省手饭的，他什么事情都喜欢自主一点，这不他偷偷摸摸节日里给一个朋友跑了几趟车，油水不少。有一次，他开着空空如也的罐车路过超检站，那天他开的那辆车有些毛病，走在道上，他感觉不利索，轰大油门也走不快，一时间黑烟滚滚。检查人员不问青红皂白，开了罚单，还扣了车，李秦川百口莫辩，自认倒霉。他的朋友好事，找来电视台记者，跟踪报道，交通警察一口咬定超载，运政人员也未否认油车超载，但取车时油呢？没有了油，谁偷偷放了油，调监控，监护室一片空白，没有记录。如何处理，赔吧一车油也不多说，你至少给20万元。李秦川从中得了一半利，出了那事便得罪了人，李秦川便断了自己今后吃这碗饭的财路，他又得另谋出路了。

那是一段痛苦的记忆。张尚才去南疆的一个地区工作了，离开了他熟悉的企业，成了行政干部。李秦川也跟着去了南疆，他在那里的水利工地找到了自己喜欢的工作。工地指挥部要求河堤大坝必须赶在洪水来临之前进行加固，否则直接威胁下游城市数十万群众的生命财产安全，这鬼天气又下起了大雨，情况紧急必须将这批防洪物资转运到前方。李秦川到工地还没有一个月就赶上了这种紧急事，工长还是我送去吧，道路我熟悉。工长有点放心不下，给他派了个助手小汪，

129

这是李秦川今天的第三趟出车了，况且现在大雨如注，道黑路险，但他知道大堤上几千人在抗洪抢险，他们需要石料，再苦再累自己也要去。车队一行七辆大卡车，李秦川的车殿后，其他六辆车在前，开路的头一辆车是位老司机。车行至有十八弯之称的一段山路时，汽车像蜗牛一样小心翼翼地慢慢爬行，这里稍微有点闪失，就会车毁人亡。山坡底下是深不见底的绿汪汪的银镜湖，有多条河流汇入，它是高山湖泊，属河道堰塞形成，人工修了渠道和大坝泄洪，以防湖水泛滥成灾。车行至最险峻的一段，这里路陡沟深，转弯比较急，刹车最重要，突然间李秦川感觉自己的汽车没有刹车了，不好，一种不祥之感涌上心头，他第一时间让副驾小汪跳车，自己先稳住汽车，然后冲向一侧山谷，确保不撞上前面的车辆，"哗啦啦"，一下子那辆车冲向了碧波万顷的深潭，黑漆漆的夜空中出现了惨烈的一幕，啊，有车辆滚沟了，"扑通"一声，那沉重的大家伙连人带车一头扎进了水底。坠落，坠落，银镜湖呀，我来了，翻滚，翻滚，自由落体的垂直下落，圆筒一样的快速旋转，不能呀，不能如石块一般跌落，大地呀，我向往着蓝天，我需要蓝天一样的宽广羽翼，一念之间，李秦川仿佛张开了自己的巨大翅膀，他知道若干万年前的祖先便生存于树屋，也许他们那时就有了有形的翅膀，这时他仿佛有了滑雪的感觉，他感觉到了无与伦比的风流，浩浩荡荡的强劲气流，他的衣服正被一双强悍的大手撕碎，并抛向高天，如飞花散玉一样，四处乱溅，如云块被闪电击碎一样，东逃西窜，啊啊啊，别了，这个世界的一切牵挂，一切是是非非，恩恩怨怨，"哗啦啦"，"嘎吱"一声，碗口粗、盆口大的树枝突然折断，如同一张墨绿大伞被什么神兽撕了一道口子，这是一种无法弥补的损失，他仿佛还在跌落，跌落，好在又有一个树木接住了高空坠物，忽悠忽悠弹了几下，如同宽大的蹦床上的运动员一般上上下下，又似乎摇摇欲坠随时都有坠入湖水的危险，李秦川疾呼惊叫，他猛然想起了家传的宝石戒指，他扯开嗓子呼叫：祖先呀，神戒呀，快救救我呀！轰隆隆的一声巨响，一道蓝色的光亮自水底升起，

顿时掀起了一股异常强大的气浪，它卷起了滔天的水柱，那水柱不偏不倚正好托住了李秦川的身体，又把他平展展的安放在蓊蓊郁郁的树冠之上了。

当天夜晚，指挥部派潜水员下湖捞人无有发现，山坡上人们找到了身受重伤的小汪，黎明时分，有人在出事地点附近的树杈上发现了气息奄奄的李秦川，看来他在小汪跳车后，不久也成功跳车，不过巨大的重力加速度几乎把他摔成了碎片。在医院的危重症监护室，李秦川似乎只有进去的气没有出来的气了。张尚才含泪告诉大哥李尚林，李秦川出事了，你们赶快过来。李西周对李尚林说事急了，叫上冰倩，也叫上那个女医生，你们一块儿去乌市医院。救人要紧，坐飞机去！陈尹西闻讯，急约几位专家先行出发。李尚林控制不住自己，几乎走不动路，张凤梅也昏昏沉沉经不起折腾，魏冰倩忍痛只身前往，李西周拄着拐杖说我都想去，就让冰倩全权代表去吧。抢救李秦川的手术正在进行，他身上多处受伤，胳膊骨折，腿部骨折，最重要的是看头部有无渗血，大脑受影响了没有。陈尹西的专家组来得及时，他们会诊后认为，李秦川主要是骨折及皮肉外伤，脑部未受明显伤害。这真是个奇迹，能够在那样的危险下跳车，又避免了对同伴的伤害，保证了防洪物资的运输，李秦川实在太不容易了。但是毕竟这是一起严重的责任事故，造成了两人重伤，车辆毁损的重大损失。相关负责人受到了处分，工地承担了全部医疗费用，李秦川只是个临时工，他的伤痊愈后，他拿了自己用命换来的工钱，什么话也没有留下，转身静悄悄地离开了。

第 七 章

三十八

　　黎明从黑夜而来，光鲜背后总有辛酸。儿子李秦川的事情刚刚过去，李尚林的气才顺了几天，本来儿子从城里撤退回来就让他感觉脸上无光，好在有拆迁这个借口，就权当为了拆迁把娃叫回来咧，接着又在新疆惹了麻烦，他这颗悬着的心就好像从来也没有消停过，他在心里默默地祈祷说：我的碎先人呀，什么时候，能让人少操些心。这几日，他又被女儿李秦嬴的家事闹得坐立不安，听说女儿女婿也闹矛盾了。赵长春和赵三虎这一老一少，真是一对"活宝"呀，少的不让人省心，老的也说不到好处去。先说外孙吧，这个挨刀子货，一天到晚不学好，他第二段婚姻又离了，两次婚姻，两个媳妇，她们一人给家里留下一个女孩子，唉，把他家的，这都是哪辈子造的孽呀，说到底在他们家最辛苦的还是李秦嬴了，里里外外，她都闲不下来。

赵三虎上大专时就把他妈愁死了，他不去上学，李秦嬴和赵长春两口子硬把娃送到了学校。强扭的瓜不甜，牛不喝水强按头的事做不得，他们两个以为娃在学校上课哩，其实心早就跑到河滩地里去了。学校就在渭水市，周末别人家孩子都回家了，唯独没有见赵三虎的人影，鬼东西不省心，李秦嬴让父亲李尚林去找娃。李尚林回来说，哈咧，你娃这周没到学校去，我还说他老师呢，我家长把娃交给学校了，你就要负责，你看看，几天都不见人了，你们也不跟家人通气。班主任也好像有难处，这个满脸娃娃气的小伙子说，大爷，我跟你讲实话，赵三虎这个娃不是念书的料，上课睡大觉，他根本就听不懂专业课，你批评他，他根本就不当回事，破罐子破摔钻到宿舍不去上课，还和一个中学生谈恋爱，我跟他家长联系不上，他最好退学吧，门门都挂科，这怎么行呢？李尚林说他爸在工地上干活，手机可能没开，他妈在家里没有手机。

把你家赵长春喊回来，挣死八活的为了谁，你娃都不见了也不找寻，整天就像个死人，一点也不着急。李尚林发火了，李秦嬴急哭了，心乱了，回到家的赵长春像木头一样站在那儿，爸，你说咋弄？咋弄，找去！原来赵三虎去了西府，在一家酒店当保安，他的对象在这家店当服务员。当时那个女子已经怀孕，她还不够结婚年龄，就这样赵三虎结婚了，时间不长他们又离婚了。赵三虎挣的钱不够她花，她大手大脚惯了，赵三虎也厌倦了她。赵三虎的第二桩婚姻也是来得急走得快，他曾跟几个哥们合伙，在肖河街道上开了个拉面馆，生意火得很，理发店一个女子经常在那里吃饭，时间长了他们就认识了，不到一个月闪电恋爱、结婚，生了娃之后，这女的心性大变，经常为了一点小事大吵大闹，还和婆母李秦嬴动过手，把家里整的鸡飞狗跳，后来她主动提出离婚，离婚以后去了南方。

幸福里

再说李秦嬴的丈夫赵长春，他是老实疙瘩一个，还是个犟怂脾气。当年在街道上做生意，只要李秦嬴在场那摊位上便人气旺生意火，李秦嬴人长得顺溜，她热情似火，嘴又会说，往往能抓住大家的心，来呀走一走，看一看，花钱不多，买个真货！我就赚个吆吆喝喝的辛苦钱，权当给您服务咧。他们家的叉把、扫帚、草帽、凉席质量最过硬。如果有时李秦嬴离开一会儿，让赵长春顶一下，他便手忙脚乱，人家问多钱他不是说多了就是说少了，反正没有个准儿，还别说挣钱了，不赔钱就算烧高香了。他人不行还脾气暴，跟人三句话说不下就上墙，甚至打锤闹仗，无事生非。按照李尚林老汉的说法，他就是一个没有脑子的犟种，下苦的命，只能干一顺顺活，还必须让人领着干，自己没有一点主见。你说现在的这个世道人心，就是这么个人还有一系列的花花事情，让人不可思议。赵长春，人很有力气，你说他笨吧，他学泥水匠还是有模有样的，他干过的活也讨人喜欢，在工地上，老板总是夸他干活漂亮，从不耍奸溜滑，所以给他的工资福利也比较高，把他当个人才对待。

大路上，急急呼呼走来了张凤梅，女儿李秦嬴家里有了事情，老汉打发她来看个究竟。当年，李尚林的爷爷李西周念起，赵长春家的前辈秀才老爷曾有恩于李家，便决定将李秦嬴嫁给赵家，他说大户人家总有个礼数，后人也差不到哪里去。张凤梅在心里暗暗地埋怨她爷李西周，你都算能行人呢，咋给娃找了这么个婆家，你不看看赵长春是个啥货色，她不由得想起了一件令人难堪的往事。

有一年秋季，阴雨不断，村子里来了几个外地摘果子的妇女，连续几天都没有活干了，她们非常着急，手里的盘缠早就用光了，咋办呢？自己得想办法，一位年轻妇女看村外有几间空房子，就想晚上在那里过夜。那是赵长春落脚的地方，他跟妻子打锤闹仗后，使性子不回家就暂时住在那里，他圈了一块地方，干收废品的营生，还在房子周围种了一点蔬菜，吃不完的菜，他就用自行车驮着上市场去卖，赚几个零花钱。

134

牛毛细雨还在下着，那妇女奔跑着赶到那里，雨水已经打湿了她的衣衫，正在这时门开了。大哥，有住的地方吗？有。管饭不？管。快进来，命比啥都值钱，把人淋日塌了，说啥都没有用了。大哥，你真是个好心人。把衣服脱了，放在炉子上烤一烤。妇女扭扭捏捏的，偷偷看了他一眼。你是嫌我看见了，那好我走，你一个人住到这里。那女的又犹豫了，大哥，你不要走。雨下了多少天，那个女的就在那儿住了多少天。反正他没有要一分钱，她也感觉划算，有吃有住的，二十几天后，那女的说天一晴我就走。咋咧，嫌弃我不好。不是的，我有男人有娃，大哥吧，听说你也有家有舍。

又过了二十几天，村里摘苹果的女人差不多走光了，那个女人还没有走的意思。咋，你赖上我了，你不是说你有男人有娃的，你放不下吗？这一天，天刚黑尽赵长春回来了，女人平时没有见过其他人，也很少有访客来过，就懒懒地说，饭在锅里，你自己吃去，我困了。赵长春只顾和那个女人说话，没有听见外边的脚步声。呼啦啦，一下子进来了三四个人，其中有一人身手不凡，不由分说，他反手一把擒住赵长春，稍一用力就把赵长春按倒在地，赵长春这个西北大汉，虽有一身力气却使不上，你放手，哎呀，为啥打人？我弄啥咧！你个不要脸的东西，霸占人家媳妇，你还不认账。那女的发话了，住手！你们想干啥，我愿意的，你们谁也不用管我。来人中有她的丈夫，她那位丈夫有点娘娘腔，他说只要你跟我回去，咱啥话都不说了。走，我跟你回。

张凤梅进了女儿家，她推开了那扇厚重的朱红色大门，门房里空空的没有什么，右首灶房门关着，院子杂草也没有清理，二门敞开着，她刚一跨进门，女婿赵长春就从他圪蹴的墙根"囋"的一下站了起来。妈，你来了。一听妈来了，还在炕上斜身躺着的李秦嬴翻身就起来，她麻利地下了炕，两个孙女还在炕上，那个大一点的喊叫着"老婆——"，那个小一点的还哼哼唧唧地哭闹个不停。妈，你咋来了？我看你们来了，让妈看看，你的嘴咋咧，脸上也是污点溜青的。长春，你两口子有啥不能说的，非要打个架呢，她一个女的能挨得起你的拳头？你的喔拳头就是为了打老婆？妈，你不要怪他，他没有打我，是我不小心绊了一跤。赵长春一语不发，闷坐在凳子上。我先给你们做饭去，看把娃都饿得喊叫呢。你家赵三虎呢？他呀，你甭提了，你不提我还不生气，几天都不着家，不是打牌就是喝酒，还有上网，整天不务正业就贴到网吧里，网吧比他爷都重要，把两个娃娃一扔管都不管，你说我家这个过活咋往前头掀呀！

就在张凤梅到女儿家去的时候，李尚林一口气跑到了赵长春干活的那家工地，他把情况吃透了，知道了事情的前因后果。赵长春常年在外打工，借钱给一个工友，第一年，工友借他的钱数也不多仅仅500元，那位工友说他急着坐车，一时没有把卡上现钱取出，回来后就还他。第二年，那位工友又向他借钱，也借了500元，还打了借条，他说儿子来了，想给娃买身运动服，钱不够。年底回家时，他媳妇又来了，哭哭啼啼说她母亲病危，急需钱看病，赵长春心软就借给了他2000元，他打了欠条。第三年，赵长春得了工地万元奖励，喝酒以后，那位工友趁着酒气向他借钱，那位工友说他儿子谈对象了，娃们消费大，需要借2000元，赵长春二话没说又答应了。最终赵长春终于不能忍受了，这家人前后借了他5000元，这还不算那位工友老婆隔三岔五借的小钱，他去跟人家讨账，那位工友笑着说，老哥，咱一个工地上的哥们，我不差钱，我还是两个人挣钱。他想赖账不还，赵长春有些生气，那位工友涵养了得，他让媳妇去打酒、买肉，一顿好吃好喝，赵长春的嘴就张不开了。就这样赵长春一提还钱工友就摆起家宴来招待他，到底吃人的嘴软，他还是无法开口。实在没有法子了，他冷不丁说了一句粗话，你不给钱我就和你媳妇睡一觉。那位工友还是淡淡一笑说，只要人家愿意，你就去搞她。那天晚上，赵长春没有回家，他在那位工友家喝醉了，流氓，你们合伙耍我，我今晚就不走了。工友媳妇伺候赵长春洗脚，为其宽衣解带，让他赤条条地睡在工友的床上，自己也脱光了衣服陪着他睡觉。那位工友不简单，他派人去找李秦嬴说你丈夫喝醉了耍酒疯，你快把他领回来，要不弄下麻烦就不好收拾了。李秦嬴不明就里，她一看眼前那个景儿，大闹了一场。

李尚林知道了事情的真相，他忿忿不平地说，这是人家合演的一出闹剧，还有意让李秦嬴撞上了，这是多么阴险的人呀。现在因为这件不光彩的事，嫁到邻村的女儿李秦嬴，正与女婿赵长春闹离婚。虽说嫁出去的闺女泼出去的水，可他不能眼睁睁看着女儿的家散了。他本来打算要去女儿家说和一下，他怕两个娃彻底把事情弄僵了，走到了大皂荚树跟前，他走不动了，他不知道自己该怎么劝他们，去还是不去女儿家呢？他一时拿不定主意，犹豫不决的他在田野里漫无目的地走着。他穿越岁月的烟尘，回溯几代人的生活，他老爷置田买地，修城堡，守庄园，勤勤恳恳了一辈子，最后挨了马匪一枪毙命，什么也不知道了。他爷留学海外，实业救国，宏图未展，蜗居乡野，虽有百岁之寿，却也没有真正笑出声来。他呢，就是一个识字不多的农民，一天到晚就想着自己儿女的那些事，儿女高兴他高兴，儿女有事他忧愁，他想不明白幸福究竟是个啥东西，于是在村外空地上恸哭了一场。

三十九

风起秦之野，时开新征程。西咸新区成了国家级新区，作为其中一部分的临空新城将加快发展，要发展就必须有空间，这就意味着大规模的征地拆迁将会开始。古老的咸阳原沸腾了，这块饱含辛酸的土地，曾经修竹茂林，遍地稷麦飘香，也曾经干旱饥饿，疫蝗兵匪横行。而今生活在这里的大槐树子孙，或者守陵人后裔，将会有一个全新的好日子。古老的咸阳原苏醒了，这是一片性灵之地，神奇之地，你踩踏过这片黄土，黄土便给你一个印戳，你拜谒过这突兀的陵山，陵山便给你一生的依托，你是谁家的孩子，便会哭醒谁家的先人，这厚朴的圣土，氤氲着无穷的伟力，不久的将来，人们也许会看到，一个活力四射的现代化国际都市，一个幸福美丽的新家园。

从新疆那场惊心动魄的生死线上归来，李秦川一直在疗养院里静养着，这是陈尹西给他精心安排的，她想让他从那场梦魇中彻底走出来，他的妻子魏冰倩也希望他早日康复。听说西咸新区有大的动静，他从消息灵通人士的话语中咀摸着那悠长的况味。他坐不住了，他要出院，他想干那些工程。凡事预则立，不预则废。多谋善断与少谋寡断，这是有很大区别的。陈尹西想让他在医养结合上干一番事业，但他是个粗鲁之人，心性中有一股野性的张力，他虽然学的中文，却总希望自己置身于旷野，与改造自然的实验相联系，挑战一个个自己未曾拿下的阵地。当然，爱情是自私的，他不能做对不起魏冰倩的事，陈尹西是他的大姐，是他的朋友之一。而魏冰倩是他生命的一部分，他们是一伙的，他们一荣俱荣，一损俱损，息息相关。魏冰倩被李秦川的几次大事吓坏了，她不想让他再弄车了，这玩意儿操不尽的心。李尚林两口子也是这个意思，他们鼓励李秦川换个事情做。李秦川问他老爷李西周，李西周老人说自己的事自己做主，拿不定主意就再等等，心急吃不了热豆腐。让李家人高兴不已的是魏冰倩又怀孕了，李家人盼着李秦川媳妇生个牛牛娃，李西周老汉盼着实现自己五世同堂的愿望，在他看来，老李家祖坟上的脉气旺着哩。

李秦川又要回来了，上次是坐着丰田越野回来的，后边还跟来了一辆不认识牌子的车。村人对谁家的事情都很关注，这个村子不大，不过四五百户人家，前后两条街道，李秦川家在后街，这是老街道，前街是新发展的。听说重孙回来，天不亮李西周老汉就拄着拐棍，在门前转悠，到村口瞭望。

"七爷，你这么早就去锻炼身体?"

"噢。"

"老爷，你不多睡会儿。"

"噢噢，我看太阳去。"李西周老汉胡叫乱答应。

"老寿星睡不住了，你看他也不显老。"

"立秋了，也不见凉下来。"老人家自言自语地说。

李西周只顾自己慢慢地走，不再搭理路上的行人，众人议论着他。

"叫鸣鸡，没有瞌睡，八成是他重孙要回来了。"

"你看咱村的喔皂荚树，身上满身都是疙瘩。"

"树身大得几个人合着都抱不住，寿星爷说它是个宝。"

"寿星身上到底不胖不瘦，他给喔一站就像那个树，斜着身子昂着头。"

"你说是不是，不信你自家看!"

李秦川一行车辆在村外停下，他走到了大皂荚树下，他老爷就在那棵皂荚树暴起的根须上坐着，笑吟吟的像个佛陀。李秦川和媳妇对着皂荚树，对着寿星老叩拜了三次。陈尹西等人也向大皂荚树致敬，向寿星问好。都进屋走，站在这里像个啥，我早上来透个气，回来好。人们簇拥着老人进了村，一村人的目光都朝着李家看。老人一手抓着重孙媳妇的手，一手拉着陈尹西的手，他说医生的救命之恩重得很，转脸又瞅瞅魏冰倩手上的戒指，笑着说冰倩贤惠。

张凤梅把屋里院落收拾得干干净净。李尚林的伯叔兄弟也过来帮忙了。陈尹西给寿星检查了身体，还给他带了一堆常用药。陈尹西等人要和寿星照相，老汉笑呵呵乐开了怀。李尚林开玩笑说我爷爱美女，你看把陈医生抓住就不知松手。众人哄然发笑。李秦川征询陈尹西意见，大姐你看能否给村子70岁以上的人检查一下，刚才有几个人说了这么个意思。行吧，让他们来我给瞧瞧，不过我没有带药。于是在李家大门口摆设了桌子，陈尹西就给村子里的老人检查身体了。

好多人来看热闹了，你看喔医生长得俊样的，喔就是秦川的那个相好，别胡说这女的有模有样，是大教授，还留过学。不像咱关中人，秀气着呢。说话也好听，谁家人有福气。

　　李西周老汉的耳朵似乎更不行了，他常常听错话。李尚林说没气了，本意是煤气灶气罐没气了，李西周从门背后拿出气管子，他以为孙子要给自行车打气。张凤梅从女儿家回来后说三虎媳妇回来了，他们要复婚，他听成了山后有了老虎，还说咱这一带哪里还有老虎。张凤梅大声重复道，我说秦赢家儿媳妇回心转意了。老人聋子逮音凭揣摸，他说你要唱《斩秦英》，你不唱我就听戏匣子。李秦川给他买了个收音机，给上边插了个小片片，就可以选播好多秦腔戏曲。张凤梅苦笑着说爷你听戏，我还忙着呢。李西周自己放开了秦腔《斩秦英》。

　　　　骂一声小秦英多事冤家。
　　　　儿爷爷临潼山救王大驾，因此上一家人才享荣华。
　　　　恨西地莫里少欺压圣驾，打来了连环表要夺中华。
　　　　詹太师上殿去拿本谏下，儿的父领人马前去征伐。
　　　　明知晓你奴才任性气大，因此上才将你小房锁押。
　　　　戴囚墩也不过将儿吓吓，谁知你小奴才扭锁犯法。
　　　　领家人出府门私自玩耍，打死了詹太师命染黄沙。
　　　　他女儿坐西宫陪王伴驾，满朝中文武臣谁不怕他！
　　　　……
　　　　哎，嗨嗨！我把你不怕死的奴才！
　　　　不怕死话儿再休讲，儿的父未曾在朝廊。
　　　　娘绑冤家把殿上，儿跪在殿角里你两泪汪汪。
　　　　儿外爷看在娘份上，必留下我儿性命保无伤。
　　　　儿外爷不看娘份上，午时三刻刀下亡。
　　　　刀斧手押奴才去把殿上……

四十

赵三虎的第二个媳妇叫闫晓聪，她又回到了家里，女方父母说要热热闹闹办个婚礼，男方有点不情愿，婚礼过来过去地办，有啥意思嘛。三虎他丈母娘说，结婚是人一辈子的大事，马虎不得。其实三虎跟他媳妇一直就没断过，媳妇几乎月月都来看娃，一住就是几天，三虎也是经常领着娃去看媳妇，你说他们一直都在一块儿缠着，到底是离婚了还是没有离，离婚的纸有了，事实上却没离。李尚林对女儿说干脆给娃说把这张纸捅破，让他们复婚。这样拆迁了也好办，省得费口舌，拉是非。我看晓聪她妈也就是看到咱拆迁的份上才松口的。管他呢，反正这对咱三虎好，娃有个安稳的家了，也就把心收了。

说办就办，夜长梦多。赵三虎领着媳妇闫晓聪到他外爷家来了，他老老爷、外爷外婆、舅舅妗子一家人都在。李西周老人金口玉言，他说虎子娃有喜了，没看你媳妇啥时候生？大家哈哈大笑，说到哪里去了。李尚林说我的爷，你老糊涂了，这是三虎，不是秦川，你认得吗？秦川媳妇有喜了，你咋说成虎子媳妇。混账话，我都没这点眼力。在真人面前闫晓聪红着脸说，我老老爷火眼金睛，我也有了。哈哈哈！这老人家就是厉害。我不参言了，你们说正事，我想睡一会儿。魏冰倩赶紧起身搀扶老人，不用不用，我能行。李尚林继续着他的话，他说，你们是在家里办还是在城里找个饭馆？三虎说，我妈说在家里热闹。晓聪，你妈的意思呢？她也说就放到咱农村家里。舅，我想让你给弄台豪车，让晓聪也风光一下。你说要啥车？就凯迪拉克加长，或者奔驰 S6、宝马 7 系。要阔气，我的丰田霸道都不行。你看吧，也不是不行，那天我看医生的车就好得很。魏冰倩说，不要为难了，妗子给你找车。三虎说，我妈说舅舅要准备脸盆和灯。你外爷外婆都备齐了，你放心，还需要啥。舅，妗子，你们也不是外人，我就实说了，你外甥是罗锅子上山——钱紧。他妗子给娃拿钱去，魏冰倩随手拿出了两个大红包，谢谢舅舅、妗子！还有你外爷外婆，你们没看看是两个红包吗？谢谢外爷外婆！闫晓聪偷偷吐出了舌头，竖起了两个指头，赵三虎悄悄问才两万。李秦川听见了，他说，你还要多少，酒席是你大你妈的，烟酒、车辆是舅和你妗子的，彩电、冰箱、洗衣机我都给你送到屋里了，你前边的门房、客厅、卧室壁纸也贴了。舅舅，我是说你看再借我些钱，晓聪她妈还生事呢，非要 5 万元礼钱，还要买三金。那你给她打个欠条吗，得寸进尺。这时李西周老人来了，他给了 200 元，他说这是他的心意。赵三虎两口子赶紧给寿星磕头致谢。李西周老人前言不搭后语地说，娃娃，告诉你家大人，拆迁呢，快把户口迁来，一河水都塌了。大家伙一齐笑了，这个老寿星呀，关键时候一锤定音！

赵三虎的婚礼在农历七月初六举办，村人戏耍着在路口、门口摆设了板凳、木橼之类的障碍物进行阻拦，他们要耍烟、拦车轿、磨嘴皮子，与人争多论少，这种乡俗从一盒烟起步，直到一两条烟，看主家的境况而定。赵三虎家在村子中间，他必须穿过一道道关口，眼看吉时已到，赵长春恼火了，他让人赶快把各家门前的凳子都撤了，然后家家户户发烟。他央求大家说，我晚上摆酒席感谢大家，谢谢啦，行个方便。这时开头车的司机开玩笑说车没油了，快，上货！管事人送上一条好猫烟后，汽车便继续前行。一切从简，头车并不是什么大牌豪车，就是赵三虎他舅李秦川的那辆丰田霸道，也不是清一色的奥迪 A6 车队，而是一辆旅游大巴。这一天，赵三虎的婚事过得顺当，主持人新事新办不拘泥于形式，他讲述了赵三虎的爱情和两家人的和睦相处，使宾主满意，亲朋欢呼，他把一段本来曲曲折折的婚姻演绎成了彼此信任与相互坚守的佳话。

　　各位亲朋好友，各位乡党故旧，今天我们欢聚一堂，共同见证赵三虎与闫晓聪的婚礼大典。今天的婚礼是迟来的幸福，当年的仓促让年轻人没有举办像样的仪式，当年的懵懂让爱情之火突然中断，生活中涌动了汩汩暗流，但月老不忘这对情侣，苍天护佑这对夫妻，虽然结婚那张纸，飞来飞去，但相爱的两颗心始终没有放弃，都以为破镜难圆人匆匆，殊不知储存在有缘人心中的镜子完好如初，熠熠闪光，没有人像他们那样彼此不忘，没有人像他们那样眼睛眉梢都是爱，洒向人间一片情。吃水不忘挖井人，父母恩情比海深。一个巴掌拍不响，双手抬举后来人。谁家女子谁家娃，谁的事情谁说话。我来问你今天的官儿谁最大，我说比不上我们的新郎官，今天的女人谁最美，比不上今天的新娘子。有人说演员们的婚礼最多，我要说今天的婚礼最嫽。两个女儿台前站，捧着鲜花送给谁？送给今天最幸福的人。两家亲人都上台，牵手站成一排排，三个鞠躬齐奉送，感谢亲朋好友、村民大伙来光临，男女老少举酒杯，见证今天的好婚姻。

　　话有三说巧说为妙，客人陆陆续续回家了，人们都说今天这个主持人弯子转得好。赵三虎屁股刚一坐定，他的第一个媳妇殷巧云就来了，她来看女儿。赵三虎大声说娃在后边，我给你叫去。巧云熟悉地方，跟着他进了后房，娃没在家，可能到门外耍去了，巧云进入三虎他妈房间说话。殷巧云说我从南方刚回来，恭喜你！今天我来不是找你麻烦，咱好好商量一下娃的事，我想要回女儿的抚养权，这事你看行不行？如果咱能说到一块就说和，实在不行你也不要怪我生分，我不能让女儿受委屈。赵三虎说巧云你说的这事也让我想想，我妈管下

143

的娃，她肯定放不下。这是咱俩的事，还得咱俩说了算。我回来把事都找好了，在机场一个店铺卖衣服，我跟你好了一场，也没享啥福，就是有个女子，我给你说实话，我身体不好，不能再生了，这你就明白我为啥跟你要娃，我有难处。李秦嬴在院里焦急地等着，晚上还有几桌人要招待，赵长春也在门外转圈子，不迟不早，偏偏这个时候来了，这不是给人添堵嘛。正在这时村里来了不少人，不是要房的，复婚有啥好要的，来人都是这几天帮忙的门中人、村里相好对近的和隔壁两邻对门的，事情过了，大家晚上准备放开喝一场酒。喝酒的人正在忽儿喊叫，现在有一种文明的玩法叫摇骰子，塑料碗碗哗啦啦响动着，人们用手气、运气及骰子的点数决定谁喝酒，如同人们用举手这种方式选择贤明的头儿。赵三虎好不容易才打发了殷巧云，她走时想带着女儿，赵三虎说天黑了，我明天给你送过去。门外有人在等她，赵三虎察觉到了，闫晓聪倚门看着他们一脸不高兴。殷巧云的女儿被她婆李秦嬴藏起来了，听说巧云是要娃来了，李秦嬴让门子人把娃领走了，她不想让巧云见孩子。猫儿狗儿都能处下感情，我养了5年的娃娃，你说要就能要回去。听说殷巧云想把娃要回去，闫晓聪心里高兴但嘴上不说，她还要装出舍不得的样子。在心里她盘算着殷巧云的娃一走，就是她娘母几个一狼一窝了。晚上睡觉时，她对丈夫说，车到山前必有路，大丫也是我的亲蛋蛋，我绝不亏待娃，是去是留我全听你的。赵三虎眼睛都睁不开了，他疲惫地说缓缓再说吧，我累了。死鬼，这可是咱俩的新婚夜！唉，我乏得很。不行，得是你把货叫别人下了。去去去，放屁！我是操心你肚子里的娃。闫晓聪笑着说那你就忍个把月，等胎气稳住了再说。你看今晚把几个瓜怂灌扎啦，人家耍手段了，不断动骰子，谁都赢不了那个黑面大耳的家伙。咱大，今晚手气背输了200块，心不在焉。三虎，要是你上场今晚准赢个千儿八百。我想把赌戒了，你看我舅，人家挣了钱说话都不一样了。你外家人这回出大力了，你看下来咱也谋个事。

四十一

　　一轮秋月爬上了三虎家的窗户，隔帘望着睡梦中人。闫晓聪满足地睡了，她嘴角微微上扬，眉毛轻轻颤动着，她的心宽得很，大戏台底下都能睡着觉。赵三虎心里有事情，他翻来覆去睡不着，他一个劲儿地在床上穷出筋，弄得席梦思床不时发出阵阵"咯噜"声。在上房里，母亲李秦嬴的炕上一左一右是她的亲孙女，大丫头赵春花，小丫头赵春蕾，平时大丫小丫的叫惯了，现在大家都不知娃娃的真名。赵长春自从有了那件不痛快的事情之后，一直被老婆赶到另一个房间住，他把世事看开了，也把男女那方面看淡了。大丫到了上小学一年级的年龄了，她心眼多，今天的事情让她害怕，她想亲生父母，又不想跟他们某个人走，她到底有些羡慕小丫了，她妈妈回来了，为什么不是自己的妈妈先回来呢，而当傍晚听说自己的妈妈才回来时，她又不想见妈妈了，她有一点难受，可又哭不出来。半夜，李秦嬴起夜，发现大丫眼角挂着泪花，她自己一个人偷偷抹眼泪。小丫小大丫3岁，她不知什么时候也睁开了那双虎灵灵的大眼睛，她拉住了奶奶的手说，婆，我害怕。乖乖的，我娃不害怕，有婆哩。婆，我妈妈再有小孩了，她就不要我了。不会的。婆，我不要妈妈。为啥，我妈妈来了，姐姐今天没有好好吃饭。是吗？小丫乖，你们都是婆的娃，谁敢动你们一个手指头，看我不收拾他！婆孙俩一问一答说着说着就呼呼睡了，大丫偷偷地出门，坐在月光下的院里，她不知道自己的命运，她只能对着月亮哭泣。赵长春被院子里的动静惊起，他隐隐听见有人在低声抽泣，披上外衣一看是大丫在外边。大丫这是咋了？他陪孩子坐下了，他给孩子讲月亮的故事，他说月亮上面住着嫦娥和吴刚。大丫问月亮之上有孩子吗？赵长春说没有。那嫦娥怎么上的天？我也不知道，听说她偷偷吃了丈夫的仙丹，然后就飞天了。大丫说她也不是好妈妈，她不要孩子和爸爸了。赵长春无法满足孩子的好奇心，他自己感觉头顶冒汗，脊背几乎全湿了。大丫跑回了房间，她朝爷爷挤了挤眼说，晚安爷爷，谢谢你陪我看月亮，月亮也要睡了。赵长春笑了笑，朝她招了招手，自己仍然坐在原地。

赵三虎被一泡尿憋得实在不行了，才急嘟嘟地去上厕所，他家的厕所在后院，本来他媳妇端来了一个新尿盆，他不习惯用，他一定要去后院方便才感觉舒服。父亲在月亮下面，一个人抽烟。大，你咋不睡？睡不着啊！赵三虎上了趟厕所，闫晓聪就在前面大声喊叫开了，三虎！赵三虎跟他父亲没有多说一句话就回自己房间了。闫晓聪说你晚上不动弹，是有啥心事吧。没有的。看把你出心的，碎碎的事情，你把它想复杂了。来，老婆给你减压，闫晓聪说着就爬上了三虎的身，赵三虎出了一身汗。闫晓聪问他受活了没？赵三虎半晌没有言语一声，原来他早已呼呼大睡。梦中的赵三虎是一只真老虎，他面目狰狞，张牙舞爪，谁看着都害怕。现实中的赵三虎就不好说了，充其量就是装出一副虎样子来，穿一件花布衫，着一身牛仔服，戴一副大耳环，两个手链，还有闪亮的项链，胳膊上纹了一条小龙。你说他好吧，不怎么出色，上学跟不上趟，你说他不好吧，娃也没有干过什么过分的事情，就是贪玩，有赌博、上网、猎奇的毛病，再就是好像总有些女孩子喜欢他，他的两个媳妇都是他自由恋爱的，父母没有找什么三媒六证，也没有花太多的钱，不像有的人家花了十万八万的礼钱，连四十八万的都有，你说娃子女子婚姻这种事情到底有个啥样子。

梦中的赵三虎想起了那一年，他在县医院做了肛周脓肿手术。手术时他媳妇闫晓聪还没到，手术完成后，她来了。医生说小手术一个，差不多两周就出院了。刚做完手术的头一天晚上，麻药起着作用，没有感觉到疼痛，他对闫晓聪说你回吧，我一个人能行。闫晓聪说我专门过来陪你的，今晚上我不放心。叫你回你就回，就你事多，窄窄的床咋睡呢？你别再在我跟前献殷勤了，我把你早都看透了，你就是想把我管得死死的。我管你啥了，你不就是一个月给我交3000元吗，我是你媳妇我不吃你的喝你的行吗，我咋不跟别的人要钱，你说你娃不花钱，家里大大小小的事情不打理，你把日子没有当日子过，还嫌我颇烦。护士来打点滴了，跟前有人闫晓聪没有继续发作。护士刚走她就接着开火了。我怎么叫献殷勤没有安好心，我好心当了驴肝肺，不伺候你了，你死了我都不管。一连几天她都没有现身，但手机上他们的私聊却没有停止过。

"今天还活着吗？"

"我活得很好，让你失望了。"

"你娘咋下的你，没人性。"

"你是哪个东西下的，你的人性在哪里？"

"你羞你先人，那么长时间都不理我，你喔牛白长了。"

"你不嫌丢人，你脸吊的，我看着你就恶心。"

"过不下去了咱就离了算了。"

"我一出院咱就办手续。"

"跟你过个啥味气，我心情不好，你都不哄哄我。"

"我害怕把你娃哄上了天，跌下来绊死。"

"你还有喔本事，我咋没有看出来？"

雨过天晴，一周后，闫晓聪又来了，她照样天天给他送饭，此前好像没有发生过任何事一样。闫晓聪跟人聊天，一位女病人说，我术后难受我丈夫守护了我一周都没离皮，他开大车一天要挣几百元，他请假了，他说老婆比钱重要。回到病房，闫晓聪对赵三虎说，老汉，你快点好起来，我还等你给咱挣大钱呢，我这人刀子嘴豆腐心，你一半句好话就哄下了。赵三虎说我咋不想哄你个懒婆娘。临出院那晚，赵三虎跟闫晓聪那个了一回，那天晚上两个人的病房里，闫晓聪说，老汉，你可要当心，别又搞扯了。赵三虎说，扯了再缝上，人还在医院嘛。看把你个张毛，哈怂。

早晨，李秦嬴起来先打扫院落，再自己洗漱，然后做饭，一家人除了她，大家都在睡觉，她已经做好了早饭。

闫晓聪醒来时，发现自己身下有血迹，就慌张起来了，她连忙叫醒了赵三虎。她说鬼东西，你又闯红灯了。咋啦？明天去看看，最好吃上保胎药，不然咱就把娃报销了！呸呸呸，臭嘴胡说啥呢，经不住这点儿折腾还能成。

第 八 章

四十二

　　这几天，李秦川让人动手修葺张渭滨家的老宅，这所房子多年没住人了，很多地方都需要修补一下。村人十分不解，面临拆迁谁还舍得花这个冤枉钱。

　　村里看热闹的人转悠到李家花园，他们跟李秦川拉呱。

　　"秦川，你把你渭滨爷的房买了？"

　　"没有，我替他收拾一下房。"

　　"他准备回老家住，住得惯吗？"

　　"人家是老户，又是这屋生的咋住不惯。"

"人家城里啥环境，咱这里要啥没啥的，我不信他能住到这哒。"

"哎，这你就不懂了，这是老人的一个心愿嘛。"

"你说这，我不跟你抬杠，人不管到了啥地方，到底还爱着自己的老家。"

"咱这是金不换的地方，是先人留下的。"

"就是的。"

天刚蒙蒙亮，李秦川就起床了，他趁早上还有点时间，就赶紧给装修工吩咐事情，督促施工。他说今天必须完工，人都回来了，你们这些人一点儿劲都鼓不上，磨磨蹭蹭的。他正跟装修工掰扯着，他外甥赵三虎的电话就来了，原来他的车超载了，车辆早过了报废期，要强行报废，被交警罚款还扣车，外甥的车上坐着他一家六口人，就超载了一个小孩。二话没说，李秦川开车接他们回到了村里。

10 月 28 日，这一天是他老爷李西周老人的生日。他老爷笑着说这个日子也没啥意思，你们要过就过吧。这天上午，远远近近的亲戚都来了，村里人也来了差不多一大半，李秦川的朋友来了不少，陈尹西没在家，她让人送来了贺礼。寿诞活动比较简易，没有叫司仪，也没有叫大戏、歌舞，就是搞了一个亲朋聚会。过程非常简单，到中午时自己亲人、门中人，集体给寿星叩三个头就算了事，主要是亲朋村友在一起，和和美美地吃一顿饭。现在厨房这一块没有嘛达，有了红白喜事服务队，主人家省了不少事。这一天，老寿星穿了一身水红色暗花唐装，显得精神焕发。快到 12 点，厨子问开饭不？李尚林说等他儿李秦川回来了再开饭。

"娃回来了吗？"

"娃去接人，一会儿就回来了。"

"啥人嘛，还这么扛台。"

"肯定是要紧人，不然大家都要等他。"

"肚子饿得咕咕叫了。"

"先拿个馍咥去，你个饿死鬼托生的。"

"人是铁饭是钢,一顿不吃饿得慌。"

"钢你个头。"

李秦川他们开了几辆车去机场接人,他们终于回来了。有人在村口看到了一大群人,现在到了大皂荚树那儿。这时一位头发全白的老人正蹒跚而来,他后边跟着十几个人,男女老少都有。

"回来了!"

"到村口啦!"

"这是谁呀,咋这么眼生。"

"啊,这不是张渭滨。"

"他回来了?"

"是他,真的是他。"

"李老汉今年104岁,把人都陪得差不多了。"

"咱这一带没有这么高寿的人咧。"

当张渭滨跪倒在李西周面前时,他一声"大——"的哭叫,把全场人都叫懵啦,这是咋回事嘛。

"大呀,您老在上,你儿渭滨,带领全家人,恭祝父亲大人,洪福齐天,寿比南山!"

看着眼前的一幕,李西周老泪纵横,嘴唇直打哆嗦。李秦川媳妇魏冰倩搀扶着老人,并不住劝慰他,老爷呀别难过,今天是你高兴的日子。

"多少年了,没想到哇,我……我还有一个儿子。"

张渭滨跪着朝前挪动身子,一直挪到老人跟前,李西周用手抚摸着儿子的头。

"我的儿……老太太呀,我们的儿子回来啦。"

"大——"

"嗳——"

秦庄人像过会赶集一样热闹,李家人摆席面招呼全村人,张渭滨逢人就发烟,见面就握手。张渭滨回来了,原来他是李西周老汉的

151

娃，你看他的眉毛、鼻子活脱脱一个年轻时候的李西周。

晚上，李家还是人来人往，彩灯高照，喝酒的人没有断线。李西周对张渭滨说："老宅子阴气重，长期没有人住了。秦川娃，你明天叫人给你二爷哄房子，喝酒请客。人越多越好，我明天也去凑热闹，让大家给你嚷闹几天，这几天你就住咱屋，你儿女们，年轻人不习惯，住到宾馆去，别把碎人委屈了。"

"爷，我二大回来了，你高兴不？"张凤梅问道。

"噢，高兴。"

"爷，你的耳朵咋不聋咧？"

"噢噢，我睡觉去。"

"你看看，这老汉装得多像。"

哈哈哈！大家开怀大笑。

李西周老人微笑着走了，张渭滨扶着父亲的胳膊，碎步前行。

四十三

一天上午，阴沉沉的天空，刮起了一阵冷风。为了取得女儿大丫的抚养权，殷巧云把赵三虎告上了法庭。赵三虎闻讯火冒三丈，他咽不下这口气，忍不住的怒火使他带人砸了殷巧云的娘家。他们把人家大门砸了一个大洞，沙发、茶几等家具也被砸坏了，还摔了人家的电视机，结果被村民制服并扭送派出所。李秦嬴哭哭啼啼地跑到娘家来求救。李尚林赶紧给儿子打电话，当时李秦川还在外地，远水解不了近渴。李尚林不管是非曲直，他就留下这么一席话：你无论如何得想办法，你姐家屋里已经乱了营。李秦川没有办法，他只好在电话里问了一下情况，按赵三虎等人的违法情节，可能要拘留10天左右，最轻5天，他让父亲不要着急等他回来。等你回来，黄花菜都凉了。李尚林急得不行，到处托人打听，自己还亲自出面找人，后来他找了一个30多岁穿制服的胖警察，那位警察很热心地说所长是我哥们，这事包在我身上。当天中午李尚林和赵长春带上一条中华烟和一瓶茅台酒就去找所长打通关节，所长50多岁，着便装，看起来很有教养，他们在华阳大酒店见了面，人家说好了明天就放人。李尚林、赵长春招待了恩人，还奉送了每人1000元的红包。第二天没见放人，他打电话时，人家说不巧赶上了上边检查，暂时不敢放，得再等三天。李秦川回来时，李尚林说他已找好了关系，他再催催人家，对方说估计一两天就放出来了。李秦川跟所长熟，他一问情况，根本就没有那两个警察，所长年轻有为，做事果断。

李秦川苦笑着，说："你们都上当了。不信你再打那电话就打不通了。"

李尚林试着一打，果然不在服务区。他娘的，把老子当猴耍了。

"大，咱这事没有做好，一开始就不占理。"

"咋咧，我外孙都被关了。"

"那是他自己做事不考虑后果。"

"反过来，这事要是放到咱的头上，你考虑咋办？"

"哦，我……我是看你姐可怜。"

"你和我姐夫当时把心思要是放到跟人处和这个方向，你就把娃救了。"

"这话咋……咋说？"

"咱把损失给人赔了，上门道歉了，你说人家心里还有气没有？"

"说啥呢，你老早干啥去了，弄下嘛达了你才现身。"

李秦川跟父亲说了一会儿话，就立即去找殷巧云沟通。

"舅，你来了，还是让我叫你舅吧，我心里有你这个舅，你处事公道。"

幸福里

"巧云，你听我一句劝，撤诉吧，你让我慢慢给你做工作，把娃给你也是合理的，合法的，你有这个能力。把娃放到三虎家，娃就要受罪，这是你担心的，三虎现在的情况你知道，咱们不多说了。另外，你娘家的损失，我代表三虎他爸给你家赔偿，我拿了七千元，你看够不够。"

"多咧，我的舅，咋能要这么多，都是些旧家具。"

"不，这关键是人的脸面，我先跟你通个气，这钱我要亲自交到你爸手里，还要登门谢罪。"

晚上回家李秦川发现魏冰倩的脸发胀，脚也肿，这些天她累坏了。他老爷过生日那天，他实在太忙，丈人、丈母娘回家时他都没有送，让别人送回去了。这几天，他一边忙着自己的生意，一边还要为姐姐家的事情操心。本来这天要给妻子做孕检都给耽搁了，我明天带你去医院。算啦，我自己开车去，你那么忙。去，必须去，这才是正事儿。李秦川第二天一大早就去了省城，在医科大学一附院的妇产科给妻子做孕检，大姐陈尹西已经提前联系了专家。魏冰倩还没有做完检查，李秦川就接到了母亲张凤梅的电话，你大，又发蔫咧，不按板路走，你姐家的事不落地，他就神经了，今早上又去你姐家了，我怕他坏事情，你媳妇咋样？好着吗？好着哩。这回，你老爷对你姐家的事问都不问，他光知道睡觉，你看陈医生有时间吗？啥时候过来瞧瞧，这几天兴许累的。你大，一根筋，现在就只关心你姐。

魏冰倩出来了，检查结果是大人胎儿平安，一切都好。李秦川把心放下了，他对陈尹西说，大姐，下班后咱们一块吃饭。不了，我还有手术，你们有事情就忙去吧。李秦川欲言又止，陈尹西说还有事吗？我老爷最近身体有些不正常，得空请你过来看看。好的，我下午去，要不这样，冰倩你等我，我们一块回去看老人，你去忙你的。魏冰倩说你去忙吧，反正姐姐家的事情也到了火烧眉毛的份儿上，不办不成了。安排了这里，李秦川如释重负，他赶紧离开了。

白天燥热，夜晚憋闷，这是一个奇怪而别样的天气。赵三虎从拘留所一回来，这一家人突然间都醒悟了。李秦嬴从爱儿护短到迷失方位与视野失明，她处处以儿子为中心，把一个母亲的神圣矮化为一个无知的婢女，母亲，同样都是母亲，大丫母亲的权利却不被重视，李秦嬴对自己的行为感到羞愧，难怪老爷李西周要看《斩秦英》戏，原来是要斩她自己这个秦嬴，不争气的冤家，有个不争气的妈，该杀该斩啊！李秦嬴忽而想起了她唱过的那段戏：

……小奴才做此事实在鲁莽，还怪我平日里教子无方。
秦英年幼性倔强，惹是生非太张狂。

子不教父母之过，娘为儿把艰难受尽。唱戏、演戏都说是高台教化，看起来教化了别人，作为演员的李秦嬴却唯独忽视了自己，她感到无限羞愧，流着眼泪说，我真是糊涂到家了。

李尚林从爱女心切的迷途中也明白了，我只看到自己娃的辛酸，却不想人家娃的苦恼，将心比心，我这也太偏心眼了。可恨呀可恼，白白活了这么大年纪！赵长春是可怜人，他东风紧了跟东风，西风来了跟西风，当然现在他学乖了，听老婆话，回来就有热饭吃，有热炕睡。赵三虎是个惹是生非的家伙，一身的毛病，还总想耍个飘，扎个势，现在他知道了，任性是有代价的，说硬话容易，干硬事难。要不是他舅舅出头露面，遮风挡雨，还不知怎么样呢！这家人最清醒的莫过于老寿星，青年人当数李秦川，张凤梅多亏有个懂事的娃，她是偏偏走了个端端，好运气呀！

殷巧云终于等来了好消息，在李秦川的开导下，赵三虎同意将大丫的抚养权交给她。殷巧云的父母也等来了赵长春夫妇的道歉和赔偿，他们相逢一笑泯恩仇。李秦川看着事情有了转机就悄悄地退到了人背后，不再为姐姐家的事情忧心了，李尚林呵呵笑出了声，张凤梅说她儿秦川瘦了，儿媳妇冰倩胖了，她担心儿媳生娃时受罪。

155

四十四

湿暖的夜晚降临。

李秦川借着城市的光明，驱车去一家温泉洗浴中心，车上是他的媳妇魏冰倩，他们想洗去这些日子的风尘。多日未见女儿曦曦了，他们也想她，还有岳父母，两个住在渭水城里的老人，人就是这样，经常不见，反倒还有了几分牵挂，另外魏冰倩也想为他们即将出世的孩子做些准备。李秦川一天到晚忙得脚打后脑勺，应急官一样跑东跑西，走南摺北晒得像个非洲人。魏冰倩早就想把他拉来好好洗一洗，看着丈夫的样子她有些心疼。李秦川承包的工地，热火朝天，他承接了环山高速路一个标段的土方施工任务。他的外甥赵三虎被他带到了工地，姐姐李秦赢让他看着三虎，三虎娶媳妇时借了他舅5万元，李秦川让三虎开工程车，每月不管别人挣多少，他给外甥包伙食，还给几百元零花钱，净给8000元工资，不过这个钱三虎拿不到手，他要给姐姐李秦赢，他怕三虎赌博，唉，这娃好赌的毛病深得很。三虎曾经向他的第一任媳妇殷巧云开口索要5万元，声称这是女儿大丫抚养权转让费，并立下了字据，从此与女儿一刀两断，毫无瓜葛，殷巧云为了息事宁人居然答应下来，还真的给了他钱。有了钱，三虎当天晚上就去赌场玩，结果输了个精光。这个事最后还是李秦川给擦的屁股，李秦川说你们这是违法胡闹，他给了殷巧云5万元，让她好好带孩子，把自己的日子过好。李秦川的心中充满了怜悯，他并非认为外甥的所有过错都可以被原谅，但他认为赵三虎还有救，对于自己的外甥，他俨然就是一个父亲的角色，而外甥就如同一个叛逆者，处处表现出不同于人们良知的行为，李秦川在内心里对自己说，三虎呀，谁叫我是你舅，我要把你带着，我要把你的欲望、你的行为引向人间美好的方向。

池子里的水咕嘟嘟冒着水泡，喷着水花，热气缭绕。室内的温度不是很热，也不是很凉，始终保持在 26℃ 左右。李秦川微微闭着双眼，魏冰倩用纤纤玉手撩拨着水花，欣赏着碧水的波影，快来呀，亲爱的，你说这些水从哪里来？李秦川懒洋洋地说，它们来自沿河的一眼眼温泉井，抽取了地下水，然后经过微型水泵，再提供给洗浴池。魏冰倩似听而未听，浪漫的她仿佛听闻了冰川下融化的雪水汇入江河在奔腾呼啸，山岩间喷流的泉水在呼喊着流出山外，河流源头涌出的泉水在讴歌自己青春的生命，还有那山崖下的深潭，湛蓝的泉水闪亮着少女一样的眼睛，汇聚成乌蓝乌蓝的湖泊。魏冰倩感觉水似乎从自己身下汩汩涌出，仿佛流过悠久的岁月，流向了母亲般的河流——渭河。李秦川似乎也在苦思冥想，他的梦和她的梦可有交叉，或许吧，李秦川说你想到了泉水，对吧？是的，你呢？李秦川笑了笑，随口吟诵了几句诗歌：

> 你的微笑
> 留在五月爽朗的天空
> 我的声音
> 漂浮在阳光细碎的流水中
> 但愿——
> 我淙淙的河流
> 牵动你飘拂的衣襟
> ……

摇曳的水光，舒缓的音乐，美人如梦，令人陶醉。李秦川看着雾霭遮掩下的妻子，朦胧中有一种深藏不露的美感。怀孕的女人最美，如同成熟的庄稼，即将采摘的果实，有一种沉甸甸的诱惑，他轻舔着嘴唇，禁不住要去亲吻她。这时他想起了溯流而上的溶洞，想起了芊芊无际的山坡上，野营的帐篷，想起了黑暗里的声音：抓住我的手！那个潮湿的山洞，紧挨着泉水的出水口，岩石色彩斑斓，他不知道是含有铁质的泉水染的，还是人类的杰作。她在硫黄味道浓郁的水中浸泡身体，绿莹莹的水，让她的肌肤变得滑润柔软，浴后抚摸她的身体，真是妙不可言，而他此刻就在她的身后，他们听到了地底的流水，从岩石的缝隙，从泥土的深处，层层过滤，滴滴流淌，明净若水晶，清纯若处子，淡雅若空气，无色无味，又清冽甘甜，她啜饮清醇，用舌尖传递，他解除干渴，直抵心窝，他们从黄昏进入沐浴，直到深夜才快活出浴。

四十五

　　临河小区，从薄薄的暮色中开始了它的夜晚，河湾一带树木茂盛，水草葱翠，烟柳依依，笼罩着一种水墨画般的宁静。这一天，魏安定下午 2 点钟回家后就没有下楼，晚饭后妻子吴淑芬与外孙女李朝曦在小区外公园遛弯。曦曦，你最爱谁？孩子笑着说爱您，外婆。吴淑芬满意地笑着，又问外婆有一天老了，走不动了你背我吗？孩子说我背不动呀，你老好沉呀，我叫人背你。那你让谁背呀？那还用问，李秦川嘛。外婆又呵呵笑了。你喜欢你妈妈吗？不喜欢。咋了？她呀，不够坚强，老是哼哼唧唧的，没有爸爸爽快，她还骂我，反正我不喜欢。那你外爷呢？这个老头挺好的，喜眉笑眼的。外婆我呢，难道不好吗？孩子露出了一丝笑容，她把小手一摆，做了一个调皮的动作。

从外边回来的路上，明灭闪烁的路灯、树影与建筑物阴影，让孩子有些害怕，吴淑芬紧紧攥着孩子的手。到了楼梯口，外婆走在前面，她拽着外婆的衣襟。声控灯在人声中亮了起来，又在寂静中灭了。回到屋子，魏安定还在床上躺着没有挪窝。你整天也不动一下，你咋就这么懒。我有些不舒服了，头疼。你早说我就到街上给你弄些药，都这般时候了你让人咋办，这鬼女子，死到婆家多少天都不回来，连她爸妈都不要了。外爷，你喝水吗？魏安定从嘴角挤出了一点笑意，他摇了摇手。我给你亲女子打电话，哎呀妈呀，人家还不接电话。过了半小时吴淑芬又打电话，还是无人接听，几个小时后，魏冰倩回电话了，她说马上就到家。你都马上了几个小时了，就是在原上老家，也早该回来了，谁知你们到哪里去了，哄我呢。

"噔噔噔"的脚步声传来，曦曦早就忙着给妈妈开门，妈妈——哦，我家姑娘长大了，妈妈亲一个。爸爸——嗳，我的小公主。爸爸，我想亲你一个。好呀。魏冰倩说，爸妈，我回来了，李秦川也给老人打招呼，爸妈，我们回家了。女儿缠着爸爸，坐在他腿上，问这问那，爸爸我告诉你个秘密。你说，我听着。我妈妈身上有种味道，她吻我时我闻到的。那是香水味。我不喜欢她的那种怪味。

黎明，大约6点钟，魏安定的头疼得厉害，他呻吟声大了，女儿回来时他硬忍住没作声。吴淑芬说娃有身子，已经很累了你就坚持住，再几个小时就天亮了，天亮咱就去医院。李秦川上厕所时，听到了魏安定的呻吟声，他叫醒了魏冰倩，快，我听爸喊叫呢，怕是有病咧。魏冰倩有些身困，疲惫不堪地说你去看吧，我再眯一会儿。起来，眯啥呢！看把你凶的，吃人呀。魏冰倩睡意全消，他俩去父亲房间时，魏安定脸色蜡黄，汗流浃背，吴淑芬正用毛巾给他擦汗。李秦川见状，大声说事不宜迟，快叫救护车，妈你准备一下咱马上走，冰倩，你和孩子留下。不，我去，让妈留下。不说了，我留下，你俩给老头看病去。

120急救车辆火速开到了省城医科大学附属第一医院，急诊医生立刻检查，护士打上了点滴，病人进入重症监护室。医生初诊认为，老人为脑血管、心血管并发症，可惜你们错过了黄金治疗时间，世界上普遍认可心梗抢救黄金时间为3小时，但我国平均需要4.8小时，对于脑梗的最佳抢救时间为8小时，最长不超过24小时。医生说早发现早治疗是个大原则，从目前情况看，老人即使救下了，将来也会留下后遗症。陈尹西又去国外了，过几天才能回来，她让先全面检查，然后专家会诊，她介绍了几个专家让李秦川去找。李秦川去四医大西京医院、唐都医院、西京医科大学二附院找专家看片子，寻求帮助。魏冰倩在医院守着，李尚林和张凤梅老两口、赵长春和李秦赢夫妇、赵三虎和媳妇闫晓聪等亲戚都来探望，吴淑芬和外孙女也来了，李秦赢主动留下陪护。进一步检查结果出来了，魏安定的胸部有大量积液，各专家的意见不同，有主张立即抽取的，有主张不动的。一位全国知名的胸外专家正好在西京讲学，院方让家属想法联系。陈尹西联系上了那位专家，但专家也没有把握，关键是病人并非单一病种，多种疾病叠加，风险很大。

陈尹西从国外回来了，李秦川去机场接她。在返回途中，李秦川对陈尹西说，医院的病危通知书都下了，我一直不甘心，总希望再努力一把，让老人多活几年。陈尹西苦笑了一声说，我的傻弟弟呀，你的心真好，大姐没看错你。陈尹西一回来，院长就让她上手了，陈医生你是这方面的专家，你来主持这个疑难病例的方案吧。陈尹西当仁不让，她否决了外科手术方案，主张保守治疗，开出了治疗药方，拟订了康复计划。她的药方并不特别，就是阿托伐他汀钙片、阿司匹林肠溶片、盐酸曲美他嗪片、螺内酯片等几种药，但似乎很对症，立竿见影，魏安定一天天好转，陈尹西查房时发现病人的四肢力量不错，意志力也很顽强，她决定将病人从危重病房转入普通病房，并进行初步康复治疗。

多亏陈尹西回来了，如果按照其他专家别出心裁的建议，一旦胸外手术和脑部手术都做了，粗略估计需要几十万，花钱受罪不说，风险尚在未定之天，还不一定能保住老人的性命。况且李秦川的钱都投资工地了，他根本就拿不出那么多钱，实在不行就必须卖他的车了。幸好最近村里卖地了，他家分了 13 万元，当李尚林把 10 万元交到吴淑芬手里的时候，吴淑芬感激不已，泪水涟涟，她激动地说，李大哥，这……这叫我如何是好，我替我家老魏谢谢你们！分啥你的我的，咱们两家和一家人一样。对对，一家人。

三个月后，魏安定回到了小区，他可以挂着拐棍自己行走了，但心脑血管病给他留下了大脑痴呆、语言不连贯的后遗症，他现在只能蹒跚着走路了，还不能走太远的路。他逢人便想说话，但又口齿不清。别人宽慰他说回来就好，慢慢就恢复了。魏安定总是摇着头，用手指一指自己，又摇摇手，他意思是说现在不能与从前比了，想要恢复连门都没有了。老伴吴淑芬几乎每天都要把他推到楼下，带到河边，让他坐在河边钓鱼，在这里他仿佛才有自己的心灵放松，才有自己的神清气爽，安逸平和。他让老伴回家忙去，吃饭时候再推他回家。

河边是钓鱼人的世界，怀着各种心态的人都有。渭河曾因姜太公钓鱼的传说而闻名天下。渭河上与姜太公传说有关的钓台不知有多少，宝鸡有钓鱼台，咸阳也有钓台镇，其他的地方有没有还不清楚，到底姜子牙先生在哪里钓过鱼？没有人确切知道，或许就在魏安定他们钓鱼的这块地方。你看这伙人穿着打扮五颜六色，是标准的杂牌军，他们有仙风道骨的，有奇形怪状的，有赤身裸背的，有规规矩矩的，也有几个戴遮阳帽和大墨镜的，还有一两个在宽大的巨伞下前呼后拥的，当然也少不了一伙"吱哩哇啦"喊喊叫叫的看客。

钓友中有个 80 多岁的文化人，此人叫薛之问，当过文物单位的文管员，他与魏安定患同一个病种，但后遗症状不同。薛之问头脑受了一定刺激，他变得话语非常多，而且一说就是大半天，滔滔不绝，所讲内容差不多都是历史故事。对于一个文化讲述者来说，最悲哀的是没有一个知音，没有自己的忠实听众。后来当他遇到魏安定时，认为相见恨晚，很快他们就成了知己。他的头脑相对灵活，但腿脚不如魏安定，他们经常在一起交流思想，探讨问题。一方面薛之问是孜孜不倦的讲演者，而另一方面魏安定则是坚定不移的聆听者，他的嗯嗯啊啊，恰好是对薛之问的回应，这就如同澎湃的海浪遭遇了岸边的岩石，岩石对海水的回应同样是一个大声的"啊——"，而如果海水漫过的只是一片茫茫的海滩，那将会让海水失望的退却而去。

薛之问是认真的，他每天都准备演讲稿，最不济也有一份提纲，他要用自己毕生的知识惠及一个真正的朋友。魏安定也是竭尽全力，用心领会朋友讲座的精华，他总是恰到好处的啊啊地赞叹。他讲了很多魏安定闻所未闻的历史故事。老人说话不急不忙，一字一句，他见魏安定钓鱼是行家里手，就开玩笑说魏师傅，咱俩来个交换，你教我钓鱼，我给你讲故事。魏安定说，嗯嗯啊啊。于是两个人相互击掌，此事成交。

老魏，你知道咱现在这个地方过去叫什么？嗯。那这桥叫什么呢？啊。我跟你说咱这地方汉代时叫上林苑。汉长安城在西安西北10公里处，面积为35平方公里，城里有未央宫、建章宫、长乐宫三大建筑群，城市人口50多万人，为当时的世界性大都市，比罗马还要繁华富裕。我跟你说这个人口数还只是个在册人数，有很多人还未统计在内。魏安定连声说，嗯嗯。上林苑是皇家狩猎、游玩之地，这是统治者穷奢极欲，好大喜功的产物。上林苑大得很，范围从东到西横跨蓝田、长安、户县、咸阳、周至五地，南达秦岭，北越渭河，面积2000多平方公里。你说它大不大，那简直是天下第一，你懂了吗？魏安定点了点头，又一次嗯嗯。魏师傅，我跟你讲，刘邦建立汉朝，历史上叫西汉。刘邦是个人物，他打下关中，先入咸阳，后来项羽不答应，放了一把火，把秦朝的宫殿烧毁。这里我向远扯一点，你不会有意见吧？嗯嗯。秦朝那个强大也是无法比的，六王毕，四海一，都城横跨渭河，渭水北部一大片宫殿群，南部一大片宫殿群，阿房宫就在南部，秦朝灭亡时这个宫殿还未完成，秦朝的都城范围很大，那时没有城墙范围，差不多就是关中的大部，我记得不是很准，你就将就着理解吧。啊啊啊。哈哈哈！我跑偏了，没有讲清楚。却说汉朝初期，经过战乱后经济凋敝，民不聊生，急需恢复经济，秦旧宫殿损毁严重不能使用，刘邦就暂时在栎阳办公，让相国萧何修建新的都城，萧何在秦宫旧址修建了长乐宫、未央宫，汉长安城到刘邦死后，他的儿子汉惠帝才正儿八经修筑汉长安城，汉代的长安城北边、西边、南边都不规格，只有东边平直，号称"斗城"，其实是受北部渭河走向影响，总体河道北移，宫殿也就依照地势建修，南部受皂河古道影响，也是参差不齐。汉长安城经过了几代皇帝的建设才完成的，第一个时期，刘邦七年长乐宫建成，他从栎阳迁都，汉惠帝接着建设，到了汉武帝时期长安城基本建成。我要说的是汉武帝在上林苑这个地方修建了"度比未央"的建章宫。正在全神贯注讲解的薛之问忘记了一切，他的尿袋子已经挣脱，尿液把裤子弄湿了，他全然不知。啊啊！魏安定不时提醒他的朋友，薛之问这才恍然大悟。

有了上次教训，薛之问的家属准备了一个更大的储尿袋，同时让他尽量少喝水，每过一个小时就过来检查一次，这样就确保了他的生活质量。不过这就让薛之问的讲演有了断茬现象。这一天倒是老魏提了醒，他说，嗯，建建，啊。薛之问立即心领神会了，他是想问建章宫的事情。薛之问说，汉武帝太初元年，公元前104年，长安城未央宫柏梁台发生大火灾，顷刻间整个宫殿被大火吞噬，建筑主体严重受损，大臣建议新修更大规模的宫殿，以显示国家实力，汉武帝采纳之。古籍记载：建章宫汉武帝造，周二十余里，千门万户。其东凤阙，高七丈五尺，中作神明台、并干楼。咸高五十余丈。北有太液池，池中有渐台三十丈。南有璧门三层，高十余丈。中殿十二间，阶陛以玉为之，铸铜凤五丈，饰以黄金。楼屋上椽首，薄以玉璧，因曰碧玉门也。这就是说汉武帝时修建的宫殿规模宏大，装饰镶金缀玉，富丽堂皇。这天，薛之问喝水少了，嘴唇干裂，他的精神状态有些差。魏安定关心薛先生的健康，并以他的方式"嗯啊"着问他的情况。他说大便干燥，想上厕所总拉不下来，所以痛苦得很。魏安定为老朋友喂水喝，薛问之一饮而尽。薛之问肠子通了，他终于有了上厕所的意思，却没有地方可上，慌忙间他拉在了裤裆。

　　因为大便干燥，医生给了"开塞露"一味神药，每当拉不下时，一用便灵。鉴于他的身体状况，家属不让他外出，他急得七窍生烟，气愤地说，老魏是我生命中最后的曙光，你们也要将他拿去，太残忍了吧。唉，无可奈何，家属为其配备了新的轮椅，可以解大小便的轮椅，还带了"开塞露"备用。几日未见，两位老友非常难过，他们要把失去的时间补回来，到了饭点他们也不想回家，照样没完没了地说着他们之间的话。这一天，薛之问说起了汉长安城的繁华与富裕，他说汉武帝时期中央集权的专制主义统治进一步强化，经济有所提升，军事空前壮大，还确立了儒家思想的主导地位，当然也没有完全排除法家等诸家的思想因素。汉武帝的文治武功了得，他派大将卫青北击匈奴，骠骑将军霍去病千里追击，封狼居胥，倒望北斗，派张骞等开辟丝绸之路，远嫁公主于乌孙国，创造了中外各民族商贸、文化、科技交流的奇迹。史料说："关中之地，于天下三分之一，且人众不过什三，然量其富，什居其六。"你想都城里大商人、大官员最多，有诗云："天马来东道，佳人倾北方。"《史记》记载："京师之钱，累有几万，贯朽而不可校；太仓之粟，陈陈相因，充溢露积于外，至腐朽不可食。"

　　薛之问的大便燥结，水火不利的问题解决后，他似乎更加来了精神头，他的宣讲活动更起劲儿了，他先给魏安定讲解了汉长安的十二个城门，那时长安城东、南、西、北各开了三座城门，东墙由北向南依次为宣年门、清明门、霸城门，南墙由西往东为西安门、安门、覆盎门，西墙由北向南为雍门、直城门、章城门，北墙由西向东为横门、橱城门、洛城门。魏安定依旧比比画画，嗯嗯啊啊个不停。薛之问也很兴奋，他接着给魏安定讲述了渭河上的三座大型桥梁：中渭

164

桥、东渭桥、西渭桥。他说中渭桥建于公元前300年，为春秋战国时期秦国秦昭王时修建，也叫横桥、渭桥，从长安城北出横门，上了咸阳原就是汉高祖刘邦的长陵。西渭桥是汉武帝时建修的，从城南的西安门又名便门通过，穿越西渭桥，这是通往汉武帝茂陵方向的大道。东渭桥建于汉景帝年间，出东城霸城门也叫青门，是通往东方的大道，穿此门过渭河，再上咸阳原，便可到达汉景帝阳陵。薛之问讲着讲着有些情不自已，他说我发现自古以来变化最小的是道路，省城的几条大路现在还基本上是过去的路径，譬如北辰大道2000年不变，北二环、东二环可以看作是北辰大道的延伸，西二环可以看作长安大街的延伸。忽然薛之问发现鱼饵浮动了，他着急地站起了身子，不由自主地朝前挪动了两步，并大呼，鱼儿上钩啦！魏安定也出乎意料地大喊了一个字，好！俩人对视顿时目瞪口呆，转而又欢呼雀跃，他们一下子钓上来一条大鱼，而且他们都似乎发现了对方身体或语言发生的神奇改变。

有天早上，大约5时许，薛之问醒来，感觉刚才自己的梦境如此真切。他仿佛年轻而行动自如，他驾驶单位那辆只有头儿才有资格坐的北京吉普去找魏安定。当时魏安定还在车间里劳动，他笑着对老魏使了个眼色说，走走，上局里去把项目书送了，一式两份，一份送局长，一份送主管局长。老魏欣然接受，他是一线师傅有一定发言权。起床后良久心中不安，魏安定这几日感冒了没去河边，薛之问心中挂念，自己在河边便无心留停，没有老友在场，他感觉仿佛缺了点什么，显得如此魂不守舍，竟然去魏安定的家里探望了多次。魏安定也是如此，心里一直担心薛之问一个人，如何度过每一天的光景。

过了几天，魏安定好些了便去了河边，他发现薛之问早已等候在那里，心中便惴惴不安起来。一见面薛之问便说到他的苦闷，魏安定也诉说自己的委屈。这天薛之问对魏安定叙说他发现一处古桥遗址的经过，一天傍晚，有群众反映浅水滩一带，有人用骡子把一根根木桩拔出来，解了当棺材板，或者用作柴火烧，淤泥之下的木头存留了这么久，这会不会是过去的桥桩？我说快通知公安，把群众阻挡了，文物现场很重要，我还让村干部到村民家做工作，我对他们说，这不是一般的木料，是国家文物，谁上交国家有奖励，私人烧火或使用，是违法的。我带人挨家挨户收购，那会儿钱少也就几块钱，最多 5 元，群众比较自觉，主动上交了不少长数米的大木料，经碳 14 测定距今约 2200 年，这是古桥桩，这条河不仅有汉唐木桥，或许还有周秦时代更早更有价值的桥桩遗址存在。

　　魏安定与薛之问又开始合作钓鱼了，吴淑芬的冰箱里已经塞满了鱼，她不得不赠送亲朋，这是我家老魏钓的，给你们尝个鲜。薛之问家里的情况大同小异，他家老太婆一再叮嘱不要再往家里拿鱼了，多的吃不了就浪费了，这时薛之问似乎才明白姜子牙先生的难处，他为什么要用直钩钓鱼，或许也是鱼太多了，吃不了吧。魏安定生活中多了一个最激动人心的词语，好，一个好字就是一份信心，一份能量。薛之问说，唐代初年突厥十万大军兵临渭水岸边，唐太宗李世民亲自迎接突厥王颉利于西渭桥，他与突厥约和，突厥不知长安城虚实，不敢贸然进兵，于是讲和退军，西渭桥距离长安仅仅 50 里，那个时候情况是十分危险的，弄不好就是城破国亡。魏安定拍手称好，口里不住的啊啊。薛之问又说，到了唐代中期就不一样了，吐蕃从邠州向东南绕道武功进攻长安。当时郭子仪镇守咸阳原，西渭桥上也有重兵把守，吐蕃没有直接进攻西渭桥而是再向南绕道周至，唐代宗闻听这个消息，惊慌失措，他慌忙弃城逃往陕州，于是城内大乱，守桥部队也仓皇撤离，这时郭子仪的守军接到皇帝紧急护驾的命令不得不撤离咸阳原赶赴陕州，这样吐蕃军队在前无障碍，后无唐军威胁的情况下，大摇大摆地从西渭桥进入了长安城。魏安定又一次发出了一个清晰的声音，好！薛之问用眼睛瞪了他一眼，他还是说嗯嗯。薛之问心想你不能不分是非什么都好好的没完没了，但转眼一想，也对呀，百姓也是娘生养，哪个与人不一般，皇帝老儿都溜之大吉了，你还指望谁给你守江山。魏安定笑着啊啊了几句。薛之问继续着他的故事，他还提到了发生在东渭桥头的战事，那是一次水上的战斗，东晋末年刘裕率军从渭水逆水而上，到了东渭桥边，击溃后秦守桥部队，从这里攻入长安城。这次魏安定没有说那个好字，他只是啊啊了几声，薛之问有些失望，这是关中战事中少有的水军战例，他怎么没有表示敬意和好奇呢？

西咸新区成立后，上林苑旧地逐渐被开发。汉代上林苑有专门官员管理这里的一切事务，一座气势恢宏的皇家园林，其道路、宫殿、桥梁、物产多为皇家专享，一般普通百姓概莫能入，那时上林苑四周由围墙篱笆与外边分隔开来。里面是一望无际的植物园、皇家狩猎场，也是汉武帝御林军禁地，还有水军训练场、国家铸币厂、冶炼厂。

薛之问回望如今的西咸新区，一座座高耸的楼宇，一条条九曲回环的生态廊道，一座座飞架高空的彩虹桥梁，一个个高档次的产业项目，预示着这块古老土地新时代的来临。魏安定附和着薛之问，他的嘴里发出了嗯啊的声音，这种声音悠悠的回荡在汩汩流淌的河水之中。魏安定仿佛还沉浸在昨天夜里，他在窗户边，看见了漫天的星斗，河湾里的风景，还有道路上灿若白昼的明亮灯火，黑夜中高铁上急速奔跑的列车，以及划过头顶的客机。而到了白天他看得更多的是建设工地上，一个个高耸云天的塔吊，一辆辆百米赛跑一样疾驰的工程车，街道里穿梭的车辆、物流、信息流和匆忙的男男女女。

也许再也没有上林苑暝色中的河湾，晨曦中的小舟，嬉笑中的情侣，蒹葭苍苍的湿地，再也听不到树叶儿的絮语低吟，看不到春天的繁花似锦，夏日的茶叙欢颜，秋日的硕果压弯枝头，冬日的雪野逐兔，代之而起的是一座喧哗而浮躁的城市，一座为空气的纯净而忧心忡忡的城市，一个需要有一个强大心肺造血功能的城市。

魏安定有些悲观失望，薛之问信心不减，他似乎听到了几只白鹭的鸣叫，这里有一个湖泊，叫翠微湖，虽然人工气息稍微重了些，处处有刀斧留痕之嫌疑，但仍然是一处不错的憩息地。小径上的鹅卵石，虽然没有珍珠那么明亮，也没有泉水那么晶莹，却在阳光下闪着自己的光芒，薛之问的轮椅车每次从这里走过，都感觉到了这条小径的温暖，他对魏安定说小径里也闪烁着万道金光，魏安定发出了一个清晰的字符，好。他们禁不住哈哈大笑，是啊，正是无限的新事物给了他们生活的勇气。

起床！千万不要让对方等待，这是薛之问与魏安定的共同约定。薛之问在自己的记忆里清楚地知道，自己曾经睡过麦秸秆，睡过泥土地，也睡过饲养室的土炕，在庄稼地里劳动过，在农场的草地放过羊，他知道农民起早贪黑的艰辛。魏安定虽然生长在城镇，但他捡过煤渣，体会过一个城市面黄肌瘦的饥饿，品尝过定时定量的粮食供给制，他比妻子的年龄要大得多，至少10岁以上，他一直感觉自己隐瞒她是有罪的，可这个罪他还必须忍受着。

这一天，城市还在熟睡，薛之问就已经起身了，他拿了一张图兴冲冲地给魏安定观看，那时魏安定也早早在那里迎候。薛之问说有研究发现，汉代的终南山观星台与今天的中华大地原点，与嵯峨山麓的天齐坑恰好在同一子午线上，汉长安城的中轴线也与此重合。嗯嗯好。你想不到吧，你看西咸新区50年规划图，那条鲜亮的三条实线，其中，西边的就是我们看到的古代中轴线。啊啊啊！好！古人也太聪明了，他们用自己的头脑，用周易文化推演，用简易的工具操作；现代人用卫星定位，用科技测量，二者竟然达到几乎同一效果，大有异曲同工之妙呀。嗯嗯，南方的城市，北方的城市，啊啊，城市与城市之间，你也弄不清楚它为什么兴，为什么衰，兴旺时，火红热烈，衰退后，阒然无声。薛之问喜形于色，他还告诉魏安定了一个好消息，汉长安城遗址公园将持续建设，几年后，这里将对外开放，还要建几个大的游乐场、生态园，昔日的皇家苑囿，官府禁区，将成为老百姓的旅游胜地，到时候我们一同前往，最好带上夫人和孩子，我们要细细观赏这座古遗址公园，嗯嗯，啊啊。

第 九 章

四十六

我们回家啦！成群结队的秦庄人，似乎从地底下一下子全都冒了出来。

2016年11月17日，这是一个冬天薄阴的天气。欢迎回家！这一天，幸福小区的人们要回迁了，回迁的喜悦不因天寒地冻而稍减。他们望着鳞次栉比的大楼，望着绿草簇拥，树木丛生的小区，望着久未谋面的乡亲，欢呼雀跃，热泪肆流。敲起来吧，铿锵有力的秦汉锣鼓，敲起来吧，我们的祖传牛拉鼓，还有竹马、大秧歌，还有青春勃发的花环队、舞蹈队、少年号队。这不仅是幸福小区的节日，这是所有拆迁村老百姓的节日，从此他们将走进新的生活。把欢乐写在脸上，把激动写在汗水中。"咚咚，咚咚咚，咚咚—咚—咚咚"，女子锣鼓队表演了一段柔美的鼓乐，80岁的老人脱了衣服亲自上阵，他要来一趟威风八面的十八转鼓，年轻人把铙钹打得呼呼生风，听闻"咚咚咚咚"的一阵紧似一阵的鼓声，欣赏震天动地的鼓声、铙钹声、锣声的合奏，如临风雪交加的战场，看见电闪雷鸣的夜晚，手持武器的战士在咸阳原上奋力奔跑，这是祖先的锣鼓，是冲锋的锣鼓，是时间的锣鼓，是庆祝丰收的锣鼓，也是胜利回归的锣鼓。锣鼓，让大人们心旌摇曳，眼含热泪；锣鼓，让孩子们咯咯咯笑出了声音，他们舞动着手里的气球，呼喊着，跳跃着，奔跑着。

叔、婶你们好呀，几年不见了，终于盼到了今天。尚林，你爷李西周没有福气，老汉没有等到进小区就走了。喔人，是咱这一带的能行人。有人开玩笑说，李西周真能行幸福小区住不成。咱这些七老八十的人是前辈子积修的福呀，你凭啥能住上20层高楼，过上无忧无虑的日子。李尚林开心地笑了，他做梦也没有想到他家分了大小6套房。他和亲家各住一套，在一楼，儿子住一套在9楼，还有3套可以出租，按照"祖遗院落可享受两个人的安置面积"的规定，他二大张渭滨也分了一套房。女婿赵长春在外边转了一圈，就回到家里收拾卫生。外孙媳妇闫晓聪经管两个孩子，没有在外边的热闹地方逗留太久。外孙赵三虎不知道又钻到哪个场子喝酒去了，他是今日有酒今日醉，哪怕明日喝凉水的主。

这一天人们似乎都刻意穿上了节日的盛装，老人家拿出了自己压箱底的棉装礼服，青年们红、蓝、白色羽绒服晃着阳光的眼睛，从早到晚，肖河古道的人家都似乎吃了"兴奋药"，他们用脚步丈量着从门到窗子的距离，又兴奋地跑出屋子，来到幸福广场看戏。晚上，作为当地的名演员，李秦赢穿上戏装演唱了秦腔《五典坡》选段，她的亲人们都去看她的演出。

老爹爹莫要那样讲，有平贵儿不要状元郎。有几辈古人
对父讲，老爹爹耐烦听心上。姜子牙钓鱼渭河上，孔夫子陈
州曾绝粮。韩信乞食拜了将，百里奚给人放过羊。把这些名
儒名士名相名将一个一个人夸奖，那一个他做过状元郎。老
爹爹莫把穷人太小量，多少贫寒出栋梁。

　　这一天，魏安定和吴淑芬有了属于自己的120平方米的住房，而
且在一楼东户，他们也随着女儿迁入农村，他们是这个小区的一员，
是欢乐海洋中的一朵浪花。女儿女婿给他们购置了一套崭新的中式家
具，各种家电像空调、电视、冰箱、洗衣机等一应俱全，床单、被
罩、窗帘都是全新的。李尚林把孙子驾在自己的脖子上看热闹，身后
跟着老伴张凤梅和已上初中的孙女。主席台的红色地毯上，开发区、
建设方、街办的领导在剪彩、开香槟酒，人们放飞五彩缤纷的气
球，与此同时万炮齐鸣，当然是氢气炮，而非传统爆竹。望着飘飞
的气球，人们仿佛看到了春季成群的燕子飞来飞去在找寻它们的家
园，漂亮的白鸽咕咕鸣叫着在肖河古道落脚，也许还有远方的鸿雁
归来。

　　会场之外，是上百家的小吃点，是集各种各样的水果、蔬菜、食
品、饮料、玩具于一体的一个临时的商品大市场，是这家那家的人在
一起合影，是孩子们的游乐园。李秦川和妻子魏冰倩在那里扎了一个
卖啤酒饮料的摊点，他家的摊位上喝茶免费，客人们只要愿意都可以
喝上一杯香浓的泾阳茯茶，服务员恭恭敬敬地端茶递水，她们用一只
小巧精致的方盘，里面放置着五六杯茶水，嘴里不住地说，请您喝
茶！不仅这样，她们还有其他优惠项目，她们给消费200元以上的
顾客赠送一条红色羊毛围巾，带小孩的顾客还可以得到一个小玩
具。真是不可思议，那一天李秦川的摊点卖出去了两卡车啤酒、饮
料，到了下午已经断货了。没有想到今天生意这样好！秦川，你这

171

家伙还就是有眼光，你的茶没有白喝，喝出了轰动效应，这么多摊点，就你的火爆！呵呵，瞎倒腾呢，小打小闹，搞点钱。

晚上11点，秦腔戏刚散场，人们纷纷离开，李秦川和魏冰倩到后台给姐姐李秦嬴献花，并请她和同伴吃夜宵。魏冰倩说，将来我把店办起来了，还要请大姐出山。我能做啥，什么都不会。大姐会唱戏，这就是个特长，到时候我给你办个小剧场，还愁没有饭吃。正吃饭时，闫晓聪来了个电话，她说赵三虎还未回来。李秦嬴一听就慌了，这冤家又不知在哪里逛去了。李秦川说，大姐，你先回家，我去找找，今天大家都高兴，兴许喝酒呢。在赵记酒店，赵三虎今天喝多了，他从一桌串到了另一桌，而另一桌的张喜娃也喝了不少，于是两个人又喝了一通酒。这时李秦川来了。李老板来了，加筷子，再上几个菜。谢谢，不好意思，我今天吃感冒药了，是头孢，谁骗人是孙子。不行，今天在这儿酒就是爷，不喝一杯想走门都没有。赵三虎看张喜娃给他舅李秦川出难题就上前解围，他说，我舅舅的酒归我，我连工带料一起包了，捶子，喝死就当睡着了。我先喝三个，咱再走拳如何？赵三虎喝了，张喜娃耍赖皮，他不来了。哈哈哈，来不起！李秦川一看这种场面，扶着外甥就朝外走。他把赵三虎送回家里，自己才回家睡觉。魏冰倩还在客厅看电视，她在等他。孩子们被老人领走了，他感觉家里有些冷清。忽然他想起了一桩事，今天他没有亲自给李西周老爷上香，就赶紧在书房里给老人家焚香叩拜。魏冰倩说咱爸妈在一楼早就拜过了。那不一样，咱们必须的。夜风带着寒气，呼呼刮着，天幕更加低垂，后半夜下起了大雪。天似乎更加寒冷，魏冰倩开了空调，小区的暖气还未供应，李秦川听不得一点噪声。可看到妻子在熟睡，他不忍关机，让她暖暖和和睡吧。就让我作为一个打更者，在肖河古道上巡游吧，巡游吧。大地冰封的冻土，冻土之下是温暖的热泉，他感觉泾河古老的河谷，深层的地裂从肖河这儿下切，从此肖河之水从这里流到了一条暗河，他似乎能闻到那暗河柔波里的槐米香气，听到汩汩的水声。那种很响的声音似乎就在他的楼下，不，好像在小区的侧翼。他曾提过一个方案，让所有的楼盘、道路都必须错开这条地裂，而要在地裂之上建公园，育树林，养花圃。瑞雪兆丰年，幸福小区迎来了今冬的第一场雪。雪花很大，也很有诗意，它似乎沿着一个方向，一齐朝着李秦川而来，他的浑身上下都是雪，他在雪野中隐藏，雪野如何藏得住人。一阵狂风从肖河口上游的方位，如一个骑着飞马的巨人，迅速跑到了这里。啊，是一位白人白马银枪的将军，李秦川自己则是一个被追杀的对象，他骑着一匹栗色骏马在前边狂奔。将军和士兵高呼杀向秦川，攻下秦川。不对呀，从侧翼冲过来的好像是自己的二爷张渭滨，他胯下赤兔马，手提一柄开山大斧，带领一队人马杀气腾腾地疾驰而来。李秦川大汗淋漓，惊魂未定，这二爷是来救驾，还是来取自己的小命，他搞不清楚来头，策马扬鞭转身就跑。一口气跑到了泾河边，修石渡的船家要过船费，他一摸口袋，糟了，自己身上不名一文，怎么办？好了，我把马给你们留下，李秦川刚一上船，不料那匹马飞身腾空越过了泾河。哎呀，李秦川醒来了，发现自己躺在床底下。李秦川呀，李秦川，你神经病，这么冷的天，你睡到地上图凉快呢？魏冰倩又气又笑地说。

早上起床后，李秦川感觉疲惫不堪想继续补觉，这时门铃响了。对门和楼上的邻居来了。刘大伯、吴三叔你们来了，快请坐下，我给你叫秦川。原来两位老人为他们家的补偿款发放金额差异过大找秦川来了。李秦川揉了揉发红的眼睛，缓缓坐下后，给老人发烟点火。他说，伯、叔这事你们当初就应该问政府，现在都把字签了，住进来了你再说有问题咋办呢？老人说他们不是给谁找麻烦，就是想明一下心。老人说，你是参与过拆迁的人，这些事情你恐怕不陌生吧。李秦川看过了两人的条子，他为他们一一解答。他先对刘大伯说，刘伯你们4口人，你看你的房屋补偿款是8.6万元，这个是按照200平方米，你家的住房面积，每平方米430元的标准计算的。装修补偿款按照每平方米150元，那就是3万元，对吧。宅基地补偿2万元，附着物补偿已经给过你们，这个咱就不说。搬家费 3000 元，农具处置费 2000 元，不超过人均 60 平方米建筑部分奖励 16 万元。不足人均 60 平方米建筑部分奖励 1.2 万元，你家差 40 平方米，按照每平方米 300 元奖励。按时丈量奖励 5000 元，按时交房奖励 4 万元，人均奖励 1 万元，按时签订协议奖励 1 万元。以上合计 37.8 万元。购买安置房的费用 17.52 万元，这个标准是每平方米 730 元。最后应得 20.28 万元。吴叔，你家的面积大，300 平方米，你的差距主要是五项，不超过人均 60 平方米建筑部分奖励、不足人均 60 平方米建筑部分奖励这两项没有，按时丈量奖励，你比人家少了 2000 元，按时交房奖励，你比人家少了 8000 元，按时签约你比人家少了 5000 元，这三项补偿你都比别人少。

"咱能算过国家，开发区这些人的脑子灵得很。"吴三叔有些不高兴地说。

"我看人家政策好着呢，给咱把啥都考虑到了。"刘大伯说。

"都考虑啥了，他们要拿多少工资，农民有啥？"吴三叔还是愤愤不平。

"大伯、三叔，你们是知道的，咱们的房选过两次，首次选房确保每一户都能选到一套自己中意的房，然后二次选房才按照交钥匙的先后依次选房，这就是人家临空新城的一条人性化的办法。"

"对呀，人家这个办法一开始没有说。"刘大伯笑着说，"要没有这个政策你还想住上好楼层，你娃做梦去吧。"

"看把你娃能的，张皮哄哄。"吴三叔反驳道。

两个老人边说边朝外走。

"一块吃饭，咋这就要走。"

"走啦，不打扰你们了。"

四十七

　　李秦川问媳妇早上咋吃呢？魏冰倩还没有来得及回答，就听她自己的电话铃响了，是婆婆张凤梅在催他们去楼下吃饭。李秦川苦笑了一下，走，吃饭，享受父母的恩惠。一家人正吃饭，李秦赢的电话又来了，她让秦川避开父母说话，李秦川干脆去门外接电话，原来昨天晚上赵三虎他们喝酒出事了，张喜娃死了。迎面碰见丈母娘吴淑芬，她早上去赏雪，老伴魏安定在家里。她神秘地对女婿说，小区都传开了，昨夜把一个人喝死了。魏冰倩出门来，对李秦川说，正吃饭就走了，忙啥呢？一见母亲她说，妈，你和我爸咋吃，要不过来一起吃吧。吴淑芬说，你们吃吧，你爸起床了我们再吃。这时，吴淑芬进了亲家的门，她高声说，昨晚喝酒死了人，外面都传疯了。那人心脏搭桥了还敢喝酒，真是不想活了。李秦川闷坐着，愁眉不展，魏冰倩给他端来了一小碗豆浆，天大的事，也没有吃饭要紧，妈，你少说两句，一块吃饭，我给我爸端些饭，你就不用麻烦了。

　　李秦川与张喜娃熟悉，关系也差不多，俩人曾一起去外地跑过车，有过一段共患难的经历。他是个讲义气的人，作为乡亲、朋友，李秦川一大早就过去悼念，并与大家一起给主人家帮忙。这是小区的第一个白事，李秦川协调物业，在楼房一侧空地上搭棚设灵堂，他给了张喜娃老婆6万元，让她安排事情。李秦川又找公墓管理处给张喜娃买了块坟地，定了日子，在口镇火葬场火化，张喜娃终年49岁，身后留下一儿一女，分别上高中、初中。张喜娃这么走了，走得让人唏嘘，朋友们纷纷表达自己的心意。赵三虎捐了5000元，那天喝酒的人，不管有没有在一个桌子上喝酒，差不多不是 5000 元，就是 1万元的礼钱。看着一个鲜活的生命，被一杯酒所降服，这是多么可悲呀，思考着这次意外事件的前前后后，李秦川心想这人世间还有多少深重的贫困、苦难、灾祸和意想不到的惨事，不可预期的死亡呢？幸存的人一想到这一点，就不能不感受无地自容的羞愧，然而被幸福与欢乐冲昏头脑，被琼浆玉液迷失了心智，别说自己获取幸福了，只要不给别人带来伤害和遗憾就已经很不错了。幸福这架马车不是什么人随随便便就可以驾驭的，它需要智慧的灵光、情感的节制和路径的选择，靠霸占、攫取、损害获得的幸福是卑鄙的，不可靠的，而不珍惜、挥霍，甚至以愚蠢的方式对待幸福也是一种罪过，一种没有意义的自杀。李秦川这时忽而想起了春秋时代的秦穆公，当他得知自己的战马为一群普通民众所杀而且分食之后，他没有表现出雷霆暴怒的样子，而是命令下属赶紧把最好的酒送去，他说马肉比较难以消化，饮酒之后有利于大家的身体。后来在诸侯争霸的战场，听说穆公遇险，这群分吃马肉的百姓知道感恩，奋不顾身把穆公救了下来。李秦川的思绪很乱，他想起了"酒是粮食精，越喝越年轻"，想起了罗密欧与朱丽叶的苦酒，想起了谍战中的美酒，宫廷争斗中的毒酒，酒只是一种饮品，但它往往被人用于各种目的，所谓好与坏都是人的操作，人的意识，人的欲念，是人性的一面镜子。

赵三虎事后回忆说，拆迁款一到手，张喜娃就邀集几个赌友在一起玩耍，开始他的手气不错，赢了 19 万元，他买了一辆本田 CRV，媳妇劝他收手不要再赌了，他不听，继续与这些人赌博，赵三虎自己也试了一下手气，不行，一上手就输了 4 万元，没有钱了就只有看着别人输赢自己心里痒痒。后来的一个晚上，就是开回迁庆祝大会的前一夜，张喜娃不但输了自己新买的车，还把拆迁款打了水漂，输了 28 万元，赵三虎那天晚上把问媳妇借的 2 万元也输光了，真是背霉咧，一晚上没有赢过钱，他只好凄凉收场。第二天晚上喝酒是赢家请客，所以才有了疯狂的那一幕，才有了张喜娃的死。这件事对赵三虎影响很大，人都说光脚的不怕穿鞋的，毕竟光脚的就是一种不光彩的人生。想当初张喜娃也曾风光过，他有几辆大车，也被人老板长老板短地叫着捧着，那些有想法的女人也曾扎堆向他献殷勤抛媚眼，后来当他被欠债逼得人不人鬼不鬼的时候，谁还高看过他一眼。

四十八

魏冰倩一心想做饭店生意，她非常留心周边的店家生意，最近小区外二马路上，新开了一家烧烤店，生意很火，民工、小区群众都喜欢在这里消费。魏冰倩几乎每天晚上都要在这里吃几串，一天晚上十点半，女儿闹着要吃烧烤，她就去外边给孩子买羊肉串。在摊点上几个小青年正在喝酒，看见美女来了，顿时心里起了花花，一个小伙子就主动上前搭讪。大姐，陪兄弟喝一杯，给你小费，说着就动手动脚。把你的手拿开，放尊敬点！对这些小混混，魏冰倩见多了，她拿了一把羊肉串正要离开，被另一个小伙拦着不让走。魏冰倩高声呼救，来人，救命！那几个人显然不怕，你喊吧，你有精神就大声喊，这里偏僻得很，距离小区有 2 里地，你就是喊破嗓子也没有人来，咱们这叫缘分，你乖乖地从了我们，有你的好处，要不然我这刀子可没有长眼睛。魏冰倩吓得心惊肉颤，她看着店家师傅，用眼睛向他求救，卖烧烤的师傅一看这架势，悄悄地溜了。

正在这时赵三虎从一辆出租上摇摇晃晃地走了下来，他高声喊着，老板！老板！来半斤烧烤，一瓶啤酒。来咧来咧。魏冰倩一听，来人了，她立时感觉有了救星，有了盼头，便壮着胆子高叫一声，救命！哦，谁在喊救命。赵三虎不看不要紧，一看酒都醒了三分，啊，这不是我妗子吗？赵三虎明白了，这伙哈怂竟敢给我妗子想蔓，看我不收拾你。唉，小伙子，你弄啥呢。不关你的事，你吃你的，我们今晚非把这个女的弄了。赵三虎酒醒了一半，看来今晚不出手就要出事，我宁愿自己受伤，也不能让妗子受辱。想到这里，赵三虎大声喊道，妗子你别怕有我呢，赵三虎在这里，谁敢骚情我就废了他。魏冰倩听见赵三虎的声音，壮着胆喊了一声，三虎救我，就腿软了，像一摊泥似的坐在了地上。

赵三虎顾不了太多，他抓起一瓶酒，在桌子上一磕，"哗啦"一声瓶底掉了，啤酒四流，只见他猛扑过来，一把抓住一个壮实的小伙子，"嗖"的一下把破碎的酒瓶卡在他的脖子上。大声喝道，你是想死还是想活？大爷，你饶了我吧。赵三虎一丢手，那个小伙子转身就跑。另一个还想抵抗，他抓起一只凳子就朝赵三虎扑来，赵三虎侧身轻松闪过，顺势使了一个绊脚，一酒瓶就将其砸倒在地，第三个一看，我的妈呀，这人手黑，二话没说撒腿跑开了，赵三虎打了三个小伙子，又掀翻了店家的桌子。你也不是好东西，看见坏人作恶也不制止，看来你们是一伙哈怂。恶人先告状，那三个小伙中的一个还报了警，警察把这几个人都带走了。李秦川被从工地上唤回，卖烧烤的摊主也被传去做证，真相终于大白，小混混被行政拘留，正义得到了伸张。当李秦川从派出所领回妻子和外甥时，天色已经大亮，太阳从东梁上升起，地面上的积雪已完成融化，幸福小区新的一天开始了。

自从那次意外发生后，魏冰倩就有些精神恍惚，夜里，李秦川不回家她都不敢睡觉，特别是孩子们被两边的老人都接走后，她甚至感觉现在的她都没有女儿曦曦胆子大了。有一天深夜，李秦川还在身边，她被自己的梦境惊醒了。她梦到了一个节日，什么节日她不知道，她发现街道里人很多，从西头向东头走，在熙来攘往的人群中穿梭，她好像在寻找什么，又不像是在寻找什么，她完全没有目标，只好随着人流前行。忽然前面的人跑动了，她也跟着跑，听人说西渭桥边处决犯人呢。长这么大头一回看杀人，她走着走着有些犹豫，想起了鲁迅先生小说里的人物华老栓，想起了人血馒头，但对于这种能否治病的馒头她有了怀疑，她怀疑这么多人，一个普通人如何能走到跟前，而且能沾上犯人的血。走着走着自己的鞋子掉了，一只鞋子走路，不一会儿脚底就起了泡，走路一瘸一拐。魏冰倩是没有见过西渭桥的真实模样的，她从李秦川的描绘中约略知道一些，但这座记忆中的桥梁还是在她的意识中满血复活了，桥面有四车道，桥桩坚固高大，铁木混合的结构，使桥面筋骨浑实。河水出奇的大，她感觉桥身在剧烈地颤抖，桥面上密密麻麻的人群，有增无减，这时有人喊叫，有人落水了！这个声音太微弱了，在如此强大的鼎沸人声中，即使他身边的人也不一定听得清楚。人们集体拥挤着推搡着，不断朝前走，直至什么声音也没有了，河水仿佛停止了喧腾，人们也好像一道销声匿迹，这时才有人证实的确有人落水，但已经成了水族世界的一分子，魏冰倩为这素不相识的生命而嘤嘤哭泣，假如有一天自己掉入河流恐怕也是这个结局，她哭了，哭声由小到大，竟至于号啕大哭。

"我的神，你一晚上哭啥呢？"李秦川问她。

"哭命呢。"魏冰倩随口说了一句，不好意思地擦了擦脸上的泪痕。

"看把娃恓惶的。"

"你还笑话我哩，人家都快被吓死了。"

"哦，这么厉害？"

李秦川说着紧紧地抱住了妻子，魏冰倩亲热地应和着丈夫。

过了一会儿，李秦川对妻子说，我想到拘留所看看那三个娃。一听这话魏冰倩脸色陡变，你还有血性没有。李秦川说，当然有，放到过去我一定会斤斤计较，让他们吃不了兜着走，可反过来想一想，这些娃娃都是咱小区的娃，周围农村的哈哈毛病还在，教育一下是应该的，但也要给出路，让他们改过自新。我跟你说个数字，截至目前，咱街办已拆迁 16 个村，3624 户 16502 人，已安置 9 个村，1648 户 7270 人，在建安置房第二期工程 74 万多平方米，计划建设第三期工程 66 万多平方米。到时候就不仅仅是咱街办 3 万人，可能要达到 8 万~10 万人的小区规模，那就是一个小城市了。农民进楼房容易，但真正让他们成为有一定素养的城市居民还有一个过程。魏冰倩说，道理我都懂，但任由让他们横行霸道，这不是个事情，今天是我明天就可能是另外的人遭殃，这股子歪风不能纵容，不能姑息迁就，必须严厉打击，否则咱这个小区就没有宁日。李秦川说，我已经跟所长说了，他们会加强夜间巡逻，还与保安携手加强小区安全，摄像头也会增加到各个角落。李秦川去看守所看望了三个后生，所长陪同着。那三个小子一看见李秦川来了，连忙磕了三个头，秦川叔，你大人不记小人过，我们有眼不识泰山，我们根本就不知道是我姨，我仨肠子都悔青了，叔，你打我们耳光吧。李秦川说，我和你们爸都是弟兄，多年的朋友了，谁知你们一个个不成样子，别说是你姨，就是咱辖区的任何一个妇女，外边的任何一个妇女，你们也不能欺负，是个爷们就要堂堂正正做人，欺负女人算什么男人，小伙子，叔把话留到这儿，就看你们今后的表现。叔，我们再也不敢了，叔，你放心，我们再改不了，就从咱这里消失，再也不见家乡父老。

　　这件事情李秦川以自己的方式处理了，把影响控制在一定范围之内，可事后让丈母娘吴淑芬知道了，她不依不饶在李尚林家里大吵大闹。李秦川对吴淑芬说，妈，这件事情已经过去了，你现在提它没有多大价值。吴淑芬说，没有价值？我娃叫人家欺负了，你瞒着我连一个屁都不放，你还讲究自己是什么人五人六呢，把自己老婆都弄丢了，你羞先人呢！张凤梅说亲家母你讲讲道理，事情没有你想的那么龌龊，娃好好的啥事情都没有，你非要漫天宣扬，唯恐小区人不知道。知道了好呀，知道了就跟你娃离婚，不过咧，这日子还能过吗？魏冰倩听说她妈闹事来了，赶紧从楼上跑下来，她把吴淑芬拉着就朝外走，吴淑芬边走边喊叫，叫人家把你都强奸了还在这里装无辜呢，你不要脸我还要脸，唉，我这老脸都不知道往哪里放！你胡说啥呢，有你这样的妈没有？给自己女儿头上扣屎盆子，你安的什么心？吴淑芬说着就动手打魏冰倩，李秦川拦住了吴淑芬，有话好好说，你不能打人。吴淑芬一看李家人多势众，便开始撒泼打滚了，她躺在地上故意哭喊，救命，救命！李尚林父子行凶打人哩！救命呀！事情本来已经风平浪静，经吴淑芬这么一闹腾，一栋楼的人都知道了，没有多大影响的一件事，经她这么一宣扬，一小区的人都知道了，吴淑芬失事闯祸还不认账，把魏安定气得三天都不吃饭。

魏冰倩几天都没有下楼，母亲对她的伤害像万把钢刀直刺她的心窝，她说，迟早我要被这个老太婆害死。她的心太歹毒了，总想置我于死地，我甚至都怀疑她是不是我的生母。李秦川劝慰她说你母亲你能不了解，她就是那么一个人，你问她说什么话了，她光图自己高兴，逞一时之快，兴许自己都忘记了，可给别人造成的伤害就大得去了。一天下午，她过来跟咱妈说，大嫂我咋听谁说小区里人传冰倩叫人那个了，这是谁在胡说八道，没屁放了。你看看胡说的人在问谁在胡说，能说清楚吗？

四十九

李秦川没有想到环山路二期工程一波三折，正在进行的施工被叫停。由于规划调整这条路将重新升等设计，原来的四车道将变六车道，而工程何时上马，只有耐心等待了。这类工程一般都需承包方大量垫资，李秦川叫苦连天，他一方面要为垫资款项付息，一方面还要担负工程机械、材料及人工费用。工程只要动着就有希望完成，等验收扫尾，就不会欠大家的钱，一旦停工，后续麻烦就会接二连三，连续不断。李秦川陷入了空前的困境，他把自己的挖掘机、铲车、卡车都卖了，还差一大截，实在无奈，他又卖了他的奥迪A6轿车、丰田越野车，还借了亲朋500万元才堵住了窟窿。现在家里就剩下他媳妇魏冰倩的那辆大众途观了，他没有给家人细说自己前所未有的窘境。实际上，他已经一无所有，噢，要说有就是一身债务。他在自己一个皮包里发现的最后一笔钱，一张10万元存款，他忘了是什么收益，他给了外甥赵三虎，让他和媳妇闫晓聪开个烧烤摊，有这么个营生，就可以养活一家人。

李秦川失踪了，几个月都不见人影子。有账户跑到李尚林家找他，还有人找魏冰倩要钱，一家人为他担心。这几年因为债务缠身，老板被绑架、被软禁的事情多有耳闻，李尚林和张凤梅夫妇心急如焚。但生活还是要过下去，娃娃还要吃饭穿衣，年近八旬的李尚林骑着电动三轮车卖烟酒饮料，他每天早晨天色熹微就出发，走街串巷跑工地，哪里人多就往哪里跑。张凤梅和儿媳魏冰倩也摆了个凉皮肉夹馍的摊点，起早贪黑苦苦挣扎。正在城里读初中的李朝曦也转学回来，她的家庭无力支持她在大城市读书，孩子懂事了，她帮母亲做杂务，在小区附近上中学。人们用异样的眼神看着这一家人，瞧，鼎鼎大名的有钱人李秦川，把他家人都整成了啥样。真是三十年河东，三十年河西，前头的路黑着呢。

李秦川走了，他没有去修身养性，也没有陶醉在书画天地，他是去受自己的罪，他跟人跑大车去了，他准备下十年苦把账给人还上。开始还比较顺利，老板给钱也痛快，后来老板经常给他挑刺，有一次在半路上吃饭，老板欺负一位很有姿色的女服务员，李秦川看不惯，上前制止了他。他说老兄，你都是大地方来的人，啥样的女子没见过，你看这小地方女人黑不溜秋的，你还有这个心思，我把你劝了。老板很不高兴，当即跟他翻脸。李秦川，你别狗拿耗子多管闲事，我是可怜你，你还以为你是什么东西，怜香惜玉，你也配，从今天开始，你给老子滚蛋！车子行进到半路，老板强行让他下车，他被抛弃在这个山区，一个陌生的地方，他步行到了一个村里，人生地不熟，被一位善良的老人收留。李秦川生病了，感冒发烧，没有一丝力气，老人找当地的中医给他治病。有一天，他好得差不多了，正打算离开，他见到了那位服务员，她是老人的孙女，老人让孙女带他去县城。孙女正好去县城买东西，路过顺道来看爷爷。你叫什么名字？我叫李秦川。你呢？我叫唐芷兰。这个女人大方开朗，她的笑很甜。李秦川发现山里女人都有这股清幽的味道。你是山外人，我看你是个好人，和他们不一样，他们总想占我便宜。女人主动给他介绍自己的情况，她是那家小店的老板娘，她有一个女孩，是她死去那个丈夫的，现在这个是她第二任丈夫。你怎么跟他们一伙，这伙人的心黑，你跟他们都不一样。李秦川苦笑了一声，一言难尽。女人看出了他的心思，你不想说就别说，我们也许有缘，要不怎么会遇上。李秦川问这里车好坐吗？这里是深山不通车，我们平常只能坐林场的卡车，还要人家方便时才行。那你们怎么去县城？我们走近路，翻过这道山梁就上了公路。李秦川说，我叫你唐芷兰，行吗？客气啥，行。你是平地上的人走不快，你跟着我，我们爬惯了山。李秦川气喘吁吁，坐在半山腰，望着已经甩了自己几百米的唐芷兰。快点，蜗牛！就来，我不信赶不上你。前面有一山洞，洞中供奉着菩萨，唐芷兰说，如果看见菩萨吐白烟，你去拜她，就会很灵验。李秦川抬头一看，山洞在云雾缭绕的山中，那雾气一会儿左，一会儿右，他看雾中的女人，听她银铃般的笑声，追随她的脚步，总有一种似曾相识的感觉。在洞里她先三拜九叩，李秦川也学着她的样子拜过，她给功德箱里投钱10元，他给功德箱也投了，不过他投的是一张红版。出洞后，唐芷兰重新打量了他一番，你到底是干啥的？我就是一个下苦人。哈哈哈，你当我是瞎子，你是一个干大事的人。李秦川止不住也笑了，我都穷到了这个地步，还什么大事小事。君子穷且益坚，不坠青云之志。哦，这女

183

人竟然说出了这样的话，她也不是平常人家的孩子。哈哈哈，我上过高中，结婚早，就把自己耽误了。

他们上了公路乘公共汽车去了老镇，这是一座县城遗址，虽然赶不上新城，还是有着几百年的文化沉淀。唐芷兰要在这里做身旗袍，她说你在街上转转，我做好了找你。姐妹们嘲讽她，兰凤凰这回又跟谁好上了，别胡说，人家是正经人，落难了。咯咯咯，公子落难，正好呀。唐芷兰脸色绯红，不再言语。李秦川并没有走远，他感觉云盖寺就在附近，自己也好像踏过这条街，前面的饭店他也去过。李秦川暗自高兴，到了县城他就知道路了，你不信宿命嘛，你看，这不，自己糊里糊涂就到了这里。

去县城的汽车出发了，一路上唐芷兰摆弄着自己的新衣服。她说着自己春天的计划，她想去省城看大雁塔、小雁塔、兵马俑，李秦川说你来吧，我领着你转。那我先谢过了！汽车进县城时，已到下午三点半了。唐芷兰说，我先去拜访我家一个姓陈的亲戚，看一位90多岁的老人，你去不？你要不去就在外边等我，然后我送你去汽车站。李秦川说，不，我和你一块去。李秦川还备了点心、水果，唐芷兰一脸茫然，我家亲戚你买什么东西。李秦川浅笑着，不言不语。进得门来陈老太太热情招呼他们，秦川呀，你们咋遇到一块了？唐芷兰不解地问姨婆，这……这到底是咋回事？这是你西西姨的朋友，你应该叫人家叔叔。

在陈老太太的一再挽留下，李秦川住在了陈家。唐芷兰乐呵呵地回家了，她有自家的生意要打理。晚上陈老太太对李秦川说，我家西西对你一片痴情，可你们又不能在一起，她出外了，一时半会儿回不来，她临走让我转交给你几样东西。我都不信，你会来我这里，她说到时候你一定会来的。秦川呀，你老爷是个人物，我一直想拜望他，可惜他走了，你到祭祀时也替我问候他一声。你就说那个香炉是个无价宝，我收到了，你老李家看得起我这山野之妇，我也帮你一回，听唐芷兰说你现在情况不顺。李秦川没有想到陈老太太说她侄孙是这里的公路局干部，她让李秦川去找找他，看还有没有机会。事情办得比较顺利，移民搬迁工程任务重，时间紧，山区道路建设正缺少像样的工队，李秦川的工程队有资质、有经验，公路局派人考察后，决定让李秦川参与招标。招标工作一路绿灯，最终中标，李秦川从心里感恩陈家母女，陈尹西给他留下了一张卡，卡里存有300多万元，还有她的房间钥匙、车钥匙，她的奔驰轿车在车库里，她的奔驰越野在4S店里暂停，陈尹西留下了一个纸条，上面写道：亲爱的弟弟，当你看到这张条子时，我已漂洋过海去了世界的某个角落，我的卡是给你救急的，若对你有用我心甚慰，不过我要收利息，我不养懒汉，瞧不起没有志向的人。我的房间和车都归你使用，在你遇到困难的时候就在那里避风，因为我就在那里，我们一起面对，落款是"爱你的西"。

真是东方不亮西方亮，北方不亮有南方。两年后，李秦川干完了移民搬迁工程中的一段最难修的山区道路项目，同时承包了县城一段地下管网工程，还与唐芷兰合作经营山货生意。李秦川想起了他老爷李西周的话，挣钱一万神鬼各半，他没有自己顾自己，他将自己的工程进行了合理分工，基础工程使用当地民工，有技术难度的使用山外民工，管理团队是自己公司的骨干，自己身先士卒，坚持一线指挥，与工人打成一片，收到了良好的效果。魏冰倩前来工地探亲，也不是来当老板娘的，她给工人做饭，帮职工洗衣服，完全就是一个普通劳动者。有一次他受邀去北京参观，观看了庄严的天安门前升国旗仪式，瞻仰了纪念堂伟人的遗容，给老人家敬献了鲜花。因为工地上出现了山体滑坡，情况紧急，他必须立即返回，因而错过了参观故宫、登临八达岭长城的机会。人常说不到长城非好汉，到了长城跟前也看不成，李秦川只能等下次了，现在他满脑子都是他的工地，他的工人，他深知什么也没有人重要。在弯弯的山路上，在幽深的河谷，在溪流的出山口，他感到了从没有过的亲切，他俯下身子喝一口清冽的山泉，用胳膊擦拭了一下嘴巴，忽然他发现一个小河沟里一只小羊正在奋力向上攀爬，却又一次次滑落下来，他向小羊伸出了援手，自己下到沟渠，用力把小家伙推上去，小羊一直看着他，直到他走上公路，它才蹦蹦跳跳地在牧羊人的鞭声中消失。回到工地，李秦川发现灾祸已经得到控制，几个轻伤民工已经住院治疗，几台工程机械被压在山底，算是比较大的损失。李秦川让助手分头察看情况，自己亲自慰问民工，并去当地访问专家。返回的路上，天色昏暗，阴云密布，李秦川又发现了那位牧羊人和他的羊群，牧羊人有 70 多岁，他笑着说，你快给山神庙烧个香，就平顺了。李秦川大声说，好——我马上去！这时他发现一只小羊跑出羊群，咩咩叫着，一直跑到李秦川的跟前，小家伙用头轻轻地摩擦着李秦川的腿，他蹲下来亲了亲可爱的小羊，并不住地摩挲它的头部。

李秦川拼尽全力，终于偿还了自己的全部债务，他连本带息给陈尹西卡里存了 500 万元，把她的那辆轿车也放回了车库，那辆越野车因为有了剐蹭，他权且留作自己用了，等她回来后，他准备送她一辆新车。他的"秦川路桥工程有限公司"能够打个翻身仗，多亏了陈尹西的资金和她母亲的帮助。人想人，想死人。多少次，一想起陈尹西大姐，李秦川总是激情难遏，她在他的心中，还是那么鲜亮，那么分量十足，或许在遥遥的宇宙中，那个放射着幽幽蓝光的宝石戒指，仿佛具有某种神奇的魔力，它随时随地沟通着他们，导引着他们，说起感恩来，透过"魔戒"的光亮，穿越时空的阻隔，他的眼前似乎总是浮现那样一个清晨，那个高挑的身影，在睡眼惺忪的山涧，在白雾飘浮的河谷，在遥远海滨的波涛之上，向他频频招手，他的梦中人犹如微风轻拂树叶的悦耳絮语，沁入他的心灵，与他同在，是啊，这是一个生命对另一生命的信托，这是一个生命与另一个生命的合而为一。

五十

燕低兆雨，燕子在小区，翻飞不已，天气有些闷热。一群小区人在草地边沿的座椅上拉闲话。这里微风习习，树叶飘摇，有一种别样的况味。打不死的李秦川，又起来了。喔人，不一般，有心劲，听说去年在外边把钱挣了。在环山路把小伙烂进去了，一下子赔了不少钱。人家外边还有个媳妇，能行得很，是个富婆，那个女人俊样，她戴了副金丝腿眼镜，那气质就是牛。李秦川媳妇也毫不逊色，她的身材生了两个娃都没有走样，模样人见人爱。你说的是那个医生，来过咱村，长细麻条身材，留个剪发头，头发顺溜得很，鼻子高高的，眼睛滴溜溜地转。谁也弄不清人家的底细。现在幸福小区里的人，秦庄的，邻村人，还有夏村的人都在议论李秦川。

"你没有见李秦川那个势呀，这回开着奔驰回来。"

"听说还有一个女的跟着，这货有女人缘呀。"

"小伙子咸鱼大翻身。"

"人的命到骨头里，你服不服？"

"说啥哩，娃也是自己下苦挣的，又没偷没抢。"

"不吃苦中苦，难为人上人。"

李秦川一回家，带上媳妇娃先给他老爷李西周上了坟，又去公墓烧了纸。接着给几个老人做了体检，还走了几家亲戚。丈人魏安定是个心中有数的人，见了女婿，他虽然言语不便，但一个劲地点头，脸上洋溢着快乐的神采。丈母娘吴淑芬，看起来满脸堆笑但心口不一，在女婿失踪的这段时间里，就数她的怪话多，她多次鼓动女儿离婚，

187

她曾对女儿说，李秦川八成死到外边了，你就一辈子守活寡！

肖河古道，晨雾似烟。谁会想到李秦川又成了李秦川，世事难料，管他呢，人就是这么现实，快乐总比忧伤珍贵。那些逼债要账给脸色的人也变了模样，有的还要请李秦川吃饭，有的换了一种口气说，我早就说了李秦川这娃实在，你看不是按我的话来了。有的干脆就对李秦川大加赞赏，要我说，人的本事不是一两天练成的，这娃就是咱肖河道的人尖尖，无人能比呀。这次回家，李秦川没有过去那样的大方了，他不再招呼那么一帮人海吃海喝，他对困难中帮扶过自己家的人，以礼相待。有时候也在外甥的烧烤摊上吃饭，或者在自己家的凉皮店给媳妇打下手。姐夫还在建筑工地打工，姐姐给小区打扫卫生。生意做遍不如卖饭。是呀，一间小店关键时刻养活一大家人。父母的小三轮车也起了作用，它不添斤也添两，一家人都为了生活而奔劳。有时想到丈母娘他还替她难受，一个这么要强的人，偏偏屁股上绑定一个病人，你说她累不累，她跟谁诉苦去。仅从这一点看她没功劳也有苦劳。尽管她说话十三不靠，但心底里总是替女子着想，虽然爱钱，自私，却不是铺张浪费之人，也没享多少福。这些天尽管大家都议论自己，但他似乎感觉自己没有多大变化，自己没有丢人，兑现了自己的承诺。我思故我在，幸福的人是会思考的人，善良、勤劳、诚信这是人应该具有的品质。

唐芷兰和丈夫到省城来游逛，李秦川和魏冰倩作为东道主陪同。唐芷兰非要来看望李秦川的父母，接待唐芷兰的宴席设在渭水城，一个20座的大包厢，李尚林和张凤梅老两口，魏安定和吴淑芬两口子，赵长春和李秦赢夫妇，赵三虎和他媳妇，以及孩子们都参与了。那天魏冰倩提出大家合影留念。照了集体照后，又分别照了几张相，几个老人照了相，孩子们照了相。最特别的是魏安定让女儿、女婿与他们夫妇及两个孩子曦曦、阳阳照了全家福。唐芷兰在渭水没有停留，她和丈夫急着要回家。送走了客人，大家在李秦川渭水的房子里喝了会儿茶，赵三虎先回，李秦嬴说我坐你舅的车，后边就回来。李秦川带上父母、姐姐和女儿曦曦一同返回。魏冰倩车上拉着父母和儿子阳阳，她是最后走的一辆车。大家都走了之后，吴淑芬去了一趟厕所，魏安定从自己的房里拿出了一张纸，塞进女儿的提包。

那天夜里，李秦川回夏村了，村上过事他去帮忙。魏冰倩几乎一夜没合眼，阳阳有些低烧，小孩子饮料喝多了，吃得不合胃口，这娃难经管得很。曦曦跟她奶奶睡去了，她现在是爷爷奶奶的掌上明珠。魏安定半夜三更上厕所跌倒了，好不容易才挣扎着起来了，回到床上就感觉不行，他想喊叫老伴，那天吴淑芬冰红酒喝多了，正呼呼昏睡。魏安定知道自己可能熬不过去了，他头疼得要命，浑身抽搐，黎明前后，他试图发出最后一个音符"倩——"，但他没有成功，语言已经没有任何穿透力，声音仿佛被屏蔽，他的生命幕布缓缓地拉了下来。

李秦川的丈人魏安定去世了，这位病魔缠身的老人，终于走完了自己的生命历程，那一年他73岁，据说是个坎，他没有迈过去。秦庄人都来了，夏村人也来了不少。李秦川问吴淑芬，妈，你看咋办？吴淑芬说，我的心都乱了，你说咋办就咋办，你跟冰倩办去。李秦川让人联系火化，自己与妻子去公墓看地方，赵三虎带人搭棚设灵堂，两个村的管事人安排具体事务。小区物业主动配合，把偏门打开，便于客主进出。安葬日，时值夏季，大雨如注，人们冒雨把这位老人送到了公墓。李秦川丈人去世，他在小区待了三天客，魏家亲戚不多，主要是李家的客人，两个村的人，还有李秦川的朋友。李秦川给丈人请了专业剧团，秦腔戏演了一天一夜，小区的人冒雨看戏。你说这雨怪不怪，那天前半天还雨水淋淋，泥水浆浆，后半天就红日当头了。这魏老汉仔细人怕花女婿的钱，停了三天丧，雨下了两天半。

安葬了父亲，魏冰倩的心逐渐从哀痛中平静下来了。一次她在自己包里发现了父亲那天给他包里塞的纸条，原来是一张存折，上面有3万元，她明白了，那是父亲的私房钱。他仿佛预感到了自己生命的

189

大限，魏冰倩不由得又哭了一场。爸爸呀，我可怜的爸爸呀，你临老还放不下女儿。魏冰倩把这笔钱交给了李秦川。他说这是爸的遗产，是爸的心，他一直心上有我们。

丈夫的离开对于吴淑芬的打击也很大，她几次哭得昏迷不醒，她那边哭边骂的神情让人感觉她的神经似乎受了刺激。在丈夫的灵前，吴淑芬坐在地上哭喊，老鬼呀老鬼呀，你早早去了，留下我一人咋活呀。

安葬了丈夫魏安定，吴淑芬始终没有提一句钱，也没有对李尚林一家，对帮忙的村人说一个谢字，而且她把所有的礼钱、礼品都收到她跟前。李秦川没有一句怨言，魏冰倩也不好说她母亲什么，她只能是我痛苦，我呼吸，我感觉，把一切都埋藏在心底。

幸福里

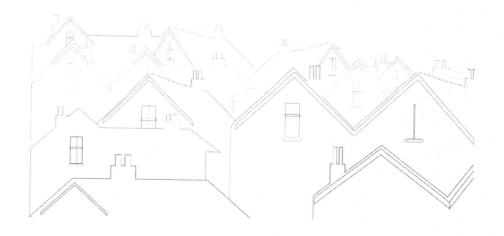

第 十 章

五十一

百花齐放，春意浓郁。早上 10 点刚过，吴淑芬接了个神秘电话，对方说是公安局的，问她是否叫吴淑芬，让她向外边走，不要跟别人讲，对方声称据他们掌握的情况，她涉嫌文物诈骗，准备给她立案，一旦立了就不得了。吴淑芬吓得不知所措，忙问对方有啥办法？对方还未答话。只听门铃声响了起来。挂了，随后联系。魏冰倩进门后就说，敲门半晌你咋才开。我接了个电话，说是公安局的。魏冰倩笑着说，妈呀，你千万别上当了，现在骗子太多。你咋一个人回家来了。魏冰倩说，我想办个饭店，看你愿不愿参股，当然大头是秦川出。一

191

听说集资筹钱，吴淑芬连忙摆了摆手说，好我的瓜女子，你妈是个穷人，手里没钱。魏冰倩轻松一笑说，那你就把钱攒着自己慢慢花。妈，我再跟你商量个事，你看我要办饭店，你给我带一带娃，总可以吧。我身体不好，带不下来，你还是让秦川他妈带吧，我从此后要活我自己，跟你们李家人老死不相往来。李秦川他妈嫌弃我，说我挑拨你俩关系，这是谁说的话嘛，我能说叫你俩离婚的话吗？我也就是随便一说，她还较上真了，真不是个好东西。妈呀，我把话说到，不管咋样我都管你，你有事情就跟我言语一声。魏冰倩在自己母亲这里碰了一鼻子灰，心中很沮丧，她心想：我的这个娘呀，不帮忙都可以，只要不添乱就万事大吉了。

　　一个周末的日子，跟随着踏春的人群，李秦川和魏冰倩，带上孩子去汉中赏油菜花。本来他们想带着三位老人一道去，李尚林和张凤梅考虑年龄大不便前往，吴淑芬也不愿意去，她跟女儿有些矛盾。这天下午，在幸福小区门口，吴淑芬遇见了几个陌生人，他们说是找李秦川的。吴淑芬没有多想就刷了进门卡，把人带到了李尚林家门口。李尚林一看领头的那人文质彬彬，说话也和气，就问你们是哪里的，找李秦川什么事，你有事给他打电话。那人说我们是省上的，是帮你儿解决环山公路工程问题。李尚林说，这个事情我们都不知道。老人家你也不要多心，你儿在这个工程上跌倒了，赔了不少钱，这个我们都知道。现在有个机会，工程马上就要启动了，我们在上面有关系，咱们合作一把拿下这个工程。如果你们不愿继续干这个工程也行，咱还有补救办法，你们前期干了不少活，投资了几百万，我们可以为你们讨回一部分资金。那人绕来绕去最后才说明了意思，我们这些人替大家分忧解难，也需要几个吃饭钱，老人家你说是不是？你说得多少？老人家，我看你儿也不在，今天你们就给个吃饭钱，给两万元。李尚林有些心动，张凤梅感觉不靠谱，正犹豫不决，吴淑芬说舍不得孩子套不住狼，啬皮鬼，你家那么有钱还在乎区区两万元，到时候要回来几百万，哪个多哪个少，傻子都会算这个账。来人被吴淑芬说得高兴了，看来这女人还替自己说话，他后悔自己要少了，要不再提一下。大叔，我们也说了半天，你就真的不动心？你儿子的血汗钱，还有银行的钱，朋友的钱，弄不好你娃还要受法呢！这一招果然灵，李尚林有些怕了，他跟老婆说，拿钱拿钱，破财消灾。张凤梅说没有现钱，钱都给三虎了，他去给饭店买家具。哦，你看我忘得死死的，我给三虎打个电话。那人变色说道，不准打！正在这时两个小区保安敲门来了，李尚林开了门问有啥事？保安说，刚才有人反映小区进了三个陌生人，从监控室看到他们去了你家。你们三个是什么人？为什么不登记？过来，去一趟保安室。原来是三个骗子，公安局正在通缉他们，被保安逮了个正着。经此一事，李尚林感觉自己确实老了，辨不来是非真假了，要不是小区保安及时来到，还不定要出啥事，想起来都叫人后怕。李秦川说现在骗子贼多，花样五花八门，防不胜防。

李尚林让儿子给他买个老年机，他不用什么现代化手机，也不需要各种卡，上面骗人的鬼道道太多，他弄不清楚。吴淑芬这次太过分，她接二连三做蠢事，丝毫不知愧疚，反而引以为荣。她把一个别人对她的诈骗电话，穿凿附会成了李秦川的事，不知是她的表述有问题，还是有人喜欢造李秦川的谣。一时间大家都疯传李秦川涉嫌诈骗，正在接受调查。有熟人不断打电话刨根问底，李秦川笑着说，流言止于智者，我家里就有纪委的人，我哪里敢动弹一下。

五十二

树大招风，无风不起浪。社会上关于李秦川挣了大钱的消息不胫而走。不法分子开始惦记上李秦川的家庭了，他感觉到了危险，对两个孩子和两位老人都特别嘱咐，不要单独去什么地方，不要跟陌生人说话。小区这里防之又防，夏村的宅子还是被盗。犯罪嫌疑人用卡车把他家的楠木旧家具、字画、瓷器一股脑儿全搬走了，唯独剩下了一个黑脏黑脏，十分不起眼的香炉，躺在脚底一堆垃圾中。这伙不法分子交代，他们听说李家有金马驹，最后没有找到什么，就顺手牵羊拉走了那些东西。

李秦川一个礼拜没有回夏村，就发生了被盗事件，这又成了小区的一大新闻。这伙哈怂是在省城公开拍卖赃物时被抓住的，同时招供了他们还偷了李家一事。李家是大户，要不是贼娃子登门，咱们谁知道人家还有未出世的金马驹。这李家人，不是后辈人厉害，别的都是浮财，人家有硬货，底子厚得很。有人说起了李家祖坟，头枕北蟒山，脚蹬肖河川，在风水宝地上。还有人说起一场暗斗的故事，人性的阴暗就在于嫉妒，在于笑人无恨人有，谁家也不能抢了我家的风头。类似于皇宫的巫蛊术也流传于民间，有些人总思谋着在别人家坟地做文章，据说李西周家后期脉气衰竭就与这等怪事相关。穿凿附会是解释学的本领，对一件不可思议的事情，人们总希图有个说法，然而不少事情是没有说法的，至少在当下。你就说李西周老人活了百岁以上，他的儿女却不见得长寿，几个女子、大儿，一个个都是只活了60多岁，没有超过70的，难道他大没有给他们传基因？说不准啊，那人家五太太的娃——张渭滨还活着。

人在世上行走，说人的人需要勇气，被人说而不改志向的人则更需要勇气。当一件件东西神奇归来时，李秦川深情地抚摸着它们说，不是谁家的东西，你偷也偷不去，我的老爷呀，重孙儿差点把您的宝贝弄丢了。他整理老爷住过的房间，发现了那只一直不受青睐的香炉，家里这种玩意太多，有瓷器的，有铁的，还有铜的。他想看个究竟，就倒出了一堆香灰，这一倒不打紧，他竟然发现了一对翠绿泛白的玉马驹，我的神，原来传说不虚！老爷呀，李秦川给您下跪，这是您老显灵啦。李秦川重重地磕了三个响头，以致额头都青紫了，他都没有感觉疼痛，一点也没有。

李秦川席地而坐，仔细把玩这对青玉马，但见此物通体莹润，是一对圆雕战马，马儿张口露齿站立，鼻孔翕张，神态逼真，栩栩如生。再看那香炉，三足鼎式铜炉，为大明万历年制。看来老爷的屋里尽是好东西，像各式笔洗、笔筒、砚台，紫檀插屏，剔红荔枝香盘、纹香盒都是世上少有的精巧制作。李秦川这时想到了一句话，独乐乐不若与众乐乐，我何不把这里建成"肖河堂"李氏家风馆，让它发挥点作用，按照私人建设，村庄管理，收费交村上，雇人看管、打扫卫生之用。那天晚上，他打算住到夏村，这几天他睡不安生。这样想着忽而发现了妻子的微信，你在哪里呢？他回复了。妻子说，我追你来了。呵呵呵！魏冰倩已到门口。儿子照例被爷爷奶奶接走，大女上高中住校，儿子上小学。你咋像个跟屁虫似的，一刻也离不开。就是的，就是的，你想甩了我没门。这一夜，李秦川给魏冰倩讲他的肖河堂，他的家风传承，魏冰倩却想着自己的心事，她想再生一个孩子，当然，她并未放弃自己的饭店，她的店还要做下去，她计划着儿子上小学后，再生一个捣乱鬼，所以她正在不失时机地抓紧时间造人。李秦川说，你咋总是吃不饱？哈怂，我这是颗粒归仓，省得你在外边学哈。李秦川夫妇完成了他们的使命。魏冰倩说，夫君，我给你按摩一下，看把我男人累死了，按着按着李秦川突然翻了个身，他说我也给你按按。他底下那个知冷知热的，骤然间发了脾气，魏冰倩兴奋到了极点，他们从床上滚到了地上，云雨风情，呼儿喊叫个不停。我的妈呀，你个驴客，今晚都五回了，看把人累死了。哈哈哈！李秦川拿出了那对青玉马驹，他对媳妇说猜猜看哪个是雌性的，猜中归你。那还用说，那个小点的秀气的。李秦川笑了笑说，咱老爷留下的，托老人家的福，你用链子串起来，这上面有串口，挂在身上避邪。两口子说说笑笑，到了天色大亮。李秦川要建家风馆的提议被村上采纳，县、乡两级都很重视，不过上级从全局考虑，从内容上作了加强，一楼将按古代篇、近代篇、现代篇三大部分，再配上前言、后记，而每一部分又分为历史名人的家风格言，地方名人的家风格言，夏村名人的家风格言。二楼为文物资料展，主要是肖河堂专展。门口立两个牌子，一个是夏村家风馆，一个是肖河堂展室。展厅多为当代书画家作品，或名人字画复制品，贵重物品使用复制品模型。当然，那对青玉马是玻璃复制品，香炉也换成了铁制品，瓷器增加了不少当代景德镇产品，家具基本保持原貌。村上将东西邻居四五户拆迁，建了停车场、餐厅、超市，还有一个小书屋。值得欣喜的是，夏村的李宅成了周边群众乡村游的一个好去处，几乎每天都有成百上千的人前往。村支书说我这村上光卖饭的店铺就有 20 多户，还有 15 家旅馆开始营业，主要提供临时休息，客人可以在这里喝茶、打麻将、吃简餐。

五十三

瓜无滚圆，人无十全。却说吴淑芬一天到晚像个怨妇，到处说是了非，搞得正经人家的妇女都绕着她走。吴淑芬自从丈夫去世后，先后跟熟人吵架闹仗，几乎到了无羞无臊、没脸没皮的地步。常言说饭饱生余事，话多必有岔。这女人就是一天到晚闲得慌，懒得慌，她不说几句风凉话，似乎就没了存在感。现在亲家母张凤梅是彻底跟她没话了，二人井水不犯河水，你走你的，我走我的，在公开场合，张凤梅总是躲着吴淑芬。这天早上，张凤梅骑电动车送孙子上学后，她刚进小区门，就发现一群晨练结束的妇女在一起拉闲话。这其中就有吴淑芬，她高声说，我就说过李家没有一个好怂，喔，李秦川弄文物被公安传去几回了。妇女们散了，各回各家，这吴淑芬我看真的脑子有病，哪有丈母娘一天到晚编排女婿的。我看李家人都好得很，啥都给你弄得倭倭也也的，身在福中不知福。冤家宜解不宜结，不气不愁活到白头。人敬我一尺，我敬人一丈，人敬我一丈，我敬人天上。

东虹日头，西虹雨。这天还真灵验，那天傍晚，西天之上，出现了一道彩虹，这是人们看到的最灿亮、最艳丽的夕阳景观，太阳像个圆圆的火球，一会儿一个样，转眼就变得缺了一块儿，万道霞光与泾河水雾交织，地面的热气蒸腾而上，骤然出现了跨越河流的一道虹桥。第二天早晨，约莫8时，天下起了蒙蒙细雨。这时有一辆公用车停在了小区门口，亮证，小区保安引领，李秦川被纪委带走询问，这是真的，很多人见到了雨中的一幕。吴淑芬呆呆地站在楼下，任凭雨水浇头，我……我没告你呀，秦川。当她看到女儿魏冰倩的眼泪时，自己也哭了。李秦川回头微笑着，没什么，就是问一下事情。怎么会这样？李尚林有些眩晕，他站立不住，老伴扶着他，一家人的心都被这事煎熬着。

城门失火殃及池鱼。大城市里倒了一个吃官饭的，小城里就赔了一个王老板，王老板为了立功供出了李秦川。这是异地办案，异地询问，家人开始不知把人弄到了何处。后来魏冰倩打听知道，李秦川被领到了A县，她托人送去香烟和酒，她丈夫喜欢吸烟喝酒，并给他送来了换洗衣服。谁知不到24小时，李秦川出来了，只是限制外出，居家等候消息。李秦川还是回到了夏村，二楼他们的房子还留着，他先同妻子一起上坟烧纸，这是他的规矩，事情无论好坏，他都要跟他老爷李西周谈谈心，在那坟地上坐一坐，他的心才觉得自在。魏冰倩说回吧，小区里一家人眼巴巴等你回家，李秦川说，媳妇啊，是我连累了大家，我有愧呀。你有啥愧？我交代了，过年给那人送过礼，两条烟，两瓶酒，一件瓷器。你是说王老板？对，王老板带着我一起见的那人，他们的交情不一般，咱心想人家把工程给咱这么大的事，咱能忘了人家？好在工程黄了，咱还赔了800多万元，这就叫想吃狗肉连铁索都搭上了。你这叫什么话，我看这是好事，你因祸得福。那个王老板就不是什么好货，人家一开始就给咱下套，拉咱下水，好在老天有眼，让咱脱了身。咱肚子没冷病，不怕喝凉水。身正不怕影子斜，脚正不怕鞋儿歪。魏冰倩劝慰着丈夫，她把他搂在怀里，他像个孩子似的乖乖地依偎着妻子。他仿佛回到了童年，听妈妈哼唱着古老的歌谣。

　　　　咪咪猫，上高窑，金蹄蹄，银爪爪。上树树，逮雀
　　雀，扑棱棱都飞了，把个老猫气死了。
　　　　小老鼠，上灯台，偷油吃，下不来。咪咪咪，猫来
　　了，看你下来不下来。

　　李秦川在妻子怀中睡了，尽管只有那么十几分钟，但似乎非常解乏，他站起来，又拉起了久坐的妻子。累了吧，谢谢老婆。你今天咋了，干吗这么客气。李秦川哈哈大笑，我能有今天都是有我的倩旦旦在支持着我，我心满意足了，够我的了。
　　回到小区时，已是下半晌。夏季，这个时间，人们通常都在午休。李秦川先敲了丈母娘家的门，这让魏冰倩大感不解。一进门，李秦川双膝跪地，魏冰倩去卧室叫醒了母亲，一看这阵势吴淑芬吓住了。秦川，你这是咋了？妈呀，你女婿给你赔罪了。吴淑芬丈二和尚摸不着头脑，这……这从何说起。李秦川说，都怪我虑事不周，当初你在城里住得好好的，是我自作主张，把你和爸弄到这里。接着是爸离世了，我没有好好照顾你，只一心为了自己还账奔走，让你既受丧夫之痛，又受冷落之苦，我不是个好女婿，妈呀，你发泄一下是对的，我给您赔礼道歉。李秦川说得入情入理，魏冰倩也一起跪下，她哭着说，还有我只知道我的儿女，没有替老妈操过心，妈妈，女儿好糊涂呀！
　　吴淑芬一把拉住女婿的手，激动地说，起来，起来，我娃起来，妈有啥气，我秦川能这么推心置腹跟我说话，说明我娃心上有妈，妈

知足了。吴淑芬又去拉女儿起来，她在女儿身上重重拍了一把，我的瓜女子呀，你也多嫌你妈呢。好了，好了，我比你婆母年轻，阳阳以后归我接送，咱啥话都不说了，我这张嘴给你们惹了一河滩事，我保证以后不乱说了，我娃还要做人哩。

五十四

李秦川到父母家时，天色已晚，李朝阳从沙发上一跃而起，他看爸爸妈妈回来了，连鞋子也不穿就下了地，爸爸亲一个，妈妈亲一个。儿子才几天不见就这么亲肠，他奶奶说，没良心的东西，哄我说他最爱我了，你爸妈一回家睁眼就不认了。妈妈，奶奶说得不对，我对你们都爱。我想考考爸爸，你们都不许说话。好了，爸爸听题。

有时落山腰，有时挂树梢。有时像圆盘，有时像镰刀。说的什么呀？月亮。好，还有，还有。麻屋子，红帐子，里边有个白胖子。花生。千条线，万条线。掉到水中看不见。雨点。

兄弟七八个，围着柱子坐。大家一分手，衣服全扯破。大蒜。不说了，他怎么全知道。你问他是谁教的。对，爸爸谁教的你呀？我妈妈。那么我问你是谁教的？还是你妈妈，哦，孩子被绕进去了。大人们哈哈大笑。不行不行，我也让妈妈教我一个，难倒爸爸。魏冰倩悄悄给儿子说着。阳阳信心十足地说，弯弯树，弯弯藤，弯弯藤上挂水晶。葡萄。不玩儿啦，大人咋这样？阳阳不跟大人玩儿了。

这天夜晚，魏冰倩说要去娘屋里睡，李秦川说他要在他父母家睡，爷爷问阳阳睡哪里，阳阳一摸头说我回楼上。大人们都笑了。这天晚上李秦川与妻儿破例在丈母娘家睡了一宵，吴淑芬嫌自己屋子乱，怕女婿笑话，李秦川说自家老人有什么嫌弃的。魏冰倩连夜收拾厨房，李秦川打扫卫生间，吴淑芬自己赶紧收拾房间及客厅，只有小捣蛋鬼阳阳，把客厅弄得乱七八糟。

一天午后，秦岭山里有了消息，李秦川的工队在那里出了名，他们的工程受到了表彰。有朋友建议他们稳扎稳打继续在那里发展，李秦川现在身不由己，他必须给人家请假，否则不得外出，所以只得舍弃了这个机会。他从侧面知道，因为这项工程干得漂亮，陈老太太的侄孙得到了提拔，他去外县当了一个副县长。李秦川感到非常欣慰，他毕竟也挣了钱还了债，这不是最好的结局吗？

失之东隅收之桑榆。李秦川没有再去秦岭山里包工程，却在肖河古道入泾河口一带承包了一座荒沟——槐树沟。这条沟上下大致6000多亩地，其中包含一个废弃多年的垃圾填埋场，占地约1000亩地，50年租期，租金500万元，一次性付清。槐树沟这块地皮很特殊，位处渭水、石安两县交界，它属于石安县农业局直接管辖，原来是一个国营农场，叫红星国营农场，有数百人在这里劳动生产，沟里至今还有他们住过的窑洞残迹，省城的不少知识分子曾在这里种田、放羊、挂粉条，后来农场因经营不善而破产倒闭，荒废至今。一提起李秦川承包槐树沟这件事，人们评说不断，各抒己见，但持否定意见的人占上风。这瓜怂娃头叫门挤扁了，没事干了，给槐树沟扔钱。这娃挣了几个钱就烧包得很，你也不看看这沟里有水没有。困龙出鳖的地方，你还想弄啥，异想天开，有你娃哭的时候。李秦川对家人说干工程挣钱快，但总有干不动的时候，而且这玩意儿有风险。做饭店生意是个不错的选择，但长远看生态、休闲、娱乐是个方向，所以我想三管齐下。李秦川按照自己的战略思维，一步步朝前走着，而魏冰倩把自己的全部心思都用在了办一个有特色的大饭店上。李秦川说今年咱们的重点工程一是饭店开业，逐渐进入正轨。二是工程队继续努力，当好发动机，确保公司稳步运营。三是生态工程今年启动冬季植树，明年在经济作物上要有一定收益。李秦川公司的董事会其实就是他们家里的几个人，他是总经理，他老婆是董事长，他父母和岳母是董事。管理层聘用了两个副总，其中一人为常务副总，一人为主抓生产的副总。另外还聘用了办公室主任、会计、出纳、司机、保安等人员。公司总部原来在秦庄村委会，后来几经迁移，现在设在幸福小区李秦川的两套住宅内。

五十五

　　春节将至，为了迎接这一传统节日，各家饭店都使出了浑身解数。魏冰倩的"大秦饭店"要赶在春节前一两个月开业，然后春节期间才能参与到这个大赛场之中。装修了五个多月，请名家设计的图纸。11月的一天，大秦饭店正式开业。李秦川公司的人全员参与，秦庄、夏村和小区的乡亲都来了。只见彩门高搭，气球飘舞，一个个气球上带着长长的红色条幅，书写热烈祝贺盛大开业之类的话语，李秦川夫妇请村上干部剪彩，给当天过生日的人送蛋糕，发放"大秦饭店"开业纪念公文包，还请自乐班唱了几折戏。

　　从这个酒店的整体设计和装修来看，匠心独运，自成一家。门头设计是一个关中风情的农家门楼，门口有两只小狮子蹲守，狮子脖子上拴着红绳子，门槛高而宽，大门为双扇木门，厚重结实，门的颜色为朱红色。饭店的招牌"大秦饭店"四个大字在楼顶醒目位置上，门口有一个雕塑，为一把大酒壶，酒壶上写着"久久为功"。进入店内地板和墙壁都是青灰色，收银台背景为砖雕"富水青山"，北面墙壁上从左到右依次为"迎客松""年年有余""百鸟朝凤"砖雕，南面为"紫气东来""花开富贵""一帆风顺"砖雕，东面墙壁上有"百福图"砖雕。东区的小剧场，为一个小阁楼式样，小巧别致。

真金不怕火炼，好的饭菜质量、一流的服务水平和优雅的环境，这是饭店人气旺的根本保证。人的味觉是很厉害的，有了记忆就不得了，总想朝那儿跑，而一旦倒了胃口，你就是八抬大轿也抬不来他。魏冰倩让顾客给厨师及服务员打分，及时收集顾客对菜品的意见和建议。开始一周，大秦饭店生意不错，经常客满为患，很多人只能在外边等候。

魏冰倩亲自管理这个店，她设厨师长一人，店长一人，分别管厨师和服务员，还有两名门迎，两名保安。魏冰倩的饭店为七间，坐北朝南方向，西区为操作间，中区为用餐区，用餐区又分作三排，南北各设一排小包，适宜2~4人用餐，当中圆桌为8~10人台，东区是娱乐区，设计了一个小舞台，尚未正式启用。饭店实行线上线下兼顾策略，味道是川陕结合，以关中名吃为特色，消费层次为中低水平，以大众能接受为尺度。还有一个外卖投送服务队，为附近工地和小区行动不便的人群服务。魏冰倩除了聘有川菜名厨外，还请了地方菜拿手的师傅，饭店的菜品、主食包括肉夹馍、锅盔、油糕、油饼、粉汤羊血、瓢合、豆腐脑、荞面饸饹、浆水面、汇通面、扯面、旗花面、蘸水面等大众饮食。其实大秦饭店就是一个百姓大厨房，是老百姓吃得起的饭馆。

春节期间，大秦饭店又推出传统节目坐花桥、猪八戒娶媳妇等，衣着五颜六色的人们，前边是吹唢呐的，敲锣打鼓的，后边是抬轿子的，一边走着媒婆，他们按照一定议程，上轿、起轿、落轿，然后对客人们鞠躬、作揖、发喜糖。客人们吃饭期间小剧场演出秦腔选段助兴，也可以客人点戏，在这里演唱秦腔的不是别人，正是李秦赢等当地唱自乐班的演员，当然客人中有能唱秦腔的，也可以上台献艺，还可以获得优惠餐券。此外这里还有旗袍走秀、歌舞等时尚表演。人们也许都有一种猎奇的心理，很多人不是为了吃饭，而是为了看看这种未曾见过的事物。一时间，大秦饭店成了人们的议论中心，李秦川媳妇魏冰倩也真能折腾，把个饭店办成了游乐园。

走，到大秦饭店去坐坐。不吃饭也行，只要你进店来，茶水、饮料、烟酒、瓜子、点心，随便消费。现在到大秦饭店来休闲的人络绎不绝，他们兴致勃勃地看戏，台上正在上演着传统戏剧《三滴血》：

> **贾莲香**：未开言来珠泪落，叫声相公小哥哥。
>
> **周天佑**：你不要把我叫哥哥，我把你叫姐姐得行？
>
> **贾莲香**：空山寂静少人过，虎豹豺狼常出没。除过你来就是我，二老爹娘无下落。你不救我谁救我？你若走脱我奈何？常言说救人出水火，胜似焚香念弥陀。
>
> **周天佑**：你把我哭的我也心软了。
>
> 你二老霎时无去向，我的父不知在哪方。你在一旁哭声放，我在一旁痛肝肠。孤儿幼女相依傍，同病相怜两情伤。猿啼鹤涕山谷响，我也觉得心惊慌。
>
> （白）如此我随你一同前往，寻找你那二老爹娘，也就是了。

五十六

早上，东方的天际被一团云彩遮住，烧燃的云彩仿佛新娘的盖头，红艳艳的，娇滴滴的。这时李秦川早已到了自己的工作地——槐树沟。一个多月了，他一直在这里实地考察，他想多么纤细的一棵小草，也在遵循自然的法则，道法自然啊，这是一种不可更易的趋向。从踏进这荆棘丛生的荒沟开始，从弯弯的镰刀劈开的那条小路开始，他就与这里有了缘分。这里早晚都有一位七旬老人在这条沟道里吹唢呐，吹百鸟朝凤，吹迎宾曲，吹哀婉凄凉的丧礼音乐。李秦川与老人交谈，请他抽烟喝酒，他是附近村庄的人，姓金，是个叫上号的乐人。他不管冬夏，无论风雨都在这里吹管，他能吹箫弄笛，会各种乐器，他说这沟道有回声，如万籁齐鸣，他喜欢与这里的声响融合在一起。李秦川跟老金成了忘年交，老金乐意每天为他演曲，还给他讲这条沟的故事。

老金说20世纪50年代这条沟还有水，人们还种庄稼，沟里槐树很多，槐花飘香，沟里非常凉爽。后来沟西边修了公路，建了垃圾场，这条沟就废了，没有水源，树木也少了，连草都荒了，以后就成了这个样子。好好的地，说撂荒就撂荒，说废弃就废弃，唉，让人心寒呀！叔，要是我想把这地拣起来，重新让它变绿，你看咋样？难呐，小伙，就凭你一个人能折腾出啥名堂。不是还有你嘛，难道你就忍心让先人留下的这块地这么荒着？唉，我是心有余而力不足。有我哩，不要怕，办法总比困难多。哈哈哈！你说你姓李，秦庄的，你知道李西周老汉不？他是我老爷。哎呀，原来你是李家的后人。我也不瞒着你，我就是你老爷五老婆最小的侄孙，跟你大是一辈人。哈哈哈，大水冲了龙王庙。你老爷喔人厉害，刚强，秦川，叔听你的，有啥需要你就说。李秦川准备到沟里探险，金老汉给他当向导。金老汉说，我听上辈人说我家的地跨了泾河两岸，原上最多，包括这条沟道都是我家祖业，传说这里有粮仓，有地道，有隐藏的窑洞，在这里也跟土匪打过仗，还伤了好多人。反正这沟道里故事多。这条沟翻过去不远处就是望夷宫旧址，是秦二世被赵高所杀的地方，现在原址大部分已塌陷河中，剩下的也被泥土填埋，一条新路从那里穿过，望夷宫这段历史也许很快就被人遗忘了。李秦川也很感慨，春花秋月何时了，往事知多少，多少楼台烟雨中，欲说还休。金老汉说这个地方过

204

去是打仗的战场，曾经有个叫赫连勃勃的匈奴王在这里建了一个烽火台，我小时候常在这里玩耍，那个几丈高的土台还在，我和几个伙伴经常在山坡上放羊，逮蚂蚱，逐兔子，撵黄鼠，那时候树木茂密，山坡上青草也茂盛。

听着金老汉的故事李秦川也想起了一首唐诗：

> 经过此地无穷事，以往凄然感废兴。
> 渭水古都秦二世，咸原秋草汉诸陵。
> 天空绝塞闻边雁，叶近孤村见夜灯。
> 风景苍苍多少恨，寒山半出白云层。

这真是天意呀，那一天，李秦川让人把自己从几丈高的沟岸上吊着往沟底放，他沿着陡峭的沟壁用铁锹一寸一寸敲打，挖掘，他感觉有一处泥土松动了，接着他挖开了一堆废砖石，啊！我找到了一个洞口，他继续扩大战果。李秦川欣喜若狂，他让多下来几个人，带上手电、食物和水，最好把他的备用氧气袋拿上。这是一个前所未有的发现，李秦川带着两名助手，开始了他们的探险之旅。洞内往往空气稀薄，他们敞开了洞口让阳光和新鲜空气进入，李秦川说以后这里要加一个排气装备，保持空气畅通。再一个就是避免高声喧哗，以避免发生共鸣共振。走了一百米的距离，一位小伙子胆怯了，他不敢向前了。李总，咱们今天就走到这里吧，明天再探。闭嘴，你不走，行咧，你往洞口去吧。

李秦川与另一个胆大的小伙子没有畏惧和退缩，他们一直朝前走，他感觉方向一直向着东北去，他们的手电已经很暗了，看样子没有电了，好在他们已经适应了黑暗，在黑暗中他们可以看见，过去人们的聚会厅，灶台，土炕，显然这里有人类生存的痕迹。这条曲折离奇的地道，忽上忽下，转弯处有门，门扇已腐烂，有的地方设陷阱，底下或许有竹签、刀矛之类的利器，甚至有蛇蝎之类的毒物。李秦川

205

与那小伙子走着走着，看见一面墙壁，他正要上前，没想到脚踩了什么机关，忽见前面一道白光闪过，稍等片刻，那墙壁转动了，前面出现了一道深沟，底下黑乎乎的什么也看不清楚。李秦川后退一步，见侧面有通道，他们便从那里绕过去了。如此转悠了半天，后来他们发现前面有一光点，就迎着光而去，仔细一听，像是流水的声音，到了跟前，用铁锹撬开石缝。李秦川看到了泾河，他们在半空的悬崖上，从这里下不去，太高了，咱们还是往回走。返回时，他们迷路了，记得好好的路怎么会出岔子。李秦川自恃强大的内心开始焦虑不安，那小伙子不知被什么虫子叮咬了，胳膊上肿了一个大包，腿上也有几个包，他汗流浃背，浑身无力。李秦川用手试了一下他的额头、耳背后，那小伙在发烧，他朝自己口袋里一摸，还有一小瓶烧酒。他用酒给小伙消毒，擦涂患处。给小伙嘴里喂酒，他自己也抿了一口。走了，伙计，咱们一起共患难！李秦川背起小伙子，就往回赶，走着走着，他感觉自己被什么力量推了一把，是气浪还是什么，他没有搞清楚。反正就是在一段湿滑的路上他俩跌倒了，滚下了一个坡道，坡道底下是一个深潭，黑洞洞的，一眼看不透。李秦川把眼睛一闭，完了，完了，我李秦川今天在这里就算走到头了！哗啦啦一声，泥土、石头碎片落水，李秦川与那小伙被网在一堆野葡萄藤上了，那藤蔓受到冲力，正在做钟摆式运动，李秦川越是想逃离它，它似乎摇摆得越厉害，随时都有跌落的危险。李秦川索性不动了，小伙子已经昏昏沉沉，慢慢地钟摆不动了，停在了 12 点的位置，这个位置不偏不倚，正好在水潭的岸边。李秦川小心翼翼从藤蔓中使自己解脱，他正解救那小伙时，意外发生了，藤蔓断了，他惊得出了一身冷汗。要是他们再慢一两分钟，那就真的拜拜了。不行，他必须马上走，这小伙子病得厉害。李秦川又去探路，他找到了一条上行路，一路上，他没有停歇片刻，他就一个想法，不能把他耽误了，快，快，再快点！他感觉快到洞口了，这是他的直觉，走着走着却到了一个死胡同，哎呀，真是要命。正在这时他听到有人用微弱的声音喊叫着救命！救命！他扭头看背上这位没有声息，再用耳朵贴着墙一听，好像在墙那边，李秦川顿时大惊，忙后退一步，难道这又是一道墙，果然他看见了惊心动魄的一幕。原来另一个小伙的衣袖被夹在石头缝隙，人悬在半空，底下是无底深渊，他吓得面如死灰，已经尿了一裤子。这如何是好，李秦川放下背上的人，转身去找那坠落地上的葡萄藤蔓，然后来到出事地点，李秦川先把藤蔓一头系在一块大石之上，给藤蔓另一头绑上石块，再一点点投送给那青年人。那青年一把抓住藤条，然后迅捷地把外衣脱了，他的全部重量一下子落在藤蔓上了，李秦川不由得打了个趔趄，哎呀，不好，这小伙还挺沉的，他费尽九牛二虎之力，才把他拽了上来。这时他已经上气不接下气，稍微喘息片刻，他说小伙子们，打起精神我们一会儿就到洞口了。就这样，李秦川在前面开路，后面是两个青年人，他们中后来救的那位背着昏沉沉的那位。终于看到了天光，看到了希望，青年人这时忍不住就要向前冲去，李秦川挡住了他，等会儿，要慢慢适应不然会伤了眼睛。李叔呀，你今儿给娃把乖教了，我的叔呀，救命之恩，永生难忘！别说屁话了，一会儿还要救人！快，喊叫上面！用旗子联系上面。上面的人看到了，快，把他们拉上来！我的神，都四五个小时了，快把人急死咧！李秦川等三人都被立即送进了医院，魏冰倩生气地说，二杆子，不要命了！除一个青年尚在恢复中，李秦川和另一个青年很快就出院了。当金老汉又一次在沟道里见到李秦川时，他激动地说，你真是个拼命三郎。

李秦川在槐树沟发现了水源，这是天大的好事。他没有立即告诉任何人，他的两个随行吓得半死，不知详情，但他还是告诫他们不要对任何人提说这件事。李秦川为人谨言慎行，他知道水的价值，以及过早说出真相的代价。现在要真正把一件事情干成太难了，他只能默默无闻地咬着牙朝前走。他去了秦庄旧村，向大皂荚树祷告，并检查了大树的围墙。他又去了老爷李西周的坟地，在那里跪了很久，他只能对老爷倾诉自己的悲苦辛酸，还在夏村家风馆思考了半天。一天夜晚，拖着一身疲惫的魏冰倩，发现平常回家很晚的李秦川，今天破天荒回家早。她开玩笑说，我的神，今天咋知道回家了。李秦川在看电视，他瞄一眼妻子说，饭店老板回来了。狗屁，我看就是一个犯贱老板，放着福不会享，自作自受。李秦川与妻子洗漱以后，他说娃娃又有人管，就咱俩一天到晚忙得连个说话的时间都没有。魏冰倩说这能怪谁，我呢，那个店把人缠着离不开，你呢，把魂都遗到槐树沟了，唉，真把人能折腾死。那我今晚要好好陪陪老婆。你悠着点，我都几个月了。哦，又怀上了。你喔种子好嘛，发芽快。说到种子了，我最近收了一些老槐树种子，老皂荚树种子，还预定了洋槐、法桐、国槐树苗，我们将在那里大干一场。有水嘛，别栽了树，又旱死。这个你就放心，已经找到水源了，李秦川详细给妻子说了情况。他打算一边种树种草，一边收拾道路，整理沟道。再一点就是建立"槐树沟景区建设办公室"，先盖几间房，管理人员住进去，把边界周围用水泥杆和铁丝网围起来，同时宣布封沟育林，禁止周边群众在这里放羊割草。我们将在沟道修筑水坝，修一个人工湖，名字嘛，还没有想妥，我想到了红星湖，不够诗意，叫云梦湖、飞来湖或者什么，我暂时定不了。

年关到了，街上的人乱乱的，回家的脚步总是匆匆忙忙。吃饭的人多，预定年夜饭的人也多，李秦川在拜访完最后一个朋友后，忽然想到了槐树沟，他要先给金老汉拜个年。金老汉现在是这里的看门人，从早到晚守在这里，他把老伴也带来了。李秦川给老人拜年，送老人一身衣服。金老汉把自己的一件叫"参差"的乐器送给了李秦川作为纪念。金老汉说，这里通电了，也能看电视、上网，还有一个大型储水罐，生活有保障，老板放心。金叔，没外人时，你就叫我秦川，咱爷俩谁跟谁。金老汉说，除了我，那两个小伙子，一直在咱这沟道周边巡逻，现在群众也自觉了，大家知道种活一棵树不容易。回家的路上，李秦川把玩着"参差"，想起了诗经里的句子："参差荇菜，左右流之。窈窕淑女，寤寐求之。"屈原《九歌》里也有"望夫君兮未来，吹参差兮谁思？"看来过去我只知道参差不齐的荇菜，却不知还有一件乐器名字叫参差，受教了。再仔细想一下，参差是爱情的信物，多与许多爱情的场面相关联，看来老人是想表达一种爱意，李秦川呵呵笑了，他在内心对自己说，得此物者必然会存一颗虔诚的爱心。

五十七

　　标新立异总会有各种麻烦，所谓枪打出头鸟。有人举报大秦饭店使用过期食品，厨房卫生差。还有人举报这个饭店服务质量一般，价格不透明等问题。正在这时，房屋主人通知明年租金上涨10%，别人都没有涨。别人是别人，你们可以退租呀，后边还有人排队呢，要不是看李秦川的面子，你们趁早撤了吧。这些人一看大秦饭店生意好，就眼红鼻子绿，就千方百计找你的茬。这不，前几天消防队又来人说，你们这里人员密集，安全出口没有设计，应该开一个应急出口，否则有严重隐患。魏冰情找房主协调，房主说这绝对不行，声称他们要报建设单位审批，然后才能开。这是一个框架结构楼房，又不破坏主体结构，怎么就不能改了。不能就不能，没有理由，这边不让动，那边要罚款处理。这个安全啊，人人都担心。不仅如此，有关部门也上手了，有人举报你们私设剧场，扰乱市场秩序，破坏公平竞争环境，有的节目落后、粗俗，有的节目过于超前，有辱风化，建议自查自纠，立即整改。

　　李秦川知道自己老婆的做法过分夸张了，超越了人情世故的某种

209

界限，惹了一巷子卖饭人不高兴，于是他就劝她收一收锋芒，压一压火气，退一步海阔天空。魏冰倩说，这有什么不对呀，我把餐饮、娱乐、戏曲、舞蹈艺术都带起来了，让几百人有了岗位，让小区有了热气，连机场的人、渭水的人都往这里赶着吃饭，我何罪之有？正在这个节骨眼上，厨师长被省城一家大饭店挖走了，大家都很惋惜。釜底抽薪呀，魏冰倩为此伤心不已，李秦川说，这是好事呀，说明我们这里出人才，黄埔军校如果把学员一直留在身边，能成为将军、元帅吗？李秦川说得魏冰倩破涕为笑，说得大家有了信心。李秦川建议饭店星期天休假，每周只上六天班，工资不受影响。同时取消了抬花轿等节目，小剧场只演传统戏，不旁及其他。对员工实行动态管理，来者欢迎，走者欢送。经过李秦川的指导，饭店的形象变了，少上了一天班，业绩还上去了，一条街上的饭店老板都知道李秦川的心思，他不想一家独大，他是个仁义之人，大家感激他。

追求平衡的人生，是一种自然的本能。李秦川的公司在各家饭馆都有账户，他不允许公司的人员专门到大秦饭店吃饭，他经常与各位老板喝酒划拳，也参加他们婚丧嫁娶的聚会，他始终坚持把自己融入商人的群体，大家是一伙的，谁也不要抛开谁。对人对事李秦川有一种异乎常人的思考，在他的心目中快乐是有一定约束的，不是放肆的，假如草木旺盛是一种快乐，但疯长的草木就将耗尽能量，以至于死亡；男欢女爱是一种快乐，但不加以节制，纵欲过度，就会令人窒息：当龙头赚大钱是一种快乐，但不知节制也会自觉不自觉形成一种独断，或者垄断，这就会引起他人的嫉恨和矛盾，所以适度的协调是非常有必要的。

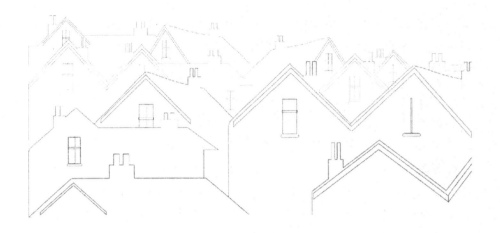

第十一章

五十八

不知细叶谁裁出，二月春风似剪刀。

春节过后，年气逐渐消退了，该上班的上班，该打工的打工，该出外的出外，该远行的远行。按农历旧俗没有过正月十五总算在年上，十五这一天要社火，进行锣鼓大赛深受群众喜爱。这一年的正月十五，幸福小区上午组织了各村锣鼓大赛，秦汉锣鼓、威风锣鼓、牛拉锣鼓、八仙锣鼓，争奇斗艳，风流尽数，数千群众参与了这一盛事。好一个锣鼓阵势，令人目不暇接，有的如疾风骤雨，让人心跳耳热，有的似舒缓流水，让人顿感平静坦然，有的像天空彩云，让人回味无穷。下午进行了社火表演。秦庄村人第一个露面，他们耍了踩高跷、装芯子这一传统节目，李秦川用楸木制作了几十副两米高的高跷腿，供30多名高跷队员练习使用。他们在汽车上装了十几位人物造型的芯子，其内容有《三娘教子》《三国演义》《水浒传》《西游记》等人们熟悉的人物形象。当高跷、芯子表演者扮相俊美，身穿戏装出现在上万名群众面前的时候，全场掌声雷动。在锣鼓的伴奏下，他们气昂昂地从人群中穿过，令人拍手叫绝。旧时秦庄就有"北街的芯子，南街的腿（高跷），皂荚树（下）家伙敲得美"的顺口溜，秦庄的锣鼓吸收各家鼓点精华，气势不凡，他们的表演方阵几百人，身着红色彩装，人围鼓转，交叉击鼓，且敲且舞，彩绸飘飘，铙钹翻飞，锣鼓镗镗，煞是壮观。其他村子表演了气势雄伟的舞龙、灵活多变的跑竹马、生活气息浓郁的划旱船、奔放舒展的秧歌、动感强烈的广场舞等精彩节目。晚上举办了群众喜闻乐见的秦腔戏迷演唱会，几千群众观看了演出，整个幸福小区沉浸在节日的祥和气氛中。在戏迷演唱会上，李秦赢先唱了一段《斩秦英》，后来架不住观众热烈的掌声，又演唱了《断桥》选段，她可是"咸阳原上的金嗓子"。

　　西湖山水还依旧，憔悴难对满眼秋。霜染丹枫寒林瘦，不堪回首忆旧游。想当初在峨眉依经孤守，伴清灯叩古磬千年苦修。久向往人世间繁华锦绣，弃黄冠偕青妹佩剑云游。按云头现长堤烟桃雨柳，清明天我二人来到杭州。览不尽人间西湖景色秀，春情荡漾在心头。遇官人真乃是良缘巧凑，谁料想贼法海苦作对头，到如今夫妻们东离西走，受奔波担惊慌长恨悠悠。腹中疼痛难忍受，举目四海无处投。眼望断桥心酸楚，手扶青妹下桥头。

"李秦嬴的戏唱得就是好。"

"扮相也好，一点都不显老，还是那么个细身段。"

"《斩秦英》是她的拿手好戏，还有《五典坡》。"

"只要有她的戏，我是场场必看，没有越过一回。"

"李秦嬴现在日子过得倭也。"

"她儿子赵三虎，给她把气争了。"

"娃干啥呢？"

"就在咱小区外边晚上卖烧烤。"

谁会相信一个烧烤摊会改变一个人的命运，信不信由你。自从经营了烧烤，赵三虎就像换了个人，他变得勤恳踏实，起早贪黑，他的作息时间一般为白天睡上多半天，下午做些准备，晚上一直要工作到第二天凌晨两三点左右才收摊。他的小串烤肉、炒面拿手，他媳妇的烩面、烩麻食味道出众，还有他们的锅盔辣子夹馍都是大家喜欢的食品。尽管每天晚上烧烤摊子不少，但人们总能分出三六九等，于是有的摊位座无虚席，门庭若市，有的摊位人烟稀少，门可罗雀。赵三虎靠烟熏火燎，靠自己两口子的汗水，挣了点钱，他们的日子慢慢过得有了感觉，他媳妇闫晓聪后来给他生了一个儿子，他们现在是有儿有女，赛过活神仙。经济充裕后，他买了一辆丰田汉兰达越野车，还有一辆丰田凯美瑞轿车。他父亲偶尔来摊位上帮忙，他母亲主要经管孙子，有时出外唱戏，赶个场子。孙女也大了，都上了中学。

一天深夜，赵三虎的姑表兄弟杜黑旦来摊位找他。黑旦去年在西山县做了一笔茶叶生意，数额较大，西山一位老板只给了个零头，欠了他100多万元，他一直没有要下钱。黑旦说昨天我联系了那人，他说下月一定给钱，我看他是故意拖延，根本没有清账的打算，这回我想把我的货拉回来，损失多少我都认了，跟这伙没诚信的货不燃了。三虎哥，你这人讲义气，有威力，我想请你跟我去，一半天就回家了，你跟我嫂商量一下，一定要帮我这个忙，你放心，耽误的工钱兄

213

弟出。谁家跟谁家，老表户，你再皮干我跟你急。没想到事情进展不顺利，双方动了手，打得不可开交，还有人受伤。赵三虎和杜黑旦等人被行政拘留。

李秦赢又哭哭啼啼来找父母了。大，三虎在西山被拘留了。李尚林气得大骂，这个驴蛋，才安生了几天。张凤梅说，我娃别急，给你兄弟打电话，让他想想办法。李秦赢拨打了电话，未及说话先哭开了，李秦川知道一定是三虎又咋了。姐，你慢慢说，我这就去西山问情况。李秦川在西山找人打听，原来事情比较复杂，那位老板是位女性，黑旦与她有扯不清的关系，他们的生意虽然有合同，但未按合同执行，黑旦与女老板关系暧昧，引起女老板丈夫的不满，听说黑旦还想拉货，人家不干了，你想让老子人财两空，没门，于是双方便打到一块了。赵三虎被人诬骗进了局，还不知所为者何。当李秦川见到赵三虎时，赵三虎才有所醒悟，黑旦这哈怂连我都骗，他自己弄下擦不净的事，合该挨错，这个王八蛋，拉我来垫背。

五十九

如烟的晨雾锁住了人们的视野，站在楼上望不见东边的坡梁，也看不到南边高坎上的汽车，处在肖河古道低洼处的幸福小区，与东边高地的秦安小区，已经衔接在一起了，满眼望着都是高高低低，错落有致的楼房，几乎分不清究竟是谁家小区。建设中的城市文体中心、城际高铁站、地铁站正在紧张施工，公交线路已达小区门口。一场淅淅沥沥的雨正敲打着水泥地面，水泥地面一片湿滑，而人行便道上的粗瓷砖，在细雨绵绵中，总是像个喝不够水的大水牛，许多的雨水在它那里，倏然间便没有了踪影。李秦川下了楼本来想去跑步，仰头观天他有些犹豫不决，不跑了，弄不好湿了衣服。就在小区草坪附近打打太极拳，活动活动筋骨，也能达到锻炼身体的效果。这时一位五短身材，体格健壮的老人朝他走来了。秦川娃，你锻炼身体呢。哦，是东周老爷，您好，起来得这么早。呵呵，到了我这个年龄，真正是爱钱怕死没瞌睡。哎，老爷跟你商量一下，爷闲不住了，你看你喔公司给爷能找个啥营生？呵呵，我的爷，您都80多了。黄忠八十不服老，你掰手腕不一定能掰过我。李秦川又笑了笑，用眼睛盯着李东周老汉小声问，有难处了老爷？也没啥大事，你知道不，老爷前后在村上干了三十几年，到老了一个月就领几百元津贴，人家现在的村干部，一个月几千块钱。老爷，你想办啥事，你就说，我支持你。我要的就是你这句话，最近街道办成立了老年协会，推举我为副会长，小区让我把咱们这个小区的老人组织起来，成立幸福小区老年协会，我是会长，下边配备三个副会长，一个秘书长，我想让你当荣誉会长。好呀，没问题。现在小区领导给我们一个专门开会的活动室，还有办公室、图书室。老爷，你不用说了，我给你们三台新电脑，配备上千册图书，再给你弄些笔墨纸砚，乐器之类的，只要你把咱小区的老人组织好，让大家心情舒畅，我还是那句话，全力以赴支持你。还有成立大会，我争取参加，来不了也会派人出席，那天的饭是我的，需要打印资料，我让我的办公室给你们弄，到时候在报纸上宣传宣传，这些事都让我们的人去办。这都成了你们的负担，不好意思呀。没有啥，人都要老，把这个事拉顺了，就是给一个个家里减了负，帮了忙，老人心情好，不生病比什么都强。东周老爷，您这可是办了一件功德无量的大好事。我还不是靠孙头你撑腰，没你这棵大树，老爷哪里来的底气，你是咱老李家的好苗子，老爷看好你！

老协成立大会，在一个阳光明媚的上午召开，首先介绍创办情况，其次宣布上级批复，最后领导正式揭牌。一个亮锃锃的铜牌，在阳光下露出了鲜艳的面目。接下来是协会选举工作，按照既定程序进行，选举工作顺利完成后，首届幸福小区老年人协会第一次大会召开，会上确定了近期的几项工作，核心是推行健康养老，文化养老。一是邀请医务人员做一次健康讲座，为老年人免费体验，推动老年体育健身。二是组织老年书画协会、太极拳协会、广场舞协会、锣鼓协会、秦腔协会，让老人老有所乐，老有所好。三是发展老年会员。坚持每月一次例会，固定时间在每月第二周的周日，这一条雷打不动。四是组建老年志愿者服务队，由身体健康且年龄较小的老人组成。五是创办小区老年刊物《幸福》，内容分为"时政要闻、老年天地、万家灯火、肖河文苑"四个板块。第二天，《西部老年健康报》《渭水日报》刊登了幸福小区成立老协的消息，十几位身穿艳丽服装，挎着红色绶带的老人上了省市报纸。一连三天，老人们用敲锣打鼓，唱歌跳舞来庆祝自己协会的成立。

有人开玩笑说，小区老协成了李家老协，李秦川是荣誉会长、发起人，魏冰倩是顾问，李东周是首任会长、发起人，吴淑芬是老年广场舞协会副会长，李秦赢是秦腔协会的副会长。意见总会有，但这也说明了李家人的热情和能力，换了一个人，你不一定能搞起来，公益活动需要财力支持，这是很现实的问题。就说大小搞一场活动，最不行总要吃顿便餐，日常水费、电费、材料费、服装费等都需要开支。短短半年时间，老协开支13万元，其中新购锣鼓、办公桌椅占了大头，吃饭几乎都在大秦饭店。对此李秦川公司里也有不同声音，老协应由政府来办，咱一个小公司，自己运转都难，干吗要背上这个包袱？李秦川对中层以上人员说，固然咱们现在还举步维艰，但这只是暂时的，咱就是要从一个侧面，一个点位找机会，大家都知道将来是老龄化社会，老年人将是社会服务的一个重点，你不了解他们，怎么服务？哦，原来李总在进行新的布局。

六十

　　吴淑芬的广场舞队，在渭水市表演获得了二等奖，这一天下午，她们在大秦饭店庆贺，摆了四桌。那天饭店接了一个外地的旅游团，一行有 70 多人，加之散客也不少，所以饭菜就上得慢了些，有些顾客就呼儿喊叫，这时服务员就耐心劝解。没有办法，临时为客人演出了秦腔《祝福》选段。

　　　盼新人到家中喜气盈盈，却为何进门来哭闹不休。我老六从未经过这样惊吓，看起来这其中必有隐情。只见她直哭得珠泪滚滚，我老六在一旁暗自沉吟。莫非她讨厌这深山密林，又莫非她嫌我家道清贫。走上前来把话问，尊声大嫂你听真。老六我虽然家贫困，心底良善不欺人。我一生只靠两只手，终日打猎在山林。为娶你我也曾借人账债，把多年辛苦交给人。财主家恶气我不受，清清寒寒度光阴。这时候只有我和你，你快把真情说明白。不愿嫁我就随你去，仍可到鲁家做用人。我老六绝无歹心和恶意，天亮前送你下山林。

　　里边吵吵闹闹，乱糟糟的气氛丝毫没有影响人们用餐的热情，外边还有顾客在排队等待。我们都是慕名而来，怎么这个水平，供应不上嘛！看着邻桌都起席了，吴淑芬有些恼火，她喊叫来了服务员，你是否把我们忘了？怎么会呢，我们一视同仁。一位同桌大妈说，你知道她是谁吗？服务员笑着说，等会儿。她是你们的老板娘。小服务员笑了笑说，等吧。临走她自言自语说，我们老板娘年轻漂亮，不像她。说着说着出岔子了。小姑娘，我说她可是真正的你们老板的妈。吃饭就吃饭，动不动抬出老板娘吓唬人。吴淑芬生气了，"哗啦啦"一下掀翻了桌子，我还就不吃了。服务员叫来了保安，对不起大妈，这个要赔偿。我没钱，你找魏冰倩来我也不怕。吴淑芬想走，保安拦着不让，其他的人也走不了，因为没有结账。正在僵持不下时，李尚林出现了，他也在乱哄哄的人堆里吃饭。咋回事，钱我来赔让她走。李尚林拿出了 500 元问够不？保安只收了 200 元。大爷，对不起，我们是按制度办事。吴淑芬见有人解围，喜出望外。她大声说，亲家公，亲家，多谢你帮忙。李尚林听成"亲亲"把后边的字都省去了，他说，大妹子，我见不得人说亲亲，你干脆就叫大哥，千万别再亲呀亲呀的没完没了。你个老鬼，说啥呢，哪个要亲一个，唉，说不清咧。周围看热闹的人哈哈大笑，老汉，你这下麻烦了，回家有你好受的。李尚林红着脸说，哈了哈了，你们不知道情况，他转身也溜了。

六十一

选择做什么样的事，对一个人来说太重要了，这是李东周最深的体验。当初他刚从村支书岗位上退下来，血还是热的，却没有合适的途径发挥余热，上面让他当了一名调解员，你能调解得一时，你能调解他们一世吗？有些事你压根就解决不了，就这样荒荒了将近十年。没想到老了老了，捉了一个老协会长的差使，手下有会员 800 多名，他才知道老协还有这么多的事情能干。这天傍晚，李秦川刚一回小区就接到了李东周的电话，老人想见一见他。他们在老协办公室相见。

李东周先拿出了一个古铜镜让李秦川辨别，我看上面的图饰，底下的文字判断，这可能是汉时文物。李东周说，秦川，老爷把这个镜赠你。这个是什么意思？这是我的一点心意，你就收了吧。我想把后边的事和你碰个头，你说咱重阳节咋过。李秦川说，老爷，你看这样行不？一是咱开个庆祝老年节大会，会上表彰十佳好公婆、十佳好媳妇、十大孝子、十大老龄工作积极分子，发奖牌奖金。二是办一个规模较大的集体祝寿活动，统一给 80 岁以上老人过寿，给寿星每人赠一个蛋糕，发一个红包，然后请大家吃饭。三是搞一个"老年艺术节"，把老人们创作或收藏的作品，弄一个像样的书画艺术展。早上开幕会，歌舞助兴，下午广场舞大赛，晚上秦腔戏演出。四是组织百名老人，主要是先进人物，骨干分子，去延安考察学习，接受革命传统教育。李东周哈哈大笑，就按你的意思办，你没看费用多少。李秦川说我出 30 万元，其他你再想想办法。李东周说，我再跟小区筹一点，还有几个人想支持咱，估计差不多能要下来。另外，这一期《幸福》我也叫小区帮忙出了，印了 1500 册。秦川，你看老爷这个古镜值钱不值钱。李秦川嘿嘿一笑说，这个镜子是给我的奖励呀。

李秦川回家后，看了又看那面古镜，心中总有一团疑惑。他对媳妇说，冰倩，我想回夏村看看。你个神经病，等不到天明吗？我也要去，你走了我……我害怕。好好，那我明天去吧，老爷三年都过了，我咋总还放不下。你对你老爷崇拜嘛，他老人家是你的偶像。冰倩，你这几天别去上班了，身子这么笨，不方便，要不要先住进医院。行了，不咋，我动弹动弹还舒服，人多不心慌。你忙你的去，我在饭店还行。第二天早上，李秦川回了夏村，他去找老爷留下的那堆旧物，在一个破旧的箱子里找到了几个铜镜，原来他家也有这玩意。在一个纸片上有几行文字：

周是一个用理性约束感性，走向"礼制"的时代，华夏民族在这漫长的礼制炼狱中逐渐从蒙昧野蛮走向文明礼仪。一种民族理性思考的能力在这个时期奠基。同时在这血与火的奴隶社会中，也付出了极其惨重的情感和人性代价……从纯粹的日光和波纹图案，走向飞禽走兽图案，这是人类在认识论上的一大进步。

李秦川在几个铜镜上看到了这样的文字："以铜为镜可以正衣冠""家常富贵""长命富贵""久不相见，长毋相忘""光正随人，长命宜新"。从李西周老爷仅存的几面铜镜，以及李东周老爷的铜镜来看，人类从日神崇拜到世俗崇拜，从"五行说"到龙、狼、鹿、骆驼、羊图案的出现，从周礼与周人的自爱，到秦代的"鹿中心"，一面铜镜就是一个历史的花朵，一种意识的火花。如有的铜镜中有翱翔蓝天的鹰，象征着人类主观的梦想，有的镜中出现张着血盆大口的狼，还有安然静卧的羊，可见这是一种善恶并存的时光景象。而唐代高宗武则天时期流行的海兽葡萄镜，表现了丝绸之路重新开通后，各民族文化元素的大融合。最有意思的是"三乐镜"讲了孔夫子与荣启奇的故事。三乐镜构图新颖，中心有一个圆钮，圆钮之上一长框，有"孔夫子问曰答荣启奇"，左侧一人孔夫子宽袖长袍，右手持杖，左手前指好像在提问，右侧一人戴冠著裘，左手持琴，颈部微侧，扭下一株柳树，柳叶下垂，象征郕之野。李西周老爷在一张便签上面写道：

荣启奇为春秋时人。《列子·天瑞》："孔子游于泰山，见荣启奇行乎郕之野。鹿裘带索，鼓瑟而歌。孔子问：'先生所以乐何也？'对曰：'吾乐甚多，天生万物，唯人为贵，而吾得为人也，是一乐也。男女之别，男尊女卑，故以男为贵，吾即得为男矣，是二乐也。人生有不见日月，不免襁褓

幸福里

者，吾既已行年九十矣，是三乐也。贫者士之常也，死者人之终也，处常得终，当何忧哉。'孔子曰：'善乎！能自宽者也。'"

六十二

夏村的老书记退了，老书记手里搞起了乡村游示范基地。新书记与李秦川年龄差不多，有企业经营理念，这几年，他大张旗鼓搞了文化大舞台，整村进行了规划设计和装修，村容村貌大为改观。现在家家户户，不是宾馆就是饭店，可以说规模上去了，但问题也来了，游客却越来越少，偌大个村子，门庭冷落，几近荒芜。一听说李秦川回来了，夏村书记等人前后脚就找上了门。李总，你都是能人，你给咱想想办法，看咋能救了咱这个村。李秦川说咱们村与周边的乡村游同质化太严重，加之店铺太多，僧多粥少，恶性竞争。咱夏村没特色是大问题，没山没水，没人文景观，又不是大的历史事件发生地，也不靠近大城市，交通也没有什么优势，更没有叫得上号的民俗、古建传承，你老是跟在别人后边跑，哪里会有你的饭碗。对，是这么个理。李秦川说，就拿我的这个家风馆来说，刚搞起来还新鲜，后来各地都有了，慢慢就不行了，来的人非常稀少。现在你不如赶紧组织本村精干妇女打造"夏村月嫂"这个品牌，群众收入一定会增长的，或者搞你的建筑行业，把"夏村瓦工"这个牌子擦亮。还有一个思路，你可以把这个地方改造成大学生军训基地，或者搞起来一个农耕体验基地，与农业大学联系，与城市中小学联系，看能否有所突破。听君一席话胜读十年书。过奖，过奖，我是乱说一通，你们最好出去看看

221

走走，回来也许思路就有了。

李秦川还在夏村的时候，魏冰倩就急急忙忙打来了电话，她说自己有感觉了，让他快点回来。

李秦川辞别了村人，马不停蹄地回到了幸福小区，家里一屋子人都在等他。

"快，咱去省城医院，大家下楼，这事一点儿都耽搁不得。"李秦川说。

"走，咱们一起下去。"吴淑芬说，"人生人吓死人，咱也不能太大意了。"

张凤梅一听亲家母的话就皱眉头，心想多不吉利，什么死呀死的，晦气，但毕竟儿媳妇是高龄产妇，危险当然是有的。李尚林保持沉默，他没有说一句话。

"没有事儿，老人家，你们放宽心，我们提前入院，预产期还有几天。"李秦川说。

"再见！"

一家人目送着汽车远去。

六十三

其兴也勃焉，其亡也忽焉。这是一个规律，没想到魏冰倩费尽心机操持的大秦饭店也是这样的命运。在饭店声名鹊起，生意越来越好之时，却不幸戛然而止，忽然间停止了营业，它的房主要求废除合同，本来是 3 年期限，还有 2 年时间。这里要介绍一下房主和他的大楼，这是一个拟定的住宿餐饮一体化的大酒店，因资金不到位，迟迟没有完成整体装修。魏冰倩只是租用了这栋大楼一层的部分房子。房主也有难言之隐，他提出的理由也很充分，房主说他们终于招了大商，所以准备整体装修。魏冰倩和她的大秦饭店遇到了前所未有的尴尬，还好她有这个心理准备，她知道这个情况迟早都会发生，签合同的时候就埋下了伏笔，所以她当初的设计都是以简单实用为目标。用比较时髦的话来说，这是一起灰犀牛事件，损失惨重呀，刚刚闪起来的生意，刚刚培育起来的大众口碑，刚刚被人们熟悉的饭店招牌，一切都刚刚有了起色，但是很快这里的喧嚣与繁华就会阒然无声，魏冰倩想到了平静的湖水，以及平静湖水下面的暗流涌动，平静呀平静，不在平静中爆发，就在平静中死寂。房主提出退赔两倍房租，等于白用了一年房子还有盈余。魏冰倩让店长全权处理，什么样的结果都不重要了，皮之不存，毛将焉附。饭店关门，职工回家，大秦饭店从这条街上一夜之间消失了，魏冰倩在医院里流下了伤心的眼泪，她对肚子里的生命说，我朝思暮想的孩子啊，本来妈妈想给你一个惊喜，妈妈是一个红红火火饭店的老板，却不料妈妈给你留下的是伤心的眼泪，是一份难以下咽的苦涩之果，如同吃了秋季没有成熟的涩柿子一样。

面对突如其来的变化，李秦川也是措手不及。他所能做的就是给所有大秦饭店的员工发放全年的工资，做好他们的思想工作，同时将骨干人员留在公司，重新安排工作，以备将来之用。他还要安抚妻子，照顾家人情绪，毕竟这里有50多个家庭与这次事件相关。李秦川对公司的两个副总说，大家都想想办法，看什么地方能租用，咱们这一块放弃了太可惜。李总，半道上不好租房，再说装修也需要时间，重新开始至少要几个月，转眼就到了明年。是啊，这事要从长计议，急不得。李秦川粗略估算了一下，大秦饭店从开业至今，已经完全收回投资还略有结余，呵呵，不错呀，打了一个平手。不过，如果算上他做的公益，给大家管的饭，收获的赞誉，那还是赚了，哈哈哈，魏冰倩呀，你的努力是有成绩的。

晚上，在病房里，李秦川对魏冰倩说，事情基本处理完了，你就安心吧。魏冰倩强颜欢笑，但忍不住泪珠儿如线一样滑落。李秦川说，你若喜欢，明年春天咱从头再来。从头再来，谈何容易，李秦川自己心里也有了一丝丝辛酸，他知道那家房主正在千方百计挖走原来大秦饭店的员工，他们已经开始培训员工，还发培训期工资。魏冰倩又一次笑了，像是要安慰一下丈夫，不过她始终没有吭一声。李秦川说，你晚上好好休息，我也去睡觉了。魏冰倩问，你去哪里？宾馆嘛，还能去哪里。不，今晚你就睡这里，和我在一起。我感觉快了，或许就在晚上。李秦川像个孩子一样兴奋，是吗？亲爱的老婆，他握住了妻子的手，并用嘴亲吻她干裂的嘴唇，绯红的脸颊，魏冰倩满含着泪水回应着。

2018 年 8 月 17 日深夜，魏冰倩在医院诞下一个 7 斤重的男婴，母子平安，孩子嘹亮的哭声在产房里回荡着，这是她的第三个孩子。

李尚林得孙子了，走，烧火他老家伙，今天不请客不行。老协的几个老汉，还有村里的其他人，有二三十人之多。众人在李家门口烧了一堆火，是纸箱、木柴之类的东西。张凤梅走出来了，掌柜的，快出走，客人来了。抽烟，请抽烟。李尚林喜滋滋的给熟人递烟，然后请大家进屋喝茶。我们不喝茶，我们要喝酒。把你李老板的好酒拿出来，给大家品尝一下。没嘛达，喝酒一会儿咱走，要吃羊肉还是炒菜大家说，给喔哒走，酒我带着，一箱青稞酒够不，青海的特产。李叔，八凉八热啊，好好，菜你们点，钱我出。就这样李尚林被大家簇拥着进了馆子，赵三虎跟着他外爷，他才是压场子的人。张凤梅拉着外孙的手说，你外爷年龄大了，不敢让他多喝。嗯，赵三虎答应了外婆。秦庄人闹闹哄哄去了饭店，夏村人又来了，他们拿了两箱西凤六年，准备晚上跟秦庄人拼喝酒。赵三虎的烧烤摊子红火了，他的服务员不停地给那家饭店里端烤肉。

家里闹翻了天，李秦川在城里，一边陪着媳妇，一边忙自己的事。说是陪同嘛，他其实就是每天过来看看这母子俩，而除了专门护工外，他的岳母吴淑芬一直在跟前照顾着女儿。吴淑芬是不主张女儿再生的，一儿一女多好，魏冰倩不这样想，她感觉李秦川一个人太累了，要是有个哥儿兄弟也就多个帮手。李尚林两口子，喜上眉梢，他们打心眼里希望李家人丁兴旺。李秦川这一段时间与省水利厅、农业厅、林业厅、文化厅的专家联系，同时与策划设计公司合作，他要制定槐树沟十年发展规划。现在他已经率先完成了垃圾填埋场的无害化处理和绿化，把那里彻底变了个样，千亩洋槐林、百亩银杏林、百亩皂荚林粗具规模。不仅如此，他还开垦了近千亩农田，仅油菜一季就收入了 50 多万元，还不算玉米、豆类的收入，还打出了"槐树沟"菜油、蜂蜜、矿泉水三个响亮品牌，也许后边蜂蜜、天然矿泉水的收益会更好。沟道底部治理，"秦川湖"水坝已经动工修建，旱作农业试验田，引水上原工程都有较快进展。由李秦川这家名不见经传的小企业主导的生态环境修复治理工程正在有条不紊地向前推进着。周边的人眼界大开，这个李秦川究竟是个啥人，神不知鬼不觉就把这里的树栽活了，农业上还破天荒有了收益，那个臭气冲天的垃圾堆不见了，槐树沟一天天变绿了，成了鸟儿的天堂，那里的野山桃、山杏，还有野枣树也生发出新芽。

六十四

周末假期，很多人回到小区，他们嘴里还惦记着"大秦饭店"。咱小区就得有这么个像样的饭店。当然，现在议论最多的还是小区老协，人们说老龄工作抓到点子上了，抓出了小区文明进步的和谐之声。尊老敬老是中华民族的传统美德，爱的力量是无比强大的。李东周重阳节上了省广播电视台，他在上面介绍小区老协的经验，给普通百姓集体祝寿活动受到了广泛关注，幸福小区"老年文化艺术节"升格为省文化厅、省民政厅主办的全省性老年节庆祝活动分会场，《西京日报》报道了活动新闻，9 月 12 日，《西京日报》登载了西咸新区临空新城幸福小区老协获全省"敬老文明模范"荣誉称号的消息，再次引起轰动。

　　根据省老龄委的有关决定，西咸新区临空新城幸福小区老协获全省"敬老文明模范"荣誉称号。9 月 12 日，市级、新区老龄委相关领导为其授牌。

　　幸福小区有 8600 多口人，60 岁以上老人 1361 人，该小区老年人协会成立以来，始终坚持以党的老龄政策为指导，秉承"健康养老、文化养老、和谐邻里、造福社会"的宗旨，通过评选"好公婆""好媳妇""十佳孝子""敬老模范"，树立孝亲敬老理念，弘扬和谐家庭美德，倡导新风正气。老年节举办集体寿宴、组织集体参观学习、接受革命传统教育和优秀传统文化教育、承办老年文化艺术节、协助小区治安联防、调解矛盾纠纷、引导学生过马路，各项工作亮点纷呈。

　　小区老年人协会坚持每月定期召集老年人相聚一堂，互相交谈、拉家常、学政策、讲新闻、学法制、学养生，传播和谐养老文化。举办文化娱乐活动，编印《幸福》小册子，在老协唱戏、唱歌、跳舞、打乒乓球，举办会员书画展览，而且还自编自演快板节目。成立志愿者服务队伍，做好一帮一活动，要求所有会员年轻的帮扶年长的、身体好的帮扶身体差的，对长期有病、高龄、行走不便的老人，由志愿者定点帮扶，做好记录，老协主管人员不定期检查和家访，每次例会进行汇报，小区有 133 名帮扶对象，由志愿者长期帮扶。

六十五

在庆祝老年节活动的热潮中，在老协获得社会广泛关注的日子里，人们没有发现李秦川的身影，也许他的工地上更需要他，那块洒满阳光的原野更需要他，他在心里替李东周等老人自豪，家有一老如有一宝，小区就是应该像个样子，就是应该有爱的声音。他正身穿工作服，头戴安全帽，与工人一起砌石墙，加固坝基，原定国庆节"秦川湖"蓄水，因工程进度，及验收推迟而顺延，当然还有生小孩的家庭因素影响。李秦川站在坝上心逐浪翻，他仿佛看到了一个林田湖草一体发展，森林草坡，茂密葱茏，湖光水色，相映成趣的槐树沟，看到了 300 多亩水面上游艇飞驶，穿着救生衣的游客，逍遥在这一方净土。景区还在建设之中，先知先觉的人，消息灵通的人，就闻风而至，先睹为快，当然还有退下来的人，有文化的人，李秦川吩咐他的副手，来的都是客，好生招呼，千万不能怠慢了。在职工食堂，他们用土鸡蛋、野菜、黑猪肉、自产的菜油、蔬菜招待贵宾，用带着槐树沟温度的矿泉水招待客人。这种场合李秦川一般不露面，即使到场了也是敬杯酒就离席了。

魏冰情出月后，想挪个窝，她想到了母亲家，未免过于冷清，婆婆那里却过于热闹，那两个大孩在那里住着。她又想到了夏村，或者渭水市，夏村虽说是她与李秦川经常住的地方，但是现在的环境不如以前，人气上差点，而渭水周边环境还行，只是久未住人，难免让人落寞，想来想去还是去李秦川的槐树洼看看。在路上，司机小心驾驶，车速不快，坑坑洼洼的路况，把魏冰倩和孩子都摇睡着了。这是一段进景区的石子路，在两县交界，目前还没有修成通衢的大道。魏冰倩在梦中，她仿佛已经进了景区，她看到了垃圾遍地，塑料袋高挂树梢，苍蝇、蚊子乱飞的景象。我的神，你看看，这是什么环境，污水横流，黄沙蔽日，臭气冲天，让人都睁不开眼睛了。魏冰倩慌忙戴上口罩，她从杂草丛里走过，一堆烂泥差点使她滑倒，我的娘呀，这也叫路。魏冰倩大声喊叫，李秦川你快过来，我走不动了。叫了半晌，无人应声，怎么了，人都去哪儿了。魏冰倩一脸疑惑，她看见有人把这片希望之地，祖先之土糟蹋成如此模样，实在是人神共愤，让有良心的人羞赧。过去她曾经见过儿子阳阳有意摔坏玩具，察看她的表情，想一试她的态度，也曾看见过肆意践踏草坪的情侣那恬不知耻的淫笑，还有那些给水源地随便扔脏物的人，那些在风景区乱扔酒瓶、矿泉水瓶子的人，以及那些肆行暴虐，无辜杀生，掏鸟窝、猎杀保护动物的人。那些愚不可及的行为啊，编织着一个时代的悲剧。走了几步，魏冰倩似乎清醒了，她知道自己的目标是什么，她看见前面有一所房子，门从里边关着。耳朵贴着一听里面有人，敲打着门，没有人出来，过了老半天，一位老者开了门。你找谁呀，我找李秦川。你是他什么人，我是他老婆。老人说你从这条路去，他在下边大屋里。魏冰倩气冲冲朝前走着，远远就能听见女人的笑声，她又恨又气，这狗东西，看我不撕了他的脸。

魏总，到了，请您下车。魏冰倩习惯性搓了一下双手，理了理头发，然后微笑着抱起孩子下了车。这时天空云气低垂，冷风嗖嗖，眼看就要下雨。魏冰倩用衣服裹着孩子，李秦川赶紧迎接她和孩子，快请进，你猜今天是谁做的饭？我哪里知道。妈咪，我回来了。啊，是大女儿，曦曦！你咋还没有走，我明天才走，过来看看爸爸。我就知道嘛，你能把他一个扔到这荒沟野岭。李朝曦现在是中国农业大学的大二学生，放假回来后，她完成了一个社调课题，是关于生态环境的，正好给她爸爸做参考。不过晚上她就乘机去北京了，明天她还要上课。曦曦对妈妈说，冰冰同志，我对你郑重其事地说，你家老秦同志已经成了槐树沟的神人，大家对他佩服得五体投地。窗外，大雨倾盆，四面八方的水向沟道汇流，发出了轰轰隆隆的响声。曦曦继续说，那天我们正在沟里游走，我爸一看天，就说不好雨来了，果然天就下了一阵雨，他说什么来着，叫天上勾勾云，地上雨淋淋，云往西水汲汲，云往南水漂船，云往东一场风，云望北老婆扫场晒干麦。我爸的神仙洞我进了，一级恐怖片也不过如此，太刺激，太有料了，这是一个神秘的地狱，一个魔鬼水怪出没的地方。冰冰同志，另外你可要当心，有好多人都惦记着你家老秦同志呢！曦曦，你这是挑拨离间。哈哈哈，我爸是魅力男，我妈是冷美人，天仙绝配。另外，我外婆吴氏资深美女，最近又添心病，我看啊，她想想想的不停，老是失眠。李秦川笑着说，你这个疯丫头，满嘴跑火车，就是缺少吃苦耐劳，踏实钻研的精神，跟我干了半天活就想开溜。呵呵，我说愚公先生，你要祖祖辈辈挖山不止，你就让你家阳阳，还有小不点儿继续革命吧，本姑娘要进京赶考去了。

　　槐树沟的夜晚有些凉，风似乎也大。送女儿登机后，李秦川和魏冰倩才回来睡觉。魏冰倩说女儿有些张扬，目中无人。李秦川说女孩子性格外向，还没有受过风吹日晒，不知世道人心呀。魏冰倩说起了一件事，她母亲又想回渭水去住。李秦川说都60多岁的人了，她想到哪里去？这不添乱吗？魏冰倩说，她跟曦曦住时老唉声叹气。李秦川说那她还想什么，是不是哪个亲呀亲呀的玩笑开的？去你的。哎，你把娃娃的名字起好了没有，叫啥？不能老是叫他点点。嘿嘿嘿，那就叫李朝晖。魏冰倩转过身迷糊着睡了，儿子的嘴还叼在奶上。魏冰倩的话似乎说了一半，李秦川从母亲那里听说岳母有心让点点姓魏，让老魏家也存留一支根脉。吴淑芬也知道这个主张实行起来困

229

难，李秦川能答应吗？他的父母能答应吗？她怎么有了这个想法？魏冰倩翻了个身，抱着丈夫。她似乎睡意未深，对丈夫说，快睡，我都散架子了。李秦川已经完全没有了睡觉的心情，他悄悄溜下了床，拿着手电出了门，在房檐口取了一把铁锨，去看大雨后的沟道。雨水从树叶上滴滴答答，零星滑落着，被冲刷的大地留下了最新最美的图画，这是自然的路径，他想任何人工的设计都无法与大自然的鬼斧神工相媲美。明天他要召集技术员，看看自然启发的路径，看看流水的路径，从而设计景区的路网，护坡的位置，以求顺应自然之道，呼应自然之美。

从秋到冬李秦川一直在沟里。他的公司高层也经常在这里开会，再有不到一个月又到春节了。公司开了总结会，李秦川说，今年的任务必须完成，明年的项目也要早作打算。今年总体来看比较平稳，大秦饭店，轰轰烈烈干了一场，也算是在这一领域的试水。路桥工程完成了预期目标，效益不错，挂靠的总公司认可秦川工程队的质量，明年还有事情干，估计还可干几年。槐树沟项目进展顺利，大的规划方案基本确定，生态环境有所改观，至于通景区的路暂时可以不修，这对景区建设影响不大。有人建议这条路应当修好，并作为名片，这对景区第一印象重要，而且事关长远。经过认真讨论，公司决定明年修通这条路。

因为沟里冷，魏冰倩回到了小区，她也是一个闲不下来的人，有时间了就打理自己的网店，她的线下实体店叫"倩倩凉皮店"，一直有人经营着，网上的店叫"冰冰食府"。这是她的私房收入，独立于公司之外。李秦川住得远，有时连信号都没有，害得她经常往沟里跑。这一天，李秦川回来了。魏冰倩说，你还走不？李秦川说，我想趁着还有点时间把沟里的事情往前赶，特别是排水装备，如果开春蓄水了，有的事就不好弄了。还有那个通往神仙洞的天桥，那个玻璃观景台，都必须早作安排，加快实施步伐。电力公司的线路，今冬可以完工。魏冰倩嫣然一笑说，这么说你还是要走，把我跟你娃也带上。李秦川嘿嘿嘿笑了，没有说话。魏冰倩说，你笑狗屁，不交粮食不让走。

六十六

第二天早上，李秦川被堵在了家门口，他正要出发，李东周老汉带着一个陌生人来了。秦川，给你介绍一下，这是新上任的社区党委杜书记。

杜书记说，李总，我和老书记找你，有几个事情商量：一是最近国家要在省城开一个关于养老的高峰论坛，通知我和你一起出席。论坛以"重塑乡村治理体系·推动养老多元参与"为主题，将就中国农村空巢现象、寻找农村养老模式和推进农村养老公共政策进步与社会关注等进行深入探讨。二是会议把咱这里作为一个参观点，希望你们支持一下。三是社区党委研究决定，开展"社区+老协+企业"养老服务试点，看你有这个意愿没有。

李秦川说，对社区的关照我表示感谢，这是咱社区的大事，我全力支持，至于合作之事，公司研究后再定如何？杜书记说，非常感谢你支持。李秦川说，这个事我交给公司常务副总处理，他会主动跟你联系的。

送走了客人，李秦川坐在客厅抽烟，魏冰倩说，机会来了。哼，啥机会？你想想，养老，吃饭不，我又可以卖饭了。呵呵，你就光知道卖饭。李秦川说，冰倩，你回头跟他们几个合计合计，研究一下合作方案，我先说我的想法，政府那边不是有公房，他们出房子出地皮，咱们投资经营，微利经营，主要是再办两个像样的饭店，面向老人、学生和社会三个层面，有机会还可向航空食品发展，这样就把咱小区的剩余劳动力解决了，大家都有收益。魏冰倩说，你都想好了，还让我做啥，我还不如啥心不操，啥事不管。李秦川笑着亲了她一口，魏冰倩说，你骚情，我抱着不让你走，你莫走，你莫走。正在这时孩子哭了，快看孩子去。李秦川"嘭"的一声拉上门，"噔噔噔"下了楼，魏冰倩抱着孩子站在窗口，目不转睛地看着丈夫离开自己的视线，她轻轻地对孩子说，小点点快快长，你大大给你挣钱去了。

第十二章

六十七

吴淑芬这些天又焦虑不安起来，她自己都惊讶，忽然之间有了让魏冰倩那个碎小子姓魏的想法，话说出去了，事坐不实，这不是白丢人了。可仔细想一想，张凤梅也着实可恼，不借米还把升子当了，事成不成有个啥，不至于今后还成了仇人，唉，我热脸贴了个冷屁股，下贱地主动问她都问不响，干脆还不理我了，这亲家门对门住着，抬头不见低头见。

夜晚，她孤独一人，在自己家看电视、听音乐、跳舞，甚至一个人在厕所里放声唱歌。阳阳，这小兔崽子，我白疼了他一场，他到底还是喜欢他爷爷、奶奶，这几天也不让我送他。魏冰倩住到楼上经常不下来，还等我去侍候她，想得美，老娘不干了，再说了住到女儿家里，女婿李秦川烟瘾大，一屋子的烟气，自己一见烟气就干咳，就难过，甚至咯痰。这一夜吴淑芬翻来覆去睡不踏实，一会儿喝水，一会儿上厕所，刚睡了又感觉有人在锁孔透门，这么折腾到天色微明才入睡。在浅浅的睡眠中，晨梦又偏偏缠身。她仿佛置身于一个很大的庄园，天空阴暗低沉，院子里边的房间太多，多到让人迷失方位的程度，她穿过了一个又一个房间，拐过了一道又一道走廊，曲曲折折的走廊，令人眼花缭乱，院子中间有池塘，有戏楼，有发散着幽幽香气的桂花树，有挂满枝头的红硕石榴，她始终找不到出口。她急得要哭了，这里的人都死哪里去了，怎么不见一个活物？正当她纳闷的空当儿，就听见了一阵"唰唰唰"的雨声，啊，屋外下雨了，雨点很密集，雨势很大，瞬间地面上就冒起了水花，下水道"吱吱"响着，雨水逃命似的争先恐后地向外拥挤着突围。前面似乎有人声呐喊，还不止一个人的声音，似乎是一群人在呼叫着，奔跑着。他们在干什么？原来他们在门口堆积沙袋，他们在防洪抢险，他们要防止街上的水倒流进屋子。在这一群人当中，她看到了一个熟悉的身影，那是她曾经朝思暮想的人，那是与她在一个被窝里睡觉的男人。啊，我的夫君，你这个死鬼，见了我，也不打声招呼。对呀，是那个头顶秃了的，胡子拉碴的魏安定，你以为留了几根小胡子我就认不出你了。吴淑芬大呼三声："魏安定——"魏安定放下沙袋朝她笑了笑，还招了一下手。哦，我忘记了，他发不出声了，大脑语言区已经短路，很久都修复不了，他成了废人一个。罢罢罢，我也去帮他们一把。迈过大门槛，踏进冰凉的水里，哎呀，滚滚长河一样的流水几乎将人吹走，她身子站不住，魏安定扑过来，"嗷"地一把抱住了她。但水流的冲击过大，一下子就将他们卷走了。她感觉呼吸困难，但她依旧紧紧地抓着他的手，他正在单手奋力划水，他想带着她冲出水面，但似乎没有成功，他们一起往下沉，往下沉。

醒来后，吴淑芬感觉肚子痛，浑身没劲儿，头脑也胀得难受，上了个厕所，走了几步路就出了一身汗。她拨打了女儿的电话，倩儿呀，妈今早上肚子疼，你快过来看看。魏冰倩一听赶紧收拾，她看儿子还睡着未醒，就抱着孩子下楼，把娃交给婆婆看，自己去母亲的房间。李尚林也起床了，他对老伴张凤梅说，把点点给我，你去对门看一下，人要不要紧。魏冰倩一看她母亲咯血了，心情一下子紧张起来，她忍不住哭了起来。张凤梅见状立即给李秦川打电话说，曦曦她外婆病了，你快回来。李秦川说，不行就打120叫救护车。吴淑芬说，叫啥120，哑哑的不要声张，我就是老胃痛，多少年的老病了，在渭水那家中药铺子，按照老方子抓药，吃两副就好了。魏冰倩说，咱去省医院做个全面检查，看到底是啥病。吴淑芬说，我昨夜睡前跟几个朋友吃了凤爪、猪头肉、凉菜，还喝了几杯红酒，八成是吃的不对。正说着吴淑芬又要去方便，出来后说，我感觉轻松了，没有啥事了，让我好好睡一觉，可惜今天不能跳舞了。

　　看着人马三集，大家都到了，吴淑芬有些愧疚，她说，对不起，都回去吧，我没事了。张凤梅说，谁还没有个灾呀病呀的，有病就看嘛，千万别耽搁。大家都走了，魏冰倩和李秦川留了下来。吴淑芬说，秦川，快去忙吧，你是个忙身子，有冰倩陪我就行了。正在这时张凤梅跑过来叫冰倩，她火急火燎地说，不行了，你娃往死哩哭喊呢，我咋都哄不下他。哦，妈，我一会儿过来。吴淑芬说，去吧去吧，娃可咋咧？人们都走了，包括自己的女儿，吴淑芬的屋子重新陷入了以往的静默，一切都没有了声息，一切都似乎停止了运动。她感觉这里仿佛是一个空洞，一个让人眩晕的空洞，在这个快速旋转的洞中，她看见了自己的影子，那影子指着自己的鼻子说话：吴淑芬呀，吴淑芬，你有时乃至经常出于恶意，说别人的坏话，包括说自己女儿的坏话，你是出于怯懦，还是出于嫉妒，你压根不愿意自己女儿幸福，你经常在女儿的门外偷听，你看到别人快乐就如同自己遭遇了暴风雪，你甚至也嫉恨我一直跟踪你，监视你的一言一行，可是你错了，其实只有我才是你忠实的伴侣。吴淑芬愤怒了，她把影子压在身底，不让她动弹，她用手捂住她的嘴不许她说话。影子流着眼泪，用那双动情的眼睛看得她心里发慌，手也发软，她松开了罪恶的手，影子喘口气说，亲亲，你也是这样对待老魏的。啊，吴淑芬吓得六神无主，影子呀，求你了，这种犯罪的话你可千万不要说出来，否则我就完了。吴淑芬说，事情总有个前因后果，你不知道是他，对！是他，先动的手，他先强暴了我，我才反抗的，不就是反抗激烈了一点，你就打抱不平了。影子说，我没有记错吧，你们是合法夫妻，夫妻之间也有强暴一说。吴淑芬说这个事我听律师说是有的，我完全可以拒绝，如果他硬来就是强暴就是犯法。这个鬼影子，可恨得很，吴淑芬已经精疲力竭，她几乎每晚都要与之较量一番才能安然入睡。

吴淑芬心里是矛盾的，她恼恨那个无处不在的影子，也留恋那个鬼影子，如果连个影子的记忆都丧失了，也就等于断送了她生活的希望和梦想。其实这天的发病也不是空穴来风，她因为受影子的骚扰时间久了，就有了一种厌倦感，她想抛开影子，去追求新的没有影子的生活，她不能一生一世就陪伴着影子，空耗自己如花似玉的身躯，她的欲望，她的青春，也可能是二次青春也不答应，所以她必须以一种体面的方式，结束影子的骚扰和破坏，还她一个安宁、无忧的晚年。于是她求了一位名家，按照她的指点，买了香蜡和纸。这个蜡呀，点点微光沟通宇宙人生，它可以照亮过去未来，可以给死者永生，给生者希望，当然没有电灯时，世界上哪里没有它的光明。这个纸呀，神奇，它可以隔开阴阳，可以分离情感，可以化解债务，可以终了孽缘，她买了2000元的烧纸，雇了一辆车拉到了魏安定的墓地，用了36根火柴，点燃36根蜡烛，用最后一根火柴点燃了纸，顿时火光冲天。当墓地管理人员呼叫119时，却叫来了一场及时雨，那火让一场大雨浇灭了，吴淑芬哭天喊地，叩头不已，把挂在脸上的最后一滴眼泪，用自己的舌头舔干净，然后若无其事地走出了墓地。她回首公墓的时候，已是漫山遍野小黄花，可惜魏安定的墓碑前缺少一束黄花。

六十八

在幸福小区老协里，秦腔队、广场舞队、锣鼓队和歌舞队是四支最活跃的力量，吴淑芬喜欢跳舞，她成了老年广场舞队的队长。她带着几十个学员跳广场舞，她的广场舞队曾获得了新区第一名，有几个学员还在市电视台亮过相。广场舞队里是年龄大的居多，中青年为少数，歌舞队里中青年居多，也有不少老年人。两队活动规律不同，广场舞队是以数百人的规模，成为广场浩浩荡荡的一号队，两个高分贝的音箱，从晚上6点一直到10点，一曲接一曲响个不停，当然核心队员一般在前边，她们以轻盈的舞姿引领大家跳舞。歌舞队的唱歌声，此起彼伏，婉转悠扬，也是一曲又一曲，他们有乐队伴奏，还有指挥、领唱、合唱。他们的乐队有电子琴、萨克斯、黑管、钢琴、小提琴、大提琴等西洋乐器，也有板胡、二胡、三弦、扬琴、笛子、唢呐等民族乐器，以及打击乐器，如拍板、梆子、板鼓、腰鼓、铃鼓等，是真正的中西乐器大合奏，还有话筒、扩音机和音箱配合，有时他们播放卡拉OK伴奏音乐。歌舞队的舞蹈活动在广场舞退场后才上场，不过他们跳的是交谊舞，是三步、四步，是探戈、伦巴、恰恰，还有劲爆十足的现代舞。歌舞队里有位退休干部叫岳建社，他的歌唱得不错，人们说他的嗓音宽厚、洪亮，是个比较好的男中音。有一天晚上，吴淑芬正在广场一侧坐着休息，这时一位老人很有礼貌地请她跳舞，她犹豫片刻，最后还是答应了。你好，我叫岳建社，想跟吴老师学跳舞。哦，你就是那个男中音。不敢，不敢。有啥不敢的，我也要向你讨教唱歌的发声技巧。相互学习，取长补短。他们就这样认识了，在广场歌舞活动中熟悉了。岳建社是退休工程师，儿女都成家立业了，几年前老伴去世，老家有房就回来了。他每天晚上6点准时到广场跟吴淑芬学跳广场舞，跳完舞吴淑芬又与岳建社一起唱歌，有时他们一同吃夜宵。自从吴淑芬遇到岳建社后，她的性情也变了，说话也似乎文雅了许多，岳建社跟吴淑芬跳舞越跳越精神，原来的小灾小病也似乎逃之夭夭。

有人把吴淑芬的新情况告诉了魏冰倩，还说那个岳建社人靠不住，说他经常与半截子婆娘过夜，今儿是这一个，明儿是另一个，反正一年换几个，你当心你母亲受了伤害。魏冰倩仔细一想，母亲是有些反常，这些日子也不见她胡说话乱放炮了，有时还给外孙买点小食物，时不时过来坐坐，逗逗小点点，似乎母性的光辉在回归。魏冰倩决定再等一等，看一看，耳听为虚，眼见为实。一次她敲门是岳建社开的门，他们正在一起吃饭。哦，是冰倩回家了。魏冰倩冷冷地哼了一声，算是回答。一转身就进了屋子，她这次回来没带孩子，是专门问母亲话的。两个老人在客厅吃饭，吃完饭岳建社就离开了，吴淑芬把他送到门口说，我喔女子阴着脸回来了。没准娃有啥事，你跟娃好好说话。送走了岳建社，吴淑芬又去收拾锅碗瓢盆。魏冰倩独自躺在床上耍手机，吴淑芬推门进来问，你这是又咋了，我的姑奶奶，谁惹你生气了？魏冰倩用异样的眼光看着母亲，她说，你和他究竟是咋回事？你了解他吗？他的背景有多复杂，你知道吗？吴淑芬淡淡地说，我们都六七十岁了，能咋样，就是在一起合得来，至于了解那些有用吗？你也不要大惊小怪，你当初跟李秦川，我能管下你吗？哎呀，我的妈妈，你怎么转移话题了。我就是说的李秦川，你俩好得把人都能气死，你们总是一唱一和，彼此打掩护，挤眉弄眼，把我当瓜子哄、当猴耍。魏冰倩本想说一说她母亲，没有想到却被她母亲怼了回去。

六十九

　　李秦川正在办公室与几个同事一起商量工作。这时魏冰倩电话来了，她大声说，李秦川，你给我快回来，你丈母娘又生六齿了！哦哦，知道了，我们正说事，一会儿我给你打过去，好不好！对面传来魏冰倩极不耐烦的声音，你快点儿！好的，好的，夫人息怒，息怒。几个同事笑了，但都不敢说话，大家屏住呼吸，听两位老总把话说完。一位年轻的女同事说，李总，我以为您是大男子主义者，没想到您这么体恤老婆。另一个男同事年龄稍大些，他说，李总也真是不硬气，让老婆征服住了。李秦川苦笑着说，怕老婆啊，哪个男人不是这样，没办法你就得忍受，比这厉害的还有呢。女同事问，还有什么呢？李秦川笑着说，跪搓板。跪搓板？没见过吧，就是洗衣板，现在几乎没有了，被全自动洗衣机替代了。李秦川说，人常说鞋子夹不夹脚，只有脚趾头知道。婚姻是情与感的结合，问情哪得清如许，欲说还休，欲说还休。感觉就不同了，你要知道桃子的滋味，只有自己亲口尝一尝，才有发言权。女同事笑呵呵地说，我们李总都快成哲人了。男同事说，岂止哲人，他还是个诗人。愤怒出诗人，看来李总受压迫久矣。好了好了，不乱嚼舌头了，今天就到这里，我先回去一趟，也给你们放半天假，都散了吧。李总英明，走了。李秦川一回到家，魏冰倩就哭个不停，她如此这般说着母亲的不是。李秦川问还有吗？魏冰倩说没有了。李秦川说，那咱俩一起把她赶出家门，让她想上哪里上哪里去，她干吗惹我家魏冰倩，让她知道魏冰倩的厉害。魏冰倩被李秦川的话噎死了，忙说别……别胡说。我怎么胡说了，她是谁呀，她是魏冰倩的生母，李秦川的丈母娘，这一点儿能改变吗？改不了。那么魏冰倩同志，我来问你，她一个老人即使爱上了一个老头，应不应该？老人家就是想找一个相互理解，相互照应的伴儿，这不过分吧，合情合理，她们如果申请领证也是可以的。魏冰倩被李秦川说得没有词了，她强词夺理地说，反正我一时转不过弯儿。呵呵，你要会想，当初老人家阻挡过咱们，是因为爱女儿，想让女儿有个好人家，这都能理解。现在你不让她跟岳叔交往为什么，怕她上当受骗吗？我跟你说，现在老年人流行找伴安度晚年，这种情况在大城市里多的是，咱做儿女的还是要替他们想一想，换位想一想。魏冰倩不哭不闹了，她笑着说，李秦川呀，难怪我妈说你把我卖了，我还帮你数钱，我真的信了。敢情这世上就你小伙嘴能，啥话到你的嘴里都能掰扯出个样样道道。

李秦川一家去楼下给老人赔情道歉，女儿魏冰倩一声妈叫得吴淑芬啥气都没有了，一切都烟消云散，人都说儿女气，来回气，把人能气死，气死又能如何。吴淑芬又抱上外孙笑着说着，好像并未发生过什么事情一样。李秦川说，妈，您老人家想与岳叔在一起生活，这是件好事情，按理说我们应该无条件支持您，但是作为您的儿女，心理上也总还有个坎儿，这一点也请您谅解。知道的说您自己愿意走这一步，图有个照应，不知道的说冰倩和我对您不好，您才这样。吴淑芬微笑着说，秦川的话说得在理，我得事先跟你们通个气，把话说开。你俩对我好着哩，没有啥可以挑剔，这条路是我选的，不管瞎好我都认了。魏冰倩本来做好了挨母亲一顿骂的准备，却不料让秦川说的转了向，母亲不但没有开口骂，还有向她们让步的意思。魏冰倩说，妈，不说了，你跟岳叔处去，如果合适你们自己做主，我没有啥说的，只要你觉得幸福快乐就行。李秦川也说，还有什么需要我办的，妈，你尽管开口，只要我能办到。吴淑芬说，啥都不用麻烦，简单点就行，老太婆了，还那么张扬干啥。

幸福里

　　吴淑芬与岳建社这对老人都取得了儿女的理解和支持。岳老汉的儿子在国外定居，他提前发来了贺卡和红包，女儿在渭水市工作，她早早就给父亲收拾了房间。吴淑芬对岳建社的唯一要求就是要一枚宝石戒指，不过这枚戒指不是她戴的，她的金戒指岳老汉已经给她提前戴上了。她说自己此生最大的遗憾就是把女儿的戒指弄丢了，让孩子们看不起，这是她的心病。岳建社对吴淑芬说，我到了这个岁数还能拥有一份爱情，这是上天的眷顾，淑芬，你既然成为我的老伴，我就有责任为你分忧解难，你有遗憾，我就努力帮你弥补这个遗憾。岳建社带着吴淑芬找遍了渭水城的珠宝店，又找遍了省城的珠宝店，最后才找到了与魏冰倩那款蓝宝石戒指相似的戒指，开始店家还说不卖，磨磨唧唧半天才吐了口，一口价6万元，后来他们以5.8万元的价钱成交，岳建社还为那宝石戒指配了一个精美的盒子。两位老人在钟楼照相馆拍了结婚照，吴淑芬穿着漂亮的婚纱，美若天仙，岳建社西装革履，光彩照人。人间至美，苍松不让翠竹，长河流水，后浪紧追前浪。年轻自有青春的力量，老来尚存山石的稳健。

　　俗话说少年夫妻老来伴，却说吴淑芬和岳建社两位老人，在亲人们的见证下，在渭水最上档次的国贸大厦举办了他们的银发婚礼。这是一场不同寻常的婚礼，是儿女们为父母操办的婚礼。自然没有了世俗的一拜天地，二拜高堂，夫妻对拜之类的礼节，而代之为互赠信物，戴戒指，鞠躬致谢三项，吴淑芬为老伴赠送一条领带，岳建社为老伴奉献了一块丝绸披肩，两位老人给对方戴上戒指，并向参加他们婚礼的亲朋三鞠躬。孙子辈给老人献花，女儿女婿魏冰倩和李秦川叫岳建社叔，岳建社的女儿女婿岳小红和张宗琪叫吴淑芬姨，两家人给众人行鞠躬礼。人们传颂着这场奇特的婚礼，老人没有领结婚证，却有世俗的形式，有婚姻的事实，这是度过晚年的一种方式。李秦川两口子为吴淑芬和岳建社老人重组家庭而欢欣鼓舞，幸福不仅仅属于青年，老人也有这个权利。他们为两位老人各自送了一张卡，上面分别

241

存了 10 万元，意味为"十全十美"。岳小红夫妇为老人各自送了 3000 元现金，意思是"三生有幸"。岳小红的哥哥，那位国外留学生岳大红，给他父亲孝敬了 1 万美元作为贺礼。

　　早晨，岳建社推开窗户，新鲜的空气充盈着屋子。噢！多少事情我们本来可以早做却没有做，由于自己的种种顾忌，由于害怕世俗的羁绊，由于延误了可贵的时机，由于自己的懒惰与懦弱，自己总是欺瞒自己说，急什么，老子有的是时间，有大把大把的时间，日月常在，何必忙乎。自己是老牌大学生，学水利工程的，自己一直有个梦想，希望撰写一部工程技术方面的专著。岳建社内心翻江倒海，他对自己说，我是工程师呀，工程师没有自己满意的科技成果，那还叫工程师吗？可是当时孩子还小，工作太忙，自己费尽心血一直供他们读书，从小学到大学，特别是儿子，最后还去了国外读硕士、博士，紧接着又忙着给他们成家，再后来就是老伴去世。岳建社追忆自己的过去时光，常常懊悔自己的青春年代，虽然编写了很多的简报、讲话、总结和翻译资料，却荒废了自己的专业，没有真正在工程上干几天，于是常常郁郁寡欢，经常拿老婆出气，不给她好脸色，自己还死死地攥着家里的钱袋子，老婆需要时才给一点点，如同挤牙膏一样，绝不给她太多的钱财。他没有给她买过金戒指、金手镯、金耳环，现在所谓的"三金"，也没有给她买过太值钱的衣服，更没有带着她去周游世界，他懊悔自己当初鬼迷心窍，忽视了身边的人，等到她走了才感觉她的可贵，多年以后才醒悟，自己背离了生活的本真。由于自己没有抓住珍贵的一去不复返的人生，没有抓住每一个充满温馨的瞬间，总是舍不得亲吻、拥抱，总是犹犹豫豫，而当他看到那张白皙的面容再也没有血丝的时候，他是多么后悔呀，那是他此生唯一辜负的女人。失去女人的日子是最迷茫的日子，岳建社不知道自己是谁，自己在时间长河里走了多久，甚至于不知道东西南北中，不知道宇宙空间方位，不知道阴阳五行，也不知道八卦之吉凶祸福。老天呀，我是这一切的原因和结果，我咎由自取，可我为了什么呢？我怕人讥笑，就变得十分怯懦，我在单位畏畏缩缩，在家里人面前试图寻找自己失去的威严。说一千道一万，一场没有尊重的幸福，其实就是一个空镜子，里面看不见内心的喜悦，有的也许就是相互猜疑、彼此伤害和无边的孤独，唉，什么多余的话都不要再说了，是我让她从身边溜走的，就像身边的渭河一样，滔滔东去，永不复返。

一阴一阳之谓道。现在的岳建社仿佛来到一个新的天地，睡在自己身边的女人，让家里有了新的气象。花草芬芳，窗明几净，杂尘不染，鸟儿在巢穴鸣叫，乌龟在盆里翻腾，鱼儿在水中嬉戏。吴淑芬起得早，她去晨练舞蹈，她的队员与她一起练习。听说女儿岳小红今天早上要来，岳建社就没有出去健身，他在家里等孩子。吴淑芬从外边买了水煎包、油条、豆浆回来，准备和老伴一起共进早餐，她发现岳小红也在客厅，就说你们父女吃吧，我正好有点事，一会儿回来，上午不要走，咱一块包饺子。岳小红的儿子结婚需要房子和汽车，还得准备一份彩礼钱。岳建社说你就让娃把我渭水的房用了，我就住在西咸新区这儿。岳小红说我大红哥会不会有意见？他有啥意见，什么玩意儿，上回我说把那房子给他，让他把外国媳妇带回来发展，他说看不上我的碎房子，不要拉倒，给我外孙做婚房。那要是我哥回来闹事咋办？爸给你写个东西，公证一下，省得你们将来闹矛盾，再说还有我这一套，你们一人一套，谁还有意见。爸吧，你的半房子书咋办？唉，这还成了累赘，上回你哥在电话里让我卖了那堆废纸，叫我骂了一顿，败家子！这是我一辈子的积累，是我的文化精神的全部体现，可是他……他一点也不珍惜，视同草芥一般，他还嘲笑我是老夫子，说什么现在是数字化时代，谁稀罕你那些纸片片，真是不可理喻，不可理喻呀！这回恐怕真的要卖了它，是这样，我联系一下幸福小区，给小区图书馆捐，这样还多少有点用。爸，那可要快些，我等着给娃拾掇房间。爸吧，你看能不能再借我30万元，包括礼钱十几万元，给小子买辆像样的车也得十几万元，没有车人家死活不答应。岳建社在屋子里走来走去，他说我卡上的钱，你都可以拿去用，就是人家李

243

秦川给的钱，我咋好意思给你们用呢？娃呀，你还是再想别的办法吧。岳小红“扑通”一声给他爸跪下了。爸呀，我是实在没有辙了，宗琪没有本事，挣不下几个钱，光剩下卖血一条路了，我叫这事儿逼得上吊的心都有了。看着可怜兮兮的女儿，岳建社的心软了，他把自己手中仅有的几张卡都交给了女儿。岳小红的脸色忽而一下子开朗了，她坐在餐桌前，大口大口地吃着早点，她边吃边说，这家的水煎包子还可以。她父亲却咽不下去饭，草草喝了几口豆浆，就再也没有吃什么。吃完饭她又一次催着父亲，爸时间紧呀，你记着抽时间搬走那些书。岳建社说，你在城里叫辆车拉来就行了。岳小红说，爸，你看我吴姨的女婿不是大老板嘛，人家有好几辆卡车，用一下还不行吗？岳建社说，不行，你自己叫车，车费我出得起。女儿噘着小嘴，一脸不高兴，起身就要走，不过他的女儿临走还不忘给父亲一个吻，她父亲立时变得喜笑颜开。于是女儿像燕子一样，朝门外飞去，父亲望着她的背影眼睛有些模糊不清了，他从女儿的笑声中，似乎听到了自己妻子的声音，孩儿她娘啊，我全是为了补偿你呀，是为了你，我才这样不顾一切地护着她宠着她。

在岳建社与女儿岳小红见面的时候，吴淑芬去了自己的女儿家，她给女儿也买了早点，女婿已经出工，女儿和孩子还在卧室里没有动身。吴淑芬说，你呀，现在就是一个大懒虫，一天到晚啥心都不操，不思进取，你看看你的体形都变胖了。魏冰倩穿着睡衣，孩子在床上跳腾着，她在床上看手机，她说，我这是育儿教育，也是一项光荣的事业，就是雇一个什么人来看孩子，我还不放心呢。下来吃饭，我把你家伺候得像爷一样，以后看你们咋过活，你不做饭你娃娃就会挨饿，你老汉就得拾掇你。哈哈哈，魏冰倩笑了，妈，你今天咋这么唠叨，好好，我洗漱，他几天都没有回来了，死到沟里不回来。吴淑芬说，人家在大踏步前进，你没有一点进步的状态，以后你可别怪人家秦川看不上你了。魏冰倩被妈妈说得生气了，我说，妈呀，你总是给我念紧箍咒，我怎么不进步了，你现在站在谁的立场说话。好好好，我的小祖宗，李秦川那儿我是一直给你盯着他的一举一动，他那儿有几个女的长得很漂亮，你可要当心。他爱怎么着怎么着，我不管他，我就带着我的三个孩子看他能折腾多高。吴淑芬与女儿一起吃饭，她说你看看几点了，咱们把早饭吃到了10点，早、午饭两当一了。呵呵，那又怎么样？吴淑芬说，我跟你提个事儿，你岳叔可是个大工程师，他想给李秦川打工，你跟他说一下，成不成给个话。哈哈哈！妈，老头都这么大年龄了，他吃得消吗？沟里面一是冷风嗖嗖，二是干活艰苦，三是生活条件差，你问他愿意吗？是他主动提出要去的，又不是我逼他去的。吴淑芬临走把一个小盒子交给了女儿，魏冰倩说，妈，这是什么？吴淑芬说，你别问，这是你妈的一点心意。魏冰倩呵呵一笑说，你也来这一套。母亲离开了，魏冰倩没有在意什么，儿子顺手把那个盒子打翻了，从中间掉下来一枚蓝宝石戒指，魏冰倩的眼睛都绿了，啊？这是那枚戒指吗？她左右端详了很久，很久，她也不敢断定它究竟是不是李秦川给她的那只，反正看起来很像。她掂了掂分量，试了试戴上的感觉，但总好像缺少点什么，哎呀，她想起了是眼泪，天啦，现在的魏冰倩整天嘻嘻哈哈的，她哪里来的眼泪，她似乎哭不出来，也就无法进一步验证，算了就当它是真的，还有等李秦川回来了看他的反应如何，也就知道这个东西是不是真货了。魏冰倩给李秦川打电话，李秦川正在机房里噪声很大，她说，我给你找了一个大专家，可以帮助你管理大坝。李秦川说，欢迎呀，你可以让他来，我这里正缺这方面的人，不过现在是半茬子，还是等到开年后吧。魏冰倩马上给母亲回话说，等到明年春天，春暖花开了，让他过去上班。吴淑芬说，倩儿，你们咋这么爽快呀，我还没有反应过来呢，我得先问一下老岳，看他到底想好了没有，他这个人有些瞻前顾后，犹犹豫豫。

七十

天冷不冻出力汉，黄土不亏勤劳人。

坐在自家的客厅里，李秦川正在向家人描述着槐树沟的美妙蓝图。天寒地冻，大雪封门之前，李秦川他们已经完成了这一年最后的几项任务。槐树沟景区秦川湖全部工程验收通过，环湖道路工程、神仙洞基础加固工程和景区照明工程顺利完工，此外，景区游客接待中心，小吃街 30 多家商铺建成，还有一部分正在建设。后边他们还要建设"大秦饭店"槐树沟分店，使它成为集购物、餐饮、住宿、娱乐于一体的现代商业综合体。这一年他们植树 1.2 万棵，整修梯田 2000 多亩，并配套了比较先进的滴水灌溉设施。李秦川在公司的会上信心满满地说，明年"五一"节，景区将开业。这无疑是下一个年头最激动人心的大事。

"老爸厉害呀，我给咱组团。"女儿李朝曦向李秦川竖起了大拇指，"这么说明年五一假我就可以在槐树沟度过了。"

"完全有这个可能。"李秦川笑吟吟地说。

"爸爸，你说现在的电视剧，不是武侠、科幻剧，就是魔怪、穿越剧，我倒喜欢看谍战、生活剧。"

"好的电视剧，让人看了一集还想看下一集，一直放不下。"

"爸爸，你说有妖魔鬼怪吗？"儿子李朝阳也抢着说话了。

"这个问题可以这样考虑，妖魔鬼怪是人的想象，人们惧怕黑夜和不理解的东西，人们惧怕死亡和灾难，所以就将这些想象成了那种神秘离奇的样子。"

"懂了吗？"

"哦，懂了。"儿子似懂非懂地点点头说。

女儿与儿子为看电视换频道在抢遥控器，小不点也在哇哇乱叫，李秦川抱着小儿子向房间里走去。魏冰倩正在看书学习，见他们父子来了，忙站起身说，我的点点哟，妈妈抱，让爸爸抽烟去，你去你的书房抽吧，打开换气扇。吴淑芬正在厨房炒菜，她现在可忙了，给女儿一家做完饭，回去还要给老岳做饭。

到了睡觉的时候，张凤梅来叫李朝阳下楼，李朝阳耍赖不想下去，他说，奶奶真讨厌，我想和妈妈睡。妈妈床上睡不下你，阳阳赶快下楼，不然我让曦曦跟我去了。曦曦故意说，你要是不快点儿，我可要占你的房间了。阳阳一听忙说，不许你去，我走了，爸爸妈妈再见，曦曦再见。李秦川大声说，阳阳再见！

大女儿李朝曦也要去外婆家睡觉，曦曦说，小不点晚上老是哭闹，我睡不好觉。魏冰倩说，去去去，你把你的书带上，别一直看电视。知道，你比我们老师还老师，我爸都不说我。你爸当好人，我当恶人。好了，亲爱的冰冰妈妈，我听您的话。

七十一

夜深人静。魏冰倩哄孩子睡定，这才去书房看李秦川，他已在椅子上睡着了，她进门后他醒了。这一天到晚都像打仗，可不是嘛。李秦川问妻子，你和社区联办养老机构那个事进展如何？你再别提了，他们一直摆着，说是房间腾不出来，可能要拖到开春。这也不要紧，你的店今年如何？你少打我的主意，这可是我的私田。李秦川嘿嘿嘿笑着。我就怕你的笑了，让人心中发毛。前天我跟开发区的经理谈妥了，他们新盖的一栋商用大楼 28 层，咱租两层，1 楼餐饮，2 楼搞一个托老所，分全托、半托、临时代管、上门照顾等形式。还是用"大秦饭店"这个牌子，咱们的手续在，养老这一块，就叫"幸福托老所"，这次以咱为主，社区、老协只是挂名，但他们的作用不可缺少。其他人如果投资，咱也欢迎，但必须有爱心，有诚意。李秦川说得头头是道，魏冰倩听得云山雾罩。魏冰倩说，李秦川你这么长时间为什么不跟我说呢，让我跟社区磨磨唧唧了几个月。哈哈哈！我不让你干事吗？我一直在沟里，这个你还不清楚，我也是前几天才跟一个熟人说起的，所以这事你那里没有进展倒还是个好事，人家开发区那座大楼，跟咱小区距离不到 500 米，装修基本到位，一楼本身就是饭店的设计，咱们只需按自己要求稍加收拾即可。魏冰倩说，唉，跟你说就是咱原来那个房主，前些天还托人找我，希望我们和他合作。怎么合作，他出房作为股份，我们经营，然后按股份分成。你怎么说的，我没有答应他，我说，你们不讲信用，你不是说整体装修，怎么没有下文了，你们成心把我好好的生意搅黄了，自己搞又没本事搞起来。李秦川一听有戏咧，他说这不是又来了一个好机会。什么好机会？我的神，你再想想吧，他们求咱们，还是按股分成，那主动权在我，不像以前他们收租金，我们是交租金的一方，他想涨价就涨价。魏冰倩说，我咋没想这么多，光顾着打憋气了，老公，你咋这么能琢磨事情。李秦川说，你可以把话放出去，说咱们还要办大秦饭店，目前正在选址，他们如果还没有下家，就会回头再找你，到时候还不是你说了算。魏冰倩还是有些不理解，既然已经有了一个饭店，我们为啥还要同时办分店，这样究竟行不行？李秦川说，难道你忘了吗？我们的客源那么多，外边多少人在排队等候，如果我们一家店开好了，再继续开第二家，与同时开比较哪个更好一点？魏冰倩说，同时开成本能降低，还可以形成自我竞争，知名度也会进一步提升。李秦川说，效益也会蹭蹭蹭地往上涨，收获"双眼构造理论"的乘数效果。

另外，也可以有个侧重，譬如一个店侧重于专业化服务，面向老人、学生和特别定制，一个店面向社会大众服务，线上线下都可以，反正这就看你的那两下子了。当然在我们的产品中要有拳头产品，也要有扩展产品，还要淘汰一部分产品，这就是所谓的"石头布剪刀"理论。这一对夫妇说了半宵话，几乎全是他们的生意经。

那一夜，他们夫妻俩鸳鸯戏水，情爱绵绵。魏冰倩睡得很熟很香甜，丈夫给了她一个定心丸，她的那个心结解了，她心满意足，李秦川也感觉到了困乏，他睡得打起了鼾声。在梦中的魏冰倩似乎正在厨房里学着做裤带面，大师傅教她用淡淡的盐水和面，醒面半小时，再反复揉搓面。上案后教她用擀面杖擀面，轻拿慢放向前推，擀到薄厚均匀，像烧纸一样薄时，切成裤带一样宽，顺着面的韧性一扯一拉，然后下入锅中煮二至三滚，同时下一把青菜，煮好后盛到碗中，拌入葱花、蒜泥、西红柿鸡蛋汁、油泼辣子、肉丁、盐醋等调料，用筷子一搅，看起来汁子呈红黄糊状，面条白绵绵，绿菜嫩生生，吃起来油香筋道，光滑柔软，鲜味扑鼻。她看见李秦川正端坐在那里看菜谱，几个穿着饭店制服的漂亮姑娘，嘴唇红红的，她们列队站在走廊，魏冰倩给他端来了自己亲手烹调的裤带面。你尝尝，这是我的手艺。李秦川似乎还没有开吃就有人喊道：客人到！只见一队穿灰色制服的客人，鱼贯而入，他们向着那个豪华的包厢奔去。后来是一群乡亲们，熙熙攘攘像过会赶集一样拥挤着，人们在这里随意吃饭喝酒，大声谈天说地，服务员们忙得像陀螺，上上下下跑个不停。

睡眠带着各种私心杂念进入梦乡，寒风呜呜地敲打着门窗，滴滴哒哒的声响似魔鬼的恶作剧，把静谧的梦想扰攘。妻依旧睡着，孩子也一样，他们在咧嘴笑着，而李秦川却一次次被那让人无法忍受的叮当声惊起。哎哟，我的神，一个晚上你不疲劳。你也懂游击战术，敌住我扰，敌疲我打，敌退我追，敌进我退。李秦川一睁眼睛，那种声音似乎就消失了，一闭眼那种声音似乎又开始了，真要命，他不知魏冰倩和娃娃晚上怎么睡的。李秦川坐起身瞅着窗帘，窗帘在微微颤抖，整个窗户也似乎在摇晃，而那架给了他无穷愉悦感的床铺也似乎"呀——"的惊叫了一声，如同妻子偶尔的惊呼。屋里的空气沉闷，有女人的奶香，也有其他说不清的混合味儿，李秦川把窗户开了个缝隙，那种折磨人的声音渐行渐远，以至于再也听不见了。这下可以安安生生睡觉了，却不料被睡前的某个理念所折磨，儿子阳阳问世界上有魔鬼吗？我本来想用孔子的话作答，孔子说神鬼之事吾也难明，作为圣人，他也不知啊！但我却充了一次大，这是不懂装懂的行为，孔子说知之为知之，不知为不知，是知也。这才是实事求是的态度，才是一切从实际出发的态度。这样想着，李秦川的思维偏偏又活跃起来了，尽管肉身一动不动，意识却能跨越万水千山。他又一次合上了涩涩的眼睑，嘴巴也似乎有些发干，不，也许是喉咙痛，他干咳了一两声。好不容易啊，他入睡了，也许是牵着女人的手。睡吧，睡吧宝贝，终于安然了，他睡下了，可是客厅里似乎有了动静，有人在喝水吗？分明是水杯子在接水，很响的水声，吱吱呀呀的声音响过，她一声不吭踏进卧室，一身玄色衣服，头上也是玄色纱布，闻着味道他就知道是陈尹西大姐，啊，是她！他惊讶得一个劲儿嗯嗯嗯啊啊啊，却发不出一个音节，如同已经过世的丈人魏安定。她轻轻地坐在他的床头，用她那可以化冰融雪的手抚摸他的头，她对他深情地说，我亲爱的弟弟，你的生态示范区建设进展如何？你的那个"秦川湖"，也就是小水库的容量有多大？水面有差不多 350 亩地大小吧，我估计你们建成了也就是一座以灌溉为主，兼有防洪、水产养殖等综合利用的小型水利工程，不过你已经很努力了，有这个成绩就已经很不错了，我替你高兴啊。亲爱的，请允许我还这样称呼你，你们的后续水源稳定吗？设计排洪口了吗？蓄清排浑的效果你们推演了吗？受地形地貌影响，黄土泥沙淤积影响大吗？那种高渠技术也可以试试，在别的大型水库很有效果，这些你们一定要未雨绸缪，不要等事情发生了才手忙脚乱，不知所措。她似乎还讲了很多有关水利的话，他却没有完全记住，只记得她最后说的话，她说，弟弟啊，我的心从来没有离开过你，就像那晶莹剔透的蓝宝石，我建议，我只不过是建议，你们要量力而行，如果将来有了条件，你们应该引进玻璃天桥、水上漂流、悬崖秋千、高空蹦极等娱乐项目，开发跑马场、摩天轮、儿童游乐园、拓展训练中心等项目，还可以建设现代化的洗浴中心，把地热资源开发出来，为我所用。他伸手去抓她的衣襟时却扑了空，她似乎已然抽身离开，而他的耳朵里仿佛回荡着那几首拨弄过他和她心弦的朱彝尊宋词，好像是她柔声柔气吟诵着：

> 那年私语小窗边，明月未曾圆。含羞几度，已抛人远，忽近人前。　无情最是寒江水，催送渡头船。一声归去，临行又坐，乍起翻眠。
>
> 别离偏比相逢易，众里休回避。唤坐回身，料是秋波，难制盈盈泪。　酒阑空有相怜意，欲往愁无计。漏鼓三通，月底灯前，没个商量地。
>
> 思往事，渡江干，青娥低映越山看。共眠一舸听秋雨，小簟轻衾各自寒。

在案头李秦川发现了几页手抄诗词，在那几首词的下面是一张图，上面画了房子，这不是自己在槐树沟要盖的宾馆的草图吗？设计院还在酝酿阶段，怎么就有了图样。他眼睛里的图纸忽然之间变成了真正的实物建设，一位年轻女孩是导游、是解说员，带着他游走在别墅区，这套别墅门朝南，只有两层高，她介绍说，西边是会客厅，东边是客房，中间是木楼梯，楼梯身后是一个茶座。二楼西屋是主卧，主卧北边为衣帽间，后边有小晾台，可以观望湖水，与楼梯正对的是个小咖啡屋，东南屋是办公室，东北方向是洗澡间，隔壁为厕所，一层与二层也是这种设计，不过地下室有取暖设施及自然回风设备，夏季不用空调，采用抽取底下凉风，冬季考虑北方气候，增加一个燃气炉子，也同时为了洗澡方便，还有电热水器备用。餐厅在别墅东侧，一层是大众餐厅，二层为小餐厅，三层为职工宿舍，与餐厅衔接的会议室也是三层，一楼大会议室，二楼小会议室，三楼展室。惊魂未定的他，再看妻子时，妻子说，发了一晚上神经吧，李秦川无法否认，只是一头躺下又睡了。睡还是睡不着，思想的魔怪还在折磨着李秦川的肉体，李秦川在心中默想着：我的思想执着于组织、策划和建设，我是我的敌人，一方面我渴望着将自己的信心、悠闲和快乐带往四面八方，另一方面又不得不与我的仇敌殊死搏斗，所谓我的仇敌不过是诸如诲淫诲盗、大煞风景、意志衰退、迟钝落伍、玩世不恭的种种恶习。

有的人天生有谋事的能耐，有的人却善于行动。李秦川这两口子真是天生的绝配，一个身居斗室就可以察知气候变化，人世风雨，一个善于组织各种人手，不动声色就可以做成一件实事。在李秦川还睡在床上的时候，魏冰倩早已将儿子送到了娘家，并在羊肉泡馍馆召集了她的十几个知心姐妹，她们边吃边聊，仔细商议着如何恢复"大秦饭店"的荣光，如何开启她们新一年的事业。

第十三章

七十二

迎春花在原畔上盛开的时候，李秦川驱车去了趟省城的精神病医院。他几乎在每个季节都去看望陈尹西的前夫，他为那位可怜人送去烟酒、食物和衣服，还在那里对那个无所顾忌的人倾诉一番自己的心曲。返回的途中，他与一群患者家属擦肩而过，他不知道其中有没有那位可怜人的父母，或许他们已经老迈，根本无法再看自己的亲人一眼了。陈尹西没有给李秦川嘱托过这事，以前他只不过陪着她来过几次，而每次探望之后，仿佛她的内心就更加纷乱，更加痛心疾首，有时她也会靠着他的肩头哭泣。李秦川心想：这里也许关着一些精神病人，也许关着一些被不幸埋没的天才，说不定他们中间就有一个卡夫卡式的人物，只不过除了药品和物理手段外，恐怕缺少的只是一支笔，用精神分析法让他们寻找未曾释放的压抑，当然也包括被制约与无法实现的性需求。这时李秦川仿佛理解了那位精神病患者父母的良苦用心，他们为什么苦苦哀求陈尹西与他们的儿子复合，肯定地说这是一种美好的愿望，实行起来却是十分的艰难，有时候非理性与理性，疯狂与理智，情感与超越，并不是那么好调和的。一路上，李秦川也并不轻松，人的精神世界有时很强大，有时也很脆弱，而无论怎么说让精神崩溃的因素，是复杂的，往往也带有很大的偶发性。

汽车在公路上疾驰，车流如织。一辆白色的丰田小车正在全速超越一辆黑色奔驰越野，驾驶这辆黑色奔驰车的不是别人，正是李秦川，他正要提速超越前面那辆白色小车，这时他的电话铃响起来了。不迟不早偏偏这个时候，谁呀？真是的！不用猜准是他妻子魏冰倩，只听她在电话里高声叫道，老公，你人在哪里呢？我开车呢！我跟你说呀，我的一个同学到机场了，你快去接接她，怎么样？得嘞，我这就去，老婆的话就是圣旨。李秦川还未挂断电话，突然间就听前面一声巨响——"扑通"，一辆大汽车连同拖挂一下子越过了防护栅栏，从对面车道飞奔过来，端直将一辆白色的丰田车压成了柿饼。天啦！太可怕了，这真是飞来的横祸。李秦川被眼前的灾难震惊了，要不是妻子的电话，说不定……秦川，秦川！你怎么啦？妻子声嘶力竭地哭喊着，都怪我……给你打电话，秦川，你说话呀！李秦川愣了半晌后，才喃喃地说，前面遇到车祸了，我好着哩。哎呀，死鬼，把人都能吓死，操不尽的心。

那天李秦川到底没有去成机场，他失魂落魄地回到了家里。夜里他发起了高烧，体温一度达到42℃，他感觉自己有些精神恍惚，眼睛里到处是奇形怪状的幻影，到处是五颜六色的符号，他的胸口发闷、发堵、发慌，额头火烫，太阳穴"突突突"急速地跳动着，喉咙、鼻子以及全身数不清的排气孔，几乎无一例外的局促地喘息着，他觉得自己的心血管马上要爆裂了，毁掉了。啊，我……我这是怎么了？我从未有过这样的感觉呀？这样想着，李秦川昏昏沉沉的迷糊了，睡下后极度虚弱的他心惊肉颤，又噩梦连连，那场景仿佛还是白天的那场意想不到的灾难，而灾难的遭遇者好像就是他自己，面对着钢铁巨兽的强力冲撞，面对着黑旋风似的强大气流，他惊悚、惧怕、战栗，我惹不起还躲不起吗？他庆幸自己当时果断地踩了刹车，下意识地把车头打向了外侧，随着一声刺耳的刹车声响过，他的头脑一下子失去了知觉，他不知道自己的车是如何神奇地停在了桥边，如果再向前滑行十几米就会冲下渭河大桥，他是何其幸运，他的车稳稳当当地停放在了那里，毫发无损，而那辆体型庞大无所畏惧的大卡车，却一头冲进了万顷碧波之中，不可思议的是，临下水之前，这个大块头，这个坏东西，还拉上了许多无辜的车辆垫背，连同车上的司机。哎呀，多么可悲可叹的事情啊！桥上的交通已经完全堵塞，足足有十几里路长，司机们在驾驶室里焦急地等待着，一根根烟头从车窗里扔了出来，大货车撞坏了栏杆，还把好几辆车一同撞翻了，这是连环车祸啊，如同巨浪滔天，一波连着一波，场面真是惨不忍睹！警察、救护车、志愿者在紧张而有序地处理着现场，幸运者、不幸者、旁观者、疏导者聚集在了钢筋水泥的桥边，人头攒动，车流窒息，生者、死者、伤者迎着河流的气息诉说，哎呀，这不是魂断沣桥么。李秦川的汗水湿透了衣背，他这是添了什么紧病吧，所幸他的命还在，人也没有受伤，只是遭了惊吓，他怀疑是自己的心脏出了毛病。他又是一声唉叹，要是陈伊西大姐在身边，那该多好呀！李秦川感觉一阵懊恼，一阵胡思乱想，却总没有什么头绪，他想自己是不是这几天累得过了头，没休息好，或者是受今天这个环境的刺激吧，他从车上下来，长长舒了口气，伸了伸懒腰，然后定定地朝河流上游望去，许久，许久他都不肯离开桥头。在晦暝的天色中，他仿佛又看见了大车司机那惊恐绝望的眼睛……

那些天李秦川的日子变得郁郁寡欢，杂乱无章，面子，面子让人虚伪，李秦川夫妇没有对外声张，关于那场车祸，外界没有人知道，李秦川不想把自己牵涉进去，好像他完完全全是个局外人，可他偏偏就是一个见证人，他把自己蜷缩进了一个严严实实的躯壳里。他越是不想提那件事情，那件事情就越是对他不放手，甚至对他下硬手。他总想把自己关在家里，关在小区这个封闭的空间，可这不是个好办法，而探头探脑的家伙总是从各种渠道打听着李秦川的消息。知道不，李秦川出事了！车祸，受伤了吗？死了吗？最近都销声匿迹了，怪不得不见小伙的影子了。会不会是谋杀？他不是场面上的人嘛，难免得罪什么人。八成是为了女人，这种事情说不清的。流言的舌头在天空炫耀着斑斓的颜色，无知者的跟风，更是推波助澜。李秦川在自己的天地里，感到万分的孤寂，孤寂到了孤僻，孤僻使人灵魂出窍，值得庆幸的是他的精神世界依然强健，他的思维依然活跃。他的天马行空的意识流，令人惊叹，唯物辩证法的规律，意识的反作用告诉人们，李秦川的精神似乎出了毛病，他看什么都不顺眼，与魏冰倩一天到晚地斗嘴、怄气，寻不自在，灾难这个蠢货，把极端冲动、悲观厌世、南辕北辙、蛮不讲理、目光短浅的毒液注入了李秦川的灵魂，如果说仅仅是肉体的伤害还有医可治，而灵魂的反其道而行之，意识的违反理性，反向思维，让李秦川吃尽了苦头，李秦川被另一个自己折磨得死去活来。魏冰倩几乎要撑不住了，她的男人是真真正正脑子出了毛病，这位宣称自己要为大家伙拼命的人，突然间将自己信奉的准则、规律、理性、荣誉、幸福、爱心、平安，以及人世间一切美好的事物，美好的存在，未来的光明前景统统都置之脑后了。魏冰倩哭了，一夜又一夜，眼睛红肿，神情也恍惚，她为丈夫担忧，把自己也搭进去了。儿呀，你这是咋咧？李尚林看着儿子忧心如焚。母亲张凤梅颠三倒四地去求神拜菩萨，口里不住念叨：救苦救难观世音，保佑我儿平安无事。一家人中唯有岳母吴淑芬是个例外，她说李秦川头脑好着哩，是一时受了刺激，最好的安抚就是将计就计，让他自己开车上医院。你说什么呢？娃病成了这个样子，还敢动车？亏你想得出来，我就不信。吴淑芬继续说，秦川上次车祸有阴影，加之这次……让他思想上接受不了，我还是建议试试吧！李尚林将信将疑地说，死马当活马医，那就试试吧。

"秦川，你把车开上，我想和你妈、你丈母娘一块儿去城里体检。"李尚林大声说。

"哦，体检？"

"行不行，给个痛快话。"

"走……走。"

李秦川穿上外衣，戴上手套，英武地出了门，一打开车门，坐进驾驶室里，他的手臂顿时变得僵硬，他的意识无法指挥了，李秦川狠命地用手击打着方向盘，用头撞击着方向盘，发出了撕心裂肺的哭号，这是一个强人的绝望的哭声，这是一种无可更改的事实，我废了，我的手臂残废了！魏冰倩不顾一切地冲上前，用惊人的力量把丈夫抱下了车，李秦川挣脱妻子，双膝跪地用头抢地，不住地哭喊，妈呀，妈呀，我完了，完了，完了！魏冰倩抱住了疯疯癫癫的李秦川，他用头碰魏冰倩，用手撕、扯魏冰倩，他抓自己的头发，扇自己的耳光。你打我吧，你打我吧，只要你觉得痛快，只要这样能减轻你的痛苦，魏冰倩泪眼模糊，她的心在滴血……病人，这就是病人，没有理智的人，没办法，在众人的帮助下，魏冰倩把丈夫送到了省城大医院。一路上李秦川口若悬河，宣讲活动一直没有停止，他的司机开车，两个精壮小伙一左一右，在后边看着他，魏冰倩在副驾上坐着。李秦川的手臂被拴住了，脚也不自由了，因为他一冲动就打人，这可不好，君子动口不动手，显然他已经不是什么正人君子了。但他还有嘴巴，舌头是扁的，嘴巴是圆的，他说话谁还能禁止吗？魏冰倩，老子要说话！亲，你说你说，大家都听你说。好，那我就开始了，同志们，今后我们的队伍里不论死了谁，都要开追悼会，我们的队伍是全心全意为人民利益服务的队伍……利益，你们知道吗？谁在小声说话！法西斯主义、集权主义者，一切反对派为了他们的利益，到处捣乱，杀人越货，无恶不作，不惜破坏我们的幸福生活，我们是为人民而工作的，为大多数人利益而奋斗的，我们就死得其所，就比泰山还要重……我们的目标就是建立大同世界，建立我们和谐美丽的幸福生活体系，人类真正的正常的利益，不只是物质财富的丰盈，房子、票子、美人和地位，更不是欺世盗名，带着色彩的施舍，而是无差别的给予，是利他精神，是可见于天日的明白事、光彩事、暖心事，是嘴巴和行动统一的自强不息与厚德载物，是道法自然，和悦知止，仁心菩提，是真正的心口一致，言行一致，如同人们常说的人的意识符合于客观的要求。要是除过物质利益之外，还有人的全面发展，人的相互扶持，那么这样就会让人类变得更加善良和高尚，更加自信和光明！不是吗？理性是个好东西，理性管用吗？白纸黑字管用吗？你们想一下……我这人最大的缺点就是吹牛皮，喜欢高谈阔论，谝闲传，说些四六不靠的事情，幻想着天上的云彩，地下的神秘世界，遥远的未来愿景，你们一定奇怪，这些玩意看不见摸不着，你爱怎么说就怎么说，反正大家都不知道，一句话吹牛不上税。啊，我讲到哪里了，跑偏了，刚才说的理性，对理性。理性之外的世界呢？我再问你，你知道吗？呵呵，你不知道。我们这些人，或者以前的人对于马列经典是读了一点，改革开放以来，也接触了外界的东西，那里面是万花筒，五花八门，不一定全对，你知道摩尔根《古代社会》、马克思《资本论》、凯恩斯理论、马尔克斯需要层次论、弗洛伊德精神分析法，还有弗洛姆……

　　说着说着李秦川累了睡着了。在梦幻中他到底还惦念着自己故乡的一切，他说仿佛我从地里朝回走，两边的庄稼一片葱绿，我随手想拔一把青菜，本来看见了一片汪汪的，油油的泛着绿光的青菜，却又担心被人看见，因为那些菜是有主人的。听见几个熟悉的声音在说话，像是婶婶们在打趣、聊天，她们在向我打招呼。等她们走后，我倒回来就找不到那些绿菜了，只好空手而归。我是从家乡大口井那条笔直的大路走的，那条路我不止走了上千遍，两侧的白杨树都大了。回家后的情景是混沌的，模糊不清的，我心里知道好像家族中死了人，几个族人在祭祀祖先，没几个穿孝衫的，连孝帽也见不着，想必是辈分低的人过世了。听人说可以在灵前给自家的先人上香，我便要去了，可到底做了没有我不知道了。好像我家里有很多客人，我们家族比较大，有好些亲戚都是大家公共的，我朝门外走时还碰到了两位客人，显然已在别家吃过酒菜，他们脸红红的，还朝我呲牙笑了笑，我回身看见他们朝我家里方向而去。当时我看见村里几户人家的门口坐着几个人，他们穿着单衣短袖，我却感觉到了冷，便慌慌张张地去公司找我的衣服，我自己乱七八糟的床头，衣服胡乱的叠放着，在那堆零乱的衣物中，我分明看见了自己上大学时就穿过的那件黄大衣，军用的，我朝外拽了拽，没有拽出来，唉，算了吧，别人还穿着单衣。想一想似乎就在回家前，我还与同事一起在电脑上看游戏，声音山响的，同事年轻好玩耍，我就不同了，马上就奔 70 岁，趁不住让人说道，那会儿我是一个门卫，给一家公司看大门。不知怎么了，我又转了回来，客人在院里坐着等吃饭，我母亲一个人做饭，没有帮手，我姐姐也不知道哪里去了。父亲和几个小孩在房檐底下吃剩下的饭菜，我走过去用手抓了几个花生仁，不好吃都变味了。我好像催促母亲了，能不能快一点做饭，我家的客人通常要去好几家走动，如果我家做迟了，客人会去别家吃饭，这样我们会没面子的。这时意识里我有些愧疚，我妻子魏冰倩没在家，去她娘家了，还带上儿子。我姐姐两口子，到现在还没有影子，难怪老父亲阴沉着脸，我不敢多说一句话了。我哪里有弟弟呢？你瞧我这记性，我姨的小儿让我妈从小到大带着，他一直把我妈叫妈，结婚成人后还未改口，他们两口子通常回我家，我妈叫他碎儿，也叫碎娃，他说自己有两个妈，一个生母，一个养娘。可惜哟，妈的碎儿去南非经商，生意起来了，不幸人却死于疾病，妈为此差点儿也送了命。啊，这娃娃也算风风光光的在人世上走了一回。这样想着我又转身去了街道上，这好像是老堡子的街

259

道，南北走向，天空出现了巨大的弓形彩虹，好看极了，我从北面街道看上去，同时我感觉肩头有奇怪的风吹动，转身又向南边奔跑，彩虹依旧挂在天边，我奔跑着追逐彩虹，一摸口袋，手机在哪里？我去找手机，想拍照却死活找不到自己的手机。奔跑，奔跑，回家后，再出来时，抬头已不见了天边的彩虹。场景一再改变着，家里？我看见的是老屋，多年前的旧房，父亲似乎在用牛毛毡，或者是塑料纸覆盖屋顶，旧房最大的问题是漏水。啊啊啊，这像是后园的茅房，母亲从不齐整的橡木下走过，还有一女的像是大姑母，她也去方便。我又出了门，去了工地上，民工正在翻修水利工程，屋子底下还在滴水，人很多都从脚手架下面穿过，也没有见人戴安全帽，远处，我看几个工地都在动弹着。站在蓝天下，恍惚间想起了不久前给家里修上房时，老四在竹梯上耍杂技一样的动作，好像梯子是弹簧做的，一会儿直立，一会儿弯曲折叠，而他上上下下，哗哗啦啦，从一个檐口到另一个檐口，像猴子一样利索，他身轻如燕，跳跃腾挪，让人眼花缭乱。老四是谁呢？他是我门中的兄弟，我二伯的第三个儿子，族中排行老四。还得补充一句，村里的地像屠夫打肉一样分得溜溜道道的，种起庄稼来稍不留神就到了邻居地里，我是说那些狭小的地块。当年责任制分田地，几个自然地块，肥沃程度不同，灌溉条件不同，为了公平起见，全队人每一个地方都平分，这就有了狭窄的小长条地现象。

李秦川终于明白了自己的现状，人啊，认识你自己吧！他说这种样子，其实我第一天就知道了，可惜问题不在于是不是早就知道了，而是固执己见，自以为是，酿成了大错。这才是真正接触了事物的本质，接触了真正意义的现实。他知道这是意识和身体的信号，他听从了这个信号，他知道这是宿命的安排，他服从了这种安排，乖乖地躺在了西京医科大学一附院的病床上，就是陈尹西当年工作的医院。真是奇了怪了，在医院各种检查都做了，各项指标都正常，没有什么异常。医生说他一切都正常！呵呵，他没有病，现在唯一的解释只恐怕剩下心理健康问题了，也就是所谓修身养性。心是什么？中华古老文明称为黄庭、黄中，儒家称为方寸，道家称为中丹田，佛家称为心络，一般人称为内心。既来之则安之，李秦川在这家医院看了西医之后，又去看中医，魏冰倩希望他多住几天，于是他在中医科继续接受针灸、艾灸治疗和中医按摩。有医生认为是他的颈椎压迫神经造成的，所以必须治疗他的颈椎，还有医生认为一段时间的针灸可以改善他的神经系统，另外艾灸可以提高他的免疫力，对他的微循环也有好处。

时间静静地流淌着，如同血管中殷红的血色。李秦川在床上侧身躺着，周围是白色的墙壁，是暗灰色的夜幕，是树木、建筑物、路灯及整个城市悄无声息的静夜，是一切都没有感觉、知觉的夜深人静的缄默，但他感觉仿佛有一双黑豆子一样闪着亮光的眼睛在偷偷地观察着他，陪伴着他，他知道那是一张淳朴、善良的脸，是一个稚气未脱男子的慈眉善目。你听那人在对李秦川喃喃私语：她是我的妻子，我始终这样以为。她曾经的丈夫仰起了高傲的头颅，他那温顺的头发也似乎横七竖八地伸向了天空，仿佛密林里那些错综复杂的树枝。想当年，他的父母亲为他千挑万选找对象，不知有多少人用尽心思，踏烂了他家的门槛，千方百计要把女儿给他家，可无论如何他都是一个态度，不中不中，他一个都没有相中。天大大，你家喔宝贝将来不知要选多好的女子做媳妇，方圆数十里都寻不到个合适的，咬牙鬼，独活虫，活该一辈子打光棍。不知从小受了惊吓还是怎么回事，他天生胆小怕事，人常说先人别太能了，啥时候你都给娃遮风挡雨，就把娃惯日塌了。这就像清人林则徐说的，后人不如我，要钱做什么？后人比我强，要钱做什么？一个人成长过程中总会遇到各种各样的怪诞之事。他很小的时候，曾在乡村生活过，那时候乡野的风透露着粗犷、豪爽、干裂、冷噤，当然也有出格的行为，甚至咄咄逼人的事情发生。一天，棉花地里一群女人在拾棉花，一个妇女在地头小便，她正提裤子时，发现了一对贼溜溜的眼珠子。哈哈哈，大白沟子！村子一位光棍在偷看妇女解手。这还了得，几个忿忿不平的壮实妇女来了，她们逐兔子一般，一阵穷追不舍，终于捉住了"坏蛋"，她们惩罚"坏蛋"的办法格外新奇，不打不骂他，就是把他的裤子脱了，把头塞进裤裆部位，羞臊那位"坏蛋"，"坏蛋"眼泪汪汪地哭着求饶。你个哈种，还学哈不？不了，婶子们，嫂子们，你们放了我吧！这是大人们的恶作剧，这是女人对男人的惩戒，但这场嘻嘻哈哈的乐子，对小孩的影响可就大了。世界上的因果啊，偏偏就落到了一个孩子的身上，村子里的孩子司空见惯了这些打打闹闹，城里来的那个孩子着实吓了一大跳，这些女人怎么像母老虎一样凶猛。夜里他发起了高烧，梦中他梦见了自己，自己背上新书包上学了，一路上很多学生都背着新书包，一位穿着方格子上衣，扎着麻花辫的大姐姐把他吸引住了，他忍不住上前摸了一下她那长长的辫子，这一举动被后边的同学看到了。快看，他耍流氓呢！他居然敢动大姐姐的辫子，大家伙七嘴八舌地说着。有人上来把他推倒在地，打他，打他！他哭了，哭得很伤心。后来大人们就说他经常抽风，抽搐，好像染上了什么病。什么病？恐惧病，他从内心里开始害怕女人，害怕女孩子，以至于后来他不能正常生活，不能照顾自己，不能过正常夫妻生活。他与陈尹西在一起，心中始终被恐惧所笼罩，太恐怖了，天空居然布满了血丝，人类居然要相互折磨，厮打、抢夺、仇恨、杀戮无所不用其极，女人啊，只有在墙壁上、画册上、梦境中才是完美的、安全的，否则都是不真实的、邪恶的、虚幻的。可怜人，你为什么要跟我说这些，我能拯救你吗？我能给你幸福时光吗？你知道的，我的爱也很无奈，我们是一根绳上的蚂蚱，你的无能与我的无助在某种意义上是一样的，我们都走不出自己的内心，自己的心魔。可怜人，其实你的内心跟明镜一样清澈、透明、纯洁，你是人世间最崇高的人。

天空出现了明丽的色彩，小鸟儿报告了黎明的信息，是什么让李秦川的病房如沐春风？是季节的快言快语，是大地的赤诚、坦荡。有人说就在刚才有一位绅士造访过他的床榻，还留下了一段深情地告白：她是我的爱人，我从来都这样以为。遥远的非洲大陆有个声音这样回应着大西北的风景，李秦川知晓那人是她的那位差不多要举办婚礼的准新郎。那是个聪明人，他的知识能力都很高，对待生活他有一套自己的说教。哈哈哈，天知道，说起恋爱婚姻选女人这档子事，往往是花里挑花挑得眼花，卖油郎独占花魁，俊相公偏遇丑婆娘，仿佛苏格拉底让弟子挑选最好的麦穗，你喜欢的就是最美好的。谁知道一个对自己绝对自信的男人，在她面前甘愿俯首听命。一个大老板，一个拥有很大一笔财富的成功人士，为了她不惜放弃一切，包括他的生命！有时候人到了一定地位，最不缺少的往往就是起初最看重的。那些大大小小的人物，见多识广的先生，也有看走眼的时候，也可能出现审美疲劳，"入芝兰之室，久而不闻其香，入鲍鱼之肆，久而不闻其臭"。他是过来人，正如她有过一次婚姻一样，他记得自己第一次懂得男女之事，是他的一位大哥带他去的，在那种地方就是干那种事的。那种事情不提也罢，那时候就是赤裸裸的性交换而已，只要你给钱就行。大哥就是大哥，眼观六路耳听八方，人见人爱，什么道都通。小弟弟多少有些脸红心跳不好意思，大哥说今晚就尽情玩吧，让这青瓜蛋子也开开窍。人就是在这么懵懂的情况下长大的，他有时也主动去会一会各式各样的女人，但他都感觉这一切不真实，他始终在云里雾里飘浮着，没有丝毫的宁静和安详，只有见到了陈尹西他才真正眼目一亮，啊，就是她！在她面前，他完全没有高人一等的感觉，相反有了一些自惭形秽，甚至有了一种负罪感，她拯救了他，她的凛然、冷艳，她的智慧、温婉，让他知道生活的价值。当那个遥远的部落为他张罗美轮美奂的房屋、举世无双的游艇的时候，他第一感觉是荒唐，多此一举，他何许人也，如何敢与酋长比肩。话说回来，人其实都是一样的，都有生存的权利，你剥夺了别人的，就显示你的高贵吗？他何敢据有如此华堂大殿，茅屋草舍足矣。

西京医科大学一附院，法桐参天，林荫遮蔽。住院大楼长长的走廊上没有半个人影，四周里阒无人声。李秦川似乎已经安然入睡，那些熟客、不速之客、外来客都闹嚷嚷地离去了，一切好像都恢复了本来的模样，静谧、平和、温暖、自在。但睡神是最不安分守己的，他时不时地就来捣乱一下，干扰一下，喂，小伙子，你睡着了吗？睡着了。废话，睡着了还回嘴。嘿嘿嘿，睡不着嘛。你恐怕还在等人，呵呵，我等谁呢？明知故问，就是那个她。胡说。你听人家一个个不是情人，就是爱人，不是亲人，就是妻子的称呼着，哪个多少都算有名头有来头，那么你小子算什么呢？你是无名无分的愣头青吗？你……你胡扯八扯什么，喔喔……我是她弟弟，我也要声明：她是我的姐姐，我一直这么坚持着。大姐是我最爱的人，我的很多事情都是她帮助的，没有大姐就几乎没有我的一切。哈哈哈，天花乱坠，欲盖弥彰，没有一句真心话。睡神继续说，往日崎岖还记否，路长人困蹇驴嘶。你开……开什么国际玩笑？人生如逆旅，我亦是行人。你们是什么鬼才知道，你们不明不白，不清不楚。天地良心，我从来没有逾越生命的底线，我需要一个永恒的姐姐，一个雅典娜一样的美丽天神。天神的儿子，你痴心妄想。难道你没有向女人献殷勤，并自鸣得意的毛病吗？不是这么回事，天知道我多么爱她，我热爱她花一样的生命，却不忍心触碰她，损毁她，尽管六月的天气如同地狱，但我还是要申明我的忠诚，我的爱亘古不变，李秦川的话音未落就听见了熟悉的脚步声，那个声音正在他的耳鼓里回响，他仿佛看见了那一身圣洁的白色，哦，是她，是她，她正在向着病房走来……

七十三

"此处不留爷自有留爷处！"这是刚跨出大学校门时李秦川挂在嘴边的话。

当初那个少年啊，是如何的狂傲不羁。李秦川大学毕业后，曾在咸阳原上的一所学校教过半年书，他是为了追求媳妇魏冰倩才辞职进城创业的，他不甘心命运的安排，他要自己安排自己的命运。老爷李西周嘴上说他是犟怂，背后暗暗给他鼓劲儿，男子汉趁年轻就是要闹他个天翻地覆，人仰马翻，小伙，弄你的，有老爷给你撑腰哩。父亲李尚林骂他是哈种，老是给他使绊子，还说给你几年时间，弄不下名堂就快滚回来，别在外边丢人现眼了。亲戚邻人都说他是这山望着那山高，心神不定，建议快给他娶媳妇成家立业，他母亲张凤梅说他儿有出息，他儿想干啥就干啥，她当娘的绝对不干涉。李秦川苦恋着魏冰倩，他说，她是我的媳妇，这辈子谁也别想把她从我身边夺走。那时候魏冰倩的母亲是不开心的，她不希望一个农村来的穷小子走进他的家门，她为自己女儿的幸福设计了美丽的光环。她仿佛看见了嫩绿的叶子中间花枝摇曳，她把一片片叶子丢进泥土，她只希图纯粹的花朵，娇艳的花朵，可以酿蜜的花朵。那时李秦川就住在对面的房屋，为的是每天可以看见自己心爱的女人，他说我们从没有分离过，每时每刻，不论白天还是黑夜，因为我们每一个时辰都照着镜子，用反射的光环照耀着对方的心田，有时候心灵的眼睛是可以洞悉一切，包括那些厚厚的墙壁甚至钢板，深夜中我会看得她脸发烫，心发烧，她也会搅得我夜夜不得安息，即使我们站在瓢泼大雨中，哪怕相隔数千米，也能分辨出彼此的声息……

在住院的那些日子里，李秦川在病床上躺着，感觉日子过去了很久，很久，他思维的马缰绳似乎抛向了远方，信马由缰，无拘无束，想什么就是什么，有时候想得人头脑发疼，眼睛发酸。这人就是这样，一睁开眼睛就要思想，要吃饭，要喝水，就要爱，要恨，要发火，要耍小聪明，所谓眼大眉稀，各人的脾气。李秦川住的是单间，平时就他一个人，难免有些寂寞，他就在走廊里溜达，听病友们说些外边的事情，虽然自己不声不响，但也是一种享受。这人往往就是这样，人多了嫌嚷闹，人少了又感觉空得慌。有时候他倒羡慕起那些几十年甚至一辈子都安住在深山野林中修行之人，他们的定力如何了得。唉，能够修身养性，才是高人，才算活出了人生的儒雅境界，想想自己，一个只知道闷头下苦的人，是应该慢下来了，缓下来了。人之病有身病，有心病，其实各有痛点，而最难治的是心病。李秦川知道自己的病没有什么大碍，养些日子就自然好了，他就是心太累了。人贵有自知之明，李秦川心知肚明，自己不同于别人，与其独善其身，莫若还是为大家伙干些事情，他感觉自己的这种生活也蛮有意义的。现在李秦川的睡眠质量有些改善，也能睡个安稳觉了，只是有时候也失眠，而放屁、打嗝、说胡话之类的家常俗事，那就不用细说了，反正食色性人之大欲也。

梦是人思想的影子，总会时不时地纠缠不清。一天夜里，12 点刚过的时候，李秦川被电话铃声吵醒，哎呀，谁呀，还让人活不，这才刚刚睡下。原来是姐姐李秦赢火急火燎地打来了电话，她带着哭音说，你外甥三虎跟别的孩子打群架，让派出所拘留了。这是猴年马月的事情了，李秦川在心里嘀咕着，仿佛多年以前，他还在城里厮混，还是个吃了上顿没有下顿的可怜人。听说外甥的事情，李秦川坐立不宁，他必须连夜回去一趟，李秦川在街道好不容易才雇了一辆出租车，尽管他出了高价，人家还不乐意去。一路上，李秦川的心怦怦直跳，他不知事情究竟严重到什么程度。这些十四五岁的孩子，没有基本的是非界限，很容易感情用事，正是天不怕地不怕的年龄，是所谓的"危险期"，很容易失事闯祸。

李秦川的脑海里闪过了许多的往事，好像是昨天病友们讲的，又好像是自己很早以前就知晓的——去年羽村的几个小青年初中毕业后就在社会流浪，经常上网、下馆子，以抢劫、敲诈在校学生为业，羽村中学的两个学生上网到了晚上 11 点左右，被这伙歹徒跟踪、追打、抢劫，一共抢了六元钱，一人脾脏受伤害后摘除，一人被打成脑震荡。还有湾子村，一个初中女生，家里就这么一个宝贝疙瘩，父母娇惯得不像样子，花钱大手大脚，做事情不计后果，有一天她纠集一帮子同学，男男女女的，一起下泾河游泳，她跳下去就没有上来，好多天连尸首都没有找见，你说奇怪不奇怪，这算什么事，好端端的一个花季少女就敬了河神。

南街中学，男女生发生口角，女学生便叫社会上的黑道人物教训那个男生，那个男生练过武术，得过县上散打比赛冠军，他也不是省油的灯，提前准备好了刀子，随时带在身上，一天晚上双方进行了了断。那天天色昏暗，黑黢黢的旷野有些雾气，学生刚下晚自习，忙忙乱乱的，学校大门一开，学生就像潮水一样地涌出了校门，又朝四面八方分散开来，他们三三两两地说笑着呼喊着踏上回家的路途。

这时一辆白色的昌河小面包在学校西侧大约三百米处停下来了，只见五个凶神恶煞般的汉子，从车里钻了出来，为首的戴着墨镜，光头，身材高大，有一米七八左右，其余的三四个，个头都小，年龄也小，前呼后拥地跟随着他。一位身材单薄，穿红色运动服的学生正朝他们走来了，"墨镜"一声令下，他的弟兄们便一拥而上，"红运动衣"一看情况不对转身朝小路逃跑，"墨镜"他们如何善罢甘休，一路追来不依不饶。你道是"红运动衣"招惹了谁，他的那位女同学是"墨镜"的对象，他这回闯祸了。"红运动衣"一口气跑到了河滩，那里空旷、冷清，甚至有些肃杀、凄凉，"墨镜"的昌河车绕道在前面挡住了他回家的路，后边几个也很快追来了，天空似乎更加阴沉、浓重，天幕几乎要贴近大地了。"红运动衣"停下来了，他悄悄地取出了刀子，准备拼死一搏，"墨镜"一伙也都亮家伙了，"墨镜"首先冲到跟前，"红运动衣"躲过"墨镜"朝他刺来的匕首，随即刺了"墨镜"一刀，"墨镜"当胸中了一刀，扑地，未来得及喊叫一声就栽倒了，另几个打手也发起了进攻，他们到了跟前一看这情形，吓坏了，转身就跑……

在赴姐姐家的路上李秦川思绪万千，他不希望发生不可挽回的大

267

事，他想到了现在的学校教育、网吧管理、家庭教育、影视媒体等社会环境，有些家庭父母忙于赚钱而疏于孩子的管理教育，有的家庭父母离异，孩子缺少关心和爱护，心理障碍严重。忽而他想起了一个古老的故事：饲养者将两只几乎同样大小的天鹅分别放在一大一小两个水池，为了防止天鹅逃走，他把大水池那只天鹅的一只翅膀剪掉了，它由于失去了平衡便飞不上天空，那个小水池的天鹅它虽然有完整的翅膀，但受到空间的限制，滑翔距离不够，也不能升空。李秦川一方面从心底赞叹饲养者的聪明绝顶，另一方面却不由不联系教育的现状，在一所幼儿园里你是关心孩子学会了多少字，学会了哪些运算呢？还是教会孩子如何玩耍，如何张开想象的翅膀？在一所小学里，一所中学里，你关注的只是知识的掌握程度，分数得了多少，升学率有多高，还是更多地侧重于情感、意志、价值观的培养，重视获取知识和技能的方法呢？李秦川甚至怀疑我们的一些教育行为是否已经摧折了孩子的另一只翅膀，是否限制了学生宽泛的发展空间呢？

到了姐姐家里，一询问情况李秦川就把心放到肚子里了，他知道事情没有自己想象的那样严重，但也不能掉以轻心，子不教父之过呀！李秦川坐在姐姐家的炕头上，很不客气地说了姐夫两口子，攒钱为了什么？攒银钱不如育个好后人，儿女的事情要靠他们自己，把娃娃管好了就是你们最大的成功，否则一切都是白搭，都是竹篮子打水！你看从古到今多少豪富留下来了什么呢？不是一个个都淘汰了、暗淡了、消亡了，关键是要后继有人。李秦川建议姐夫多与孩子交流，随时了解孩子的情况，看他的交往，多鼓励孩子上进，不能用简单的棍棒政策，一打了之，他希望他的外甥能够成为一个对社会有用的人才。李秦川没有直接去派出所，也不去找什么人，直接进了村子，他一再叮嘱姐夫，服从派出所处理，积极缴纳罚金，负担相应的医药费，让自己的孩子受教育，妥善处理与被打孩子家长的关系，要给人家道歉，毕竟医院里躺着的是人家孩子……

七十四

　　李秦川没有想到，陈西光的企业这么快就烟消云散了，这是他这几年听到的最令人痛心疾首的消息。早些年，陈西光与朋友合作投资房地产被死死套牢，3000万元投资血本无归，工程虽说几年前已经完工，但迟迟无法交房，城建、消防等验收没有通过，购房户交了钱不能按时入住集体上访。作为开发商之一的陈西光，自己没有那么多的资金，他先后贷了银行2000多万元，一直还不上银行贷款，雪上加霜的是，他们还与当地群众因水、电、气过境而起了纠纷，被封门堵路。要不是政府及时出手，他们的房地产企业破产重组，他恐怕到现在还脱不了干系，而陈西光一旦从巨大的债务危机中解脱了出来，他就有些得意忘形，开始变本加厉地参与赌博，到处逛荡，他的手气确实不行，输得一塌糊涂。赌博将他逼到了死胡同，因为欠了大量的赌债，他几乎走到了要卖汽修厂、房子和汽车的地步。他的老母陈老太太，看着落魄不堪的儿子，动了恻隐之心，便将女儿给她的养老金全部拿出，还变卖了陈尹西在省城的私产，才帮助儿子渡过了难关。

　　这几年，陈西光时来运转，生意红火，他成了著名企业家，在社会上有了一定影响。他与某公司合作生产的新能源客车成功进入市场，目前已有几个城市用他们生产的新能源车作为公交车。当然，陈西光还有一件引以为豪的事情，就是他娶了比自己小20岁的美女柳若兰，她为他生了一个聪明伶俐的女儿。三年前，他的原配夫人因病去世以后，柳若兰跨进了陈家的大门。陈西光这人好了伤疤忘了疼，

269

依旧嗜赌如命，几乎没有一天不是在赌场上度过的。特别是生意兴隆后，他的钱袋子鼓起来了，底气也十足了，他的赌瘾似乎更大了，国内的赌场也容不下他了，于是便与朋友频繁出入澳门赌场，结果把他赌进去了。赌场如同战场，朋友自顾不暇，哪有工夫救你，陈西光算是看透了，什么狗屁朋友，关键时候谁也靠不住。朋友中有几个眼睛亮的，输了钱便自认倒霉，一点儿也不敢恋战，他们知道这是什么地方。陈西光输红了眼，他黑血上头，发誓要赢回本钱，最后越陷越深，把自己的汽修厂、豪宅、汽车全都押上了，还欠了700万元。疯狂是魔鬼，诱惑人误入歧途。陈西光沸腾的热血终于冷静下来了，他悔不当初，自己是撞破南墙不回头，一条道走到黑，真是鬼迷心窍了，现在大错已经铸成，说什么都晚了，他把自己一辈子的心血都打水漂了，他先后输了8000多万元。澳门赌场的那帮混蛋有钱便是爷，你没有钱了，他们似乎换了另一副心肠，对你不再笑脸相迎了，看起来冷若冰霜，甚至凶神恶煞，小小的看守都朝你吐槽：没有钱了，你还充什么大爷，你就是一个龟孙子，地上爬的毛毛虫、蚂蚁草芥，耶！陈西光像因犯一样被扣在了澳门，似乎进入了没有阳光的黑暗地带。他来时是扬扬得意的贵宾，是腰缠万贯的富翁，是一呼百应的老板；如今成了欠下巨额债务的可怜虫，不名一文的穷鬼，任人宰割的羔羊。陈西光想起了老娘，想起了妻儿，他泪流满面，我这是作孽呀，可怜的老娘、妻子，他们还要为我担惊受怕，我是陈家的不肖子孙，对不起老母亲，对不起大家啊！

为了搭救陈西光性命，柳若兰火速去秦岭山里，找婆母陈老太太想办法。陈老太太正在念佛，老人家念了一个时辰，儿媳跪了一个时辰。老人说，江山易改，本性难移，事情我早已知道。钱是硬头货，我手头也没几个钱，你妹妹远水难解近渴，再说上回把她的那点积蓄也花光了，没得法子呀。那如何是好，没有这笔救命钱，西光就没命了。西光呀，不听老人言，吃亏在眼前，天作孽，犹可恕，自作孽，不可活啊！妈妈呀，不管咋样，他终归是您的儿子，您不出手救他，天王老子也没辙。要是尹西在就好了，她会想办法，看来只有找李秦川了，他有这个能力。一听说找李秦川，柳若兰似乎有些犯难，想当年自己与陈西光合谋陷害李秦川，还把人家折腾回了农村，一提这些旧事她自己都感觉心里不自在，愧对人家小伙，难道人家李秦川能不记仇吗？人常说不走的路也要走三回，不求的人也要求三次，她这不是又折回头来哀求人家李秦川了么？世事如棋，风云莫测，想不到我柳若兰也到了山穷水尽的时刻。

陈老太太说，现在顾不了许多了，救人要紧。她给了儿媳一个小巧精致的三足青铜鼎，这件器物是女儿陈尹西孝敬的，为西周早期的一种炊具叫父辛甗，相当于今天的蒸锅，上边的文字还是李秦川帮助辨认的，最初为陶制，后逐渐出现青铜制作，流行于商代至战国时期。此物其上部为甑，下部为鬲，两者结合为一器。甑底有穿孔的"箅"与鬲之间分隔，鬲内有水，下有三足，足间烧火加温。陈老太太说，若兰，李秦川好歹也是你的熟人，他还能不给你面子。柳若兰还是宁次着不肯去。老人说这件东西小李见过，你去了他就明白意思。柳若兰抹不下这张脸，唉，不去求人家吧，自己过不了这道关，丈夫回不来，反正也没有其他更好的路了，去就去吧，低低头又何妨。柳若兰硬着头皮找了李秦川，并转送了陈老太太的礼物，李秦川百感交集，他知道老人家的心思，他回赠了老人家一个雕龙画凤的楠木拐杖，作为答谢礼。李秦川最终还是答应了柳若兰的请求，她喜出望外。事情紧急，李秦川多方筹措了700万元，成功把陈西光从澳门解救了出来。李秦川说赌博是一个黑暗世界，我救你是希望给你一线生机，后边的路就看你自己了。

李秦川以德报怨，做了他应该做的事情，他把陈西光从苦难中拖了出来，但他似乎还感觉相比于陈尹西之于自己的恩德那简直是不及千分之一，万分之一，他始终感觉自己无论如何都亏欠着陈尹西大姐，不管时光过去多少年他都还不清人家。人啊，有时候你就是历史的、传统的，因为你无法逃离你的生命空间和时间约束，有时候你又是现实的、当下的，因为生活的意义决定了你必须做一个社会人应该做的事情，做一个家庭人应该做的事情，充当一个非如此不可的存在。李秦川知道西京大兴善寺里有一名联："何处去寻无垢地，随缘宜种积福田"，他非常喜欢。另外他不知道从哪里知道的，这个寺庙里也有这么一句话名言：人生最大的敌人是自己。西方人说"认识你自己"，庙里的和尚说，一个人最大的敌人不是别人而是自己，是自己的贪、嗔、痴、恨、怨、怼之种种，是自己的好大喜功，追名逐利，不自量力之种种，看来能够战胜自己的人才是无敌的。

幸福里

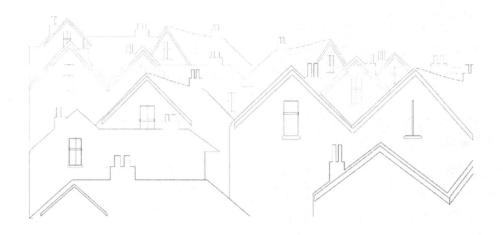

第十四章

七十五

　　这一年，省直机关的植树点选在了槐树沟，这是一件令人欣慰的事。李秦川召集他的同事，提前做好了一切准备。通往景区的2.3公里道路已经修通，公司的一个青年员工担任解说员，他们还制作了几块大幅宣传板，沿途插满了彩旗。李秦川让专业人员制作了5分钟宣传短片，在大屏幕上滚动播放。人们也许不知道，在李秦川的内心深处，他有一幅槐树沟春天的梦想蓝图，他希望把秦岭以南的葱绿苍翠移植到自己的家乡。他要带着大伙用滚烫的热血和辛勤的汗水，让槐树沟山清水秀，四季花香。

273

3月12日上午省市及新区几千人的植树大军进入槐树沟林区，仪式非常简单，在组织方负责人简短的讲话后，由公司工作人员带领，各路植树人马来到自己的植树区，开始在一片空地上植树，这是去年冬天平整的梯田，经过这次大型植树活动，林区将新增5000棵树苗。树种主要有侧柏、刺槐、雪松等。主要种于地势较高，且陡峭难行的地块。公司早已用小型挖掘机挖好了树坑，用水管将水送到了地头，十几台拉水车正在向没有滴水设备的地块运水。

　　植树点的下边第二层，还有一大片色彩斑斓的"拆迁林"，这是一块很有意思的林带，它布局在地势相对平坦的地方。这里的树林已基本成型，树种有洋槐、国槐、柿树、皂荚树、法桐、椿树、桑树、榆树，这里的树木高大、端庄，它们都是一个个拆迁村移栽成活的村树，是村中少之又少的稀罕物，李秦川为了它们没有少费工夫。同时这里也是一个村庄文化的记忆林，每棵树除了树木说明外，还有一个树木来源说明，原生长于某村某人门口或院落，某年月日移至此地。树下有石块，石上有某村名字刻字，还有传说故事介绍牌子。若干村为一个单元，醒目处有某街道办简介。

　　一直以来，富有诗意浪漫情结的李秦川，经常思考这样一个问题，所谓名号，如同旗子一样，其实颇有深意。一个咸阳原，叫过毕原、池阳原、长平坂、石安原、洪渎原、五陵原等名字，每个名字的背后都是一段历史。这道原南北数十里，东西二三百里，原上虽无山川阪池，却是秦汉陵冢扎堆之地，想想那些遍布在帝王陵墓周边的地名真有趣味，周陵、底张、北杜、太平、正阳、窑店等乡镇（街办），利民、团结、光辉、双泉、睢村、西蒋、大石头、任家咀、邓村、北里、柳村、临泾、小寨、摆旗寨等村庄（社区）。从利国利民，团结向上的追求，到崇尚光明，走向共同富裕，热爱大自然的气质；从周陵、窑店、底张、北杜的千年风烟，到神话传说中的天外神石，鹰咀一样妙不可言的地貌特征。这里是周秦汉唐帝王将相的陵墓之地，是历代才子佳人的安眠之所，有祖脉的丰盈，有细说不尽的文

274

化资源，且不远取，近处即可信手拈来。望夷宫阙遑遑如梦，在泾河的流水中缠绵不尽；大唐顺陵威严无比的狮子，在目视蓝天；北杜街道的巍巍铁塔，高耸于古老肖河的岸边；龙华寺遥远的钟声，袅袅不绝，沿河佛寺尼庵的诵经声，时远时近，与上官婉儿馆驿的唐诗大会，同声相和，惺惺相惜。历史总是在叹息中前行，在慷慨催悲中觉醒，从秦汉以来，比较大的迁徙行动似乎就没有停止过，秦国曾迁徙过六国巨贾，西汉又迁徙山东豪族，直到明清甚至于近代也有过类似的征迁活动。或许这里有古老的山西大槐树下风餐露宿的前人的后裔，有东方忍饥挨饿迁来户族的根苗，有迫不得已的黄河难民的子孙，也有自称是当年的陵户，是守陵人的后人。陵与灵一字之差，也许历史就是这么令人匪夷所思，守得住陵的，未必能守得住灵，其实灵走了，陵也就成了荒冢废丘。李秦川在心中回应着这样的声音：所谓名字，只是一个符号，所谓符号只是一个浓缩，如同族群或者部落的图腾与徽记，招引着人们向前，向前，再向前。于是李秦川鼓起勇气对自己说，给我一个名字，我将让你不凡，不凡。呵呵，这样想着，李秦川自己也感觉好笑，他不知道过去的人们是不是现在这样子，他的眼里浮现了这样的景像：无论是五陵少年，还是仗剑天涯的武士，无论是月下独酌的骚客，还是望穿秋水的采桑女，他们都将像席卷关中大地的西北风一样刮过岁月的心田，留下万古青蒙的记忆，但他相信将来一定不是现在这个样子，这时李秦川仿佛想起了李白的诗句，顿时又有了一些伤感。

《忆秦娥》

箫声咽，秦娥梦断秦楼月。秦楼月，年年柳色，灞陵伤别。　乐游原上清秋节，咸阳古道音尘绝。音尘绝，西风残照，汉家陵阙。

《金乡送韦八之西京》

客自长安来，还归长安去。狂风吹我心，西挂咸阳树。　此情不可道，此别何时遇。望望不见君，连山起烟雾。

计划没有变化快，拟定的植树及观光流程并未实施，由于景区正在建设中，出于安全的考量，除了植树点之外的其他区域都封闭了。原定参观拆迁林的计划取消了，省里植树人员参加劳动后，很快就撤离了，其他人员也相继离开，最后走的是肖河街道办事处的几个领导，他们对李秦川说，上面有人对"拆迁"这个词犯忌讳，看着不舒服，建议你们把"拆迁林"改个比较文雅一些，而且有深厚文化底蕴的名字。李秦川有些郁闷，上次有个重要人物夸奖他说，这个创意好，留住了乡愁，守住了初心，是一个了不起的发明。李秦川露出了一脸尴尬的笑容，他忙不迭地说，好的好的，领导，我们想一想怎么改。所有的人员都走了，公司的人员也各自忙去了，李秦川独自踟蹰于景区的小径上，看来有些事情做过就做过了，千万不能说出去，譬如他这个景区，你要说是响应生态绿化号召新建的，不能说是在一片荒山上打造出来的，那荒漠了这么些年你不是给人家当地人脸上抹黑吗？还有，你不能说你改造了垃圾堆，用再生资源建造了水库大坝，你要说用现代建筑新材料、新技术建造的，你不能说你的砖石来自拆迁遗物，你应该说这些砖雕、门墩石、磨扇、碾盘、拴马桩、门窗、家具、花桥、瓷器等器物，以及反映农耕文明的生产工具、生活用具和其他收藏，全部来源于民间渠道，是精挑细选的传统精华。总之，这是一个从天而降的风水宝地，这是一片神奇的乐土，什么东西都要有亮丽的背景，都要有非凡的包装和未来的眼光。

七十六

　　植树节后，槐树沟突然间热闹起来了，这个低调，低调，再低调的小地方，这个起初没有一丁点儿名气的地方，这个几乎被人遗忘的犄角旮旯，就因为植树节作为省上的植树点，被省市电视台、报纸等媒体宣传报道了，而一下子声名鹊起。疏忽，疏忽了吧，远在天边近在眼前，城区附近还有这么一方净土，没想到，真的没有想到。乖乖，你还不知道吧，这个点是省长钦点的，省委书记也表了态。这地方不远，就在眼皮底下咱都不知道，真是孤陋寡闻。这你也不想一下，能把这一块地方拿到手，当年的国有农场，人家可不是一般人。李秦川，看起来土了吧唧的样子，能量还真不小！传言，传言这种东西像风一样，吹遍了原上原下的角角落落，吹得人神魂颠倒，吹得当事人都不知道到底发生了什么。于是你来我往，访客如云，各类人物纷纷到这里来施展身手，他们推介着各种各样的方案，提出了五花八门的发展思路。李秦川被眼前的风景弄糊涂了，他有一种如坠十里云雾之中的感觉。

　　有一天，大块大块的五彩云飘浮到了槐树沟的上空，沟里的空气格外清爽，几只灰喜鹊一大早就在树枝上叽叽喳喳。看门人金老汉说喜鹊叫喜事到，今天或许要来什么贵人吧。果然那天中午，一个阵容庞大的考察团队来到了槐树沟。金老汉看到了一群人进了槐树沟的大门，为首的是一位气质不凡的女老板，她的气场很强大，周围是前呼后拥的随从，她们是来谈投资的，谈合作的。渭水市、石安县有身份的几个熟人，退下来的几个农口达人陪同着，李秦川、魏冰倩夫妇笑

277

吟吟好生招待，他们特意在渭水市的毕原大酒店款待贵宾，还为他们准备了槐树沟的土特产鸡蛋、挂面、醋、纯菜油。熟人介绍说此女身价亿万，丈夫是个外国人，她的公司注册地在香港，在内地城市搞房地产实力超群，她想考察生态农业，向这个方向发展，看中了槐树沟这块地方。不用说这是千载难逢的机遇，多一个朋友多一条路，李总你不知道，为了让她来考察，朋友们是费尽了心思，跑断了腿。至于合作方式嘛，有多种选择，第一种形式就是李秦川你的公司完全退出来，转让承办给人家，这个形式比较彻底，一了百了，当然会给你补偿费，你说多少钱，只要给个合理数就行。第二种形式就是借钱给你，人家有的是钱，只要你需要人家就投，当然这是要抵押的，还必须付息。第三种形式就是股份合作，把你这里的一切，土地房屋，你的投资建设，都折算成股份，按股份取利，而且谁的股份多谁是董事长，谁说了算。那些熟人还说，这女人手眼通天，在美国留过学，国际贸易与金融学博士，现在是寰宇建工集团公司总经理。知己知彼，百战百胜。李秦川也绝非平庸之辈，他的信息渠道也是四通八达，有人告诉他这个女人背景复杂，她曾是高考状元，当过电视节目主持人、演员，第一任丈夫是大人物的儿子，离异后出国留学，后来就在内地搞企业。这让他想起了陈尹西，她的坦然处事与这个女人的虚张声势形成了鲜明对比，他观察到这个女人眉目间有一丝丝忧悒和不安，他的内心告诉自己这不是一个像样的合作伙伴，似乎只是个傀儡而已。女老板一行在槐树沟盘桓了几日，事情没有丝毫进展，她还在沟里受了风寒，住进了渭水市中心医院，作为东道主，李秦川夫妇专程去探望了她。李秦川对她彬彬有礼，不卑不亢，可就是无意与她合作，女老板只好悻悻而归。事后，李秦川公司的副手们抱怨他，你是跟钱过不去，还是咋的了，人家给你出到7个亿你都不丢手，你到底要多少是个够，咱有了那些钱啥事办不成，为啥非得守着这个破山沟。不为啥，我就是爱这个沟道，给了别人我心疼，我不放心，这不是几个钱的事情。我知道那个女人的想法，她就是借口生态农业，到最后还不是又要盖一大堆楼房，咱这个地方我看了风水极好，要是把水源解决了，谁都眼馋，谁都稀罕。大家试想一下，如果我们签约了，我们能顺顺利利拿到钱吗？人家也许就是分期付款，人家用很少一部分钱，几百万，上千万，先稳住我们，然后用槐树沟我们的财产做抵押贷款，然后开发建设，以后的结果就是——人家赚了钱才可能给你付些款，如果赔了呢？那你就等着打官司吧，所以我跟你们说，咱们不能把不疼的手往磨子眼里塞，自己找不痛快。嗨嗨！有的钱能拿，有的钱打死了我都不敢拿，我们要是把这里的生态环境搞好了，对这一方百姓来说就是洪福齐天，你说这值多少钱？从近处看，这里是上风头，咱大家住的幸福小区，不是也仰仗这里的风水吗？这里治理好了，咱小区里也会受益，也就少受些沙尘、雾霾的影响，你们说这个合算不合算。

又过了几天，来了一个团队，他们是专业做策划设计的，由一位博士后导师带领着，我们姑且称为"博导"队。这些人不知是什么风把他们吹来了，他们愿意为李秦川的公司服务，博导声称经过他们团队的策划，已经有几家公司成功上市。上市对于李秦川来说如同天方夜谭，可博导说世界上几乎没有不可能的事情，就看你做不做，敢不敢做了，不出5年我们要让李氏公司上市。哈哈哈！李秦川笑得岔了气，魏冰倩笑得肚子疼，两个副手笑得哭出了眼泪，还有女孩笑得跑出了门，直想上厕所。博导一本正经地说，你们笑说明你们已经接受了我的建议，规范化、制度化、智能化这种趋势概莫能外，公司不分大小，必须按公司程序改造。博导问你们公司的发展理念是什么，公司的文化精神是什么，核心理念是什么，公司的符号标识是什么，服装颜色是什么，工程规范是什么，今后如何发展，还有什么想法？博导一口气问了好多为什么，李秦川——回答，博导与李秦川相谈甚欢。博导说李总想必你早就成竹在胸了，只是在等时机，看环境。李秦川哈哈哈大笑说，博导老兄抬举我了，我就是粗人一个。博导说你对槐树沟恐怕有个总体设想吧！李秦川说当然了，我是这么考虑的，您给把把脉。槐树沟旅游文化风景区，依托肖河古道建设沟道、湖泊、林地综合治理基地，传承悠久农耕民俗文化，着力打造有地域影响力的休闲农业园区。集中展示关中地区传统农、林、牧、副、渔业发展状态，还原平民生产生活场景，为子孙后辈留下一份难能可贵的文化遗产记忆。园区规划为七个功能板块：生态农业区、农耕文化展示区、田园观光区、耕作体验区、民俗游览区、文创交流区、戏曲展演区。每个板块通过各具特色的功能，譬如生态农业，种黑色小麦，种良种小麦，高品质小麦。搞反季节蔬菜大棚，高标准的，种西红柿、圣女果、黄瓜。还可以种鲜食葡萄，当地的品种，也可以种酿酒葡萄，赤霞珠、白玫瑰什么的。条件允许了还可以建一个小型酒庄，自产自销。农耕文化是个大范畴，光生产工具，生活用品就可以建一个展馆。更不用说建筑物，关中各地的建筑各有千秋，和而不同。即使女孩子坐的花轿，闺房陈设也是一道风景，还有各种样式的花鞋、刺绣，那可就多得很了。这些东西扯起来就多了，反正每一板块，每一分区都是从不同角度来展示和传播陕西关中及西北地区农耕民俗文化和民间文化，这些你们慢慢细化去，我就不在关公面前耍大刀了。博导和他的助手们鼓起了掌，李总厉害，你果然有自家的一套。李秦川问做我们这样的公司策划需要多少费用？博导说我们学生实习呢，不收费，只管饭。李秦川说知识就是财富，我给你10万元，用于奖励那些有贡献的头脑，也表示一下我们的诚意。

这件企业策划的新鲜事又引起了大家的纷纷议论。听说李秦川要请那些喝洋墨水的人制定什么企业策划方案。他简直疯了，拿头走路哩，钱多得没处花，胡出姨呢。你有喔钱，还不如扔到泾河里，还能听个响动。他这个人就是不靠谱嘛，有钱就任性，就显摆，一天到晚地穷折腾。热闹处卖母猪，尽干败兴事。公司是人家娃的，人家爱咋办那是人家的事，你们一个个咸吃萝卜淡操心。哎，各位我说个内部消息。啥消息，这么神秘。你们知道吗？李秦川有一段日子在省城住院了。嘘——这有什么奇怪。他……他是干那种事情累得虚脱了。胡说胡说，你见了？人家媳妇跟前跟后的，再说了人家外边那个媳妇还在，谁有多大劲，哈哈哈，说着说着就没有边边咧。

七十七

春天的槐树沟是最有诗意的，树木渐渐有了绿意，它们活动着腰身，抖落了严冬的疲倦，孕育了花的蓓蕾，吐露着青春的芬芳，受大自然的熏染影响，人在沟里也仿佛感觉浑身轻盈、爽利。清晨，李秦川喜欢一个人站在高高的原头，看日出观云海听水声，看沟道上下的这片土地，听远远近近万籁齐奏的自然音响。遥望秦岭莽莽苍苍，山脚下直到渭水之滨，地势逐渐降低。朝北方观察，仲山、嵯峨山影影绰绰，向西北瞭望，九嵕山秀峰独立，直插云天，这就是俗称的笔架山。看着家乡的自然风景，李秦川心中洋溢着自豪，他情不自禁地想起了这样的句子：关中形胜，南依秦岭，巍峨迢峣，横出天际，险峻幽深，曲折叠翠。北连诸山，横亘环绕，泾渭涛涛，山原交错，绵延不绝。西接陇原，高下相随，天府沃野，百代风华。东临大河，气吞万里，自然胜概，无与伦比。再看看自己脚下的这道嘴头原，过去叫黑龙岭，也称龙嘴头，它夹在泾水与肖河中间，是一处高高挺立的三角头。黑龙岭在泾河南岸，临水一侧陡峭直立，南坡较缓，地势逐渐降低，这样的降低并非由高处一直延到低处，一扇面渐渐降低的长坡，了无曲折，也还是继续起伏，中间断断续续夹杂着平坦空旷，有低处的高地，也有高处的凹地，甚至壕沟深涧，从这里向南就是肖河，肖河从此汇入泾河。县志上记载说："黑龙岭川原秀丽，长六十里，头入泾水，尾达临泾，高二十丈，云昔有黑龙出没，饮泾水，其

281

行道因成土山。"

古人云："困辱非忧，取困辱为忧；荣利非乐，忘荣利为乐。"艰难困苦与屈辱并不可怕，名位利禄并不值得兴高采烈，看来荣誉真是一把双刃剑，誉满天下，同时也将谤满天下。因为李秦川的不通达、不融洽、不合作态度，引起了一些人的强烈不满，敢情有钱大家赚，大家合伙圈钱，双赢、三赢、多赢，多么有利的条件，千载难逢的机会，他都要白白葬送，是可忍孰不可忍，他简直就是一个十恶不赦之徒，大浑蛋。于是关于李秦川和陈尹西的种种传言又开始不断发酵。有人说李秦川跟陈尹西生了一个小男孩，陈尹西之所以在国外定居就是怕纸里包不住火。还有人说李秦川公司有麻烦了，偷税漏税，就凭这一点儿够他小伙子喝一壶的。听说有关方面正在考虑废止他的土地承包合同，认为他利用关系签订不公平合同，鲸吞国家公有财产，审计机关已经介入。嘿嘿，他娃娃的好日子到头了，人狂没好事，狗狂挨砖头，你看看这不是报应了吗？对此李秦川一笑了之，咋的啦，肚子没冷病，不怕喝凉水，咱行得端走得正，其奈我何！

任凭风浪起，稳坐钓鱼台。李秦川现在还真的佩服自己的丈人魏安定了，这老头面对困厄尚能静心钓鱼，确实不是一般的心性修为。他调整了自己的工作节奏，不急不躁，凡事三思而后行，还慢慢喜欢上了发掘、整理当地民间故事，特别是与他的槐树沟有关的故事，他知道这里是古渡口所在地，历史上具有重要地位，几千年来几经演变，斑斑印记依稀仿佛。汉代人班彪避难凉州作《北征赋》，记载了他去过的地方。

朝发轫于长都兮，夕宿瓠谷之玄宫。历云门而反顾，望通天之崇崇。乘陵岗以登降，息郇邠之邑乡。慕公刘之遗德，及行苇之不伤。彼何生之优渥，我独罹此百殃？故时会之变化兮，非天命之靡常。

登赤须之长阪，入义渠之旧城。忿戎王之淫狡，秽宣后之失贞。嘉秦昭之讨贼，赫斯怒以北征。纷吾去此旧都兮，骓迟迟以历兹。

遂舒节以远逝兮，指安定以为期。涉长路之绵绵兮，远纡回以樛流。过泥阳而太息兮，悲祖庙之不修。释余马于彭阳兮，且弭节而自思。日晻晻其将暮兮，睹牛羊之下来。寤旷怨之伤情兮，哀诗人之叹时。

越安定以容与兮，遵长城之漫漫。剧蒙公之疲民兮，为强秦乎筑怨。舍高亥之切忧兮，事蛮狄之辽患。不耀德以绥远，顾厚固而缮藩。首身分而不寤兮，犹数功而辞鳔。何夫子之妄说兮，孰云地脉而生残。

登鄣隧而遥望兮，聊须臾以婆娑。闵獯鬻之猾夏兮，吊尉漱于朝那。从圣文之克让兮，不劳师而币加。惠父兄于南越兮，黜帝号于尉他。降几杖于藩国兮，折吴濞之逆邪。惟太宗之荡荡兮，岂囊秦之所图。

隮高平而周览，望山谷之嵯峨。野萧条以莽荡，迥千里而无家。风猋发以漂遥兮，谷水灌以扬波。飞云雾之杳杳，涉积雪之皑皑。雁邕邕以群翔兮，鹍鸡鸣以啴啴。

当地人说汉代丝绸之路，有一条路是从槐树沟附近经过的，近年来，这里有不少的汉代瓷器、酒具、乐器等文物出土，还发现了匈奴王爷王妃墓葬，看来古代槐树沟这个地方可能是古丝绸之路的一个驿站。李秦川从《北征赋》里找到了蛛丝马迹，长都就是指长安，瓠谷指焦获在泾阳，云门即云阳今淳化，郇邠为旬邑地方旧名，义渠、泥阳、彭阳、高平分别为庆阳、宁县、镇原、固原古称，当年班彪从长安一路行来，经过陕西泾阳、淳化、旬邑，甘肃宁县、庆阳、镇原，最后到达宁夏固原县。

傍晚，李秦川正在客厅喝茶。忽然听有人敲门，他起身开门，谁呀？我，你东周老爷。进得门来，李秦川发现了李东周身后有一陌生人。恰好这时候魏冰倩带着孩子出门了，家里就李秦川一个人在家。来人将带来的一盒广式糕点顺手放在了沙发一侧。李东周"呵呵呵"笑着说，我是无事不登三宝殿，我给你们引荐引荐，这是我重孙李秦川，这是珠海来的张子祥，也是做企业的。幸会，幸会，您好，很高兴认识您！李秦川为客人泡上了泾阳茯茶，他说这是我们的当地茶，不成敬意，张总慢用。客气了，李总。李东周又说，都是乡党都不要客气了。是这么回事，我就打开窗子说亮话。张总也不是外人，我跟他父亲熟悉，他们一家人都在广东做企业，人家的事业大得很，也搞路桥，满世界做修桥铺路的好事。你知道的，老年人守旧恋故土，娃娃给他们把坟地都买好了，在南方的公墓。可这个犟牛非要回老家，并立下遗嘱要土葬于家乡泥土，你看这不为难娃娃吗？也不瞒着你，张家祖坟就在你的槐树沟上边，他们想买下嘴头那块地，你意下如何？李秦川说，张总，这块地是我租下的，只有使用权，我根本无法转让、买卖。李总，通融一下，我出一笔钱作为补偿，你看如何？李东周说，咱都退一步，你们就在那儿修个景点，建个高塔，然后把老人安埋于此，不声张就对了。李秦川有些不快，你都把我的事拿了，他断然说，张总，我看咱这事就不要谈了，我无能为力，上头还正给我穿小鞋呢，我实在没办法，请您多多包涵！话不投机，来宾只有撤了。临走李东周说，把你能的，谁的哨子都不认，你把县志翻翻，人家张家几百年的传承，出了多少人物，我算把你看透了。说完重重地带上门离去。

　　不欢而散，这种感觉令人沮丧。这都是什么事情，难道你们还想霸王硬上弓，强人所难，嘿嘿，我也不是吃素的。李秦川有些不愉快，打开酒瓶子吹了一口白酒，长长地出了一口气，然后气咻咻地说，真是的，吃屎的还把屙屎的箍住了。一想起李东周那句把你看透的话，心里更不是滋味，这算什么话，让我顺着你就行，人啊，咋这么自私自利，管他哩，被人看透也罢，看不透也罢，都无所谓，有些

284

事能做，有些事就是做不得，这个尺度，这个界限，李秦川心里明白得很。

什么时候妻子魏冰倩不声不响地和孩子睡下了，李秦川的书房里还亮着灯光。好奇心使他翻开了厚厚的县志，他要见识见识那个遥远的张氏家族。明代这个家族耕读传家，有人当过县令，后在苏州当盐贩子，还经营茶叶、兰烟、毛皮、杂货，他们靠经商积累了大量财富，店铺几乎占了苏州半个城。过了几代，终于有人当上了兵部尚书，于是有了"尚书门第"的称号。到了清代，一门出了四进士，最有名者为翰林学士，康熙皇帝钦点修《康熙字典》，于是又有了"翰林府第"的称呼。清末张家门里又出过一任总督，人们就叫他们督台家的。民国初年，督台家出息了一个小人物，在胶东当县令，此人与时任总统是八拜之交，张家又红火了一阵子。后来就动静不大了，没有人再提说他们了，也许是人们不知底细吧，直到今天白天，李秦川才知道张家人在外地还有影响力。

夜深了，妻子的鼾声越来越响亮，李秦川去房间查看了一下，魏冰倩翻了个身，迷迷糊糊地说，你个瓜子还不睡觉，我乏得很。被妻子抱怨了一句，李秦川苦笑了一声，忽然他记起了往事一桩。他约略记得，当年自己在渭水城虎落平阳被犬欺的时候，李东周老爷好像提说过他有一个朋友在广州，人家是开公司的，需要一个文案上的人，李东周推荐了李秦川，最后李秦川没有去成，他记不清是什么原因了。呵呵，今天算是把李东周老人家得罪了，自己忘记的事情，也许人家没有忘记吧。呵呵，改天请他吃饭，亲不见怪嘛，就算他心里生气，他能把重孙娃咋样？管保几声老爷喊叫的啥气都消了。

第十五章

七十八

　　听说李秦川要办敬老院，这个消息传到了肖河街道办主任的耳朵。街道办事处正发愁全办 100 多号重度残疾人、空巢老人、五保户，以及长期卧病在床，子女又不能妥善护理的这些人，对他们该如何安置的问题。这一天，主任让人叫来了李秦川，他想与这个肖河滩的能人交流一下，看他有没有破解之法。李秦川带着一盒陕南新茶登门拜访，他恭恭敬敬地站在门口大声喊叫了一声：报告！主任随声应道，快进来，李总，你要啥怪呢。主任年轻有为，三十出头，是个雷厉风行的人。两人商量议定，一方面，政府给公司出一定服务费用，并监管公司的服务和管理，政府每年为托管老人体检一次，这些人有病有灾，及日常生活费用都由政府承担。另一方面，公司负责托管老人的日常生活照料，及每天锻炼身体，参加劳动，心理安抚等工作，使他们在较好的生活环境里享受人生。这是两位负责人议定的核心内容，具体细节交给主办人员商议，然后签订协议书。

时机稍纵即逝，兵贵神速。李秦川深谙这一兵法之道，他择一良辰吉日，迅速启动社区养老工程。就这样"肖河街道敬老院"和"幸福托老所"宣布挂牌成立。人们发现小区对面街上，多了一家养老机构，这里街道上的车辆出现了拥堵，每天早上都有不少人将年迈的老人送到这里，晚上又接他们回家。与此同时，东西两头的大街上，一夜之间居然冒出了两家"大秦饭店"。真的假的？那还用说，你看看招牌那么鲜亮。主人还是原来的主人，我的乖乖呀，这李秦川和魏冰倩的胃口也太大了吧。这回他们没有搞什么盛大的开业庆典，只是自己庆祝了一下，设了几个花篮，布置了一个彩门，上面挂着条幅，上书"热烈庆祝大秦饭店恢复营业"字样。东街上的老店门口挂了一个长方形铜牌，黄底红字，上书"大秦饭店一分店"。西街敬老院那个店为二分店，这个店同时承担大约300名老年人的饮食服务，实际上它相当于敬老院的食堂。魏冰倩打理着这两个店，她任用了两名店长，由店长负责聘用了员工，两个店独立核算，自负盈亏，多劳多得，少劳少得。对于敬老院和托管服务这一块，魏冰倩亲自负责，她从夏村雇人当服务员，农村妇女吃苦耐劳，对老年人有爱心，对照顾病人有耐心，为群众所信任。楼盘开发商、开发区及街道办也很支持她们的工作，还为敬老院减免了三年的房租，以降低运营成本，减轻群众负担。魏冰倩他们也推出了首批入驻者，打八折优惠的政策，吸引老人进入敬老院。一开始，首先进入敬老院的是各村送来的五保户、残疾人、空巢老人共83人，再后来就是父母有病卧床不起，在家居住需要上门服务的30多人，此外还有50多名年龄较大的老人，他们的儿女上班在外不放心，临时托管的。养老服务，环节多，任务重，政策性强，涉及健康、饮食、心理、生活习惯等内容，稍不留心就会引发摩擦和矛盾冲突。

早晨，在洒满玫瑰色光芒的敬老院，在绿树掩映的院子，欢快的喇叭里正播放着《健康歌》，老师带着一群老人上晨操、做运动，他们依葫芦画瓢跟着老师学着做动作，尽管他们的动作不是十分标准，有的甚至扭东咧西，但他们跳啊笑啊，开开心心。

> 左三圈，右三圈，脖子扭扭，屁股扭扭。早睡早起，咱们来做运动。抖抖手啊，抖抖脚啊，勤做深呼吸。学爷爷唱唱跳跳，你才不会老。笑眯眯，笑眯眯，做人客气，快乐容易，爷爷说的容易，早上起床哈啾，哈啾。不要乱吃零食，多喝开水，咕噜咕噜，我比谁更有活力。
>
> 左三圈，右三圈，脖子扭扭，屁股扭扭，早睡早起，咱们来做运动。抖抖手啊，抖抖脚啊，勤做深呼吸。学爷爷唱唱跳跳，我也不会老。笑眯眯，笑眯眯，对人客气，笑容可掬，你越来越美丽。
>
> 人人都说 nice nice，饭前记得洗手，饭后记得漱口漱口，健康的人快乐多。

下午，幸福社区老协文艺小分队前来慰问演出。老协舞蹈协会吴淑芬等十几人的广场舞三步踩，动作优美，节奏感强，吸引了大家的眼球。老协退休老干部合唱团演唱了《太行山上》《保卫黄河》，引起了大家的共鸣，其他很多老同志都跟着唱起来了：

> 风在吼，马在叫，黄河在咆哮，黄河在咆哮。河西山冈万丈高，河东河北高粱熟了。万山丛中，抗日英雄真不少！青纱帐里，游击健儿逞英豪！端起了土枪洋

枪，挥动着大刀长矛，保卫家乡！保卫黄河！保卫华
北！保卫全中国！

　　老协歌舞协会岳建社等三人组合演唱的《草原上升起不落的太阳》《鸿雁》，回味悠长，让草原风情恍若眼前。敬老院工作人员的女声合唱《红梅赞》，令人泪目，在这群人中间，《红岩》这部书籍，他们很多人都读过。大家要求院长魏冰倩独唱一曲，她为老人演唱了《一条大河》这首歌，让很多老人热泪肆流，他们中有人参加过那场惨烈的战争。敬老院的一位平时不显山，不露水的保洁人员毛遂自荐，即兴唱了一段慷慨激昂的秦腔《包公赔情》，让人刮目相看。老协秦腔协会的李秦嬴演出《斩秦英》选段，她的演唱字正腔圆，感人泪下，亲情与道义在这里纠结，人性与欲念在这里搏击。所有参加演出的人员与敬老院的老人一起互动，一起交流，他们的演出获得了成功，受到了热烈欢迎，敬老院的老人纷纷要求拜师学艺，他们也要学跳舞学唱歌。

　　老小，老小啊，像孩子一样的笑容，像孩子一样的无拘无束，像孩子一样的天真可爱，这是一群老年人的形象。但也有的老人回家后，给自己的儿女告状，说敬老院不给他们吃饭，敬老院厚此薄彼，敬老院看人戴帽，没有一视同仁，凡此种种。明事理的晚辈一笑了之，不明事理的，也有人气势汹汹地闹上门来。一天，一位老人的晚辈在魏冰倩房间大骂，我们交了钱，你们这样做是不道德的，违法的，老人起码要吃饱肚子。魏冰倩让来人察看监控视频，原来并未发生饿饭，不给老人吃饭的事情，服务人员每次都给老人喂饭了，他老是要吃双份，人家怕他吃坏了肚子，所以没有同意。还有一位做女儿的反映，他爸爸这几天心情一直郁闷，问他话他什么也不说，问急了他就说，我不喜欢她，我喜欢另一个。究竟怎么回事情呢？原来老人喜欢那个打扮得干净整洁的服务员，他喜欢让她来给自己打扫房间，而不喜欢别人。

七十九

　　俗话说人怕出名猪怕壮，肖河敬老院出了名，也惹来了麻烦事。一天下午正当大家忙完了一天的事，准备收拾下班的时候，在敬老院门口发生了一件咄咄怪事，一位老实巴交的农民开着三轮车将 85 岁的老母亲朝门口一放，自己和妻子开着车就跑了。看门人见状，大声喊叫那人，那人开着车风也似的逃跑了。那位陌生的老太太，好像头脑也不清楚了，她不知道自己是谁，哪个村庄的，儿女叫什么名字。她只知道哭泣，她好像知道儿子把她扔这儿了。是你娃把你拉来的吗？老太太点头。魏冰倩正要离开，门卫为她开了偏门，这时大门口有了情况，看门人赶紧打电话汇报情况。魏冰倩说，先把人收进来好好伺候，让留守值班人员操心，同时给派出所报案。回家后，魏冰倩跟丈夫说了这件事，李秦川说这可能是那个尚未拆迁村的人，兴许家庭有了难处。过了几日派出所查出了人，他是庙后村的农民叫马小满，他有一个哥叫马大满，一个姐叫马玉凤，他们都在外地居住。村民说，前几年他哥要将老娘接了去，小满不同意，他妈也不想去，老太太放心不下小满。两个大娃都在外做生意，老太太留下是想帮一下小满，自然两个大的孝敬她的钱，她全贴补给了小满。去年小满媳妇查出来了瞎瞎病，两个娃还上学，女子上大学，儿子读高中，家里负担太重。小满承受不起，他去找他哥，他哥也得了病，连自己都经管不了。小满去找他姐，他姐在南方给儿子看娃，也腾不出手照顾老人，无可奈何之下，他听说政府办有敬老院，就把他老娘放在了门口。街道办、派出所、村委会和企业多方人士出面，从法律、道德和社会责任上给老人的子女讲清利害，赡养老人是儿女应尽的责任和义务，孝顺父母是中华民族传统美德，不赡养老人是违法的，是不道德的。大家批评了子女遗弃老人的错误做法，就是进敬老院也要堂堂正正地进，儿女应当共同承担相应费用。摆正了态度，明白了道理，老人的子女同意将老人送到敬老院，并愿意缴纳费用。魏冰倩为老人减免了部分费用，但作为儿女负担少量的费用是他们应尽的义务。

最近，肖河敬老院成了幸福小区里的热门话题。老人与孩子生气了，动不动就说，你看我是个累赘，就把我送到敬老院去。对于这个新生事物，人们的看法并不一致。敬老院有啥好处，那都是些没有人管的才往那儿凑，正儿八经的家，谁会让老人进那种地方。李秦川家办的，他大他妈咋不进去？这是为弱势群体准备的场所。咱小区少说也有千八百人，进敬老院的不过一百多，看看吧，看他们能撑几天。

肖河敬老院里有一位"五保户"王老汉，是院里的名人。敬老院老老少少的人都知道他的故事。王老汉六十开外，个头不高，约莫一米六二，身体看起来还算结实，穿着打扮干干净净的，像个工作人员，根本就不像个老农民，就是大脑有时混沌不清，常常做些人们意料之外的事。王老汉喜欢秦腔，一听见戏曲音乐就想开唱，可他又是个五音不全，唱起戏来走腔跑调，就这个样子他一天到晚还赶场子唱戏，唉，他虽说是跟人家自乐班唱戏，其实也就是混饭吃，在人家红白喜事场面上凑个热闹。王老汉是单身汉，一个人吃饱了全家不饿。那年冬天他的电褥子出门时忘了关电，跑出门浪了几天，回来一看家里着火了，把自家的家当三间瓦房烧了个精光，还差点把邻居引着了。一把火烧了旧房子，王老汉成了光杆杆，他没有地方住了，就住到村里的井房。村里人可怜他，让他看个井抽个水，挣几个小钱。就这么个事他也干不了，他这人最让人不满意的地方就是随心调，说走就走，怂心不操。让这么个不着调的人管村子上千人吃水的井，村人把眼睛瞎了，指屁吹灯呢！有人骂骂咧咧，有人忧心忡忡，有人看热闹，看着吧，迟早的事。有一年，村子发了扶贫款，钱一到手，一连几天都不见王老汉的人影子。这老东西，跑到哪里去了，村里水塔几天都没水咧！他能到哪里去，还不是去了西乡的寡妇家逍遥，给人家送票子去了。这天傍晚，天色已经黑透了，王老汉才摇摇摆摆地回村了，他喝得张了，张狂的没有领子了。你这几天弄啥去了，不给一村人吃水。我弄啥还要你管！你算老几，我想弄啥就弄啥。那天晚上王老汉喝醉了酒，忘了关机井，让水把道路淹了，水泡了二里路，还把一户人家的围墙泡塌了。村里人骂王老汉是个大瘟神、大祸害，义愤填膺地要把他赶出村子。就不走，就不走，我家人老几辈都是这个村里的住户，我老辈人是地主，我也是财东家的后代，你们不能这么对我！王老汉愤愤不平，他站在村口喊叫，王老汉声称要住在村委会里，他还要到街道办事处去上访，村干部一筹莫展。谢天谢地，好在肖河敬老院把他收了，村子才得以清静。农村里把拨弄是非的人叫哈哈膏药，贴到哪里哈到哪里。这王老汉在敬老院里也不让人省心，他不分场合地点，信口开河尽讲些黄段子，还骚扰人家为他服务的工作人员，逢人就说自己年轻时的风流史，把自己在村里的那些光荣故事讲了不知多少遍，弄得没有人愿意跟他来往。这个老不正经的混球，还偷窥人家妇女上厕所，把人都丢到泾河里去了。他还跪着不起来，非要认一个眉目清秀的服务人员做他的干闺女，还要让大家帮他在敬老院里找个老伴。癞蛤蟆想吃天鹅肉，就他这个尿样子还痴心妄想呢，真是不自量力。最要命的是，有一天，王老汉犯了狂病，一怒之下，他把敬老院配电室的电盘破坏了，差点酿成了大祸。这个人疯狂了，不能继续留在敬老院了，实在没有法子，街办、村上和敬老院几方协商把王老汉送到了市精神病医院治疗。

前几天，李二狗媳妇跟她公公闹了矛盾，李老汉一气之下进了敬老院。李二狗不是去外地跑大车吗？听说快回来了，有好戏看了。果不其然，李二狗这人性子直，火气旺，一回来就上敬老院找事去了。

他先找到父亲想让他回家，父亲死活不回，老人说在这里感觉舒服。李二狗也有自己的说辞，他说你舒坦了，我却要被人戳脊梁骨，人家会骂我羞先人呢，连自己的父亲都养不起，这不是陷我于不忠不孝，不仁不义之地吗？李二狗把事情怪到魏冰倩身上，你个害人精，放着饭店你不好好开，偏偏办什么敬老院、托老所，把老子害得父子反目成仇，这笔账我得跟你算！想到这里，气冲斗牛的李二狗，跑到魏冰倩办公室问她要说法。魏冰倩说，二狗，这事咱慢慢做老人工作，如果老人愿意，我建议你还是尊重他为好。如果老人想走，我们绝对不会强求，我这里完全自愿。李二狗说，我就问你，我大是自己来的，还是你们诓骗来的？是他自己来的，这一点你可以问老人。那你们也不对，我们谁签字同意的，他出了事，你们谁负责，你们负得起这个责任？你胆大包天，欺负我二狗人不在，欺负我家没人了。我跟你把话撂到这里，我今儿死活也要把人带走，带不走我就砸了你的办公室。魏冰倩耐心地说，二狗，咱们都是一个村的人，你有啥事咱们不能坐下来好好说呢？工作人员端上了热茶，魏冰倩亲手给他递茶杯。不说了，也说累了，喝口茶。这时的李二狗已经失去了理智，看着茶水，如同看见一杯苦酒，一碗毒药，他怒从心头起，恶从胆边生，一伸手打掉了魏冰倩的茶杯，上前一步掀翻了她的办公室，抢起一把椅子到处乱砸乱打。魏冰倩在工作人员的保护下，迅速撤离了办公室。保安人员立即上楼，他们很快就制服了正在打砸破坏的李二狗，并向派出所报了案。

李二狗被行政拘留，他父亲含着泪水恳求魏冰倩高抬贵手，放他儿子一马，事情到了这种地步，他提出要敬老院出面保释自己的儿子，见魏冰倩为难，老人"扑通"一声双膝跪地，我给院长下跪了！快起来，老人家折煞晚辈了，有话好说。没有办法，魏冰倩拨打了派出所的电话，她说老人身体欠佳，需要儿子回来照顾，给所长添麻烦啦。三天后，李二狗从派出所出来了，他冷静下来了，当天就到敬老院去看父亲，他说，你想住家咱就回，你想住这里，我也不拦着，还诚心诚意给魏冰倩道歉。

路遥知马力，日久见人心。肖河敬老院以自己的汗水和辛劳赢得了群众的认可，经过几个月的运营，自愿来这里生活的老人增加了数十人。有一位80多岁的马大爷，一辈子没儿没女，老伴过世后，他一个人生活着，不幸的是老汉患上了脑梗，行动不便，他的侄儿侄女轮流经管着老人。经管患病老人，时间短了还好说，时间长了就有了矛盾，没办法，他们商量着将老汉送到了肖河敬老院。敬老院好是好，解决了无人看护的问题，一日三餐也有保证，还有定期医疗服务。但马老汉还是感觉不满意，一旦有个头痛脑热的，他非要让自己的侄儿来，他总会对工作人员说，你让我侄儿来一下，要不然我就见不上亲人了。

老人对魏冰倩说，我最怕过年过节了，每到这个节骨眼上，看着别的老人儿孙绕膝，人来人往，我的心中就锥心一样的难受，我忍不住泪水唰唰流。唉，我……我也想那样嘛，我也想看看娃娃嚷闹，想想我，回家了冰锅凉灶的，连个说话的人都没有。常言说裤子上没有屎，坟地上没有纸。年轻时我图了个自在，到头来落了个恓恓惶惶，没人管，你看看没有后人的人可怜不可怜呢？有时我给侄儿打电话说，娃呀，你就让伯在你家过个年过个节吧，算伯求你了，说不定明年就没有这个机会了。我那侄儿两口子人好，都是干部，明事理，经常回来看我，给我买这买那。那一年，省上开什么国际园艺博览会，娃孝顺他父母，把我这个当伯父的也带着参观了一下，我这侄儿他爸穿啥吃啥娃就给我买啥，把我当他的亲大一样看待，我很感激。都是我这身体不争气，那一年看完博览会回来我就住院了，后来就落下这个哈哈病，人都不能自理了，成了废人一个。还有一年，过年时候，我侄儿人在外地还未回来，他就让他姐，我侄女来接我，我咋好意思呢，我死活不愿去侄女家过年，我说我不想给人家女婿家添麻烦。

魏冰倩说，马大爷，您放心，今后咱这里就是你的家，到了过年过节时间，你愿意回侄儿那里我们就送你回去，你愿意留在院里，咱们就集体过年，我带上工作人员给你们拜年，给你们包饺子，我们一起吃年夜饭，看晚会，听新年的钟声，好不好？嗯，好，说完这话老人流下了热泪……

第十六章

八十

泾河湾的杏花又开了，太平镇一年一度的"杏花节"让庄户人喜上眉梢，也吸引了八方来宾。在这群人中就有肖河老协和敬老院的老人，两辆大巴车将他们提前拉到了主会场看台。这一年，镇上还办了摄影文化艺术活动，原上原下树林中，花丛间，各种摄影机、手机咔嚓嚓一起对准了含苞吐蕊的杏花，对准了一张张笑脸，对准了大舞台上的歌手、舞者。远看满河滩的树梢树叶，花海随风飘舞，似白云流淌，似银雪飞落；近观灿灿花瓣，粉中带白，莹莹花蕊白里透绿，点点嫩叶绿中闪亮；观景的人流缓缓地行进着，行进着，如同河水在

296

这里打旋，转弯；人头攒动，似乌云翻卷，黑压压一大片，一大片。人本身也是春景的一部分，夹在人堆里的男女老少，尽管汗水早已打湿了衣背，但脸上却还挂着掩饰不住的得意。老协和敬老院的老人没有加入拥挤的人群，他们在河滩另一片杏林活动，笑着跳着嬉戏着，他们让生命像花儿一样，生机勃勃，像流水一样，奔向远方。老人们在杏树底下拍单照拍合影，唱歌唱戏，拉家常，但他们的脸上始终堆满了笑容，他们的心中似乎装满了一河两岸的无边杏色，一河两岸的坦荡春光。

李秦川没有去热闹非凡的"杏花节"大会场，也没有参与幸福小区老协的游园活动，他一大早就被他的同学叫去了。原来渭水市著名诗人胡玉玺老师组织了个纯文学的"杏花诗会"，地点就在一个杏花林中，这次聚会是"杏花节"的一个小插曲。胡老师是太平镇人，省诗词学会副会长，《渭水湾》文学期刊主编。西安、咸阳两地的诗人、作家60多人参会。李秦川本来是圈外人，他同学浅草是省城著名诗人，特别邀请他参会，李秦川便拿出了自己过去写的诗《泾河畅想曲》作为礼物献给本次诗会，胡老师一看连声说，哦，没想到，有文学感觉！浅草接了一句，只是可惜没有坚持写下去。浅草继续嘲讽李秦川说，世界上多了一个小老板，却让一位诗人死了。省台著名电视节目主持人俞玲女士即兴朗诵了李秦川的《泾河畅想曲》，诗友们报以热烈的掌声，李秦川非常感动，他站起来一次次朝大家鞠躬致谢。

泾河啊，蜿蜒千古的巨龙
我从九万里高空看你
你镶嵌于黄土的肌肤
我知道 你是祖先遗留的珍珠
你是女娲娘娘的清泪
你是陇东高原 陕北高原

飘舞的丝带
你五彩斑斓的宽袍大袖
震天价响的锣鼓
仿佛古老的吹角连营
升腾的袅袅烟霭
我知道 你有悸动的青春
澎湃的血脉
你从高原而来 你向遥远追寻
仿佛北风的摇滚
穿越七月流火 踏过霜雪严寒
泾河啊，沿着六盘山的谷道
伴着泉水的舞蹈
你向着母亲的大河奔跑，奔跑
泾河啊，化石一样的生命
你是悠长悠长的一声呐喊
平静时波澜不兴 风暴中抬头挺胸
你曾在出山的谷口盘桓 蹉跎
你曾在历史的渡口辉煌 失落
但你幸运地留下了
引泾灌溉的千古壮歌
郑国渠 开古通今
天府关中 沃野万顷
泾河的汩汩流水
托起了一个个不朽的传奇
沣京镐京 咸阳长安
不管如何坚实的城阙
也许不会忘记——
北边的那条不起眼的河流

泾河啊，关山重重

你最壮丽

历史的厚重里

注定有你的一笔

泾渭分明中

我仿佛看到了

你婵娟的身形

　　在诗会、歌会这样的场合，浅草是最活跃的，他大声说，下面请李秦川李老板说几句，大家欢迎！李秦川脸色涨红，讷讷地说，今天我……我很兴奋，浅草是我大学同学，我很高兴……能够与在座的文化人在一起，我是来向大家学习的，向大家请教文学的，我知道自己写的那些东西很稚嫩，根本无法与各位老师的作品相比，今后希望胡老师和各位老师来我们槐树沟风景区做客，我要当面学习请教。浅草说，大老板，我们都是些穷文人，你能不能尽点儿地主之谊？行嘛，没嘛哒！今天的饭算我的，这是老师们瞧得起我，给了我这个机会。那说好了，你的槐树沟就是我们的文学创作基地，胡老师将亲自给你挂牌，我们诗社的兄弟姐妹们隔三岔五就去打土豪。一言为定，说话算数。大家纷纷与胡老师合影，浅草是摄影爱好者，一群美女把他缠上了，非要他取各种镜头。快去吧，大诗人，美景、美人一样都不能少。

　　李秦川与圈子里的人不太熟，他显得有些拘谨，他有礼貌地给大家端茶递水，招呼大家。还好，胡老师约他一同去园中看杏花，园子里人很多，他俩在松软的泥土地上坐着攀谈。几周后，在新一期的《渭水湾》杂志上，发表了李秦川的一首诗歌《我家乡就是一首歌》。

八十一

　　蜜蜂追逐花朵，花朵追逐春天，春天追逐泥土。一方水土，一方景致。观赏了杏花、桃花的娇艳，挡不住的脚步，便纷纷去看陕南的油菜花。其实去年就有人发现了槐树沟的油菜花，这里金黄色的油菜花与成片的翠绿森林交相辉映，斜坡上的大片油菜花，如绿色海洋的黄金飘带，浮光跃金，蜂飞蝶舞，景色迷人，惹得众多游人，纷至沓来，流连忘返。拍照就去槐树沟，这是摄影爱好者的说法，槐树沟的油菜花真有看头，周边群众自发地也来到了槐树沟踏青赏花。这里前边刚办过植树节活动，也上过电视，加之手机微信、抖音的传播力，慢慢地来这里的人多了起来。

　　无疑，肖河街道干部的点拨，胡玉玺、浅草、俞玲等人的促使，幸福小区人员的鼓动起了作用，李秦川也打算办一个有模有样的槐树沟"油菜花艺术节"，李秦川公司上下的热情一瞬间被激发起来了。举办节庆活动贵在出奇制胜，有新鲜东西，一直跟在别人屁股后边有什么意思。李秦川给他的策划团队建议，这次活动要体现农耕文化，还要有现代意识，要有新奇思维，还要有淡淡的乡愁。李秦川把这个题目交给了他的设计群体，与此同时还准备推动几个活动。

　　一是在老协、敬老院和社会上广泛征集关于农耕文化的创意设计方案，同时征集体现农耕生活的书画、摄影作品，筹备书画、摄影艺术展，开展优秀作品评选活动。

　　二是与教育部门联合在中小学中开展"走进春天里"有奖征文活动，在幼儿园开展"我们的春天"儿童画有奖竞赛活动。

三是文艺演出活动，也是公司与老协合作组织。李秦川起初给这个大活动定的调子是一群老人和一群孩子，走进春天里的故事。

大型群众性活动，势必引起各方面重视，组织机构，活动方案，应急预案，观赏路线，交通疏导，安保服务，食品卫生，都要有妥善而周密的安排。这是一个超过人们想象的油菜花艺术节，原定三天的活动因为省“非遗”展览活动和文化惠民演出活动的加入而延长至一周。开始是企业行为的活动，后来变成了省市部门主办、新区和县级部门协办、街办和企业承办的活动。

第一天是开幕式，省市新区县级各层面都有人参加，省歌舞团演出助兴。之后众人沿途参观“非遗”文化及书画、摄影艺术展，观赏千亩油菜花基地。

第二天为老年人专场，组织了颁奖活动，幸福社区老年人表演了歌舞节目。

第三天为青少年专场，组织了颁奖典礼，并进行了“走进春天”诗歌朗诵会，还开展了无人机航空摄影表演活动。

以后几天是秦腔戏的天下，省市多家院团纷纷亮相，市级文化惠民演出活动在这里集中展示，群众每天都可以看一场大戏。大秦饭店在这里开设了快餐供应点，同时通往景区的几公里道路几乎全部为餐饮点、水果摊、蔬菜摊所占据，平时在集市庙会上才可以见到的针头线脑、手工刺绣、鞋垫袜子、老虎鞋、布鞋等小商品这里也有不少，还有打拳卖艺耍杂技、套圈圈、打气球、相面算卦之类的游戏点。

梨花千树雪，杨叶万条烟。春天里的槐树沟出名了，李秦川他们承办的油菜花艺术节有了一定的影响力。这是众星捧月的结果，这是肖河两岸人共同的福气，这是泾河春汛中传递的最美声音。李秦川累得爬不起来了，他在自己的床上睡了一整天，饭都不想吃。睡在卧室里的他，思想里念兹在兹的还是他的那些故人，那些往事，真是“剪不断，理还乱，是离愁。别是一般滋味在心头”。魏冰倩说，我家喔人，这回真的拿了劲，累得不得动弹了，一天都没有出窝子。有人说，李秦川的父亲李尚林这回没有出现，不知是咋回事。可不是，那天老协上泾河滩看杏花也没有见他的人影，他老婆张凤梅也没有到场。人们不知道李尚林为什么在油菜花节那么热闹的场合，也没有跨出自家大门一步，其实老人已经身患老年痴呆症，到了非常严重的地步，他现在就认得老伴一个人，张凤梅一直照料着他，几乎形影不离。李秦川为两位老人专门请了一个保姆，照顾他们的饮食起居，魏冰倩也曾建议让他们住进敬老院，自己也好亲自照看，可是婆婆张凤梅说什么都不同意。

李尚林的病让儿子时刻记挂在心，即使在节会活动的间隙，李秦川也忘不了给老爷子去一个电话。喂，大，我是秦川！哦哦，秦川，是谁？我是你娃李秦川。哦，我娃……我给你说，每天读几句唐诗，你读了吗？还有你要每天给我汇报。汇报给你，你是谁？你听，今天吃饭了吗？没有。我妈没给你吃早饭，午饭？哦，她不给我吃。喝奶了吗？吃了，喝了。那你咋说没有。她不给我吃，我饿。咱不说这个了，你今天出门了吗？晒太阳了吗？你都见谁了，你能记得吗？哦，出门了，晒……晒太阳了，见东周爷了，他发烟，还说……前楼死了人。咋的啦？小伙跟姑娘好，爸妈不同意，打死了。呵呵呵，谁把谁打了？我再问问清楚。好吧。李秦川又去问母亲张凤梅，原来是这样，一个小伙子与一个姑娘恋爱，姑娘是咱小区的，父母不在家，看儿子去了，儿子在外地工作。小伙子就在姑娘家住下了，有一天老汉回来了，当时姑娘和小伙还在睡觉，老汉很生气，就这样老汉和小伙两个人就干架了，也不知怎么的，老汉第二天就去世了。听说这个案子还在查，据说警察问姑娘两人打架你在场吗？她说我在睡觉，我害怕……用被子蒙着头。李秦川一阵心酸，你看看这些娃娃没轻没重的，这不出了人命，捅下娄子了嘛。

八十二

浅草写了一本关于泾阳茯砖茶的秦腔新戏。第一时间李秦川就拿到了本子，李秦川是戏曲研究院里的常客，他经常陪着母亲去拜访那里的名角儿，也经常去易俗大剧院看戏，受母亲的影响，他成了不折不扣的秦腔戏迷。浅草这些年写诗有了点名声，写散文也引人注目，省内外刊物上豆腐块文章没少发，但写戏曲剧本，这还是头一次，李秦川为朋友捏了一把汗。剧本叫《茯香》，写的是北宋年间泾阳县花池渡，船家兄妹广娃、香妹撑船为生，一日为大茶商李英奇运茶，忽遇风雨，不幸翻船，茶包落水。管家带人要他们赔偿损失，广娃兄妹无法赔偿，李英奇早就垂涎香妹，于是强行将香妹抓进李府抵债。香妹宁肯做茶工也不愿当姨太太，香妹意外发现落水茶里，长出了只有灵芝里才有的黄灿灿的，犹如蚕豆一样的小黄花，她给它起名叫金花。财主家人金贵，不喝这种茶，只有下人们才喝这种落地茶。喝了这种茶，香妹出脱得越发漂亮了。香妹痛苦地发现自己怀孕了，是李英奇的娃，她又被李家人带走了。李英奇把这批落水茶销往西域，本打算投机取巧，没想到意外成功，他大赚了一笔。知县柳岩生知晓后讨要茶方，李英奇秘而不宣，于是柳岩生便派他外甥闫德才偷艺。谁料外甥学艺不精，自以为是，结果做出的茶含有害霉菌，而李家的茶是有益菌。后来李家茶在西域出了人命，被商家告上了县衙，李家管家承认说，他为了个人利益，是他偷偷购进柳家茶冒充李家茶，然后在西域售卖。县官认为李管家一派胡言，是为主家开脱，于是将李英奇打进死牢，并将财产没收。香妹、广娃进京告状，半路上遇见包相爷，包公差人查明案情，李英奇获救，柳县令被查办，为了苍生黎民的健康，香妹把自己的茶方公之于众，从此泾阳茯茶名扬四方。

温煦的夜色慢慢降临，李秦川看过浅草的本子后，不等隔夜就去找他，在浅草小区的门口附近，他们在一个别致的茶座里见面。在灯光昏暗的茶室里，他们的雪茄犹如眼睛一样亮闪闪，同时又让整个茶室烟雾腾腾。浅草，你这回把馍蒸白了，咥了个大活。李秦川为朋友高兴，他知道写戏实在不容易啊！浅草说，是县上人找我写的，推辞不过才勉为其难，要真正拿得出手还需继续打磨。浅草还说，排好这台戏少则要百十万元，多则几百万元，不亚于你投一个工程。李秦川说，你跟政府谈了那就好好合作，反正你们玩的是形而上学，是道，是意识形态，咱玩的是形而下的器，是工程技术。狗屁！你李秦川贼精贼精的，我要是转不动了你得救命呀！哈哈哈，浅草，那你给我来打工，你能放下自己那纯洁高尚的头颅吗？浅草说，凤凰落架不如鸡，到那时候，山穷水尽，啥都能豁出去了。

浅草的本子过得不甚顺利，投资方要求他再改一改，浅草气得大骂一通，他们懂艺术吗？懂剧本吗？指手画脚，没有一个说到点子上。他们说不能因为一本戏，而瞎了一个产业的名声，最好不要写县令外甥什么的，可以虚构个其他人。浅草一肚子委屈，多情反被无情恼，唉，把他家的，这都是什么事嘛。没有钱泪汪汪，有钱能使鬼推磨，没有钱什么事情都干不成，钱呀，你这个王八蛋，王九蛋……这些话从他嘴里冒出来，如同造纸厂附近席卷着垃圾的一条溪流。话语被泪水打断，被激情摧折，他终于泣不成声。李秦川说，好了，好了，有了钱也未必，你这戏就是排成了，能演吗？浅草悲观地说，演他娘个脚，演个辣子！他又禁不住"呜呜"大哭了，我……我这是何苦呢？你不还挣了10万元吗？搞笑，我花了多少心血，我寄托了多少希望，我就想给家乡尽点绵薄之力，谁知道是这么个结果，连本子都通不过，更不用说排演了，这真是天大的笑话。看着伤心欲绝的好友，李秦川也非常伤感，他说，伙计，这么着……你这戏我买下了，你找人排练，就在我这槐树沟里演，我给你发演出证，就当给槐树沟写下的戏，你干吧，我支持你！浅草露出了笑容，他又咧嘴"呼儿嘿呦"喊叫开了，李秦川拿酒来，咱俩喝一杯，我跟你说，这本子你要，我白送，不收一分钱，咱就让自乐班子唱，我还要亲自导演，把它搬上舞台，我就不信这个邪。浅草的戏排成了，李秦川在戏曲研究院找了几个专家审了戏，专家说戏的框架不错，演员声情并茂也演得出彩，要说不足嘛，就是剧情还显得松散，主人公的形象还要再强化些，个别唱腔还需改进。实事求是地说，就目前而言，这个戏还不错，能演。浅草从心底里高兴，他这一辈子弄文学艺术，即使就干这么一件事他也心满意足了。浅草没有想到的是，这边的事情刚刚有了亮点，县上那边有人就准备起诉他，他跟人家有合同，他不可以随便转让他人。李秦川说，老同学写剧本写诗歌你行，摆弄这些复杂关系你还欠些火候，我先跟他们打个招呼，约他们吃个便饭，看能不能息事宁人，哎呀，这伙哈怂，成事不足，败事有余，不知他们想干啥？

战栗、惊悚、恐怖，惨白的原野，沉重而狰狞的天幕下，向远方延伸的，只有路灯尽头的树影依稀可见。浅草担心的事情，就如同他担心的天气一样，突然云开雾散了。事情的进展出乎所有人的预料，到底也没有人找浅草打官司，也没有人找他演戏，他的那个本子以及戏剧就这样不了了之了。后来浅草写了一篇散文《茯香茶韵话泾阳》，在省报发表也算给了自己一个交代，给了世人一个交代。

泾阳，在历史上曾经因水利而赫赫有名。2000多年前，秦国在泾河北岸修建了一条闻名天下的郑国渠，从此关中平原成为沃野。郑国渠的渠首在泾阳，上游也在泾阳，自秦汉以来，这里就成了传统农业的发达地区，可以说这里上风上水，自然条件得天独厚。

泾阳有关中平原"白菜心"的美誉，历代商贸繁荣，商贾云集。500年前的明清时期，这里成为陕西乃至西部的经济中心，号称"陕西小长安"。在那一时期，泾阳的茶叶贸易比较普遍，让泾阳茯茶走向了丝绸之路，走向了世界。

自汉代起，丝绸之路开启了中西方经济文化交流的新天地。中唐茶叶兴起之后，茶叶是古"丝绸之路"上与丝绸、瓷器并重的重要商品。

有人疑问：泾阳地处秦岭以北，本身又不种茶不产茶，何以为茶？我说因为泾阳有水，有郑国渠，有商人。资料显示，明、清、民国时期在泾阳地区经营茯砖茶的老板、大掌柜有甘肃人，有泾阳、三原、高陵、渭南等陕西人。民谣有"东刘西孟社树姚，不及王桥一撮毛"的说法，其实就是指泾阳县郑国渠上游桥底镇川流村刘姓、北赵孟姓、王桥镇社树姚姓、王桥东街村于姓四大富户，当然泾阳富户还有"大簸箕"柏家、安吴寡妇家等。泾阳的富户很多都经营茶叶，他们在四川雅安、康定，在湖南安化等地都有茶厂，在甘肃兰州，青海西宁、玉树等地都有茶店。

《泾阳县志》载："清雍正年间，泾邑系商贾辐辏之区。"在泾阳境域商号131家，其中经营茯砖茶的商户门店达86家，当时泾阳茯砖茶除销往西域各地外，更远销至俄国、波斯等40余个国家。据卢坤《秦疆治略》记载："泾阳县官茶进关，运至茶店，另行检作，转运西行，检茶之人，亦有万余。"另据《泾阳县志》记载，泾阳在抗战前有茶厂60多家，自武汉沦陷后，仅余延顺、裕民、天泰等8家。1951年统归泾阳人民茯砖加工厂，加工"人民牌茯砖茶"。20世纪50年代初，国家曾以加工地离原料地偏远，运输成本高而将茯砖茶息业。1958年，因计划经济布局调整，茯砖茶告别发源地陕西，转移至湖南安化生产。

2008 年以后，沉寂了半个多世纪的泾阳茯砖茶进入了复苏期，陕西省茶叶公司的有识之士、泾阳县的老茶工以及一些有能力的人开始办企业重新制作茯茶，于是泾河岸边茯茶又火起来了。

传说茯茶起源于"茶包落水"这一偶发事件，这就如同苹果落地启发了牛顿一样，历史上的泾阳人受这一事件的启发而发现了茯茶发花的现象，最终掌握了这个技术。据史料记载，泾阳茯茶诞生于北宋熙宁年间（1068 年前后），这一时期，掌握了散茶发花的技术，到 1368 年前后出现茯砖茶，从而基本奠定了茯砖茶生产工艺。泾阳茯茶有"离不开泾河的水，离不开泾阳的气候，离不开泾阳茶工的技术"的说法，也有"非泾水不渥，非伏天不做，非金花不成，非泾阳不宗"的说法。泾阳茯茶的制作工艺比较复杂，有二十几道工序，在特定温度和湿度下，经过分拣、拼配、发花、筑制、储存、检验、包装等工序，才能生产出茯砖茶。

茯砖茶因在伏天加工，被称为"伏茶"；因原料来自湖南，被称为"湖茶"；因慈禧太后饮过，被称为"福茶"。在古代，茯砖茶属"引茶""票茶"，用于"茶马互市"，由官府调配控制，所以又叫"官茶""府茶""边销茶"。泾阳茯砖茶生长一种金黄色花菌，俗称"金花"，学名"冠突散囊菌"，有提神醒脑、消食利水、和胃健脾、消脂降压的益处。

有了茯砖茶，泾阳人就有了一道会友待客的看家饮料，他们也可以自豪地大声吆喝着，说："来来来，喝咱的泾阳茯茶！"

"茶"字拆开，就是"人在草木间"，呼朋唤友三五人，品茗把盏到天明。谈笑间，轻酌慢饮，飘飘然若儒雅之士；

尽兴处，更有豪爽者换大杯牛饮，仿佛有刚正硬朗的好汉之气。

客人说："来泾阳做客，就冲着茯砖茶，好一个泾阳茯茶啊，看那红艳的茶汤，迷人的菌香，真让人舍不得走呢！"

受浅草的影响，李秦川也开始关注茯茶文化，他从典籍中搜集了不少这方面的资料。陕西秦巴山区是中国植茶最早的地区之一，在远古时期神农氏尝百草，遇毒得茶而解，汉唐以后，陕西茶叶生产和焙制技术逐渐成熟。到了明代朝廷在陕实行"食盐开中""茶马贸易"政策，西部贩茶生意日盛。陕茶时称汉川绿茶，或秦巴绿茶，这种茶产量小，时效性强，时间长了会发霉腐烂，不便贮藏。当时陕茶产量115万斤，而西北市场需求量大约4000万斤。秦巴茶焙炒后味道比较淡，西北市场需要口味较重的茶叶。看来秦巴绿茶在产量、品质、口味上不能适应西北市场的需要。陕西商人发现湖南安化地区所产的粗枝红茶叶，产量巨大，熬制后色红味重，恰好能够满足西北民众的要求。更重要的是，从唐代以来，茶叶熬制挤压的团茶技术已经成熟，这就为砖茶生产制作提供了技术支持，而压制砖茶需要加大量咸水。泾阳位处泾河之滨，泾河之水携带黄土高原大量盐碱，味重口涩，熬制砖茶殊相适宜，这些得天独厚的条件，使"湖茶贸易"四百余年，也使泾阳茯砖茶走上了历史舞台。

《泾阳县志》记载，商贾大利"西北在茶，东南在盐"，重商风气……泾阳禾麦盈阡，川原秀错，故"富者趋于贾"，"富者大贾，群聚骈辏"，并形成"慕懋迁之美富，忘稼穑之艰难"的经商传统。《甘肃竹枝词》里说："草豆为刍又食盐，镇番人惯走参潭；载来织布茶棉货，卸去泾阳又肃甘。"陕西茶商在西北茶叶贸易中始终占据举足轻重的地位，泾阳是西北茶务中心，茶店、茶号最多时达80多家，每年过境砖茶多在200万公斤。泾阳大商人安吴商妇周莹的"裕兴重"与"马合盛"茶庄齐名，后期占据陕商头把交椅。光绪年间，大盐商吴周氏以盐为主，兼营其他，商号分布江苏、湖北、江西、安徽、上海、四川、甘肃等地。李秦川知道茯砖茶能够在泾阳扎根发花确实不易，那是茶叶的长征，是南北茶文化的历史汇聚，也是陕商艰苦创业精神的历史见证。在一份资料里他看到了这样的记载：陕西茶商领引携资，在湖南安化"住坐庄"收购茶叶枝蔓，然后装船出发，穿过洞庭湖，越过长江，走入汉口，再从汉口走丹江，直到龙驹寨，从这里下船走旱路，马驮人背翻秦岭十八盘到达西安，再由西安过渭河到咸阳，然后再过泾河，最后到达泾阳县城。在泾阳茶店加工压制成青砖茶，统一商标为"泾阳青砖"。其茶熬制后红艳可人，散发出缕缕金花菌香，深受西部人们喜爱。加工好的泾阳砖茶，用骆驼经北部官路十八驿站走20天到兰州，再由那里的销售店贩运到西北各地。直到民国，陕西流传的民谣说，"陕西的县泾（阳）、三原"。1935年，陇海铁路未延至西安以前，政治城市、经济农村的二元社会结构，使泾阳、三原具有西北"茶叶、水烟、布匹、皮货和药材五大加工总汇""西部经济中心"的优势地位，号称"中国西部华尔街"。

　　李秦川深深地被陕商的故事吸引了，这是一段值得珍视的历史，值得好好研究的历史，感谢浅草让他进入了一个其妙无比的境地，感谢浅草给他补了一课，他仿佛看到了茶马古道上的开拓者，看到了中流击水的勇士，看到了智勇双全的商界英才……他在心里暗暗对自己说，无知比什么都可怕，天真比什么都可恨，没有哪一种比他这个年龄还如此天真、如此无知更危险了，相比于前人，相比于中外的成功商人，以及同时代的聪明人，自己算什么呢？历史啊，你就是一面镜子，而现实就是一根鞭子，你不得不承认压力山大，唯有前进，前进，奋力前进！

第十七章

八十三

    几天来，忙着油菜花节演出活动的岳建社回到家里，他一下子傻眼了，不知什么时候自家厕所水龙头忘关导致水泛滥成灾，还殃及下层住户。他去敲下层人家的门，无人回应，又到小区物业查询，这才联系到了下层住户主人。双方在物业的协调下，终于达成一致意见，岳建社为人家修复墙面，同时维修自己的卫生间，以确保防水效果。这边岳建社忙着修房子，那边吴淑芬忙着帮女儿看孩子，亲家母那里已经顾不上了。

    这天傍晚，终于结束了维修任务的岳建社，开上电动车拉着音箱，在路边空地上引吭高歌，他忘我地投入了自己的音乐世界。他先演唱了一首《万疆》，接着唱了《九儿》，第三首是《可可托海的牧羊人》，第四首是《天下第一情》。他的嗓音洪亮，音域宽广，风格多样，引起了大家的注意，这个老头歌唱得这么地道，还不错啊，有两下子，尤其是他唱的《天下第一情》，太感人了。

　　　　有过多少不眠的夜晚，抬头就看见满天星辰。清风吹拂着童年的梦，远处传来熟悉的歌声。歌声诉说过去的故事，歌声句句都是爱的叮咛。床前小儿女，人间第一情。永远与你相伴的是那天下的父母心。

　　　　有过多少明亮的夜晚，理想就化作满天星辰。星光照耀着童年的梦，心中却唱起属于未来的歌。歌声唱出美好的希望，歌声呼唤着又一个黎明。辛勤白发人，事业总年轻。永远与你相伴的是那天下的儿女情。

　　岳建社正在唱歌的时候，女儿岳小红连着给他打了七个电话。一看女儿的电话，他赶快收拾了摊子，不再唱了。老人家明晚还来吗？说不定，也许我明天去合唱队。今天有事，拜拜！岳建社说着就拿起音箱朝车上一放，匆忙离开了。爸呀，你咋不接我电话，急死我了。一见面岳小红就抱怨父亲。岳建社忙赔不是，哎哟，让我女子等急了，爸只顾唱歌，把手机落在车上，对不起。岳小红的眼泪又"唰"地下来了，爸呀，你说我怎么活得下去呢，你那亲外孙又闯下乱子咧。岳建社问，可咋咧？岳小红擦了把眼泪说，唉，我的亲大大咧，你说我上辈子亏了谁了，遇合了她那么个儿媳妇，好吃懒做咱都不说，她花钱那个大手大脚把人都能吓死，一瓶香水和一瓶抹脸的化妆品就花了三万元，一双鞋子上千块钱，娘呀，咱把爷接回家了，全家人不吃不喝都养不起她。实在是过不下去了，我

311

的日子连一天都掀不动了，没等我家提离婚这件事，她倒恶人先告状。岳建社有些纳闷，她凭什么告咱。唉，爸呀，你不知道，你那不争气的外孙，在外与别的女人鬼混让媳妇抓住了把柄。离，干脆离了，大家都有了这个意思，双方一拍即合，快刀斩乱麻，两个年轻人随即在民政局婚姻登记处，把婚离了，前前后后不到一个小时。你外孙前媳妇，真不是个东西，她把咱买的车开走了，还跑得没影子。

爸呀，都是我们无能，拿人家没办法，一气之下你外孙冲到女方家，打伤了人，砸了东西，被公安拘留。岳建社问，那咋办呢？岳小红含着眼泪说，光给人看病、赔偿损失就要十几万。爸，你可不能眼睁睁看着不管呀。岳建社左右为难，他现在卡上的钱就剩下每月的伙食了，值钱的家当就是一辆电动汽车，新车价值12万元，他开了一年零三个月，这是吴淑芬送他的礼物。架不住女儿的哀哀哭求，看着女儿的凄凉景象，他的情感又一次战胜了理智，他做出了一个大胆的决定，让女儿把车开走，找二手车市场卖了，以应当下之急。现在什么都不管不顾了，还是自己的娃最亲，别人的隔山太远。岳小红准备下楼取车时，她问父亲车的所有手续呢？在你吴姨手里，岳小红一下子泄了气，敢情说了半晌，哭了半天，白折腾了。正在这时吴淑芬回家了，她见岳小红眼泪汪汪的样子，心里就明白了八九不离十，也许娃又有什么难处了。横竖躲不掉，没法回避，岳小红只好又认认真真地诉说了自家的难肠事。吴淑芬一听二话没说就把自己一张7万元的卡给了岳小红，岳建社想阻止她，但吴淑芬没等他说话就端直给了岳小红。吴淑芬说，小红，别哭了，快去处理你家的事情，把娃弄回来。岳小红感激地给两个老人鞠躬致谢，然后一溜烟跑了出去。

八十四

　　清晨，吴淑芬去跳舞，回来带着早点，她用过早点又"噔噔噔"上楼，去女儿家经管外孙上学。在她忙碌的时候，岳建社没有动身像往常一样去练唱，去跑步，他依然睡着，她没有打扰他，希望他多休息会儿。早上睡觉是没什么质量可言的，他似乎做梦了，他父亲当年把他送到了一个叫大寺的地方修水渠。其实大寺只是一个汽车站点的名字，距离工地还有很长一段路，至少有五六华里，他下了公共汽车，扛一把铁锹，锹把上挑着自己的铺盖卷。沿路经过一个村庄，他找不到路了，上前去问路，见一中年妇女，她头上戴一只乳白色手帕，手里正做着纳鞋底的活儿。他问去 65 号工地怎么走？妇人放下针，用手指朝右手方向指了指。他会意了，便去右方，发现道路正中一黑色大狼狗挡住去路。他又回身问那妇女，大嫂子，把你家的黑子引开。妇女摇头摆手，示意那不是她家里的宠物。他又问还有别的道路没有，妇女说，另一个路口在左侧。他急冲冲去了左路，见道路狭窄，仅能容一人侧身而过，他是从那里挤着出去的。长出大气一口，迈开双腿，跑步赶到了工地。见众人正拉着架子车飞奔，好一派劳动景象，那是千军万马大会战的场面。他知道这项千秋工程的意义，他们正在修建的是堪比郑国渠的伟大工程——宝鸡峡引渭渠。他看见了一位熟悉的女子，目光有点呆滞，头发遮住了眉目，她不理他只顾给车上装泥土。他正要上前时一个趔趄，跌倒在地，他惊恐万分，睁开眼睛，自己还躺在床上。慢慢起身，洗漱，然后吃早点。新鲜的牛奶碗上结了一层皮，灰黄的表皮上似有尘埃落下，他用筷子拨去那层薄薄的奶皮，发现雪白的奶汁照着自己的眼睛，他不知什么年代，昏暗的住所里，帷幔飞动，热气腾腾，自己仿佛在牛乳中洗过澡，他把那种少有的快乐比作一大人生幸事，一种超前的享乐，按照现在的说法是轻奢，那是既出乎他的预料，又充满幸福感的期待。快乐就是一大盆供人洗浴的鲜牛奶，这样的心念一起，立时自己便没有了胃口，他一口也喝不下去了。岳建社咬着牙，喝了一口，感觉纯洁新鲜，有香味，顿时感觉他喝下去的不是奶，而是一肚子的舒心、休憩和安慰。

　　将近两个月了，岳建社没有一丝一毫女儿的消息，他有些着急上火，嘴上起了泡，牙龈肿了起来，连东西也吃不成了。吴淑芬让他看医生，他说冷敷一下就没有事了，结果还是不顶用。吴淑芬给他买了清毒泻火的中成药，吃过之后，症状有了减轻。他有好多天都没有出台唱歌了，感觉嗓音都有些沙哑。晚上他去合唱队客串，过了一把唱歌的瘾。吴淑芬跳舞一直欢实得很，跳完了舞她去给女儿带孩子，她对老伴说，今晚我不回来住。岳建社哼着曲子回家，走到家门口发现女儿在门口楼梯上坐着，心里一阵发酸，这女子，你打电话嘛，我好早点儿回来，看把我娃恓惶的。回到家中，父女俩在客厅坐定，父亲问喝茶不？女儿摇头。晚饭吃了没有？女儿不语。父亲说，那我给你下一碗鸡蛋挂面去。女儿香滋滋吃了饭，又重新落座。父亲问你娃的事摆平了吗？他现在干什么呢？父亲还在问这问那，女儿突然间放声大哭，她哭自己苦命，没有嫁个有钱人，一辈子受可怜，她骂自己男人缺心眼，挣不下钱，她哭她的亲娘死去得早，她成了没有人待见的孤女。这一声娘啊——喊叫得人肝肠寸断，岳建社更是悲伤不已。后来他站起来对女儿说，你有啥话你就说出来，看把我娃作难成啥了。女儿说，爸，我本来不想给你说，我怕你听了难受。是你非让我说的，是这么回事。我那不成钦的儿子，您的亲外孙又谈恋爱了，姑娘头婚，大学生，人长得漂亮，各方面条件好。父亲脱口而出，好呀！

女儿说，好啥呀，人家开口礼钱就是 43 万元，这不要命嘛。沉默，长时间的沉默。女儿嘤嘤地哭着，哭着，那哭声像万把刀扎在岳建社的心上。那现在咋办呢？爸呀，我最亲的亲人，我只能求你了，爸爸呀，你得想方设法救我们全家人的命啊！你说我都这把年纪了，我能有啥用？爸呀，您不是有吴姨嘛，她女婿不是大款。哦，你是要我向他借钱，不不不，这万万不可，上回你用了人家的钱，用了你吴姨的钱，我这心里一直像堵着块大石头。爸呀，我的好爸爸，有钱大家用，你不用人家说你是瓜子。老人的手有些颤抖，他正要发作，眼睛贼亮的女儿，一看四色不对忙改口说，我的亲爸爸呀，我就是说几句牢骚话，你还真的生气咧，大不了在我妈墓地痛哭一场，受自己的罪算了。女儿又一次哭了，哭得悲悲切切，让人不忍。她又说，我哥这个没良心的，也没有给你汇上几个钱吗？有有有，前天他汇了一万美元，唉，岳建社向女儿坦白了。但这毕竟是杯水车薪，解决不了女儿家的根本问题，怎么办？岳建社见女儿给自己跪下了，他拉起了女儿，对她说，你先回家去，给我一些时间我一定给你筹 50 万元救命钱，这回……也就这回了，我只能给你这些帮助了，我苦命的女儿呀。父女俩挥泪告别，岳小红下楼后，蹦蹦跳跳地跑着，她的事情有希望了，她们一家人的生活终于有了盼头。

女儿离开后，岳建社越想越不对劲，这，这……我凭什么担这副担子，他们三个强壮的劳力，难道就指靠我一辈子不成。左思右想，不是这么一回事，我去借李秦川的钱，给我的女儿办事，我女儿为什么不上手，她怕担债务，我呢无非就是一个过气的将要入土的人，这不是让我丢人嘛，活了这么大岁数了，还没有这么低声下气过，唉，都是这个女儿，让我不得开心颜。脸面呀，人活一张脸，树活一张皮，人如果没有了脸皮，什么事情干不出来。他这时有些后悔，在女儿面前咧了大嘴，这个洋蜡如何消，他上哪里去偷几十万元。

一日午后，女儿又来了。岳建社故意显得平静如常，他一边喂鸟，一边扯别的，闭口不提给女儿筹钱的事。女儿也看出来了，莫非老头听了别人的话，他要反悔，幸亏自己及时发现，要不然煮熟的鸭子就飞了。爸吧，你今天咋这么冷静，我都急疯了，你怎么还不出手呢？娃娃呀，你爸难上加难啊！好我的亲爸，你娃已经火烧眉毛，你都不管吗？爸呀，我知道了，是那个贼婆娘给你出的主意，你叫人忽悠得连自己的亲女儿都不认了。我早死的妈呀，谁还怜悯你娃。行啦，一天到我这儿除了要钱，还知道弄啥，唉，我岳建社这辈子亏了人咧。从来没有见过岳建社发这么大的脾气，女儿被震住了。她消停了一会儿，又不老实了，她想了想对自己说，看来还得用第三招了。这一哭二闹都用过了，现在已经不灵验，只剩下上吊这一条了。想到此岳小红忽然站起身来，她指着岳建社的鼻子说，老岳呀，你不仁休怪我不义，我跟你说从今往后咱父女俩的缘分就算尽了，你不认我，我还不认你呢。我今天也不想活了，来时我就准备了一瓶"敌敌畏"，我……我就死在你当面，让你开心，让你高兴！岳建社一看这二杆子女子来真的，他一下子慌了手脚，好说好说，你不要胡来，大不了我卖房卖车！一听这话，老头子终于出手了，岳小红慢慢放下了手中的瓶子，她一把扑过去抱住了父亲，爸——你可把你娃的命救下了。岳小红这一骇人举动彻底把岳建社征服了，他默认了自己承诺的事。那只曾经握在岳小红手里的小塑料瓶不知什么时候倒在了地上，于是满屋子都是可口可乐的气味。

现在摆在岳建社面前的是一个两难选择，要老伴还是要女儿。一方面他选择要女儿，另一方面他又不愿背上沉重的人情包袱，这就意味着他要放弃老伴。对于自己的半路妻子，吴淑芬这个女人，他感到非常的亏欠，她是无辜的，也很单纯，她把他当亲人对待，可以说没有杂心和二意，还有她身后的那家人，他们都是善良的人，没有一点骄横之状。正因为这样他才决定必须离开她，而不是拖累她，害了她，让她的生活蒙尘。其实他已经深感不安了，他每多花她一分钱都感觉是一种耻辱，作为男人是不应多花女人钱的，所以他将自己的未来生活目标选在了敬老院。

八十五

　　蒙在鼓里的吴淑芬还在忙碌着两头跑，这天早晨，岳建社因为吴淑芬的早点味道不好而大发雷霆，你这是什么豆浆，一股子怪味，于是他摔了碗。吴淑芬大为震惊，爷爷老家，你这是怎么了，发这么大的火。我就看不惯你这猫哭耗子假慈悲的样子，你干脆就和你女子过去，何必两头装好人。说什么呢，老岳呀，你讲讲良心，我吴淑芬哪一点对不起你了，你还教训起我来了，我跟你说，我容忍你、惯着你、讨好你，你以为我吃错药了吗，你摸摸自己的心口看，你是怎么对我的，我跟你图了你的七七八八了吗？岳建社自知理亏，但他偏偏不讲理，还气急败坏地说，吴淑芬，你这臭婊子，你还跟我装什么蒜，当年你不是跟那个舞星打得火热吗？老岳，你这人咋是这样，打人不打脸，揭人不揭短，你说我……你就干净吗？岳建社这回是真的动气了，我就打你这狐狸精，他抓住她的头发就将其摁倒在地。披头散发，光着脚，满脸血污的吴淑芬一口气跑回了自己的家，她关起门来号啕痛哭。李秦川和魏冰倩夫妇上门质问岳建社为什么打人，岳建社一看来人，他把牛眼睛一翻说，打都打了，你们告我去。随后"嘭"的一声关上门。李秦川夫妇无可奈何，这个老头怎么变得不可理喻了。吴淑芬还不死心，她舔着脸第二天又去岳建社家敲门，无人应答。大约一周后，吴淑芬再去岳建社家敲门，开门的是一个陌生妇女，她比吴淑芬年轻、漂亮。你找谁呀？我找岳建社。

他搬走了。吴淑芬明白了，岳建社已经离开了这里，她现在彻底死心了。后来有人在肖河敬老院里遇到了岳建社，他说因为跟邻居的关系不和睦，自己不愿住在那里就搬了家，离开了那个伤心地。他把房子卖了，车卖了，所得 50 多万元全部给了女儿岳小红，让她给外孙娶媳妇。

第十八章

八十六

人怕伤心，树怕剥皮。吴淑芬自从与岳建社分手后，就大门不出二门不迈，一门心思给女儿家做饭，收拾家务，照料孩子。亲不见怪，到底胳膊离手腕近，岳建社给她上了一课，她如今都怀疑世界上究竟有没有爱这个词汇了，好在她还有女儿这一大家子人，她从心底里爱他们，她愿意与他们亲亲热热在一起。她曾经的如熊熊燃烧的火焰突然遭遇了一场大雨，只留下了一堆令人叹惋的灰烬和一颗受伤的心灵，而与女儿一家相比她知道孰轻孰重，她看得清火候。吴淑芬做饭是一把好手，她的家常面、锅盔、小炒，几乎样样都能行，而且干净卫生。不仅如此，吴淑芬还有腌制咸菜、酸菜的技术，她做的腌制萝卜条、糖蒜、酱辣子、酱黄瓜，味道独特，是难得的佳肴。有时曦曦回来后，她就手把手教孩子做饭。她说，女娃娃不学做饭，将来怎么管理家，恐怕连自己都养不活。阳阳闹着也要学，吴淑芬不让他上手，他对小家伙说，你还太小，小心烫手，等长大了再学。其实，在她的心里，她并不希望阳阳进厨房，这一点她倒十分赞成李秦川他老爷李西周的观点，男人就是要在外边闯去，守着媳妇，围着锅台有什么出息。李秦川是她最不欣赏的人，他们之间恩恩怨怨十几年，斗来斗去的时间与曦曦的年龄差不多，唉，一切都过去了，自己也老了。与这小子开战，那是一开始的事情，他们谁也不轻易妥协，后来她感觉这个娃娃有了出息，也就慢慢看着顺眼，顺眼了看着就有点可爱，庆幸魏冰倩这个死丫头没有看错人。吴淑芬是个聪明人，她知道李秦川比她女儿能干，她怕女儿吃亏，她之所以那么带劲地反对这桩婚姻，除了经济原因，就感情因素和个人条件而言她总害怕李秦川阴谋使诈、耍奸溜滑，耽误了她的姑娘，这也许是一个母亲的小小私心和美好心愿。吴淑芬是精细麻利的人，她把自己做饭、炒菜、腌菜的方法一一记录下来，准备留给女儿。

脆萝卜条做法：选冬萝卜切成 1×1×1.5 厘米的条，按照 10 斤萝卜 2 斤盐的比例均匀装入盆或罐中 15 天，捞出萝卜晾干。锅内放菜油适量，烧热至冒烟，放入适量辣椒面、五香粉，炒出香辣味，晾凉后放入萝卜条，翻搅均匀，罐内密封一周后，即可使用。

糖蒜做法：新鲜大蒜去根去秆，洗净晾干。用清水泡三天，每天更换一次水。按照蒜 10 斤、醋 8 斤、盐半斤、糖 3 斤的比例装罐密封，三个月后可开封食用。

乡村人经常说谁家屋里人的茶饭好，谁家的日子过得谨细，谁家人就有福气。吴淑芬每天早晚都忙忙碌碌，照常早出晚归练习跳舞，但她似乎比以前更加瘦削、苗条了，而每天的健步走、跑步她也一直坚持着，从未放弃过。魏冰倩懒散惯了，早上喜欢睡大觉，她的身材有些微微发福，吴淑芬经常提醒女儿保持身材，适当做些运动，可是一天到晚拼命工作的魏冰倩似乎没有自己运动的时间，她累得倒头就能呼呼大睡。

八十七

不经冬寒，不知春暖。生活的道路并不平坦，一件水到渠成的事情也难免节外生枝。拟定的槐树沟"五一"试营业没有在暖和的日子实现。气候、环境、时机等因素让李秦川等人不得不调整公司计划，推迟时间，甚至无限期的推迟。自然总给人们以警醒和启示，让他们做梦也没有料想到的是，突然间的沙尘暴来袭，让空气弥漫着呛人的味道，让一切都蒙上了阴影。加之春季以来干旱少雨，让水库没有蓄积够足量的水，大地之乳近乎干涸，水库的自然鱼苗，人工投放的鱼苗，大量死去，其景象惨不忍睹。沟道上下焦渴的树苗也没精打采地垂下了头，嫩绿的新叶，干枯在树枝上，绿色的森林被昏黄的旱虫吞噬。梯田上的庄稼卷曲了叶子，如同一个包花卷，再不灌水就将颗粒无收。天灾来临，旱魔肆虐，人工降雨需要条件，在一定情况下才可实施，地下水资源紧张，景区的几眼深井已经完全干了，抽不上水，只有到百里之外的水库去买水，用洒水车拉来，救苗木，救庄稼，抗旱保苗，抗旱保景区，抗旱成了公司的首要任务。李秦川想起了槐树沟守门人金老汉说唱的民国十八年（1929）年馑《荒年歌》：

提起了这荒年真是伤惨，请大众来听我细说一番。
十七年十八年天遭大旱，整旱了三年多到十九年。
这三年整六料庄稼不见，饿死了男和女万万千千。
亲生的儿和女永不能见，恩爱的好夫妻不能团圆。
十八年下半年天不厌乱，冬腊月又逢着大雪奇寒。
吃草根吃树皮五谷难见，奔南山钻北山受尽艰难。
天气冷冻得人浑身打战，小孩子饿肚皮气息奄奄。
这光景铁面人见也心酸，冻水井冻死树就在此年。
十九年到春天天气渐暖，猛不防大瘟疫又把人缠。
各村子各堡子家家难免，一时间便叫人命归西天。
先死的天尚寒倒在路边，后死的日炎炎任凭自然。
有苍蝇聚尸上嗡嗡不断，满院子满街道臭气冲天。
这劫中病死人难以计算，许多家绝了户断了根源。
幸喜得十九年三月有半，东风起乌云合大雨沛然。
这几年遭旱荒庄稼难见，各村堡大小家争把秋安。
好容易田地里秋苗长满，人都说到秋后就有饭餐。
六月里又下雨秋真好看，玉米谷都扬花布满田间。
谁料想忽一日蝗虫出现，像乌云卷乾坤蔽日遮天。
提起了蝗虫劫令人伤惨，把秋田吃个光只剩秆秆。
这虫劫渭河北共有几县，众百姓泪涟涟抱恨苍天。
人常说光绪时天遭大旱，都没有这劫内百姓凄惨。
这劫数我秦川人死大半，能躲过这劫数算是神仙。
劝大家从今后爱惜米面，把这事要常记挂在心间。
学勤俭惜五谷把天运转，守本分各安命顺时听天。
夜防盗时防火年年防旱，学古人常言说耕九余三。
把此歌请大家记在心间，一传十十传百当作戏看。
用俗语将这事编议一篇，叫后辈代代人知这荒年。

在李秦川的意识里，这是一片郁郁葱葱的土地，曾经生长过马尾松，这是一片过度开发的土地，曾经为一眼望不到边的宫阙亭阁，舞榭楼台所覆盖，如今就剩下了秦砖汉瓦一捧土。开发与建设，生存与环境，承载量与宏大梦想，这些都有着微妙的平衡，遥想当年八百里秦川，泾渭之滨，鱼米之乡，天府之国，大地滋养，人烟阜盛，战争、瘟疫、自然灾害、人为破坏、超量的人口与消耗，让富饶不再富饶，苦难随之降临，政治经济文化中心转移，人们生活贫乏，古原从兹衰竭、饥饿、疲惫。李秦川的团队受到新的挑战，几年来，人们日思夜盼的景区建设，刚有了起色，就遇到了旱情的考验。大自然的考试无时无刻不对人提出问题，李秦川在一个不眠之夜，思考着景区的明天，公司的未来。是该下决断的时候了，人定胜天，人定胜天吗？在大自然的千变万化面前，人显得多么渺小啊，但人也不能妄自菲薄，自暴自弃，人还是应该有所为有所不为。对呀，不撞南墙不回头，撞了南墙就当及时回头，李秦川仔细察看了旱情，方圆几里就槐树沟灾难深重。向北越过一座沟道就是泾河，过去有抽水站，现在已经废弃，向南数里有引渭渠的分支，可惜开发建设了这家那家的项目，渠道几年未见流水，水利设施的体系没有了。也难怪呀，征迁后的土地几乎都用于工业交通、商贸流通、房地产方面，地上没有了庄稼，也就不需大量的灌溉水，更不需要什么渠井双灌，流水汩汩了。槐树沟搞的是农林业，讲求的是生态环境和谐，自然对水资源更为珍视。当初就有人嘲讽李秦川在干梁上种树异想天开，现在又有人说他在缺水的旱原玩水文化做水文章是自寻死路。教训，自然早在教训着人们，如同老师对学生的训示。在李秦川的心中，总有一股冲动，这就是他不甘心，不消说花了大量人力、财力、物力，他总希望这道干梁上有一片高光的绿色出现，并开出一朵朵鲜艳的红花。进退取舍，杀伐决断，这是为将帅者应当具有的品格，他不能再跟风冒进了，有些钱可以赚，有些钱就必须赔，他感觉这就是价值，他想把景区目标重新界定为生态恢复区，而不叫什么旅游风景区，那些计划中 4A 级标准，100多家店铺、国际大酒店、高档休闲住宅群都要统统取消，生态第一，绿化第一，环境第一，人需要给自然贡献一点什么，而不是一味地索取，不能把有限的土地都搞了这些钢筋水泥玩意，其实密密麻麻，人满为患，过度消费，所有这些东西往往是景区的灾难，是生态环境的大敌。李秦川给自己设定了这一目标，要推进它，实现它，所需要的时间也许更长，它需要十年，二十年，甚至三十年。他要将过去一切根深蒂固的与自己的新想法不一致的东西都荡涤干净，当然这往往意味着偏激和莽撞，但没有时间犹豫了，尽管这里存在该扫除的，还有可能是不该扫除的，管他呢，说干就干，只有摒弃过去那些不再有用的东西，才能有进步可言，有前进的希望。李秦川在心里给自己鼓劲儿，他不仅要改变这里的小环境小气候，更重要的是他还要改变人们对槐树沟的传统看法，让槐树沟真正改变缺水局面，让这里山清水秀，禽鸟和鸣。

俗话说腰里没铜不敢胡拧，腰里没把不敢胡耍。灯没油黑着呢，人没钱灰着哩。李秦川的槐树沟景区变成了生态恢复区，已经全面封沟育林。对于这件事，幸福小区人议论不断，人是人，鳖是鳖，喇叭是铜，锅是铁，你说李秦川得是拿头走路，脑子进水了，把钱扔到槐树沟去了，好几千万打水漂咧。人比人比不成，骆驼比驴骑不成，人家的景区都好好的，他娃娃的就倒灶了。可不是嘛，喔瓜尻货，有了几个闲钱，张的连领子都没有了，这下就安生了，不折腾了。娃也可怜，挺不容易，比谁都起得早，受得苦多。撑那么大一个摊子不简单呀。人家瘦死的骆驼比马大，这话你信不信？你把我的话放到这儿，说不定过不了多久，人家还是李秦川。咱们走着瞧吧，反正我有这个耐心。屁话，李秦川不是李秦川，还是王秦川。男人是个耙耙，女人是个匣匣，不怕耙耙没齿齿，单怕匣匣没底底。听说李秦川外边有个女人，咸吃萝卜淡操心。我看你们这些人都赶上管闲事顾问团了，就是没有人发工资，哈哈哈！

八十八

清晨，太阳刚刚露出绯红的脸颊，大地一片青葱，空气异常新鲜，晨练的人们三三两两正在聚拢。这时有人说吴淑芬走了，胡说八道，昨天还活蹦乱跳的，但这个消息被时间证实，广场舞队的音箱今天没有了声响，几百人的队伍，集体缺席了。啊，这是一个天大的新闻，走，大家去悼念一下老婆，人们不约而同去了吴淑芬的家。哀乐、白花、花篮、花圈、纸幡，在小区一条便道上次第摆放。人们对这位猝然离世的老人充满了惋惜，昨天晚上还带着大家跳舞做运动，还精精神神的，说走就走了。人呀，刚强起来了，那可不得了，脆弱起来了，也快得出人意料。老人的灵堂前，鞠躬致敬的，下跪叩拜的，带着哭声的，各种情况都有，人群一拨走了，又一拨来，你祭奠了，他祭奠，你上三炷香他行九拜礼，李秦川和魏冰倩一身重孝，他们接待着八方客人，公司上下的人都来帮忙，饭店的服务员跑前忙后。赵三虎夫妇在灵堂痛哭流涕，李秦川拉起了外甥，魏冰倩拉起了闫晓聪。人群中走来了头发全白，步履蹒跚的岳建社老汉，他对着吴淑芬的遗像90度三鞠躬，口里喃喃自语：老吴啊，对不起，我……对不住你。李秦川亲手搀扶起了这位哭得泪水汪汪的老人，大家劝说着老汉，岳叔，对咧，不要难过了。老人还在一个劲儿哭诉着，谁能想得到她……她会走得这么突然呀，我这心里愧疚得很。这时张凤梅来了，她对岳建社说，老岳，别哭了，人已经走了，你也这把年纪了，好咧。说着她就上前扶了他一把，大声说，走吃饭。李尚林在一旁对众人呵呵笑着，用手示意大家坐席，还不住给大家点头致谢。让人没有想到的是陈西光、王老板的家属等人也闻风来吊唁，还有一些人面孔非常生疏，谁也搞不清楚来头，他们都来祭奠老人，李秦川让帮忙的人带着客人用餐，他和妻子回到了客厅，他们与几个老人及重要来宾交谈。魏冰倩对大家说，我妈好像有预感，他几天前就把自己的啥都做了安排，好好的她把自己的身份证、户口本、各种卡都交给了我。还专门陪着我睡了几晚上，我们娘俩从来没有这么亲昵过，自打我结婚后，我妈就没有给过我好脸色，我家秦川也没有享受过荷包蛋的待遇，一天闹八回仗。这几天，老太婆像变了个人，态度好极了，还时不时给她姑爷开小灶，不管多晚她都耐烦，都有耐心。每天都去我公婆那里坐坐，你们知道的，我公公老年痴呆，记不住人和事，但他知道我妈，知道他亲家母。我婆婆过去和我妈是针尖对麦芒，一个见不得一个，最近两个老婆还经常在一起做针线活，给我娃纳鞋垫。我妈跟我说，在渭水城里，你父亲的房子里，我在大衣柜子里存了大量的药品，全部是给你父亲准备的。我一般准备三个月的量。也备有头疼脑热，感冒发烧，肚子不舒服的常用药，也有大量保健品，营养液，还有空气净化器，吸氧机。其实这些东西，这些药品很多都已经过期，但我总是舍不得扔掉它们，我喜欢它们的包装盒子，它们的色彩，感念它们的良苦用心。让魏冰倩惊讶的是，她母亲几乎完整保留了女儿从出生一直到婚前的全部衣服，对任何一件小衣裙都是清洗干净，然后整齐存放。这位老人似乎很念旧，对于丈夫和自己的衣服也是收存了不少，不舍得丢弃，所以渭水城的箱子里，衣柜里总是摆得满满的，几乎屋子里全是东西。魏冰倩对众人说，我妈对这些东西的不舍是有原因的，她是受过苦的人，她说，娃呀，你知道这些东西前前后后花费了我多少钱，这里边有我和你爸的血汗呀！这位老人呀，而一旦抛弃这些你说老婆于心能忍吗？魏冰倩说着说着就难受了，她哭得再也说不下去了。李秦川接着说，我丈母娘这人是刀子嘴豆腐心，她嘴巴不饶人，心地善良，我这大大碎碎一家人，她一直精心照顾着。有时跟我媳妇闹得天翻，可外孙一样管，从来不因大人闹仗而误了娃娃的吃喝，短了娃娃的精神。我这几个娃都爱他外婆。

秦川，跟你媳妇去休息一会儿，熬了几个晚上了。众人还在客厅里闲聊着，李秦川夫妇趁机在卧室里休息一会儿。家族中的管事人、公司的副总在料理着外边的一切，他们为来来往往的客人服务。魏冰倩躺倒了就睡，她已经有了微微的鼾声，李秦川的眼皮直打架，他的脑海中仿佛看到了一大碗油辣子汪汪的饸饹，一小碗香气扑鼻的豆腐脑，那是她的丈母娘亲手烹调的。其实爱与伤害总是如影随形，对你伤害最大的往往就是曾经爱过你的人，或者是你爱的人。在黑夜与黑夜之间，人们所见的是黑色的世界，黑色的泥土及黑色的屋舍，尽管有时有亮如白昼的辉光，但黑色仍然是主基调。在白天与白天之间，人们所见的是光与亮的世界，白晃晃的日头，白晃晃的楼房，即使柏油路面也仿佛镀了一道白光，白色是白天的主宰。李秦川在眼睛的闭合之间体验生与死的界限，是啊，人只要是睁开眼了，看见光了就有了白日，看来眼睛是光的追寻者，发现者，而一旦闭眼了，那将是黑暗来临，那将是暗的云山，暗的水流，暗的一切。刚才与众人的谈话进入了李秦川的脑际，他还是沉浸在那种追忆与怀念的氛围，而此刻在梦乡的他却分明不是在论说着别人的身后事，仿佛是他在安排着自己的一切。这一切都包括什么呢？那就是他的公司，他的企业，以及他的鞍前马后的兄弟姊妹，他的那些虚无缥缈的财富、他的房产、汽车、字画、古董、书籍、荣誉证书、大沙发、楠木家具，他恩重如山的父母，他含辛茹苦的妻子，他的正在成长中的儿女，他的长女还在大学深造，他的一个儿子在小学读书，他的小儿嗷嗷待哺，他的亲戚朋友，他的姐姐、外甥，还有他牵肠挂肚、恍若梦中的陈尹西，他推动的老协、敬老院，指望着他救济的弱势群体和无助的孩子，他的好奇心未曾满足的领域，他未曾实现的梦幻，他孜孜以求的平安、幸福和清静，所有这些仿佛都对他投来期冀的目光。但是，谁也无法阻挡死亡的到来，这是必由之路，如果忽然有那么一天来临，会怎么样呢？人们也许会说，你知道吗？李秦川走了，拜拜了！一命呜呼了！一周以前他还在台子上坐着讲话呢，听说是肺癌晚期。李秦川神情沮丧，他仿佛在一个什么场合，讲述自己人生的最后阶段，他说，最后那些日子我有感觉，我已经感觉到了大限之期将至，可就是回天无力，一针进口药就几万元。李秦川好像听见了乡亲们的七嘴八舌。一说到疾病，人们自然想到了一个人——陈尹西，李秦川的那些值钱药，都是陈尹西给弄的。怕什么，他有的是钱，那又能怎么样？金钱买不来性命啊！李秦川仿佛又听见了丈母娘吴淑芬的声音，她正在跟李秦川的小儿说口诀：

　　罗罗面面，油馍串串，猪肉扇扇，蜜蜂罐罐，我娃是个福蛋蛋。
　　羞羞把脸羞，抠个渠渠种豌豆，人家的豌豆打一石，咱的豌豆不见面。
　　欠你钱，还你钱，山上蒿子长成椽。锯成板，再打船，放到河里漂几年。船烂了，拆钉子，拆下钉子打成镰。拿上镰，去卖钱，谁还还不起你的几个烂烂钱。

　　时光的钟摆还在一个劲儿地"嘀嗒嘀嗒"响着，李秦川眼睛直直地看着他老爷李西周的那架古老而黝黑发亮的钟表，这架钟不是随着老爷去了吗？它怎么会在母亲的柜台之上，安安稳稳地摆放着呢？也不知道时间过去了多久，李秦川仿佛听见母亲惊慌失措的喊叫声，快点呀，秦川吧，不得了啦，你丈母娘不行咧，你快去医院看看她。啊！我这就去，汽车在奔驰，汽车飞也似的冲进了城市的车流，城市在堵车，怎么办？李秦川两脚生风，他疯狂地奔跑着，风呼呼刮着，路边的景物一齐朝他的身后闪过，堵车，堵车，他不能开过来，他就弃车奔跑，用最原始的方式与时间赛跑。他的脑海中出现了丈母娘吴淑芬的身影，她的舞姿，她的笑容在电视台闪现，在小区广场闪现，在老协的舞蹈房闪现，她也是小区的名人，她在社区有了自己的生活圈子。医院白色的墙壁，白色的病房就在眼前，他推开病房门的一刹那，映入他眼帘的是亲人、朋友、舞蹈学员，那一张张惊讶的眼睛，是一屋子的鸡蛋、水果、食品和鲜花。吴淑芬感激的泪水打湿了脸颊，在幸福小区这个大家庭里她似乎找到了幸福的感觉。在李秦川的记忆里还原的似乎是一年前的场景，那时他的岳母发生过一次意外车祸，她的电动车被一辆小车剐蹭了，还好车速不快，她只是轻微的皮肉擦伤，住了几天医院就恢复了，但淳朴的家人，热心的小区人给了她温暖的力量。

在李秦川的意识里，他总感觉他的丈母娘吴淑芬隐瞒着什么，要不然她怎么会走得这么快，按照事物发展的量变质变规律，冰冻三尺非一日之寒。疾病日积月累，时间长了就成了祸害，终于在某个时间节点突然暴发。吴淑芬过去经常说她的肠胃不好，胃舒平、健胃消食片、胃舒宁等胃药，山楂片、山楂丸、山楂卷、茯茶等消食利水的食品她经常使用。以后出现呼吸不畅问题，接着便是咳嗽、咯痰、咯血，就这样治疗呼吸系统疾病的药物也经常出现在她的家里，往后的日子里，曾有一段时间她出现了腹痛、恶心、呕吐等症状，但是她似乎更相信迈开腿管住嘴，快乐健身的道理，却没有在西药上下功夫。

李秦川似乎看到了病床上虚弱不堪的吴淑芬，她用自己那双消瘦的手拉住他的大手说，秦川啊，你不是一直疑心重重吗？冰倩啊，你也过来，我就把这一切都告诉给你们。吴淑芬缓缓地说："在一次社区组织的老年人体检中我被查出了肺部疾病，我偷偷去省城大医院检查，结果确诊为肺癌晚期。我对这件事守口如瓶，对外只说是肺病、呼吸系统障碍。我不希望我家秦川、冰倩为我花太多的钱，也不希望你们替我日夜担忧，更不愿意看到李家老哥老嫂为了我忙前忙后，还要照顾那两个小的——阳阳和晖晖，那些街坊四邻，以及与我一起跳舞的朋友，他们一旦知道了实情，肯定也会为我的病揪心，如果为了挽救我的性命，而让那么多的人疲于奔命，我宁可放弃治疗，有时候自然老去也是一种回归。"

"各位乡邻，各位亲友，感谢大家的宽容和爱护，我对不起你们啊！"吴淑芬诚恳地说："亲家公亲家母，让你们受累了，我……我对不起你们啊，这么多年，我心里有愧呀！秦川呀，我的儿，冰倩呀，我的傻女子，妈害你们不得安生，妈给你们赔不是了！"

"妈——"秦川、冰倩双双跪地，凄然地说，"没有人怪罪你。"

这时，岳建社老汉来了，他握着吴淑芬的手说，还是让我陪你走这段路吧。吴淑芬连声说："谢谢，谢谢，不用了，对不起，我的老岳呀！"

吴淑芬心力交瘁，她拒绝治疗，不想拖累大家，她感觉自己的幸福来得太晚，但她知足了，而这一切又将倏忽飘逝，她禁不住流下了两行热泪……

八十九

这真真切切的梦境，震撼着李秦川的心。朋友，别吹牛了，你见过死神吗？没有，但你一定见过即将离世的老人，一个活生生的生命，就在那么短暂的时间，便成了过往。有人开玩笑说，人总有一死，人死如灯灭，死了就了了。人死真的能够了了吗？李秦川不敢轻易相信与否定什么，他不敢相信未经证实的东西，也不能否定自己的梦境，他感觉亲人之间似乎有一种神奇的东西贯通着联系着，此界与彼界也不是没有桥梁，这就是人的意识，仿佛雷达天线一样接收信号传递信息。这分明就是丈母娘在嘱托着什么，就是传说中的穿通，或者叫通感，是亲人之间意识世界的一种同频共振，他慌忙叫醒妻子的时候，她似乎也在梦中神游，魏冰倩惊奇地说，我刚才梦到母亲了，她还是在世时那个模样，一点儿都没有变，她说让我看看她房间立柜的顶部，然后呲笈儿一笑，扭身就不见了。夫妻俩赶紧起身忙不迭在柜顶找东西，果然他们在柜顶发现了装在信封里的母亲遗书。

冰倩吾儿亲启：

　　倩儿，妈妈的好女儿，妈妈在这个世界上唯一的牵挂。妈妈很高兴，妈妈有一个好女婿，遇到了一家子好人，这是我的福气，也是你的幸运。妈妈这辈子也做错了好多事情，但妈妈对你爸爸是真心的，妈妈后来与岳建社老头的一段婚姻，那只是一场噩梦而已，你原谅妈妈吧。哦，还有一件事情，妈妈羞于启齿，就是你岳叔买的那个戒指，我从你那里又拿走了，你平时大不咧咧的，也不看守好自己的东西。我不知道你是大智若愚，还是颠三倒四，反正你这个女子就是不稀罕这类东西，看来这件东西对于你的意义也许没有多大，我说这话你别误会，也不要生气，我说的都是实话。对于一般人家来说，那可是一笔不小的财富，妈妈知道你岳叔为了它花费了好几万元，所以我决定还给人家，我就自作主张把它送给了岳小红，你岳叔的女儿。倩儿，你不会责怪妈妈虚情假意，出尔反尔吧？

　　当然，妈妈也有自责的地方，妈妈不该离开你去追求自己的生活，有时候妈妈追求自己的快乐就玩过了头，而你却从来没有对妈妈不尊敬，也没有表现出哪怕是一丁点的不乐意，你的矜持和练达，你的深沉和包容，让妈妈感觉汗颜。你是妈妈的骄傲，实际上自从有了你，妈妈就和你不能分离了，而一旦分离了，就会有不好的事情发生。妈妈累了，你就让妈妈开开心心走吧。倩儿，妈妈的乖女儿，妈妈走后，你不要太难过了。妈妈最后这段时光，是温馨的，快乐的，那是我女儿、女婿给予我的快乐时光，那是上天对我的青睐。

这里是我的一张存折，也不多，就只有 15 万元，麻烦你把它转交给我的好女婿李秦川，这是你们的那只定情之物——蓝宝石戒指的补偿，算我对不起你们俩了，这是我的一个罪过，一个不可饶恕的罪过，我恳请我的孩子们谅解。我这一辈子所做过的每一件事情，几乎全都是为了你，你是妈妈身上掉下的肉，是妈妈的魂，你就是妈妈的全部希望。妈妈不多说了，我的倩儿呀，我的这种强加于你的爱，是否让你难过了？是否超出了你所能承受的范围？是啊，我的那些霸道的做法，不合情理的欲念，也曾多次伤害了你和秦川的感情，伤害了我们周围的人，包括秦川的父母，妈妈感到万分的惭愧和不安，妈妈向他们深深地致歉。

最后，妈妈为你们祈福，希望你们过好自己的生活。

永别了，我的孩子们。妈妈永远爱你们！爱你们！

母亲：吴淑芬 写于 2019 年 8 月 3 日

九十

按照当地礼俗，重孝子从头到脚都是白色衣着，白孝帽、白大褂、白孝裤、白孝鞋。作为重孝子的李秦川和魏冰倩，几天来他们跪了个没停，哭了个没停，也跑了个没停，他们晚上几乎就没有睡过觉。老人的丧期为三天，时间紧张得很，第一，要进行公墓那儿的修建。第二，要联系火葬场的事宜。第三，还有小区里的祭奠、就餐等杂事。出殡前一天晚上是最忙碌的。傍晚时分，借着昏黄的暮色，洋鼓洋号从小区外迎接客人至灵堂，灵堂之内有司仪主持，还有唢呐、电子琴伴奏，宾客行礼祭奠。另外一组唢呐跟随主人上坟，独生女儿魏冰倩带着晚辈去上坟请先人，她的老家在外地，只有父亲葬在公墓，她去父亲的墓地烧纸哀告其母亲去世的消息。上坟回来后，客主开始用晚餐，这时陆续还有宾客来临，饭后便开始晚上的活动。显然这是现代改良版的丧仪，晚上8点举行献灵仪式，死者的灵堂设置好以后，男女孝子开始安置灵位献供品。魏冰倩手捧遗像前行，李秦川紧随其后，在哀婉的音乐声中，她把母亲的遗像摆放于灵堂正中位置，接着孝子从后往前依次传递水果、馒头、菜蔬等贡品，摆放于逝者的灵前。灵堂内悬挂着寿帏，两侧摆放时鲜花篮，还有白纸魂幡两列，堂前点蜡烛燃香火，肃穆庄严。灵堂前用编织袋装着麦草作为垫子放在两边，供男女孝子跪坐。农村过丧事不仅是哀伤哭泣，中间也掺杂一些有趣的要笑，譬如晚饭开席前大师傅会让司仪把女婿外甥叫到跟前要红包，大家难免讨价还价热闹一番。李秦川那天要了一个大方，他说你要多少？放大了口子说。大师傅一咬牙说，50元。李秦川说，少了，你再说。那就100元！李秦川笑着说，你看我给你300元，行不行？你给咱把菜上饱，把客待好就行了。李秦川的举动让人侧目，我的神，这个人就是不一般。后边的议程继续进行着。客主一一奠酒，寄托哀思，魏冰倩边哭边奠酒，竟然哭得昏倒在地。李秦川奠酒时，行三拜九叩礼，他的礼数周到，动作和缓，受到众人夸奖。这个李秦川礼行得跟戏台上演员一样标准，人家他妈就是唱戏的，也许有些遗传吧，你看他的一招一式都讲究得很。到了戏曲演唱、唢呐独奏阶段，李秦川说不要让亲戚朋友为难了，曦曦你去跟乐队说，你们唱多少段，吹多少曲子，给个总数，然后和我算账，今天晚上你就放开表演，我们少不了你的。好呀，我的神，今天遇到大财神了，吹鼓手的嘴唇都吹破了，哎呀，不行咧，吹不动咧，几个尖子演员也说自己的嗓子有些哑了，唱不成了。那天晚上，作为亲戚的李秦赢也出台给大家演唱了秦腔《河湾洗衣》，她唱得凄凄惨惨，声泪俱下，观众深为感动，无不掉泪。

第三天，晨光熹微，青灰的山梁，青灰的原野，微黄的路灯，宽阔的街道，从沉睡中苏醒。嗵——嗵——嗵——三声礼炮响过，幸福小区便骚动起来了，一声吆喝：起灵——顿时哭声骤然起来，儿女们的哭声，感动了黎明的最后一颗星星。灵车队伍出发了，头一辆是礼炮车，仿佛古老的锣声在开道，当——当——当——后边是挑灯笼的，打旗幡的队列，还有花圈仪仗，迎风猎猎，接下来是吹鼓手，是乐队，遇到十字路口有人便烧些纸，于是纸钱纷飞，接着是灵车，是护灵的亲眷，是一辆接一辆的车队，走在后边的是一辆卡车，车厢里装着叠放在一起的花圈纸扎，是人们照着阳世的生存状态，用纸糊裱的电视、冰箱、洗衣机、汽车、房子、摇钱树、金头银女。念想，这是人类的精神遗产；物象，这是人类的物质遗产。洛阳有天子驾六遗迹，丰镐之都有西周车马坑，临潼有秦始皇兵马俑，咸阳原有汉阳陵陶俑。一个生命将要远行，总会给人们留些什么，不论精神的或者物质的，譬如理想、信仰、欲望、财富等等。有人说每参加一次追悼会，就感觉成熟了几分，每送走一个生命，就感觉活着的珍贵。人类生与死都应当是平等的，蛮横霸道，追名逐利，疯狂占有，尔虞我诈，又能够怎么样，在死亡面前还不是乖乖臣服吗？

2019 年 9 月 14 日，在苍凉的鼓乐声中，在众孝子和亲朋的哭泣声中，享年 62 岁的吴淑芬女士被送往嵯峨山麓的口镇火葬场火化，此后安然地躺进了鲜花翠柏的龙华公墓，数百人为她送葬，一个平凡的生命走到了她人生的终点。

尾　声

　　从秋天火烧云的黄昏，到冬天冰雪覆盖的早晨，槐树沟的劳动号子似乎从未停歇过，李秦川和他的同伴还在做着自己认定的事业。槐树沟的这一天，全副武装的一队人马又一次从原顶空降，他们在探索肖河古道，在考察河底的沙石，在寻找流水的踪影。这是已进入不惑之年，即将奔向知天命之年的李秦川和他的探险队在槐树沟跋山涉水，他们要用脚步丈量这里的每一寸土地。考察队员中有考古、历史、地理、水利方面的专家，也有文学、方志、民俗方面的学者，还有音乐、绘画、摄影方面的艺术人才及地方名人。李秦川这次组织了32人的考察队伍，进行了为期一个月的野外调查。历史往往被遗忘于荒野，在槐树沟推土机的坑槽内，人们惊喜地发现了疑似仰韶文化的彩陶窖坑灰土、陶器碎片、秦砖汉瓦，还有一座无法判定年代的旧城堡遗址。他们用无人机航拍地形地貌，记录考察活动的场景。考察活动取得了一些成绩，李秦川他们掌握了肖河下游河道石质基槽下切的一些测算数据，差不多每百年下切 1.5 米左右，而入泾河口一带两岸侧蚀严重，形成一个较大的喇叭口，这里是泥沙堆积的平原，这就自然形成了一片河谷开阔地。槐树沟处于喇叭口最细最狭窄的地方，这里坡陡沟深，水流急速，河道下切 50 多米，侧蚀使两岸犬牙交错，最窄处不足 80 米，最宽处 600 米，而且中间还有一个湖心岛隔断，使河道分为左右两支。以前李秦川带人进入左岸地道发现了水源，而没有在右岸继续寻找水源，这次探险他们除查找左岸水源消减的原因外，还把重心放在了右岸。有人说肖河断流的原因是气候变迁，是上游的截流修水库，还有人说是由于河底的渗漏，但不管怎么说，这条河流最终从历史上消失了，就留下了一条传说不一的古河道。李秦川有他自己的看法，他认为这条河流还在，只不过成了一条暗河，它走的是阴路，它似乎就在某一条水系上。史料记载，过去肖河入泾口一带有潢水，潢今泾河以南石安县所辖槐树沟有水，口如车轮许，潢沸涌出，其深无限，名之为潢。

李秦川已经有些日子没有回家了，儿子阳阳打电话说他想爸爸了，小儿晖晖也在电话里大声说话，爸爸回家，呵呵，再不回家孩子们都生疏了。李秦川回到小区，他先去了父母的住处，哎呀，他的老婆孩子也聚集在这里了。爸爸——小晖晖一见李秦川就跑过来要爸爸抱他。阳阳已经上小学，他正在考爷爷数学，爷爷你听好了，四个数字 1，请用加减乘除算出它分别等于 3 和 4，你在这张纸上列算式。爷爷半晌都算不出来，如何让四个 1 等于 3，阳阳像个小老师，他耐心地给爷爷讲解，你看 1 加 1 等于几？再加上 1 等于几？最后乘 1 不就是 3 吗？阳阳又问，那么下一道题如何算呢？爷爷说，1 加 1 再加 1 乘以 1 等于 4。爷爷真笨，太难教了。爸爸你算一下。李秦川笑着说，四个 1 相加，或者括号 1 加 1，乘以括号 1 加 1 等于 2 乘以 2，等于 4。可以吗？阳阳笑了一下说，爸爸给我买飞机、玩具枪。晖晖立即跟着说，我也要玩具枪。那你们谁会唱歌，谁唱得好我就奖励谁，我会，我也会！于是阳阳唱起了老师教的歌曲《你笑起来真好看》，晖晖也跟着哥哥唱着，还不住地扭着屁股，显得滑稽，可爱。

想去远方的山川，想去海边看海鸥，不管风雨有多少，有你就足够。喜欢看你的嘴角，喜欢看你的眉梢。白云挂在那蓝天，像你的微笑。你笑起来真好看。像春天的花一样，把所有的烦恼所有的忧愁，统统都吹散。你笑起来真好看，像夏天的阳光。整个世界全部的时光，美得像画卷。

这天晚上天空是阴沉沉的，像要下雪的样子，干燥的西北风呼呼吹着，院子里似乎很静，没有一点吵嚷声，除了屋内孩子们的喊叫。魏冰倩已经习惯了这种孩子的嚷扰和打闹，有时候她想安静一会儿，两个孩子好像故意不安生，她便把手一抬，上去就是几个巴掌，然后让那两个调皮捣蛋鬼站到门外去。爸爸回家了，两个孩子成晚上不睡觉，他们知道爸爸的手不会动他们一个手指头，就拼命地折腾，魏冰倩也没有动怒，依旧做着自己的事情，她打扫卫生，收拾被孩子弄得乱七八糟的衣服。

孩子们笑呀唱呀的，也疯够了玩够了，他们累得一躺下就睡了。李秦川也感觉眼皮干涩，几乎睁不开，睡神已然降临，他瞌睡得顾不上刷牙洗脚，就和衣而卧。魏冰倩皱着眉头说，我的神呀，你这身衣服都馊了，什么味道？快脱了，让我晚上给你洗一洗。李秦川不情愿地脱着衣服，眼睛却始终没有睁开，魏冰倩打了一盆热水给他擦脸洗脚，然后让他安然入睡。李秦川很快就睡熟了，他在自己的睡梦里畅游着，那是一个充满诱惑的世界，那是一个张扬个性的空间，他可以自由自在地想自己所想，说自己所说，他是自己梦里的主人。

梦中的场景是如此的喧嚣，如此的混杂，轰轰隆隆，哗哗啦啦，踢踢踏踏，当当当——嗵嗵嗵——的声响不绝于耳；响亮的哨子声，粗野的呼叫声，新潮的模拟人声，相互呼应，吊装完毕——吊装完毕——嘀——嘀——这些划破旷野天空的音乐，如同一个庞大的交响乐队，在倾情演绎着时代的青春圆舞曲。大地在微微颤动，空气中夹杂着泥土的味道，汗水和热血滚动着太阳的闪光。无论是在打桩机昼夜不停的工地，在热火朝天的旷野，在装载机、运输车紧张劳动的现场，还是在灰色山岩的底下，在黄泥冰水浸泡的巷道，在氧气稀薄的幽深洞窟。李秦川总是头戴那顶黄色的安全帽，身穿粗糙的工作服，满脸堆笑地跟工人们在一起，他喜欢这种环境，这种氛围。白天里唐芷兰来过，她是专程来槐树沟游玩的。她已经定居省城，她在东郊的安仁坊有了自己的店铺，还重新建立了自己的新家，丈夫是个城里人，他们的孩子即将出世，当然唐芷兰与李秦川谈论最多的还是陈尹西的情况。

日有所思，夜有所梦。在夕阳的余晖下，身在工地劳动的他，仿佛看见了她正在向他款款走来，她也是同样的打扮，戴着安全帽，穿着工作服，她始终微笑着，他仿佛听闻了她对自己说的一番话，那声音还是那样悦耳，那样亲切，那样饱含情愫。

亲爱的，止不住的思念让我这样称呼你。我的弟弟呀，我们对时光的记忆，错过了多少个日日夜夜，恐怕你早已把我忘得干干净净。可是，天无绝人之路，我走出了自己的禁锢之地。我是去了海外，准备走一条生灭两便的不归之路，我已经做了最坏的打算。真的，我是闭上眼睛做的决断，你说这不是一种疯狂和幼稚吗？现在想起来，当然是了，可当时一点也觉醒不了。固执己见，我的固执己见支配了我的身心，我将乘一条无帆的木船漂流世界，漫无目标的漂流。但是，那天，黑风恶浪袭来，将我从梦中惊醒。我是谁呀，我是独一无二的陈尹西，是富有知识、才能和智慧的人类。我曾挽回过不少人的性命，我是医生，我没有权利这样草率地结束自己的生命。于是我去了东非大裂谷，去了苏丹这个国度，在 56℃ 的温度下，感受人间炼狱般的折磨。天不仅炎热难耐，而且闷气烦恼，蚊子隔着厚厚的牛仔裤叮咬你，吸你的血，给你传播病毒。还有苍蝇，在你的周围盘旋，你吃饭时随时都会遭到它们的突然攻击，它们仿佛与你争抢食物。亲爱的，你知道吗？刚刚来到这里一周，还没有开展什么工作，我就感染了疟疾，我脸色苍白，嘴唇青紫，发冷发热，浑身无力，幸亏有同事及时相救，我住进了医院。我是从事医学研究的国际医学志愿者，我们的实验室就设在热带草原的环境里，我们与那些病痛中的人朝夕相处，生死与共，我给他们治病，受到他们欢迎，同时也完成了我的医学研究。一晃五年过去，而我在实验室却仿佛才过了三五天，我将自己的生死早已置之度外，我以身试毒，以身试药，无惧生死。我知道生命的可贵，但对于一个即将结束生命的人，一个被判了死刑的人，死其实已经没有什么可怕的了，我是为生而死的，我就死得其所，死得自然。我最亲爱的人呀，你常说人不能踏进同一条河流两次，载着我们命运的轻舟已过万重山，但我不甘心命运的安排，我的内心有一个顽强的声音，我必须活下来，我知道那是爱的声音，爱的力量。我一直戴着那枚神奇的戒指，我从那里可以看见你的影子，我的眼泪，你的血汗，我的心跳，它是我们共同的财富，共同的梦幻，我们的爱既不惊天地泣鬼神，也不自吹自擂，更不奢求自私自利，完全占有对方的心灵，只是彼此挂念着对方，观想着对方，永怀一颗高尚的心，永怀一颗柔软的素心，给自己和别人留下生存与发展的希望和空间。我站在低矮的白色屋檐下，出神地望着那片蛮荒的红土山岗和高原宏阔的天空，我听见围绕着大陆的海洋的巨浪涛声，我的心便坦荡无比。我可怜的弟弟呀，你知道摩诃摩耶那块永远也揭不开的面纱吗？我们的命运是如此的相似，在活着与美丽之间，我选择了前者，这样一来我们将永远被隔开了，我是爱美的人，没有了美丽的容颜，我的生活便失去了光彩，可不是嘛，亲爱的弟弟呀，我本来是想隐形的，是想过世外桃源那样的人生，不去干扰你的生活，不去干扰你的幸福，但我知你心的余波未平，我便把我还活着的资讯报告于你，我的心便安妥了，自在了，仅此而已。

仅此而已吗？不可思议，在李秦川看来这不是一件可有可无的小事，这是与自己命运攸关的大事。人的精神世界具有强大的统驭能力，非凡的沟通能力，也许神通广大的唐芷兰知道一些陈尹西的情况，她的话语引起了李秦川的无限遐思，他仿佛洞悉了生命的奇迹，以毒攻毒的努力歪打正着，给了陈尹西又一次生命，却扼杀了她心中的美神阿芙洛狄忒，她虽说不是闭月羞花的人间仙子，却也楚楚动人。李秦川深深地为她痛惜，但他还是感到欣慰，他的春树暮云，他的万千思念，终于有了回音，有了石头落地般的瓷实，他能不手舞足蹈，感激涕零吗？你知道嘛，这可是他一直以来梦寐以求的幸福欢乐啊。

当灿烂的明天向他姗姗走来的时候，他希望披着万道光华的是她，是那个有恩于大家的奉献者，是那个与病魔共存亡的志士，是那个精湛医术的传道者。金色的太阳，覆盖了远远的槐树沟的斜坡，沟底的薄雾正在悄然离去，金黄的泥土，金黄的油菜花，浅绿色的草地，还有身后浓重的深绿，流水潺潺，潭水荡漾，啊，心中的自然，这是一片美丽的图画。梦与醒，千里之遥；恩与怨，天荒地老。李秦川知道，他的陈尹西也许只在梦中，只在迢迢星辰之上，他似乎在等待生命中的那个七夕，那个万念归一的机缘，那个天空中禽鸟翅膀铺就的天桥，那个可以跨过蓝天碧水，走向宇宙生命的天梯。

深夜，魏冰倩没有丝毫睡意，她手里捧着一本诗集，轻声默念道："从什么时候起的，我们爱这田地？这田地是如此肥沃——它散发着刺鼻的香气……"

窗外，簌簌雪花飘白了大地，楼房外的世界被寒冷包围，或许李秦川还在他的梦里寻找槐树沟的水源吧。